Gia's Dreams

D. M. CETERA

Gia's Dreams

Leid und Leidenschaft

Bibliografische Information der Deutschen Nationalbibliothek:
Die Deutsche Nationalbibliothek verzeichnet diese Publikation in der
Deutschen Nationalbibliografie;
detaillierte bibliografische Daten sind im Internet über
http://dnb.d-nb.de abrufbar.

© 2017 D. M. Cetera
Satz, Herstellung und Verlag: BoD- Books on Demand
ISBN: 978-3-7412-1393-9

1

Der Ausblick aus der fünfzehnten Etage des Hotels war genauso trübsinnig, wie mein Gemütszustand. Die vorherrschende Farbe, auf die ich herabblickte, war mit einem Wort – Grau, das nur vereinzelt von schmutzigem Ziegelrot unterbrochen wurde.

Was tat ich hier eigentlich?

Noch vor einer Woche hatte ich eine gesicherte Existenz mit Mann, Familie und einem Job. Jetzt stand ich da, allein, ohne Job und ohne wirkliche Zukunftsaussichten, starrte auf eine fremde Stadt und klammerte mich an eine völlig wahnwitzige Idee.

Doch wo sollte ich sonst hin?

Da ich keine Freunde oder andere Verwandte hatte, sah ich in der Flucht den einzig möglichen Ausweg.

Vor knapp drei Jahren war mein Leben so von Glück erfüllt, dass es undenkbar schien, diesen Zustand durch irgendetwas auch nur unwesentlich trüben zu können. Doch innerhalb von nur wenigen Stunden änderte sich alles.

Ich verlor damals das Baby und wegen der Komplikationen bei der Fehlgeburt erklärten die Ärzte, dass ich vermutlich nie wieder schwanger werden könnte. Für mich und auch für meinen Ehemann Alexander brach mit dieser Aussage eine Welt zusammen.

Ich verfiel in Depressionen und kapselte mich von meinem Mann und der Familie ab, verbrachte die meiste Zeit im Bett und starrte an die Schlafzimmerdecke. Alex litt vermutlich genauso wie ich, denn er stürzte sich in Arbeit und ging mir seither immer mehr aus dem Weg. Wir begegneten uns kaum noch und wenn es doch mal passierte, hatten wir uns nichts zu sagen.

Alexander stammte aus einer hochreligiösen Familie ab. Sein Vater Joseph war ein herrischer und intoleranter Mann, der die Gebote der Bibel fast schon fanatisch ernst nahm und die gleiche Haltung von seiner Familie erwartete. Mit dem sehr muskulösen Körperbau und einem zornigen, verkniffenen Ausdruck im Gesicht wirkte er wie ein großer, wütender Grizzlybär. Da er immer, zumindest seit ich ihn kannte, so einen Gesichtsausdruck zur Schau trug, begegneten ihm alle Mitmenschen respektvoll, fast schon ängstlich. Wenn er einen Raum betrat, wurde die Stimmung meistens steif und angespannt.

Meine Schwiegermutter Ella hatte ein sanftmütiges Naturell und ihre tiefblauen Augen strahlten Herzenswärme und Liebenswürdigkeit aus. Kannte man sie jedoch eine Weile und sah aufmerksam hin, bemerkte man auch eine unterschwellige Traurigkeit und Schmerz darin. Ich hatte sie gemocht und fühlte mich wohl in ihrer Gegenwart. Alexanders Schwester, Charlotte und deren Familie kannte ich jedoch kaum.

Mein Name ist Gioia Angelina Minerva, doch mein Schwiegervater nannte mich grundsätzlich nur bei meinem Zweitnamen, da er Gioia überheblich und Minerva gotteslästerlich fand. Gotteslästerlich war übrigens eines seiner Lieblingswörter.

Während meiner Ehe bin ich Alexanders Familie nicht wirklich nähergekommen. Vor der Fehlgeburt hatte ich nur wenig Gelegenheit, sie kennenzulernen und danach vermied ich fast jedes Zusammentreffen.

Mein Vater stammte von italienischen Auswanderern ab und meine Mutter kam aus Hamburg, doch beide waren dem italienischen Flair verfallen. Gioia bedeutete Freude, Glück, Juwel und meine Mutter gab ihn mir, weil sie so glücklich war, als sie nach zehn Jahren Ehe und zwei Fehlgeburten endlich ein Kind bekam. Der Zweitname ist eine Hommage an ihre Mutter, die auch Angelina hieß und Minerva war der lateinische Name der olympischen Göttin der Weisheit, Geschicklichkeit und des Kampfes.

Ich selbst nannte mich immer nur Gia.

Meine Mutter Julia, verkörperte die typisch nordische Schönheit. Ihre blonden Haare sowie ein hochgewachsener, schlanken Körper verliehen ihr eine natürliche Eleganz. Sie arbeitete als leitende Angestellte im örtlichen Krankenhaus, war sehr geistreich und begegnete ihrer Umgebung stets mit kühler Distanz. Mein Vater Antonio, für seine Freunde Toni, war dunkelhaarig und sein von feinen, doch markanten Zügen geprägtes Gesicht, das Güte und Wärme ausstrahlte, war äußerlich und vom Charakter her das passende Pendant zur Reserviertheit meiner Mutter.

Nach der Fehlgeburt konnte ich keine körperliche Nähe zu meinem Mann ertragen und kurz darauf hatte er sich mit finanzieller Unterstützung unserer Eltern als Architekt und Bauunternehmer selbstständig gemacht. Er stellte Alice ein, verlor das Interesse an mir und blieb immer öfter bis spät abends im Büro.

Einige Monate nach dem traurigen Ereignis sehnte ich mich nach ihm und wachte oftmals erhitzt und voller Verlangen mitten in der Nacht auf. Dann betrachtete ich stundenlang seine ebenmäßigen Gesichtszüge, mit den langen Wimpern und den fein geschwungenen Lippen. Sein perfektes Profil und die blendende Schönheit seiner Züge, vermischt mit einer ausgeprägten Sinnlichkeit, erweckten ein sehnsüchtiges Ziehen in meinem Innern.

In diesen Nächten stellte ich mir vor, wie meine Finger durch sein seidig weiches Brusthaar strichen, wie ich sein Gesicht mit Küssen bedeckte, ihm das Shirt runterriss und mich von meinen Gefühlen überwältigen ließ. Doch ich tat nichts dergleichen, lag immer nur still da und betrachtete ihn, denn panische Angst vor Zurückweisung ließ das Verlangen meines Körpers bereits im Keim ersticken. Ich war zur Keuschheit und Tugend erzogen worden, doch ich begehrte ihn mit einer Intensität, die so monumental war, dass ich deswegen Scham empfand.

Alex war zu Beginn unserer Ehe ein sehr liebevoller und fürsorglicher Mann. Er wünschte sich sehnlichst Kinder und seine Frau sollte sich nur um das Haus und die Kinder kümmern. So war es in seiner Familie üblich und in diesem Sinne war er erzogen worden.

Schon während meines Studiums gab es etliche Diskussionen mit Joseph darüber, dass ich eine so teure Ausbildung machte. Das wäre Geldverschwendung und völlig überflüssig, denn eine anständige Frau gehörte ins Haus, meinte er. Doch damals waren Alex und ich noch nicht verheiratet und mein Vater konnte sich in dieser Frage durchsetzen. Ich durfte Alex erst heiraten, als ich mein Studium zum Maschinenbauingenieur beendet hatte. Einen Monat, nachdem ich mit der Ausbildung fertig war, heirateten wir und drei Monate später war ich schwanger.

Wir waren glücklich und Alex las mir jeden Wunsch von den

Augen ab. Wir unternahmen fast jedes Wochenende etwas anderes und gingen mindestens einmal die Woche aus, nur die sonntäglichen Kirchenbesuche schränkten uns ein, denn Alexanders Vater bestand auf diesem wöchentlichen Ritual. Auch meine Familie besuchte regelmäßig die Messe, war dabei jedoch nicht ganz so konsequent. Wenn wir etwas vorhatten oder wegfahren wollten, ließen wir die Sonntagsmesse einfach ausfallen. Für Alex war dies jedoch undenkbar.

Ich hatte Alexander mit siebzehn kennengelernt, und mich gleich beim ersten Mal, als ich ihn sah in ihn verliebt. Er war mein erster Freund, denn es hatte einfach niemanden gegeben, der vor ihm mein Interesse wecken konnte.

Zum ersten Mal traf ich ihn bei der Geburtstagsfeier meiner Freundin Erin. Sie war, zumindest glaubte ich das, damals auch verschossen in ihn, denn sie nannte ihn nur *der heiße Alex*. Mir wurde auch augenblicklich heiß, als ich ihn damals sah. Er hatte sein Shirt ausgezogen und half beim Aufstellen der Gartenmöbel. Mit seinen eins neunzig, dem Waschbrettbauch und den von der Sonne gebleichten dunkelblonden Locken war er bildschön. Alle Mädchen auf der Party schmachteten ihn an und ließen ihn nicht aus den Augen.

»Gia, kennst du schon Alexander Simon?«, fragte mich Erin.

Ich schaute hoch, verlor mich in seinen schokoladenbraunen Augen und erstarrte augenblicklich zur Salzsäule.

»Hallo Schönheit, wie heißt du?«, fragte er mit selbstbewussten Lächeln und sah fast schon gönnerhaft auf mich herab.

Da ich immer noch kein Wort herausbrachte, antwortete Erin für mich: »Das ist meine Freundin Gioia Barini.«

Ich fühlte, wie das Blut in mein Gesicht schoss, und senkte verschämt den Blick. Ein flaues Gefühl nistete sich in der Magengegend ein und ich hielt unwillkürlich den Atem an. Er hatte sein Hemd ausgezogen und der wohlgeformte Oberkörper und die blonden Brusthärchen glänzten vor Schweiß in der Sonne. Dann sah ich in die wunderschönen Augen – dunkelbraun mit fein geschwungenen Brauen, die mich schelmisch anfunkelten.

Bei meinem Anblick, tiefrot und verlegen, lachte er auf, drehte sich um und machte einfach weiter. Ich dagegen stand immer noch wie gebannt da und verschlang ihn mit Blicken, meine Beine zitterten und Erin musste mich regelrecht wegzerren. Die Dekoration im Garten fiel in meinen Zuständigkeitsbereich, doch ich konnte mich nicht mehr darauf konzentrieren. Meine Blicke huschten immer wieder umher, auf der Suche nach Alexander. Er war ständig von anderen Mädchen umringt, aber ab und zu trafen sich kurz unsere Blicke.

Als alle nach Hause gegangen waren und ich noch beim Aufräumen half, drehte ich mich um, um einige Gläser ins Haus zu bringen, da stand er plötzlich vor mir. Er sah wieder auf mich herab, umfasste mein Kinn mit seiner Hand, hob es leicht an und küsste mich mitten auf den Mund. Dann drehte er sich wortlos um und ging lachend davon.

Noch nie hatte mich jemand so Geküsst. Noch nie hatte ich diese innere Hitze in mir verspürt. Von da an war es um mich geschehen.

Ich ließ die Gläser fallen, die ich noch immer in der Hand hielt, stützte mich am Tisch ab, weil meine Knie nachgaben, und ließ erst mal zischend die Luft aus meinen Lungen entweichen. Einige Minuten stand ich perplex da, dann sah ich mich hastig um, ob jemand meinen Schwächeanfall beobachtet hatte. Ich sammelte das zerbrochene Glas vom Boden auf und ging ins Haus. Alexander war jedoch schon fort.

Von da an beherrschte er meine Gedanken. Ich träumte von ihm und malte mir ein gemeinsames Leben mit ihm aus. Ich hatte kein Interesse mehr an anderen Jungs, wollte nur noch ihn. Einladungen, die ich von anderen bekam, schlug ich ohne nachzudenken aus und ging in der Folgezeit oft zu Erin, mit der Hoffnung, ihn wiederzusehen.

Wir trafen uns erst zwei Jahre später auf der Hochzeit von Erins Bruder. Ich war in der Zwischenzeit neunzehn Jahre alt und studierte Maschinenbau an der Hochschule in Hamburg. Ich wohnte noch immer bei meinen Eltern, die sich langsam Sorgen machten, weil es bisher noch keinen jungen Mann in meinem Leben gab. Es gab keine Verabredungen mit den Kommilitonen, und von gelegentlichen Kinobesuchen mit Erin abgesehen, blieb ich zuhause. Ich kümmerte mich um mein Ehrenamt in der Kirche, lernte eifrig und las viel.

Erin war es auch, die mich überredete, zur Hochzeit ihres Bruders Peter mitzukommen. Als wir unsere Sitzplätze in der Kirche einnahmen, sah ich ihn. Er war der Trauzeuge und stand direkt neben dem Bräutigam in der Kirche. Mit dem schwarzen Smoking sah er so schön und elegant aus, als ob er geradewegs aus einem Designer-Modemagazin herausgehüpft wäre. Wie gebannt verfolgte ich jede seiner Bewegungen. Seine Schönheit blendete mich, ließ alles um mich herum in den Hintergrund treten.

Als es vorbei war und wir uns ins Hotel zur anschließenden Feier begaben, saß ich nur da, rührte mein Essen kaum an und suchte mit Blicken nach ihm. Er unterhielt sich angeregt mit einer hübschen Blondine, die neben ihm saß. Ab und zu blickte er im Festsaal umher, als würde er nach jemandem Ausschau halten und ich betete innerlich, dass ich diejenige war. Laut Erin war die blonde junge Frau neben ihm die Trauzeugin der Braut, die erst vor zwei Tagen aus Kanada gekommen war. Doch so, wie die beiden dasaßen und sie ihn anschmachtete, war es offensichtlich, dass sie sich gut verstanden. Das versetzte mir einen Stich ins Herz und ich lernte zum ersten Mal in meinem Leben, wie schmerzhaft sich Eifersucht anfühlen konnte.

Nach dem Essen begann der Tanz und Alexander tanzte mit der blonden Kanadierin einen langsamen Tango. Er bewegte sich zur Musik so anmutig und selbstsicher wie ein professioneller Tänzer. Mit jeder Sekunde, die er diese junge Frau an sich presste, wuchs der Wunsch in mir, die Frau in seinen Armen zu sein.

Sobald das Lied zu Ende war, brachte Alex die Blondine zu ihrem Platz, flüsterte ihr etwas ins Ohr und kam recht zielstrebig auf unseren Tisch zu. Ich dachte, er wolle zu Erin, doch er beugte sich zu mir herunter und fragte: »Na Gia, kennst du mich noch?« Dabei streckte er mir auffordernd die Hand hin.

Mein Mund öffnete sich, alles Blut wich aus meinem Gesicht und ich brachte kein vernünftiges Wort zustande, hielt unwillkürlich den Atem an.

»Atme, mach den Mund zu und tanze mit mir«, sagte er mit selbstbewusst verzogenen Mundwinkeln. Er war sich seiner Wirkung auf mich bewusst und wollte offensichtlich mit mir tanzen.

Ich räusperte mich, ergriff seine Hand und begab mich, so graziös wie es mit zitternden Beinen möglich war, auf die Tanzfläche. Als wir uns im Takt der Musik bewegten, sah er auf mich herunter und fragte: »Na, was machst du so?«

»Ich studiere Maschinenbau an der Fachhochschule«, antwortete ich eingeschüchtert, senkte verlegen den Kopf und starrte auf seine Brust.

»Willst du mit mir ausgehen?«

»Was ... wann ...?«, stammelte ich verwirrt.

»Wir könnten mal essen gehen, oder willst du lieber ins Kino?«

So fing damals alles an.

Alex war der erste Mann, mit dem ich geschlafen hatte und es passierte auch erst in unserer Hochzeitsnacht. Er hatte davor keinen Versuch gemacht und ich rechnete diesen Umstand seiner religiösen Erziehung zu. Unser Liebesleben war nicht abwechslungsreich oder exotisch gewesen. Wir schliefen im dunklen Zimmer miteinander und es war immer eine recht kurze Angelegenheit. Einen Orgasmus erreichte ich dabei nicht, aber ich himmelte ihn an und er war aufmerksam und zärtlich. Wir schmusten viel und ich hatte nicht das Gefühl, dass mir etwas fehlte. Ich dachte, es würde sich mit der Zeit schon noch ergeben, wenn wir uns nur besser aneinander gewöhnt hätten.

Dann verlor ich im vierten Monat der Schwangerschaft das Baby, und von da an beherrschten Selbstzweifel und Dunkelheit mein Leben. Alex wünschte sich unbedingt Kinder, denn für ihn gehörten sie zu einer glücklichen Ehe und nun konnte ich ihm nicht mehr das geben, was er sich so sehnlichst wünschte. War ich überhaupt noch die Richtige für ihn?

Ich fühlte mich außerstande körperlichen Kontakt zu ertragen und sogar das Küssen oder leichteste Berührungen bereiteten mir Probleme.

In der Anfangszeit bemühte sich Alex noch rührend um mich, fragte ständig, wie es mir ging und ob ich etwas bräuchte. Er versuchte, mich aus der Stumpfsinnigkeit und der depressiven Stimmung herauszuholen, kaufte Theaterkarten und brachte Blumen mit, doch seine übertriebene Fürsorge machte mich nur nervös. Ich schrie ihn immer wieder an und konnte ihn nicht in meiner Nähe ertragen. Mit der Zeit zog er sich immer mehr zurück und widmete sich intensiv dem Aufbau seiner Firma.

Meinen allerersten Orgasmus erlebte ich ungefähr ein Jahr nach der Fehlgeburt und es geschah während ich schlief. Ich träumte von unserem Poolreiniger, der alle zwei Wochen für ein paar Stunden kam, um das Schwimmbecken zu reinigen. Ich kannte seinen Namen nicht und hatte noch nie ein Wort mit ihm gewechselt. Doch ich träumte von ihm, einem mittelgroßen, leicht untersetzten Typ mit einer fortgeschrittenen Glatze, der bei der Arbeit immer einen verdreckten Blaumann und ein verschwitztes Shirt trug.

In dieser Nacht träumte ich, wie er einfach zur Terrassentür reinkam, mich energisch vom Sofa hochzog und mich mit seinen haarigen Pranken fest gegen seinen Körper drückte. Er schob mir forsch die Zunge in den Mund und drängte mich mit seinem Körper quer durch das Zimmer, bis ich mit dem Rücken an den Esszimmertisch stieß.

Eigentlich hätte ich Angst oder zumindest Unwohlsein empfinden müssen, weil ein wildfremder Mann mich so anfasste, doch in meinem Traum war ich keineswegs ängstlich, sondern eher in einer freudig erwartendenden Stimmung.

Er ließ mich plötzlich los und zog mir, mit einem Ruck, das Kleid über den Kopf und ich stand nur noch in Unterwäsche vor ihm. Er sah mich voller Bewunderung von oben bis unten an, leckte sich die Lippen und ohne ein Wort zu verlieren, zog er meinen Büstenhalter nach unten, sodass mein Busen über die Körbchen hinausragte. Er beugte sich vor und umschloss eine meiner Brustwarzen mit seinen Lippen und saugte leicht daran. Augenblicklich zog sie sich zusammen und richtete sich auf.

Ein unbekanntes, doch durchaus wohliges Gefühl durchströmte meinen Körper. Alle Muskeln spannten sich an und Gänsehaut überzog meine Haut. Spätestens jetzt hätte ich in Panik ausbrechen müssen, doch ich war nicht in Panik, im Gegenteil – ich war voller Hoffnung auf die Erfüllung einer unerklärlichen Sehnsucht. Ich wollte nicht, dass er aufhörte, ich wollte, dass er weitermachte und sogar seine, fast schon groben Liebkosungen steigerte.

Dann zog er fest an meinem Slip, bis die Seite riss, umfasste meine Taille und hob mich auf den Tisch hinter mir. Er drückte sanft meine Knie mit seinen Hüften auseinander und schob sich dazwischen. Die ganze Zeit unterbrach er nicht die Liebkosung seines Mundes auf meiner Brust. Abwechselnd nahm er meine Brustwarzen in den Mund und ließ seine Zunge um die empfindlichen, steil aufgerichteten Knospen kreisen.

Verkrampft hielt ich mich an den Kanten des Tisches fest und erschauerte, streckte mich ihm schamlos entgegen. Spannung und Verlangen nach Erlösung, ergriffen von mir Besitz.

Er zog mit seinen Lippen von der Brust, über den Bauch bis zu meiner Scham und bedeckte die zarte Haut meiner Innenschenkel mit leichten Küssen. Seine Bartstoppeln kratzten, doch es fühlte sich keineswegs unangenehm an. Sein Mund und das leichte Kratzen seines Kinns hinterließen eine Spur aus Hitze.

Als er den Kopf hob, leuchteten in seinen Augen Bewunderung und Verlangen. Ich spürte, wie er die Hand langsam hinabgleiten ließ und am Eingang zu meiner Mitte kurz innehielt. Warme raue Arbeiterhände, die über meine Haut strichen, ließen eine merkwürdige, unbekannte Wärme in meinem Innern aufsteigen.

Ich fühlte, wie meine Säfte regelrecht überflossen. Bei Alex war ich früher meistens zu trocken, sodass es fast schmerzhaft war, wenn wir miteinander schliefen, doch jetzt war ich feucht und bereit.

Dreist reckte ich dem Poolmann das Becken entgegen. Wollte unbedingt, dass er die Leere ausfüllte, und konnte es kaum noch erwarten seine Finger in mir zu spüren. Und endlich, ganz langsam, führte er zwei seiner Finger in mich ein, wobei er wieder das Spiel seiner Zunge an meinen Brustwarzen aufnahm. Die erregende Reibung und seine Zunge an meinem Busen, ließen mich laut aufstöhnen.

Oh, mein Gott, was machte er nur mit mir? Die unbekannte Wärme nahm zu und wurde zu sengender Hitze – ich verbrannte innerlich. Als er mit dem Daumen über die pralle Perle zwischen meinen Beinen strich, fingen meine Oberschenkel unkontrolliert zu zittern an. Ich empfand keinerlei Scham, nicht einmal Verlegenheit, sondern beobachtete fasziniert seinen auf und ab wippenden Kopf an meiner Brust und drückte mein Becken gegen die Hand zwischen meinen Beinen.

Er bewegte seine Finger immer schneller und die Hitze in mei-

nem Körper konzentrierte sich in meinem Unterleib. Jede Bewegung löste eine Welle unglaublicher Lustgefühle aus. Mein Herz klopfte rasend schnell gegen die Rippen und Schweiß brach aus jeder Pore aus. Nie gekannte Empfindungen brodelten in meinem Innern auf und ich gierte nach Erlösung von dieser Anspannung.
Jäh erfasste ein Beben meinen Körper und tief im Inneren pulsierte es, während sich sämtliche Muskeln zusammenzogen. Der aufgebaute Druck entlud sich in einer regelrechten Explosion. Ich kniff fest die Augen zu, warf meinen Kopf nach hinten und stieß die angehaltene Luft mit einem lauten Seufzer aus.

Plötzlich wachte ich schweißgebadet auf, den Nachhall der erlösenden Explosion noch spürend. Mir war furchtbar heiß und das Pulsieren in meinem Inneren ebbte langsam ab, eine befriedigende Schwäche machte sich breit.

So etwas hatte ich noch nie zuvor erlebt. Einerseits war ich entsetzt, fühlte mich andererseits aber auch irgendwie gut. Befriedigt. So als ob mich der Traum von einer inneren Belastung befreit hätte. Erschrocken wandte ich den Kopf zu Alexander, der ruhig neben mir schlief und bekam entsetzliche Schuldgefühle. Was hatte ich getan und wie konnte so etwas mit einem Mann, den ich gar nicht kannte und den ich überhaupt nicht attraktiv fand überhaupt passieren?

Die nächsten Tage lief ich herum wie ein Zombie, fühlte mich schuldig und beschmutzt. Dann recherchierte ich im Internet und versuchte herauszufinden, wie ich so etwas mit einem wildfremden Mann, für den ich keinerlei Gefühle hatte, träumen konnte. War ich pervers oder krank? Ich fand im Internet keine zufriedenstellende Antwort auf meine Fragen. Obwohl ich Alexander nicht wirklich betrogen hatte, empfand ich trotzdem Gewissensbisse. Warum träumte ich nicht von ihm, obwohl ich ihn liebte?

In den nächsten Tagen ging ich immer früh zu Bett, damit ich Alex nicht begegnete und weil ich mich so furchtbar schämte, wollte ich ihm nicht in die Augen sehen. Bestimmt würde er gleich erkennen, was ich getan hatte. Ich stellte mich schlafend, wenn er kam, und starrte dann stundenlang in sein schönes Gesicht oder an die Schlafzimmerdecke.

Vermutlich hätte ich mit Alexander über die Träume reden

sollen, doch ich schämte mich furchtbar. Ich hätte dann auch zugeben müssen, dass ich bei ihm noch nie einen Orgasmus erlebt hatte und das wollte ich ihm nicht antun. Er war vermutlich genauso unerfahren wie ich in die Ehe gegangen, und obwohl ich es selbst gar nicht wusste, hätte ich erklären müssen, wieso ich in meinen Träumen so erregt wurde und bei ihm nicht. Ich hätte auch mit meiner Mutter darüber sprechen können, doch das wäre mir peinlich, denn wir hatten noch nie über Sex gesprochen. Wie hätte ich jetzt damit anfangen sollen?

In den nächsten Monaten hatte ich denselben Traum immer mal wieder. Ich versuchte alles Mögliche, um nicht mehr zu träumen, blieb solange auf, bis ich mich vor lauter Müdigkeit nur noch ins Bett schleppen konnte, las stundenlang, nur um nicht einzuschlafen. Trotzdem kamen die Träume immer wieder. Ich wünschte mir sehnlichst, dass der Mann in meinen Träumen Alexander wäre, doch ich träumte immer nur von dem Kerl, der unseren Pool reinigte.

Im Herbst vor einem Jahr wurden die Träume dann seltener, vermutlich, weil das Schwimmbad für den Winter abgedeckt wurde und der Poolreiniger nicht mehr kam. Irgendwann blieben sie dann ganz weg.

Mit den ersten warmen Tagen im Frühling kamen die Träume jedoch wieder und ich fühlte mich unfähig diesen Zustand weiterhin zu ertragen. Ich musste aus diesem Kreis der düsteren Stimmungen und Schuldgefühlen ausbrechen, wieder ins Leben zurückkehren. Ich wollte unbedingt wieder ein normales Leben führen.

Ich fragte meinen Vater, der eine mittelgroße Maschinenfabrik besaß nach einem Job und wappnete mich für das Gespräch mit Alexander. Wir hatten in den vergangenen zwei Jahren kaum noch miteinander gesprochen und ich wollte, dass er mich entgegen seiner Einstellung einen Job annehmen ließ. Ich musste ihn davon überzeugen, dass dies der einzige Weg aus der Depression für mich war. Natürlich würde er es mir nicht wirklich verbieten, doch ich wollte, dass er einsah, dass ich nur so wieder ins Leben zurückfinden konnte.

»Mein Vater hat mir eine Stelle in der Entwicklungsabteilung seiner Firma angeboten und ich würde sie gerne annehmen«, platzte ich heraus, als Alex an diesem Abend spät nach Hause kam.
Er starrte mich entgeistert an.
»Ich brauche eine Beschäftigung, denn hier werde ich noch verrückt«, bemühte ich mich, zu erklären.
»Was hast du heute gemacht? Du siehst richtig gut aus«, sagte er nur, ohne auf meine Ankündigung einzugehen.
»Ich war bei Luca, meinem Friseur.«
»Aber du siehst völlig anders aus. Luca hat doch nur deine Haare gemacht.«
»Vielleicht lässt mich die Aussicht auf den neuen Job anders wirken«, erwiderte ich. »Du hast doch nichts dagegen, dass ich es mal versuche?«, fragte ich verunsichert, denn eigentlich hatte ich heftigere Einwände erwartet.
»Wenn dich schon die Aussicht auf den Job bei deinem Vater so verändert, dann habe ich nichts dagegen. Vielleicht ist es so am besten für dich«, erwiderte er nur und strich mir sanft über die Wange. Mechanisch verkrampfte ich mich und zuckte zusammen. Er ließ seine Hand sinken und ging ohne ein weiteres Wort ins Schlafzimmer.
Meine Wange glühte, wo Alex mich berührt hatte und ich legte gedankenverloren meine Hand darauf. Es war ein schönes Gefühl von ihm berührt zu werden, doch auch ungewohnt, weil er mich schon so lange nicht mehr angefasst hatte und ich war zurückgezuckt. Wieder hatte ich ihn verletzt und abgewiesen. Warum konnte ich nicht auf seine Zärtlichkeiten eingehen, obwohl es doch das war, wonach ich mich sehnte?

2

Die Entwicklungsabteilung in der Firma meines Vaters befand sich in einem der größeren Büroräumen des Gebäudes. Hier wurden, in Zusammenarbeit mit den Kunden, spezielle Maschinen für bestimmte Aufgabengebiete entwickelt, wo keine Standardmaschinen eingesetzt werden konnten. Im Büro, in das mich mein Vater führte, saßen drei Männer und eine Frau, die mich alle mehr oder weniger freundlich anstarrten.

Da war Andy, hochgewachsen, mit dunklen, ein wenig zu langen Haaren, vermutlich Mitte dreißig. Er streckte mir die Hand hin und begrüßte mich mit einem freundlichen Lächeln: »Ich freue mich schon auf die Zusammenarbeit, Gioia«.

Walter, der Leiter dieser Abteilung, hieß mich auch willkommen. Er war Mitte fünfzig, einer der ältesten Mitarbeiter meines Vaters und sein langjähriger Freund. Der Jüngste im Bunde war Danny, der noch in der Ausbildung war. Er winkte mir nur kurz zu und lächelte ebenso freundlich. Dann war da noch Anna, eine hübsche, etwas füllige Brünette, ebenfalls Mitte dreißig. Sie trug ein ziemlich buntes Outfit mit viel Bling-Bling und sah ein wenig skeptisch drein, begrüßte mich jedoch auch mit Handschlag.

»So, jetzt hast du alle kennengelernt und ich kann wieder zurück an meine Arbeit. Falls du noch etwas brauchst, melde dich oder sage einfach Walter Bescheid. Er wird sich um dich kümmern, bis du dich hier eingelebt hast«, erklärte mein Vater, drückte mir noch aufmunternd den Unterarm, bevor er wieder in sein Büro zurückkehrte.

»Gia, das hier ist dein Schreibtisch. Schau dir am besten alles in Ruhe an, denn heute ist hier der Teufel los. Wir müssen noch einige Zeichnungen für eine Maschine fertigstellen, denn der Kunde will die Entwürfe morgen Vormittag sehen. Morgen habe ich dann auch mehr Zeit und kann dir alles zeigen«, erklärte mir Walter und ließ mich stehen.

Die einzelnen Schreibtische in meinem neuen Büro waren nur durch Schränke mit Zeichnungen, die als Raumteiler fungieren, voneinander getrennt. Alle sahen konzentriert auf Ihre Bildschirme und bewegten dabei von Zeit zur Zeit die Maus. Nur ab und zu nahm ich einen neugierigen Blick in meine Richtung wahr. Da ich noch nichts zu tun hatte, stand ich auf und begab mich nach unten in die Produktionshalle. Dort war ich schon als Kind immer gerne.

Ich ging zwischen den Maschinen durch und begrüßte den einen oder anderen Mitarbeiter, den ich noch aus früheren Zeiten kannte. In der Schweißerei arbeitete Onkel Paul, der schon über sechzig und eigentlich nicht mein richtiger Onkel war, doch so hatte ich ihn als Kind immer gerufen. Er wohnte nur einige Häuser von meinem Elternhaus entfernt und ich hatte als kleines Mädchen oft mit seiner Tochter gespielt. Leider starb sie im Teenageralter an Leukämie und seine Frau nur wenige Jahre später. Trotz der Schicksalsschläge, wurde Onkel Paul nicht verbittert, sondern blieb mir gegenüber nach wie vor genauso warmherzig wie zuvor. Bis zu meiner Heirat hatte ich ihn noch regelmäßig besucht, doch danach nicht mehr.

Als er mich sah, kam er sofort auf mich zu und streckte mir breit grinsend die Hand, die er vorher an der Hose abgewischt hatte, entgegen.

»Hallo Onkel Paul, willst du mich denn nicht mehr drücken, so wie früher? Bekomme ich heute nur noch einen Händedruck?«, fragte ich ihn lächelnd.

»Aber Kleines, komm in Onkel Pauls Arme. Ich habe mich nur nicht getraut, weil du doch so eine vornehme junge Dame geworden bist.« Er zog mich an sich und drückte mir wie in früheren Zeiten einen Kuss auf den Scheitel.

»Wie fein und hübsch du aussiehst, mein Kind.«

Ich lächlte ihn freundlich an und sonnte mich in seiner väterlichen Art. Wir unterhielten uns noch ein Weilchen und die Herzlichkeit des alten Mannes tat mir gut. Nach diesem Gespräch kehrte ich mit einem viel besseren Gefühl in mein Büro zurück.

Nachdem Walter mir das Verzeichnis mit der aktuellen Zeichnung zeigte, vertiefte ich mich darin, um herauszufinden, was für eine Maschine es war. Die Zeit verging wie im Flug und als ich um mich herum geschäftiges Treiben bemerkte, blickte ich auf die Uhr und stellte fest, dass es schon Feierabend war. Ich hatte an der Zeichnung mitgearbeitet und konnte sogar eine kleinere Verbesserung an der geplanten Maschine einbringen.

Am Abend fuhr ich, zum ersten Mal seit zwei Jahren, gut gelaunt nach Hause. Ich summte sogar bei einem alten Lied mit, das im Radio gespielt wurde. Als ich zuhause ankam, stand das Auto von Alex vor der Garageneinfahrt.

»Du bist schon hier?«, fragte ich überrascht.

»Ja, ich wollte dir zur Feier des Tages ein paar Blumen bringen und zum neuen Job gratulieren. Ich hoffe, du hattest einen schönen Tag«, begrüßte er mich und sah mich dabei aus unerfindlichen Gründen durchdringend an.

»Es war sehr nett und alle waren freundlich. Lieb von dir, dass du an mich gedacht hast.« Ich bemerkte den schönen Strauß, der auf dem Esszimmertisch in einer Vase steckte und war froh, dass er mir die unbeabsichtigte Zurückweisung von gestern nicht nachtrug.

»Ja, ich bin nur kurz nach Hause gekommen, weil ich noch einige Unterlagen holen musste, die ich heute Morgen vergessen habe.«

»Also bleibst du nicht zum Abendessen?« Die Enttäuschung in meiner Stimme war deutlich hörbar. Er war nicht nach Hause gekommen, weil er an mich gedacht hatte, sondern weil er die vergessenen Unterlagen holen wollte.

»Nein, ich sollte noch einige Pläne durchgehen. Doch wenn du willst, bleibe ich natürlich.«

Natürlich konnte er nicht bleiben, denn Alice wartete sicherlich schon im Büro auf ihn. Der inzwischen gewohnt stechende Schmerz der Eifersucht machte sich in meiner Brust breit und bildete einen Kloß in meinem Hals.

»Nein, nein, du kannst ruhig gehen, ich habe sowieso keinen großen Hunger. Ich esse nur eine Kleinigkeit«, murmelte ich noch und drehte mich schnell um, damit er nicht mitbekam, wie mir die Tränen in die Augen stiegen. Als ich im Schlafzimmer ankam, konnte ich hören, wie die Haustür zugeschlagen wurde.

Ich hatte ihn gestern zum wiederholten Mal durch mein Zusammenzucken abgewiesen und konnte ihm nicht das geben,

was er sich so sehnlichst wünschte – ich würde niemals die Mutter seiner Kinder werden können. Ich war unfähig mit ihm zum Höhepunkt zu kommen und wand mich vor Verzückung, wenn mich ein anderer Mann in meinen Träumen befriedigte. Mit der Unfruchtbarkeit und meinem Verhalten trieb ich ihn regelrecht in Alices Arme. Ich warf mich aufs Bett und weinte bitterlich.
Ich hatte ihn verloren. Es war zu spät.

Als er dann spät in der Nacht ins Schlafzimmer kam, stellte ich mich erneut schlafend. Er entledigte sich leise seiner Kleidung und schlüpfte ins Bett.
Da lag ich und konnte, wie schon so oft, nicht einschlafen. Bedrückende Gedanken schwirrten in meinem Kopf herum und ich stellte mir vor, wie er und Alice miteinander lachten. Lachten über die arme Irre, die alleine zu Hause saß und ihrem Mann nicht das bieten konnte, was er brauchte.
Irgendwann schlief ich doch noch ein und in dieser Nacht hatte ich wieder einen überaus erotischen Traum, diesmal mit Andy.
Plötzlich schreckte ich hoch, wie schon früher schweißgebadet und mit schlechtem Gewissen. Es war wieder passiert und mit einem Mann, den ich heute zum ersten Mal getroffen hatte. Ich lag wach und konnte Andys Glied fast noch immer in mir spüren. Ich fühlte mich befriedigt und feucht.
Konnte das überhaupt sein und wie sollte ich Andy in Zukunft begegnen? Ich schien in meinen Träumen nicht ausschließlich auf den Poolmann fixiert, denn so wie es aussah, könnte jeder beliebige Mann in meiner Umgebung mein nächtlicher Partner werden. Lieber Gott, was stimmte nicht mit mir?
Meine Atmung beruhigte sich langsam und ich sah zu Alex rüber. Sein Atem ging immer noch gleichmäßig und ruhig und er schien nichts mitbekommen zu haben. Was, wenn er aufgewacht wäre und mich stöhnen gehört hätte, oder sogar mitbekommen hätte, wie ich mich in Ekstase wand?

Ich schlich mit Tränen in den Augen ins Bad und plötzlich wurde mir alles zu viel. Ich sank auf den Boden des Badezimmers und presste die Hand gegen meinen Mund, um den Schrei zurückzuhalten, der aus meiner Kehle aufzusteigen drohte. Die Schuldgefühle steigerten meine Verzweiflung und ich überlegte verbissen, was ich dagegen unternehmen konnte. Plötzlich erinnerte ich mich an die Worte meines Therapeuten, dass es manchmal half, wenn man Gedanken und Gefühle, die einen bewegten, schriftlich festhielt. Damit sollte man eine andere Sichtweise auf die eigenen Emotionen bekommen und sie so leichter verarbeiten können.

Ja, das war die Lösung. Vielleicht hörten so die verdammten Träume endlich auf. Dieser Gedanke milderte mein schlechtes Gewissen und ich fühlte sogar so etwas, wie Erleichterung aufkommen.

Es war zwar erst kurz nach fünf, aber Alex würde bestimmt bald aufstehen und ich beschloss, Eiertoast für uns zu machen, weil Alex die früher so gerne gegessen hatte. Gerade als ich zwei Teller auf die Frühstückstheke legte, kam er zur Tür herein. Nur mit seiner Pyjamahose bekleidet und den vom Schlaf zerzausten Locken sah er einfach atemberaubend schön aus.

Als er mich bemerkte, runzelte er die Stirn und fragte mit vom Schlaf rauer Stimme: »Was machst du denn hier?«

»Ich mache Eiertoasts für uns.«

»Eiertoasts?«, fragte er mit erhobener Braue.

»Ja, ich dachte, wir könnten mal wieder miteinander frühstücken«, antwortete ich verunsichert.

»Ich habe in letzter Zeit zwar nur Kaffee zum Frühstück gehabt, aber wenn du es wünschst, werde ich mit dir frühstücken.« Er setzte sich auf einen der Hocker, ich füllte die Teller und setzte mich zu ihm. Wir hatten schon lange nicht mehr miteinander geredet und es fiel mir schwer, ein Gespräch zu beginnen. Man hörte nur das Schaben der Gabeln auf den Tellern und die Stille wirkte bedrückend.

»Ich ...«

»Wie ...«

Begannen wir beide gleichzeitig und verstummten sofort wieder.

»Was wolltest du sagen?«, fragte er.

»Ach, nichts Wichtiges. Was wolltest du denn wissen?«, winkte ich ab.

»Wie war dein Tag gestern? Hast du dich im Büro schon etwas eingelebt?«, fragte er und sah mich erwartungsvoll an.

»Ja, es war schön. Ich habe Onkel Paul wiedergesehen und die Kollegen im Büro scheinen alle ganz nett zu sein«, antwortete ich, froh, dass ich über irgendetwas reden konnte und die belastende Stille durchbrochen wurde.

»Dann ist es ja gut.« Er musterte mich von der Seite. »Du siehst auch schon wieder viel besser aus und hast rosige Wangen«, stellte er anschließend fest.

Oh, mein Gott, er hatte vorhin bestimmt etwas bemerkt, ging mir plötzlich durch den Kopf. Alles Blut, das in mir war, schoss in diesem Moment hoch in mein Gesicht. Ich leuchtete bestimmt wie eine reife Tomate, senkte den Blick auf den Teller vor mir, damit er nicht sah, wie sehr ich mich schämte. Trotzdem empfand ich auch Freude darüber, dass nach so langer Zeit wieder etwas Normalität und ein Gespräch zwischen uns möglich war.

Doch als ich nichts darauf erwiderte, schob er resigniert seinen Teller weg und stand auf.

»Also gut, danke fürs Frühstück, doch ich muss mich beeilen. Ich habe noch einen harten Tag vor mir.«

Ich blieb an der Frühstückstheke sitzen und starrte den leeren Teller an. Ich war mir fast sicher, dass er etwas bemerkt hatte, doch warum sprach er es nicht an? Warum ließ ich mich von ein paar Träumen dermaßen beeinflussen, dass ich zu keiner normalen Reaktion fähig war? Er hatte versucht, mit mir zu reden, doch ich hatte ihn durch meine Einsilbigkeit wieder abgeschreckt. Obwohl ich mir nichts sehnlicher wünschte, als dass wir wieder zueinanderfanden, schaffte ich es nicht, ihm entgegenzukommen. Im Gegenteil, ich trieb ihn immer weiter von mir weg und somit direkt in Alices Arme.

Nachdem er aus dem Haus war und ich mich etwas beruhigt hatte, zog ich ein aquamarinblaues, enges Kleid an, das mir etwas locker um die Hüften saß, denn ich hatte in den letzten zwei Jahren einiges an Gewicht verloren. Auf dem Weg zur Arbeit fuhr ich noch in einem Papiergeschäft vorbei und kaufte ein dickes Heft mit festem Einband, um darin die unerwünschten Träume festzuhalten. Ich setzte all meine Hoffnungen darauf, dass es durch das Niederschreiben besser wurde, vielleicht sogar ganz aufhörte und ich mich nicht mehr so schuldig fühlen musste.

Im Büro war die Stimmung an diesem Tag wesentlich entspannter und als ich reinkam, standen Anna, Andy und Danny plaudernd beieinander. Sogar Anna sah heute viel freundlicher drein als gestern.

»Nachdem die Entwürfe jetzt fertig sind, können wir es heute etwas weniger stressig angehen«, erklärte sie.

Sie trug, wie schon am Vortag ein exotisch buntes Outfit und lange Ohrringe mit Federn dazu, zudem zierte eine lila Strähne ihre sehr blonden Locken. War sie gestern nicht brünett gewesen, überlegte ich und stellte mich höflich zu ihnen.

Andy lieferte ungefragt eine Erklärung für meine stille Frage, indem er Anna damit aufzog, dass sie jedes Mal, wenn ein Auftrag erfolgreich beendet wurde, zum Friseur rannte und sich die Haare umfärben ließ.

»Wenn es nach deiner Haarfarbe geht, wird der Entwurf bombig ankommen und wir bekommen bestimmt bald den Auftrag«, frotzelte er.

»Ja, die Frisur und auch die Farbe spiegeln meine innere Stimmung wider«, entgegnete sie lachend.

»Gia, du hättest sie letzten Herbst sehen sollen. Da kam sie mit tiefschwarzen, glatt nach hinten zurückgekämmten Haaren an. Aber diesen Auftrag haben wir dann auch nicht bekommen, die Entwürfe waren nicht wirklich gut.«

Sie lachten alle lauthals auf und auch ich musste lächeln, vermied dabei jeden Blickkontakt mit Andy. Das Lachen hatte eine befreiende Wirkung und ich schaffte es sogar, mich ein wenig zu entspannen. Wir arbeiteten an einigen alten Entwürfen, als Walter hereinkam und verkündete: »Wir haben den Auftrag. Ihr könnt eure Sachen packen und den restlichen Nachmittag freinehmen. Gut gemacht Leute und auch dein Vorschlag ist gut angekommen, Gia.«

Aufgrund seines Lobes breitete sich Stolz und ein Hochgefühl in mir aus, weil dies die erste positive Nachricht seit Langem war.

Nachdem wir den ganzen Nachmittag freibekommen hatten, beschloss ich, mir einige neue Sachen zuzulegen, da die in meinem Kleiderschrank alle um mindestens eine Nummer zu groß waren. Nachdem ich einige hübsche Stücke fand und sie mit der Kreditkarte bezahlte, trank ich im Café Paris einen Milchkaffee. Ein junger Mann, laut seinem Namensschild hieß er Adam, bediente mich – freundlich und zuvorkommend. Weil ich mich zunehmend besser fühlte, gab ich ihm ein großzügiges Trinkgeld und machte mich auf den Heimweg.

Da Alex noch nicht da war, packte ich die Einkäufe weg und machte mich daran, den Traum von heute Nacht aufzuschreiben.

Eifrig schrieb ich Wort für Wort auf, was ich die Nacht zuvor geträumt und gefühlt hatte. Sogar beim Schreiben spürte ich die Wärme in mir aufsteigen. Die Erinnerung war so lebendig und fühlte sich so real an, dass ich fast noch immer Andys Lippen auf meinen Brüsten fühlen konnte. Gerade als ich alles aufgeschrieben hatte, brachte mir unsere Haushälterin Eva das Abendessen und da ich mich nach dem Essen direkt schlafen legte, bekam ich gar nicht mit, wann Alex an diesem Abend nach Hause kam.

Als ich, wie in letzter Zeit üblich, schweißgebadet aufwachte, konnte ich Alex neben mir liegen sehen und wieder drängte sich das schlechte Gewissen in den Vordergrund. Obwohl ich gehofft hatte, dass das Niederschreiben meiner nächtlichen Eskapaden, diese beenden würden, schien es leider nicht zu funktionieren. Trotzdem beschloss ich, den Traum in meinem Heft festzuhalten, denn obwohl die Träume andauerten, fühlte ich mich dadurch zumindest etwas weniger schuldbeladen. Da ich nach dem Traum sowieso nicht wieder einschlafen würde, setzte ich mich hin und notierte:

Mittwoch, 09. März
Der junge Kellner kam an meinen Tisch und bat mich höflich nach hinten. Adam hieß er, glaube ich. Er hatte ein hübsches, fast noch jungenhaftes Gesicht, war blond und trug seine Haare hinten zu einem kurzen Pferdeschwanz gebunden.

Er führte mich in eine Art Umkleideraum und verschloss hinter sich die Tür. Ich drehte mich überrascht zu ihm um und fragte verwundert: »Was soll ich denn hier?«

»Du weißt ganz genau, was wir hier wollen«, dabei betonte er das

wir überdeutlich. »Du hast mich angemacht da draußen und jetzt will ich dich haben«, antwortete er mit Entschlossenheit.

»Nein, ich habe dich nicht angemacht!«, erwiderte ich entrüstet.

»Aber du willst es doch.«

»Ja, ich will es«, rief ich aus. Rastlos trat ich von einem Bein auf den anderen und die Aussicht auf das Kommende, löste ein leichtes Kribbeln in meinem Unterleib aus. Ich wollte ihn wirklich und wahrhaftig, sehnte mich sogar nach seinen Berührungen, wollte ihn so sehr, dass ich es beinahe nicht erwarten konnte, ihn endlich zu spüren.

Er packte mich an den Schultern, zog mich fest an sich heran und küsste mich ungestüm. Schob mir die Zunge in den Mund und drängte mich dabei mit seinem Körper weiter in den Raum. Ich erwiderte gierig seine harten Küsse, wie eine Ertrinkende, die nach Luft schnappte, drängte mich noch fester an ihn, signalisierte ihm so, dass ich einverstanden war.

Der Geschmack von Kaffee und Honig machte sich in meinem Mund breit, so als ob er kurz zuvor einen honigsüßen Kuchen zum Kaffee gegessen hätte. Ich mochte den Geschmack seines Mundes.

Plötzlich ließ er mich los, trat einen Schritt zurück, zog mir das Shirt über den Kopf und ließ es achtlos hinter sich auf den Boden gleiten. Dabei sah er mich mit großen Augen bewundernd an.

»Du bist umwerfend schön«, wisperte er. »Doch wir müssen ganz leise sein, meine Hübsche.«

»Ja«, hauchte ich leise und schlang meine Arme um seinen Nacken, wollte seinen Körper wieder an meinem spüren. Er packte mich um die Taille, bog mich nach hinten und küsste mich wieder hart auf den Mund. Die zarten Stoppeln seines jungenhaften Bartes streichelten mich eher, als dass sie kratzten.

Er ließ mich wieder los, öffnete den Verschluss meines BHs und zog die Träger über meine Arme, dann drückte er meine Brüste zusammen und vergrub seinen Mund in der Falte dazwischen. Abwechselnd nahm er meine Brustwarzen in den Mund, saugte und zog leicht mit den Zähnen daran. Augenblicklich verhärteten sich die rosigen Knospen und streckten sich sehnsuchtsvoll seinem Mund und den Händen entgegen. Ein Prickeln überzog meine Haut und Hitze breitete sich von meinem Busen ausgehend über den gesamten Körper aus.

Wieder fühlte ich keinerlei Scham oder Befangenheit, sondern nur wollüstiges Begehren.

Ich warf meinen Kopf in den Nacken und zog zischend die Luft ein. Diesem jungen Mann beim Liebkosen meiner nackten Brust zuzuschauen, fühlte sich wunderbar an und ich konnte schon die Feuchtigkeit zwischen meinen Beinen spüren.

Erneut drückte er meine Halbkugeln gegeneinander, sah auf und flüsterte: »Hier würde ich gerne meinen Schwanz einklemmen.«

»Jaaah«, stöhnte ich laut und der Wunsch ihn dort zu spüren wurde so stark, dass ich es bereits vor meinem inneren Auge regelrecht sehen konnte.

Er öffnete den Reißverschluss an seiner Hose und ließ sie auf die Knöchel herabrutschen. Mit einer Hand drückte er mich nach hinten, sodass ich mich auf die dort stehende Bank setzen musste. Wie er so entblöst vor mir stand, fiel mein Blick direkt auf sein prall aufgerichtetes Geschlecht und den gekräuselten Haarbusch.

Er stieg aus seiner Jeans, spreizte die Beine und trat nah an mich heran und ich neigte den Oberkörper nach hinten, damit der Weg für sein Vorhaben leichter wurde. Der Lusttropfen auf der Spitze hinterließ eine feuchte Spur, als er seine Härte zwischen meinen Hügeln einklemmte.

Ich stützte mich mit den Armen hinter mir auf die schmale Bank ab und er schob sein Becken vor. Sein beachtliches Geschlecht rutschte vor und zurück und er stieß zufriedene Seufzer der Lust aus. Ich verharrte regungslos, voller Bewunderung auf diesen überaus erregenden Anblick starrend. Die rosige Spitze, die immer wieder zwischen meinen Brüsten zum Vorschein kam.

»So will ich nicht kommen, ich will dich um mich spüren«, sagte er leise und seine Stimme klang rauchig heiser vor Begierde, so ungemein sexy.

Meine Brüste fühlten sich schwer unter seinen Händen, die prallen und harten Knospen, in die er immer wieder leicht hineinkniff, drohten beinahe zu platzen. Er löste sich von mir, reichte mir die Hand und zog mich zu sich hoch. Sanft legte er seine Hände auf meine Sultern und drehte mich mit dem Rücken zu sich. Ein widersprechendes, kehliges Knurren entfuhr meiner Kehle, als er sich zurückzog.

»Du kannst es nicht mehr erwarten, bist heiß und ungeduldig, meine Süße«, sagte er mit dieser rauen, sexy Stimme an meinem Ohr und öffnete den Reißverschluss an meinem Rock, zog ihn nach unten, wartete, dass ich ausstieg. Immer noch von hinten griff er an das Bündchen

meines Slips, zog ihn nach unten und küsste mich dabei auf die Pobacken, biss sogar hinein. Die Mischung aus leichtem Schmerz, den seine Zähne verursachten und der Liebkosung seiner Lippen, steigerte nur noch meine Ungeduld und die Gier nach Erlösung.

Er drückte meinen Oberkörper nach vorne, sodass ich gezwungen wurde, mich vornüberzubeugen und ihm meine Kehrseite entgegenzustrecken. Er schob die Hand zwischen meine Beine, die ich bereitwillig öffnete, indem ich einen Schritt zur Seite trat. Automatisch streckte ich meine Arme aus, stützte mich auf die vor mir stehende Bank, um einen besseren Stand zu haben.

Küssend und knabbernd fuhr sein Mund über meine Hinterbacken, ließ wohlige Hitzespuren zurück. Als er seinen Mund ganz langsam immer weiter in Richtung meiner feuchten Mitte rutschen ließ, fingen meine Oberschenkel unkontrolliert zu beben an. Fast war ich versucht, vor Ungeduld wütend aufzuschreien, begnügte mich jedoch mit einem zischenden Ausstoßen der Luft aus meinen Lungen. Ich sehnte mich nach ihm, wollte ihn endlich in mir spüren.

Als er endlich, dort wo ich ihn mir sehnlichst wünschte, angekommen war, spürte ich seine flinke Zunge in die triefend nasse Höhle vorstoßen. Immer wieder fuhr er vor, entlockte mir freudiges Aufstöhnen und den Wunsch nach mehr. Er führte zwei seiner Finger ein, legte den Handballen gegen meinen Venushügel und übte leichten Druck auf die nun pochende Perle aus. Ein Zucken durchfuhr meinen Körper, ließ mich sämtliche Muskeln anspannen und die herrlichen Empfindungen tief in meinem Innern, raubten mir den Verstand.

Plötzlich zog er sich zurück, drehte mich zu sich und trat einen Schritt nach hinten. Sah mich dabei voller Bewunderung an und murmelte: »Du bist einzigartig«.

Sein Kompliment erfüllte mich mit Stolz, ließ mich wie etwas ganz Besonderes scheinen. Trotz der unermesslichen Erregung, die meinen Körper und meine Sinne beherrschte, drangen seine Worte irgendwie tiefer, erreichten meine Seele und mein Herz.

Ich ließ mich wieder auf die Bank zurücksinken, legte meinen Oberkörper flach auf die harte Oberfläche. So lag ich mit gespreizten Schenkeln auf der Bank, die Beine links und rechts etwas unbequem an den Seiten hängend, und empfand keinerlei Scham. Meine Hände waren im Weg, weil die Bank zu schmal war, um mich daran abzustützen, also verschränkte ich sie auf meiner Bauchdecke. Er musterte mich von oben bis unten und zog an meinen Hüften, sodass mein Hintern bis an den Rand der Bank rutschte.

Er sank auf die Knie, hockte sich auf die Fersen zwischen meine Beine, streckte dann die Oberschenkel und war jetzt in der richtigen Position, um eindringen zu können.

Ganz langsam schob er seine Härte vor, füllte mühelos und ohne Schmerzen die Leere darin aus. Dann packte er fest mit beiden Händen meine Hüften und verharrte kurz, um mir Zeit zur Eingewöhnung zu geben. Nach einigen Sekunden zog er sich wieder zurück, sodass nur noch die Spitze am Eingang zu spüren war. Plötzlich, drückte er das Becken vor, fuhr mit einem kräftigen Stoß wieder vor, um dann mit wilden, harten Bewegungen sein pralles Geschlecht immer schneller in mich zu rammen.

Trotz der unbequemen Stellung, spürte ich, wie sich die Erlösung in meinem Innern aufzubauen begann und krallte die Finger in die warme Haut meiner Bauchdecke.

Fasziniert sah ich auf die vor Verzückung verkrampften Gesichtsmuskeln meines jungen Liebhabers. Sein Gesicht und der Oberkörper waren von einem Schweißfilm überzogen, der die glatte Haut feucht glänzen ließ. Meine Vaginalmuskeln zogen sich pulsierend immer wieder zusammen, als der erlösende Höhepunkt mich erschütterte. Fest kniff ich die Augen zusammen, bäumte meinen Rücken durch und schrie erleichtert auf.

Ich versteckte das Buch im hintersten Teil einer Schublade in meinem alten Schreibtisch, schlich mich anschließend leise ins Schlafzimmer zurück und legte mich wieder neben meinen Mann. Mein Gott, was würde ich dafür geben, dass er mich so begehrte, wie Adam in meinem Traum, doch Alex konnte mich nicht einmal mehr küssen, denn ich hatte ihn weggestoßen und jetzt war es zu spät. Jetzt hatte er Alice. Ich fragte mich, ob er nur aus einem übertriebenen Pflichtgefühl oder seiner religiösen Überzeugung heraus immer noch bei mir blieb.

3

Als ich mich am nächsten Morgen für die Arbeit fertigmachte und an den Traum der letzten Nacht dachte, geisterte plötzlich eine abwegige Idee durch mein Gehirn. Die Bank in dem Umkleideraum war recht unbequem und doch ziemlich praktisch. Mit einigen Änderungen wäre sie bestimmt zweckmäßiger und auch viel bequemer. Ich hatte Maschinenbau studiert und die Entwicklung einer solchen Liebesbank wäre für mich ein Klacks. Bei der Planung und Verwirklichung solch eines Projekts sollte es für mich keine großen Schwierigkeiten geben.

Energisch schüttelte ich den Kopf. War ich jetzt von allen guten Geistern verlassen? So etwas konnte ich doch nicht machen! Doch irgendetwas in mir widersprach und fragte, warum eigentlich nicht? Du kannst es doch. Wirf alle moralischen Bedenken über Bord und realisiere diese Bank.

Den ganzen Tag ging mir die unselige Bank nicht mehr aus dem Sinn. Ich musste ständig daran denken und konnte mich kaum noch auf die Arbeit konzentrieren. Gott sei Dank hatten wir heute nicht viel zu tun, weil noch kein neuer Auftrag reingekommen war und wir nur an einigen alten Entwürfen arbeiteten.

Als ich am Abend nach Hause kam, erklärte ich Eva, dass ich noch zu arbeiten hätte und mir später selbst ein belegtes Brot machen würde, dann verzog ich mich ins Büro, wo mein alter Rechner noch stand.

Aus reiner Neugier recherchierte ich im Internet, ob es so eine Liebesbank oder Liege, wie sie mir vorschwebte, bereits existierte. Doch auch nach drei Stunden Suche fand ich nichts Vergleichbares. Dafür hatte ich einiges über BDSM und andere Sexpraktiken erfahren. Mir war nicht bewusst, dass es so viele verschiedene Spielzeuge und Apparaturen für den Geschlechtsakt gab. Ich war wohl ziemlich naiv mit meiner Meinung über Sexspielzeug, denn ich dachte, es gäbe nur Vibratoren. Doch was ich in den letzten Stunden gesehen hatte, überstieg meinen Horizont. So viele Toys, so viele verschiedene Vibratoren und Dildos. Für die Frau und auch für den Mann. Einfach unvorstellbar.

Das Einzige, was mir bei der Suche nach Sexmöbeln auffiel, war eine Firma mit dem Namen *D. S. Ling Ltd.* in Amerika, die scheinbar als Einzige eine sehr breit gefächerte Auswahl an speziellen, hochwertigen, teilweise sogar handgearbeiteten Möbeln, für BDSM-Anhänger anbot. Die Firma agierte weltweit und hatte sogar hier in Hamburg eine Niederlassung.

Als ich aufsah, war es schon nach neun und ich verspürte Hunger, also stand ich auf und ging in die Küche, um nach etwas Essbarem zu suchen. Gerade als ich im Kühlschrank wühlte, ging die Tür auf und Alex kam rein.

Er sah mich verwundert an, legte Mappe und Autoschlüssel auf den Tisch in der Diele und kam af mich zu.

»Du bist noch auf?«, fragte er verblüfft.

»Ich suche mir gerade was zum Abendessen. Willst du auch was?«, erwiderte ich überrascht, dass er schon da war, denn normalerweise kam er nicht vor zehn nach Hause.

»Ja, ich könnte auch eine Kleinigkeit vertragen. Ich bin noch nicht zum Essen gekommen, weil heute auf der Baustelle und im Büro der Teufel los war. Einer unserer Lieferanten hat Konkurs angemeldet und wir mussten nach einem Ausweg suchen. Ich wasche mir nur mal kurz die Hände.«

Während ich Käse und Aufschnitt aus dem Kühlschrank nahm, wunderte ich mich über Alex' unerwartete Gesprächsbereitschaft. Er hatte mit mir noch nie über seine Firma gesprochen. Ich wusste zwar, dass er ein Architekturbüro und eine Baufirma hatte, aber das war auch schon alles.

Deshalb schaute ich ihn etwas genauer an, als er aus dem Badezimmer zurückkam. Wie müde er aussah. Furchen zeichneten sich zwischen seinen Augenbrauen ab, so, als ob er sie oft ärgerlich zusammenzog, und sein Gesichtsausdruck wirkte resigniert.

Wir setzten uns nebeneinander an die Frühstückstheke und nahmen uns beide etwas Brot und Käse. Da stand er auf, nahm seinen Hocker, ging um die Theke herum und setzte sich mir gegenüber. Ich sah ihm erstaunt dabei zu.

»Warst du vor einigen Tagen shoppen?«, fragte er mich mit gesenktem Kopf.

»Ja, ich habe mir ein paar neue Kleider und Hosen gekauft, weil mir alles ein wenig zu groß ist. Warum fragst du?« Ich schaute immer noch verwundert und überlegte, wieso hatte ich das Gefühl, dass ihm meine Shoppingtour nicht passte?

»Ich habe die Beträge auf der Kreditkarten-Abrechnung gesehen. Dreitausend Euro sind kein Pappenstiel.«

»Wieso sagst du das?«, fragte ich und überlegte, warum er die Summe so betonte. Wir waren nicht mittellos. Meine Eltern hatten mir dreihunderttausend Euro zur Hochzeit geschenkt. Das war die Summe aus meiner Ausbildungsversicherung, die sie noch im Kindesalter für mich abgeschlossen hatten. Außerdem hatte Alex eine Baufirma und ein Architekturbüro. Wir hatten doch keine finanziellen Probleme. Oder?

»Ach, es ist nicht wichtig. Ich habe es nur bemerkt«, wiegelte er ab, sah mich dabei jedoch nicht an, sondern hielt den Kopf weiterhin gesenkt.

»Gibt es ein Problem?«, hakte ich nach.

»Nein, nein, kein Problem. Es ist mir nur aufgefallen, weiter nichts.« Er hörte sich jetzt verärgert an, also ließ ich es gut sein.

Er schaute auf und seine Mundwinkel hoben sich fast widerwillig zu einem Lächeln. »Ich freue mich, dass es dir wieder besser geht. Ich habe mir Sorgen um dich gemacht«, sagte er leise und versöhnlich, als ob ihm sein ärgerlicher Ton von vorhin leidtat.

Sein Geständniss verwirrte mich, denn seit ich mich von ihm zurückgezogen hatte, beherrschte Gleichgültigkeit unser Zusammenleben. Seit fast zwei Jahren begegnete er mir eher desinteressiert als von Sorge erfüllt. Das brachte mich völlig aus dem Konzept und ich starrte ihn aufs Höchste erstaunt an.

Als ihm mein Gesichtsausdruck auffiel, fragte er verärgert: »Darf ich mir keine Sorgen mehr um meine Frau machen? Immerhin warst du ziemlich lange krank und fast nicht ansprechbar.«

Die, schon fast lockere Stimmung war schlagartig dahin. Er war eindeutig missgestimmt und ich musste wieder heulen. Also stand ich auf und rannte weinend ins Schlafzimmer. Ich wusch energisch die Tränen aus meinem Gesicht, zog mein Nachthemd an und legte mich ins Bett. Nach einiger Zeit hörte ich, wie Alex nachkam.

»Ich wollte dir keine Vorwürfe machen oder dich verletzen, aber ich bin in letzter Zeit nicht gut drauf. Wir haben ein größeres Bauvorhaben, bei dem nicht alles glatt läuft. Deshalb bin ich zurzeit etwas gereizt«, erklärte er mit sanfter Stimme.

Ohne etwas zu erwidern, blieb ich ruhig liegen und starrte gegen die Wand. Was sollte ich sagen? Was konnte ich tun?

Er hatte ja recht – ich war lange krank. Er hatte sich bemüht, doch ich hatte ihn nicht an mich herangelassen. Ich hatte versucht mit meinen Zweifeln allein fertig zu werden. Ich überlegte krampfhaft, was ich darauf erwidern könnte. Wie sollte ich ihm erklären, dass ich wieder gesund war und mich nach ihm sehnte? Dass ich ihn liebte und brauchte. Vor allen Dingen: Wie konnte ich ihm beibringen, dass ich von wildfremden Männern träumte und auf sein Verständnis hoffte?

Ohne weiter in mich zu dringen, legte er sich neben mich und nach einigen Minuten verrieten mir seine regelmäßigen Atemzüge, dass er eingeschlafen war. Schon wieder hatte ich ihn enttäuscht.

Irgendwann fiel ich in einen unruhigen, nicht erholsamen Schlaf und war am nächsten Morgen wie gerädert. Alex war schon gegangen, ich fuhr zur Arbeit und vertiefte mich in alte Konstruktionszeichnungen. Wenigstens für einige Stunden wollte ich den unlösbar erscheinenden Kreislauf aus Schuldgefühlen und dem Wunsch nach Zuneigung hinter mir lassen.

Die Konstruktion, die ich auf meinem Bildschirm durchsah, war ein spezieller Sägeautomat für Metallstangen. Dazu gehörte auch ein Förderband für die Stangen, der auf einer separaten Darstellung abgebildet war. Gedankenverloren kürzte ich das auf einem Podest befindliche Förderband und ersetzte die Rollen, die die Handlichkeit schwerer Metallstangen erleichtterte, durch eine feste Unterlage.

Ich fügte ein paar gebogene und verstellbare Halterungen hinzu, die unterhalb der festen Unterlage sein und einfach umgedreht werden konnten, sodass sie alternativ über die Unterlage ragten. Auf der anderen Seite der Unterlage passte ich in Höhe und Neigungswinkel verstellbare Fußstützen ein, die an einer herausziehbaren Stange angebracht waren. Auch eine elektromechanische Hebevorrichtung, mit der man die Höhe des Förderbandes einfach durch Knopfdruck regulieren konnte, fügte ich der Grafik bei. Ich stellte mir das Gestell aus gebürstetem Edelstahl vor und einen breiten Fuß, in dem der kleine Motor untergebracht werden konnte, wegen der Optik, aus poliertem Edelstahl. Für die Polsterung dachte ich an weiches und doch robustes Leder, wie es in der Automobilindustrie für Autositze verwendet wurde.

Plötzlich kam ich zu mir und starrte irritiert auf den Bildschirm. Ich hatte in Gedanken aus dem Förderband eine Liebesliege konzipiert. Ängstlich sah ich mich um und bemerkte erleichtert, dass niemand Notiz von mir nahm. Walter und Danny waren nicht im Büro und die beiden anderen starrten auf ihre eigenen Bildschirme. Ich wollte bereits auf den Löschen-Knopf drücken, als mich etwas zögern ließ. Ich hatte etwas völlig Irrwitziges getan, doch die Liege sah toll aus.

Es war kein anspruchsvolles Modell. An die gepolsterte Liegefläche waren nur ein paar gebogene Halterungen, für die Arme, damit man sich daran festhalten konnte, wenn man auf dem Bauch lag angebracht. Sie konnten umgedreht werden, sodass sie über die Liege ragten und man Halt hatte, wenn man auf dem Rücken lag. Für die Füße hatte ich in Höhe und Neigungswinkel verstellbare Fußstützen angebracht, damit der Winkel der Knie, von ganz ausgestreckt bis zum größtmöglichen Knick, ermöglicht wurde. Mit der elektromechanischen Hebevorrichtung, konnte die Höhe der Bank reguliert werden und auf der eigentlichen Liegefläche gab es in der Mitte eine neigbare Fläche, damit der Oberkörper erhoben werden konnte.

Wieder sah ich mich verstohlen um und ohne zu wissen, welcher Teufel mich ritt, druckte ich die Zeichnung aus. Erst danach löschte ich alle angebrachten Veränderungen an dem Förderband, holte anschließend die ausgedruckte Grafik mit der Liebesliege aus dem Drucker, rollte sie zusammen und legte die Papierrolle zu meiner Handtasche in die Schublade.

Am Nachmittag arbeitete ich ohne weitere Zwischenfälle oder schwachsinnige Umgestaltungen an einigen alten Konzepten und versuchte Verbesserungen oder zweckmäßige Änderungen anzubringen.

Kurz vor Arbeitsschluss ging ich runter in die Produktion, um Onkel Paul zu sehen. Er war schon im Aufbruch, begrüßte mich jedoch sehr herzlich.

»Hallo Kleines, du siehst ein wenig müde aus. Hast du heute Nacht zu wenig geschlafen?«, fragte er mit einem belustigten Augenzwinkern.

»Ja, ich habe heute Nacht wirklich nicht viel Schlaf abbekommen, Onkel Paul.«

Wir plauderten noch eine Weile, als ich ihn nach einem guten Schweißer fragte. Aus undefinierbaren Gründen hatte ich vor, mit dem Schweißer abzuklären, ob die Umsetzung des Gestells der Liege umsetzbar war. Es wäre mir jedoch peinlich, das mit Onkel Paul zu besprechen. Natürlich würde ich auch dem Schweißer die Funktion der Liege nicht erklären, sondern wollte ihm nur die Teilzeichnung mit dem Grundgestell zeigen.

»Früher war das natürlich ich«, lachte Onkel Paul auf, »doch jetzt sehe ich nicht mehr so gut und meine Handführung ist auch nicht mehr die sicherste. Der junge Martin ist gut. Ich habe ihn vor ein paar Jahren ausgebildet und jetzt ist er ein richtiger Profi.«

»Danke, Onkel Paul. Ich wünsche dir noch einen schönen Feierabend«, bedankte ich mich bei ihm.

Weil es schon spät war und alle Feierabend machten, beschloss ich, das Gespräch mit Martin auf den kommenden Tag zu verschieben und nach Hause zu gehen. Gerade als ich meine Sachen zusammenpackte, kam mein Vater ins Büro.

»Gia, du bist noch da? Ich dachte, ich bin immer der Letzte, aber so wie es aussieht, muss ich den Titel bald an dich abgeben.«

»Nein Papa, sicher nicht. Ich war nur kurz bei Onkel Paul, deshalb bin ich noch hier, doch ich gehe auch gleich.« Während ich mit ihm redete, versuchte ich, die große Papierrolle in meine Tasche zu stopfen.

»Nimmst du noch Arbeit mit nach Hause?«, fragte er verwundert.

»Nein, es ist nur eine dumme Idee, mit der ich herumexperimentiert habe«, antwortete ich hastig und hoffte, dass er nicht nachfragen würde oder womöglich sogar die Zeichnung zu sehen verlangte. Obwohl ich das Gefühl hatte, dass er mir noch etwas zu sagen versuchte, verabschiedete ich mich eilig und rannte entsetzt die Treppen runter zum Parkplatz.

Erst als ich aus dem Gebäude trat, wagte ich es durchzuatmen. Nicht auszudenken, wenn er die Skizze gesehen hätte. Welche Erklärung hätte ich ihm geben können und wie kam ich überhaupt dazu, so etwas Idiotisches durchzuziehen? Was wollte ich mit der Konstruktionszeichnung überhaupt beweisen?

Während der Heimfahrt kreisten meine Gedanken über den unvorstellbaren Leichtsinn, im Büro meines Vaters so einen Entwurf anzufertigen. Ich musste tatsächlich von allen guten Geistern verlassen worden sein, dass ich mich überhaupt noch weiter mit so etwas abgab.

Als ich nach Hause kam, ging ich gleich ins Arbeitszimmer, legte die zusammengeklappte Papierrolle zu meinem Tagebuch und schloss energisch die Schublade. Nicht genug damit, dass ich ständig von fremden Männern im Schlaf befriedigt wurde, entwarf ich jetzt auch noch unsinnige Möbel, um es bei meinen nächtlichen Eskapaden bequemer zu haben.

Was hatte ich mir nur dabei gedacht? Ich musste endgültig zur Vernunft kommen und mich nicht mehr damit beschäftigen. Womöglich wurden durch meine ständigen Gedanken daran die Träume begünstigt, statt aufzuhören. Und ich wollte doch unbedingt, dass es ein Ende nahm. Ich wünschte mir doch endlich ein normales Leben ohne Schuldgefühle.

Gerade, als ich einen Entschluss fasste, kam Eva herein und räusperte sich. Ich drehte mich ertappt zu ihr um und herrschte sie an: »Was ist denn?«

»Ich wollte nur fragen, ob ich Ihnen etwas zum Essen machen soll«, erwiderte sie eingeschüchtert.

»Entschuldige Eva, ich bin nervös und müde. Nein, ich mache mir später ein Omelett. Du kannst ruhig nach Hause gehen.«

Sie wünschte mir kleinlaut gute Nacht und schloss leise hinter sich die Tür. Ich holte tief Luft und hatte wieder ein schlechtes Gewissen, weil ich sie so angefahren hatte. Sie war fürsorglich und erledigte nur ihre Arbeit, Unfreundlichkeit hatte sie ganz gewiss nicht verdient.

Als sie weg war, kehrte ich wieder zu meinen Überlegungen zurück. Nachdem ich einige Zeit über meine Situation nachgedacht und mir den Kopf zermartert hatte, wie ich mein Leben wieder in Ordnung bringen konnte, zwang mich das Magenknurren zum beenden der aussichtslos scheinenden Erforschung meiner Verwirrung. Also ging ich in die Küche und wollte ein Omelett zubereiten, als Alexander zur Tür hereinkam. Als sich unsere Blicke kreuzten, hob er interessiert eine Braue.

»So wie es aussieht, musstest du erst einen Job annehmen, damit wir uns öfter begegnen. Wenn ich das gewusst hätte, hätte ich dich vielleicht schon früher zum Arbeiten geschickt«, sagte er und der Hauch eines Lächelns umspielte dabei seine Lippen.

»Ich habe noch ein wenig gearbeitet, deshalb ist es spät geworden. Ich wollte mir gerade ein Omelett machen. Willst du auch eins?«, fragte ich automatisch.

»Ja, das wäre nett. Ich gehe nur kurz unter die Dusche«, antwortete er und verschwand im Schlafzimmer.

Als er wiederkam, hatte er sich umgezogen und seine Haare glänzten noch feucht. Er trug eine tief auf den Hüften sitzende Jeans und ein weißes T-Shirt. Seine ausgeprägten Brustmuskeln traten deutlich in dem engen Shirt hervor. Er sah lässig und doch anmutig aus. Mir blieb die Spucke weg und mein Mund wurde staubtrocken. Mein Gott, war er schön. Ich vergaß mal wieder, zu atmen und starrte ihn bewundernd an. Seine Augen weiteten sich vor Überraschung und er musterte mich mit undurchdringlichem Blick. Scheinbar verriet ihm mein Gesichtsausdruck, wie sehr er mich beeindruckte.

Ich holte tief Luft und wand mich ab, um das Essen zu holen. Er öffnete eine Flasche gekühlten Graacher Himmelreich, weil er wusste, dass ich den früher gerne getrunken hatte, während ich den Dressing über den Salat goss und wir setzten uns an den Tisch. Wieder hatten wir uns nichts zu sagen. Nein, das stimmte nicht: Ich hätte ihm so vieles zu sagen, doch ich hatte Angst vor seiner Reaktion und schämte mich zu sehr. Also schwieg ich.

Die Stille war bedrückend, wie schon ein paar Tage zuvor. Ich hob den Kopf und stellte fest, dass er mich musternd ansah. Den Ausdruck auf seinem Gesicht konnte ich nicht deuten, doch am ehesten würde ich auf *ein wenig neugierig* tippen. Ich senkte schnell den Blick wieder auf meinen Teller und überlegte, was ich sagen könnte, um die belastende Stille zu durchbrechen.

»Hast du einen neuen Lieferanten gefunden?«, fragte ich, bemüht lässig. Seine Blicke irritierten mich und ich fühlte mich nicht wohl dabei. Hatte er in den vergangenen Nächten etwas bemerkt? Warum verhielt er sich, seit ich zu Arbeiten begonnen hatte, so komisch?

»Ja, wir haben einen neuen Lieferanten, aber er ist um einiges teurer als der alte«, sagte er und ein ärgerlicher Ton schwang in seiner Stimme.

»Ist das ein Problem?«

»Mein Gott Gia, natürlich ist das ein Problem. Nun wird der Bau wesentlich teurer ausfallen, als wir veranschlagt haben«, antwortete er genervt.

»Aber der Kunde wird doch einsehen, dass du eine Nachkalkulation vornehmen musst.«

»Vermutlich ja. Aber wir haben bereits einen Vorschuss an die Konkursfirma bezahlt. Und dieser Vorschuss ist jetzt weg«, erklärte er verärgert.

»Wenn die Firma einen Vorschuss bekommen hat und das Baumaterial nicht geliefert wurde, dann kannst du doch dein Geld wieder zurückverlangen.«

»Ja, das kann ich natürlich machen, doch ich werde vermutlich keinen Cent davon sehen. Ich habe schon mit dem Konkursverwalter gesprochen. Es ist fast aussichtslos. Die Gelder, die noch da waren, sind für die geschuldeten Lohnzahlungen der Mitarbeiter verwendet worden, jetzt ist nichts mehr übrig. Vielleicht kann ich, wenn der Konkurs abgewickelt wurde und alles verkauft ist, einen Teil des Geldes wiederbekommen. Doch das wird erst in einigen Monaten der Fall sein, aber im Moment ist dort nichts zu holen«, erklärte er niedergeschlagen und fuhr sich mit den Händen über das Gesicht.

»Von welcher Summe reden wir denn?«

»Von 250.000 Euro«.

»Oje, eine Viertelmillion«, rief ich entsetzt aus.

»Ach, wie clever du doch bist«, antwortete er mit einem verächtlichen Unterton.

Ich ignorierte seinen Ausbruch und bohrte weiter nach: »Kann deine Firma das verkraften?«, wollte ich wissen.

»Vermutlich nicht«, stieß er zwischen zusammengebissenen Zähnen hervor.

Ich starrte mit weit aufgerissenen Augen zu ihm rüber und schüttelte verwirrt den Kopf. Was hatte er soeben gesagt? Wie meinte er das?

»Was bedeutet das?«

»Gia, das bedeutet, dass meine Firma demnächst pleite ist. Und da ich bei der Übernahme des Auftrages mit ziemlich viel Geld in Vorkasse gehen musste, habe ich das Geld aus deiner Ausbildungsversicherung verwendet und ein Bankdarlehen aufgenommen. Dafür musste ich auch das Haus hier als Sicherheit hinterlegen.«

»Was?«, rief ich schrill.

»Ja, wenn die Firma insolvent wird, werden wir vermutlich auch das Haus verlieren«, sagte er leise.

Mein Gott, was sagte er da? Ich schaute entsetzt zu ihm rüber. Er hatte den Kopf gesenkt, die Schultern fallen lassen und zog gedankenverloren mit der Gabel Spuren auf dem Teller. Mein Herz setzte einen Schlag lang aus, denn er wirkte so unsagbar niedergeschlagen und hoffnungslos. Wie konnte ich helfen? Meine Gedanken überschlugen sich. Was konnte ich tun?

Ich straffte meine Schultern, berührte ihn am Oberarm und wartete, bis er mich ansah. »Es wird schon nicht so schlimm werden. Irgendwie werden wir es schaffen. Ich kann meinen Vater um Hilfe bitten und auch deine Eltern werden uns sicherlich helfen«, sagte ich mit einer Sicherheit, die ich absolut nicht fühlte.

Er sprang so plötzlich vom Stuhl, dass dieser umfiel. Sein Mund verzog sich zu einer schmalen Linie, und er sah mich mit vor Zorn verzerrten Gesichtszügen an. Dann holte er tief Luft und schrie los: »Es wird nicht so schlimm, ich frage meinen Daddy ...«, äffte er mich voller Verachtung nach.

»Bei jedem Problemchen rennst du einfach zu deinem Vater. Gia, ich bin ein erwachsener Mann. Ich bin für meine Familie verantwortlich und ich kann nicht ständig zu meinem oder deinem Vater gehen und um Hilfe betteln. Ich habe hart gearbeitet und ich muss für meine Familie sorgen können. Ich kann doch nicht nach alldem als Versager dastehen. Das habe ich nicht vor, niemals!« Er stürmte aus dem Zimmer.

Ich blieb total eingeschüchtert sitzen und sah auf meine im Schoß verschränkten Hände. So aufgewühlt hatte ich ihn noch nie erlebt. Warum war er nur so sauer auf mich? Dann spürte ich Wut in mir aufsteigen.

Ich rannte nicht mit jedem Problemchen zu meinem Vater! Ich war auch nicht für diese Situation verantwortlich. Außerdem musste er ganz bestimmt nicht für mich sorgen. Ich war jung und konnte arbeiten, ich konnte durchaus für mich selbst sorgen. Er war auch kein Versager, denn an der Situation trug er keine Schuld, aber ich auch nicht. Niemand war schuldig. Wie hätte man voraussehen können, dass der Baumateriallieferant insolvent wird? Wenn einer Schuld hatte, dann war es der Lieferant, der den Vorschuss genommen und dann Konkurs angemeldet hatte.

Langsam beruhigte ich mich wieder und fing zu überlegen an. Was konnte ich machen? Wie konnte ich Alex helfen? Indem ich ihm half, rettete ich auch unser gemeinsames Haus.

Ich war sicher, irgendwie würden wir es schon schaffen. Und wenn nicht, was dann? Ja, dann müssten wir uns eine Wohnung suchen, wie viele Millionen anderer Menschen auch. Was wäre so schlimm daran? Wir waren jung und wir waren beide gesund, wir könnten einer Arbeit nachgehen und wieder von vorne beginnen.

Irgendwann fielen mir die Augen zu und ich schlief am Esstisch ein. Früh am Morgen wachte ich mit schmerzenden Gliedern auf. Die unbequeme Schlafstellung war schuld daran. Ich sah mich verwirrt um, da fiel mir wieder ein, warum ich immer noch hier saß. Nach einem Blick auf die Uhr stellte ich fest, dass es schon halb sieben war. Wo war Alexander?

Ich ging ins Schlafzimmer und fand sein Bett leer vor. Wie es aussah, hatte er gar nicht hier geschlafen und musste gestern Abend noch einmal weggegangen sein. Wo war er hin? Oh, hoffentlich nicht zu Alice! Aber so wütend, wie er gestern auf mich war, konnte ich fast verstehen, wenn er vor mir davonlief.

Während ich mein Make-up auftrug, bemerkte ich auf dem Schminktisch meine Schmuckschatulle. Ich hatte im Laufe der Jahre viel Schmuck geschenkt bekommen. Von meinen Eltern und auch von Alex zu Beginn unserer Ehe. Darunter waren einige wirklich kostbare Stücke. Was die wohl wert waren? Vielleicht konnte ich damit unsere finanzielle Situation etwas entschärfen und den drohenden Konkurs zumindest vorläufig abwenden?

Nachdem ich geschminkt war, schmiss ich meinen gesamten Schmuck einfach in eine Tasche und als ich die untere Schublade der Schatulle öffnete, bemerkte ich den Umschlag darin. Wo kam das her? Dann erinnerte ich mich: Mein Vater gab mir den Umschlag an meinem Geburtstag. Ich öffnete ihn und fand darin eine handgeschriebene Karte.

Ernst Curtius sagte:
Der schlimmste Feind des Glücks ist der Zweifel und nichts lähmt mehr unsere Kräfte und verstimmt mehr unser Gemüt, als ein Zustand der Unklarheit und Unschlüssigkeit.

Hier ein Beitrag für die Verwirklichung deiner Träume und das Zerschlagen aller Zweifel. Sammle deine Kräfte und lasse nichts mehr dein liebenswertes Gemüt verstimmen.
Dein dich über Alles liebender Vater

Oh, Daddy. Er hatte mich durchschaut, ohne dass ich irgendetwas gesagt hatte. Er kannte mich zu gut.

Ich sah noch einmal in den Umschlag und stellte fest, dass mein Vater der Karte einen Scheck über 50.000 Euro beigefügt hatte. Womit hatte ich das verdient? Ich weinte und lachte zugleich, war ganz gerührt. Energisch wischte ich die Tränen weg, denn Papa hatte völlig recht – ich musste meine Zweifel zerschlagen und nach vorne sehen.

Dann durchzuckte mich ein Gedanke – dieser Scheck und mein Schmuck waren die Lösung. Damit konnte ich die Situation vielleicht gänzlich entschärfen. Ich hatte auch noch das Sparbuch meiner Großeltern. Das Sparbuch hatten sie mir zum Abschluss meines Studiums geschenkt. Wo hatte ich es hingetan?

Ich rannte ins Arbeitszimmer. Das Sparbuch, keine Ahnung wie viel Geld darauf war, musste in meinem alten Schreibtisch liegen. Als ich es bekam, konnte ich nur noch an die bevorstehende Hochzeit mit Alex denken und verschwendete damals keinen Gedanken an die Summe. Obwohl ich durchaus Dankbarkeit für die großzügige Geste empfand, hatte ich das kleine Buch einfach irgendwo abgelegt. Derzeit waren mir Hochzeitsvorbereitungen und die Einrichtung meines zukünftigen Hauses wichtiger. Hektisch durchsuchte ich die Schubladen. Wo war es nur?

Dann fand ich es. Es war ein Guthaben von 43.000 € darauf.

Meine Großeltern waren kurz nach der Fehlgeburt durch einen undichten Rauchabzug ums Leben gekommen und ich war seinerzeit nicht einmal bei ihrer Beerdigung. Zu der Zeit lag ich noch im Krankenhaus.

Sie wollten ihre letzten Jahre in einem Ferienhaus im Breisgau verbringen, weil das Wetter dort angenehmer für meine Oma war, die an Rheuma litt. So wie sie es gewünscht hatten, wurden sie dort eingeäschert und beerdigt. Ihre Unabhängigkeit war ihnen auch im Tode heilig und sie wollten niemandem zur Last fallen.

In meinem damaligen Zustand hätte ich eine so weite Reise nicht überstanden, deshalb fuhren meine Eltern alleine zu der Beisetzung. Meine Großeltern hatten schon zuvor alles aufgelöst und wertvolle Sachen und Möbel verkauft, sodass es keinen Hausstand gab, den man auflösen musste. Ihre persönlichen Sachen hatten sie testamentarisch einem wohltätigen Verein vermacht, und wie es aussah, hatten sie mir zuvor noch ihre gesamten Ersparnisse gegeben.

Oh, mein Gott! Tiefe Dankbarkeit und Liebe gegenüber meinen Großeltern erfasste mich.

Sie hatten fast ihr ganzes Leben miteinander verbracht und auch der Tod konnte sie nicht voneinander trennen. Sogar im hohen Alter waren sie sehr liebevoll miteinander umgegangen und ich hatte sie nie streiten oder miteinander schimpfen gehört.

Im Gegenteil, sie waren fast täglich händchenhaltend spazieren gegangen. Meine Mutter war ihr einziges Kind und wir waren sehr oft mit ihnen zusammen.

    Ich schüttelte die Traurigkeit ab, die mich beim Gedanken an sie ergriffen hatte und straffte die Schultern – ich musste jetzt nach vorne sehen.

Heute war Samstag und die Bank war nur bis 13 Uhr geöffnet. Schnell packte ich das Sparbuch, den Scheck und meinen Schmuck zusammen und machte mich auf den Weg in die Stadt. Ein Bekannter meines Vaters war Juwelier und nachdem er meinen Schmuck begutachtet hatte, erklärte er, dass er mir für alles 30.000 Euro geben könnte. Ich handelte noch ein wenig mit ihm und er erhöhte daraufhin sein Angebot auf 35.000. Mit den beiden Schecks und dem Sparbuch ging ich dann zu unserer Hausbank und bat den Kassierer, mir das ganze Geld in bar auszuzahlen. Es war eine ganze Menge Geld zusammengekommen – 128.000 Euro.

    Mit dem Geld machte mich auf zum Büro meines Mannes. Betete unterwegs, dass es reichen möge und versuchte, so schnell wie möglich durch die Stadt zu kommen. Aber die Autos krochen nur im Schritttempo dahin. Je näher ich dem Büro meines Mannes kam, wuchs die Hoffnung in mir, dass die Summe ausreichen würde.

    Der Empfang war verwaist, als ich endlich ankam. Bestimmt war die Dame von der Anmeldung zum Essen gegangen, dachte ich und freute mich, ihn so Alex alleine im Büro antreffen würde. Ich ging einen Gang entlang und suchte nach dem Zimmer meines Mannes. Eine der Türen stand offen und ich sah Alexander am Zeichenbrett stehen. Er hatte den vom Eingang abgewandten Arm leicht erhoben, um auf der Zeichnung etwas zu berühren. Ich wollte schon mit meinen Neuigkeiten rausplatzen, als er sich umdrehte und ich bemerkte, dass Alice direkt vor ihm stand.

    Ich hatte sie nicht gesehen, weil sie von Alex großen Körper verdeckt wurde, als ich reinkam. Sie lächelten beide und da traf mich die Erkenntnis wie ein Blitz: Er wollte nicht die Zeichnung berühren, er wollte Alice umarmen!

Mein Herzschlag setzte für einen Augenblick aus, Tränen stiegen brennend in meine Augen und ich versuchte, den Schmerz, der mich mit eiserner Faust in den Magen traf und sich rasend schnell ausbreitete, zu bewältigen. Ich stand da und starre mit vor Entsetzen weit aufgerissenen Augen meinen Mann und seine Geliebte an.

Wie in Zeitlupe verschwand das Lächeln aus seinem Gesicht, er ließ langsam den Arm sinken. Wieder wie in Zeitlupe weiteten sich seine Augen und ein von panischem Schrecken beherrschter Ausdruck trat in seine Miene.

»Gia, was machst du hier?«, murmelte er nach einigen Sekunden und machte ein paar Schritte auf mich zu.

Instinktiv wich ich zurück, versuchte, meinen Schock in den Griff zu bekommen und meinen Körper wieder funktionieren zu lassen. Dann spürte ich, wie Wut in mir emporstieg. Wut war gut. Wut war besser als Schmerz und Enttäuschung.

Ich renne wegen jedem Problemchen zu meinem Daddy, doch du eilst in die Arme deiner Geliebten! Deine Firma hat finanzielle Probleme und du vergnügst dich in der Mittagspause mit deiner Mitarbeiterin. Ich will dir helfen, weil es mir wehtut, dich verzweifelt und traurig zu sehen, und du vergnügst dich mit dieser wandelnden Sexbombe.

Das waren die Gedanken, die mein benebeltes Gehirn, in diesem Moment durchzuckten. Meine Kehle war wie zugeschnürt, deshalb fauchte ich nur: »Ich wollte dir helfen, doch wie es aussieht, ist mir jemand zuvorgekommen.«

»Gia, es ist nicht so, wie es aussieht«, antwortete er fast flüsternd und ich glaubte einen Anflug von Verzweiflung in seinem Gesicht zu erkennen.

So wütend war ich noch nie in meinem Leben und bevor ich hier in Tränen ausbrach oder hysterisch zu schreien anfing, ging ich lieber. Die Genugtuung mich am Boden zu sehen, wollte ich ihnen keinesfalls gönnen, also drehte ich mich um und stürmte zurück zu meinem Auto. Ich setzte mich hinters Steuer, ließ den Wagen an und dann kamen die Tränen. Irgendwie schaffte ich es noch, halb blind, das Auto vom Parkplatz zu fahren, doch sobald ich um die Ecke bog, suchte ich nach einem Parkplatz, denn ich sah nichts mehr. Ich bog in die erste Querstraße ein, hielt am Randstein und machte den Motor aus.

Ich sackte zusammen, dann weinte ich hemmungslos und brüllend los, schrie die Qual laut heraus in der Hoffnung, dass der Schmerz bald nachließ. Als meine Stimme versagte und ich nicht mehr schreien konnte, blieb ich sitzen und starrte, ohne etwas zu sehen, vor mich hin.

Es tat so verdammt weh und Verzweiflung erfasste mich mit eisigen Fingern. Er liebte eine Andere. Ekel stieg mir in die Kehle, als Bilder von den beiden hinter meinen Augenlidern auftauchten, wie auf einer Leinwand und ich schluckte mehrmals, um das Würgen zu unterdrücken. Was sollte ich jetzt tun?

Wie konnte ich dieses quälende Gefühl des Versagens in mir verschwinden lassen?

Ich hatte ihn soweit getrieben, dass er sich einer anderen zuwandte. Ich war fest davon überzeugt, dass am Scheitern einer Beziehung immer beide Partner die Schuld trugen, doch am Debakel unserer Ehe trug ich allein die Verantwortung. Ich konnte keine Kinder mehr bekommen, ich hatte ihn von mir weggestoßen und ich ließ mich im Schlaf von anderen Männern sexuell befriedigen.

Ja, er hatte sich einer anderen zugewandt und er betrog mich mit ihr. Das tat weh. Es war auch nicht richtig, doch ich hatte ihn zu ihr getrieben. Ich war unfähig ihn körperlich zu befriedigen und ließ ihn nicht an mich heran.

Was stimmte nicht mit mir? War es nicht besser, wenn er bei ihr blieb? So konnte wenigstens er glücklich werden.

Als ich wieder zu mir kam, realisierte ich, dass es schon spät geworden war und die Abenddämmerung sich über die Stadt gesenkt hatte. Es war alles grau und düster, so, wie ich mich fühle. Meine Augen brannten von den vielen Tränen und mir war furchtbar kalt. Ich startete den Wagen und schaltete die Heizung auf höchste Stufe, mechanisch steuerte ich das Auto nach Hause.

Ich stellte den Wagen ab und nahm automatisch meine Handtasche und die große Tasche aus der Bank von der Rückbank. Als ich zur Tür kam, sah ich als Erstes Alex. Er stand am Esszimmertisch und telefonierte. Ich legte die Taschen in der Diele auf den Tisch und ging ins Zimmer.

»Sie ist gerade nach Hause gekommen ... Es ist alles in Ordnung.« Während er telefonierte, warf er mir einen resignierten Blick zu.

»Nein, es scheint ihr gutzugehen ... Ich mache jetzt Schluss ... Ja Papa, ich rufe dich morgen noch mal an.« Er legte auf und sah mich immer noch mit diesem fast schon hoffnungslosen Blick an.

Er kam auf mich zu und blieb plötzlich stehen, denn ich hatte abwehrend meine Hand erhoben.

»Gia, es war nicht so, wie es ausgesehen hat«, sagte er leise, fast flüsternd ohne den Blick von mir zu wenden.

Es waren die gleichen Worte, die er heute Mittag schon gesagt hatte, fiel mir auf, doch was konnte man da falsch interpretieren? Er wollte sie umarmen. Punkt. Ich spürte, wie ich wieder wütend wurde.

»Alice wollte mir helfen und ich wollte mich deshalb bei ihr bedanken.«

Alice wollte ihm helfen und er wollte sich mit einer Umarmung bei ihr bedanken? Ich wollte ihm gestern Nacht auch helfen und da hatte er mich angeschrien. Für sie Umarmungen und für mich Wut? Wie dumm war denn diese Entschuldigung? Erwartete er allen Ernstes, dass ich ihm das abnahm?

Ich starrte ihn weiterhin voller Zorn an, die Hand immer noch abwehrend erhoben.

»Gia bitte, sag doch etwas.« Jetzt flüsterte er nur noch.

»Ich habe heute meinen Schmuck verkauft, das Sparbuch meiner Großeltern geplündert und meinen Geburtstagsscheck eingelöst, damit ich dir helfen kann. Und das, nachdem du mich gestern Nacht angeschrien hast, als ich dir helfen wollte«, erwiderte ich eisig und betonte das *als ich dir helfen wollte* überdeutlich.

Er machte einen Schritt zurück und starrte mich mit großen, entsetzt blickenden Augen an. Dann wandelte sich sein Gesichtsausdruck – seine Miene hellte sich auf, die Bestürzung wich einem leicht spöttischen Ausdruck. Er neigte leicht den

Kopf zur Seite und der Anflug eines Lächelns umspielte seine Lippen.
»Du hast deinen Schmuck verkauft? Alles?«
»Ja, alles!«, zischte ich, inzwischen rasend vor Wut. Ich schien in einem Albtraum gefangen zu sein. Irgendwie war die Situation völlig bizarr; ich wütend und völlig am Boden zerstört und er, spöttisch grinsend.
Seine Lippen verzogen sich jetzt sogar zu einem Lächeln. »Aber nicht den Ehering, wie ich sehe«, bemerkte er grinsend.
Ich schaute auf meine immer noch abwehrend erhobene Hand, sah den Ehering an meinem Ringfinger aufblitzen und fing plötzlich hysterisch zu lachen an. Ich lachte laut und schallend. Mein Körper zuckte und krümmte sich vor Lachen. Als die Hysterie verebbte und ich ein wenig Luft in meine Lungen bekam, stiegen wieder bei mir die Tränen auf. Ich ließ mich auf die Knie fallen, senkte den Kopf, umschloss mein Gesicht mit den Händen und weinte bitterlich.
Irgendwann, nach Sekunden oder Minuten, fühlte ich, wie mich Arme umschlangen und ich an eine männliche Brust gedrückt wurde. Ich lehnte mich, noch immer weinend, gegen diese breite Brust und fühlte, wie mir eine Hand über die Haare strich. Wie warme Lippen Küsse auf meiner Stirn verteilten.
Als ich nur noch trocken schluchzte, hob ich den Kopf. Alexander hatte sich neben mich gekniet, hielt mich in seinen Armen und drückte mich gegen seine Brust. Er umfasste mein Kinn und hob meinen Kopf weiter an. Der Blick aus seinen dunklen Augen hielt mich fest, während er mir die Tränen von den Wangen wegwischte und dann küsste er mich sanft. Wie eine Ertrinkende klammerte ich mich an ihn und erwiderte seinen Kuss. Auch Alexander umarmte mich mit einer Intensität, die mir die Luft raubte.
Endlich ..., endlich, nach so langer Zeit kamen wir wieder zusammen. Warum hatten wir nur so lange gebraucht? Vielleicht war es doch noch nicht zu spät? Vielleicht konnte alles wieder so werden wie am Anfang? Aber was war mit Alice? Die Gedanken überschlugen sich in meinem Gehirn. War Alice seine Geliebte? Liebte er sie?
Hatte ich ihn für immer verloren?

Langsam lösten wir uns voneinander und ich sah ihn fragend an. Waren wir noch immer ein Paar? Liebte er mich noch? Würde er zu mir zurückkehren? All das wollte ich ihn fragen, doch ich brachte kein Wort heraus. Ich hatte Angst, den Augenblick zu zerstören. Angst, die wiedergefundene Verbundenheit wieder zu verlieren.

Und doch waren da so viele offene Fragen. Fragen, die beantwortet werden mussten, bevor wir wieder zusammenkommen konnten, deshalb schaute ich ihn weiterhin fragend an.

»Du hast deinen Schmuck für mich verkauft?«, fragte er und strich mit seinem Daumen sanft über meine Wange. Seine Lippen deuteten ein wehmütiges Lächeln an.

»Ja, und mein Vater hat mir zum Geburtstag Geld geschenkt und ich hatte auch noch das Sparbuch von den Großeltern.«

»Du hast das alles für mich getan?«, fragte er ungläubig.

»Ja. Ich dachte, falls das nicht reicht, könnte ich auch meinen Wagen verkaufen. Er ist erst zwei Jahre alt und hat kaum 4.000 Kilometer. Es ist immerhin ein Mercedes. Die sind auch nach zwei Jahren noch gefragt und wir bekommen sicherlich einen guten Preis dafür. Ich kann auch mit der S-Bahn zur Arbeit fahren. Es ist nicht weit zur Firma und das macht mir nichts aus. Die meisten Menschen fahren mit öffentlichen Verkehrsmitteln und da gibt es auch keine Staus und keine Rushhour.«

Mein Geplapper war hastig und meine Stimme überschlug sich. Ich versuchte ihm krampfhaft deutlich zu machen, dass mir der Schmuck, das Geld und auch mein Auto nicht wichtig waren. Es war viel wichtiger, dass er die Probleme in der Firma in den Griff bekam und vor allen Dingen, dass wir wieder zueinander fanden.

»Es sind 128.000 Euro. Und wenn wir meinen Wagen verkaufen, bekommen wir bestimmt noch mal 30.000 zusammen. Vielleicht reicht das schon, um die Firma zu retten. Falls nicht, überlegen wir, was wir sonst noch machen können. Und wenn wir tatsächlich das Haus verlieren sollten, dann ist das auch nicht schlimm. Wir suchen uns einfach eine Wohnung. Das Haus ist doch sowieso viel zu groß für uns beide. Außerdem gehe ich jetzt Arbeiten und verdiene auch Geld. Wir schaffen das, irgendwie wird es schon gehen.«

Ich holte kaum Luft zwischen den Sätzen, sprach schnell und hektisch auf ihn ein. Versuchte verzweifelt, ihn zu überzeugen, dass er noch nicht aufgeben durfte. Dass er an unserer Ehe festhalten und zu mir zurückkehren sollte. Nachdem ich all das gesagt hatte, ließ ich meinen Kopf hängen und sackte in mich zusammen. Ich war am Ende meiner Kraft. Was konnte ich überhaupt noch sagen?

Ich hatte keine Worte mehr.

4

Wir knieten immer noch auf dem Boden und er strich mir übers Haar, sah mich nach wie vor ungläubig an. Dann erhob er sich, fasste mich an den Händen und zog mich zu sich hoch. Als ich vor ihm stand, drückte er mich mit der Hand in meinem Rücken gegen sich, zog mit der anderen Hand an meinem Kopf und küsste mich leidenschaftlich.

Seine Zunge fand den Weg zwischen meinen Lippen und verband sich mit meiner. Sein Oberkörper presste sich gegen meine Brüste und ich konnte spüren, wie heftig sein Herz schlug. Minutenlang standen wir nur da und küssten uns mit einer Eindringlichkeit, die mir sagte, dass es doch noch nicht zu spät war.

Als wir uns voneinander lösten, nahm er mein Gesicht zwischen seine Hände und blickte mir tief in die Augen.

»Das was du bereit bist für mich zu tun und worauf du bereit bist zu verzichten, bedeutet mir viel. Und es zeigt mir, dass ich dir noch etwas bedeute. Ich dachte schon, ich hätte dich verloren«, sagte er mit leiser Stimme und seine Augen glänzen feucht.

Weinte er? Mein Gott, warum weinte er?

Ich stellte mich auf die Zehenspitzen und küsste ihn. »Wie kannst du mich verlieren?«, fragte ich wieder mit tränenfeuchten Augen. »Du bist doch mein Mann, du bist alles für mich. Ich liebe dich Alexander, ich habe immer nur dich geliebt.«

»Aber du hast mich weggeschickt und bist immer zusammengezuckt, wenn ich dich berühren wollte. Wenn ich dich küssen wollte, hast du dich abgewendet.«

»Ich war krank und so unsagbar traurig, weil wir unser Baby verloren haben. Ich konnte sogar meine eigene Berührung nicht ertragen und später hatte ich Angst, dass du mich nicht mehr willst, weil ich keine Kinder mehr bekommen kann.«

»Aber Schatz, du kannst noch Kinder bekommen, und falls nicht, können wir uns um eine Adoption bemühen. Wir können immer noch eine Familie werden. Ob mit eigenen oder adoptierten Kindern, das spielt doch keine Rolle.«

»Aber du wolltest unbedingt viele eigene Kinder.«, warf ich ein.

»Das habe ich doch nie gesagt. Wir können auch viele Kinder adoptieren. Dann sind doch diese Kinder auch unsere eigenen Kinder.«

Unwillkürlich musste ich lächeln. An eine Adoption hatte ich nie gedacht. War die Antwort auf unsere Probleme so einfach? Warum hatten wir nicht schon viel früher darüber gesprochen? Diese ganze verlorene Zeit, obwohl die Antwort doch so einfach war.

»Denkst du, dass das Geld reichen wird, um die Firma zu retten?«, fiel mir wieder ein.

»Alice hat mir heute angeboten, sich mit 250.000 Euro an der Firma zu beteiligen. Sie will als Teilhaberin mit einsteigen.«

»Sie ist nicht deine Geliebte?«, fragte ich ungläubig.

»Mein Gott, nein! Ich arbeite gerne mit ihr zusammen, aber sie ist überhaupt nicht mein Typ. Das hast du gedacht? Wie kommst du denn auf so was?«

»Ich dachte, ihr hättet ein Verhältnis miteinander, weil du immer so spät nach Hause gekommen bist.«

»Aber nein, ich konnte es nur nicht ertragen, dich so traurig zu sehen. Außerdem hatte ich das Gefühl, dass du es nicht leiden kannst, wenn ich in deiner Nähe bin. Deshalb bin ich extra lange in der Firma geblieben. Du hast mich angeschrien, ich solle dich in Ruhe lassen und ich dachte, wenn ich dir aus dem Weg gehe und du mich kaum zu sehen bekommst, dann kann ich dir auch nicht auf die Nerven gehen. Ich hatte solche Angst, du kannst mich nicht mehr ertragen und willst mich womöglich verlassen.«

»Wie könnte ich *dich* verlassen? Ich liebe dich. Ich dachte, du findest mich nicht mehr begehrenswert und willst mich verlassen.«

»Gia, vom ersten Moment an, seit ich dich beim Geburtstag von Erin gesehen habe, begehre ich dich. Von dem Moment an gab es keine andere Frau mehr für mich. Und an meinen Gefühlen für dich hat sich nichts geändert. Du allein bist noch immer die einzig liebenswerte Frau für mich.«

»Also hattest du in den letzten zwei Jahren keine Affäre?«, fragte ich ungläubig.

»Nein, nicht mal ein einmaliges Gastspiel. Ich liebe dich, Gia. Auch wenn es manchmal recht schwer war, neben dir zu liegen und dich nicht lieben zu dürfen, wollte ich keine andere außer dir.«

»Oh. Mein. Gott.«, jedes einzelne Wort betonend, wurde mir plötzlich klar, was ich mit meiner Eifersucht und den Selbstzweifeln angerichtet hatte. Ich hatte zwei Jahre neben meinem mich liebenden Mann gelebt und ihn von mir ferngehalten, aus Misstrauen an ihm und auch an mir selbst. Mein Vater hatte das erkannt, deshalb der Spruch auf der Geburtstagskarte. Aber ich war zu sehr in meine Bedenken verstrickt, als dass ich das Offensichtliche hatte erkennen können. Ich küsste ihn und versuchte mit aller Kraft, mein wiedererwachtes schlechtes Gewissen auszublenden.

Er beugte sich runter, umfasste mich in den Kniekehlen und trug mich ins Schlafzimmer. Er ließ mich, fast schon übervorsichtig, aufs Bett runtergleiten und legte sich neben mich. Dann küsste er mich leidenschaftlich und ließ seine Hand über meinen Busen streichen. Er rückte etwas von mir weg und fing ungeschickt an, die Knöpfe meiner Bluse zu öffnen. Ich drehte mich auf den Rücken und öffnete die Knöpfe selbst. Währenddessen stand er auf und entledigte sich im dunklen seiner Kleidung. Ich würde gerne das Licht einschalten, um ihn besser sehen zu können, ließ es aber bleiben, weil ich den Moment nicht zerstören wollte. Ich zog meine Kleider bis auf mein Höschen aus und war überglücklich, dass mein Mann mich noch immer liebte.

Nachdem Alexander nackt war, legte er sich wieder neben mich. Er stützte seinen Kopf auf den Unterarm und fing an mich zu streicheln. Er strich leicht über mein Gesicht und an meinem Hals hinunter zu meiner Brust. Ich hatte meine Hände um ihn geschlungen und fuhr streichelnd über seinen Rücken. Er ließ seine Hand an meiner Seite hinuntergleiten, bis zu meinem Knie. Dann streichelte er bis zu meiner Mitte den Innenschenkel entlang.

Ich fühlte, wie sich die Wärme in meinem Innern aufbaute und streckte ihm meine noch immer im Höschen steckende Scham hin. Ich wollte, dass er mich dort berührte, so wie ich es aus meinen Träumen kannte. Als seine Hand bis zum Rand meines Höschens gekommen war, hörte er mit den Liebkosungen auf, griff an das Bündchen und zog mir den Slip runter. Er schwang sich auf mich und küsste mich wieder. Er griff nach unten und brachte sein Glied in Position.

Nein, nein, noch nicht, schrie etwas in mir.
Ich bin noch nicht so weit.
Ich drehte mein Becken ein wenig, um ihm zu signalisieren, dass ich noch ein bisschen erregter werden musste. Da hörte er auf mich zu küssen, hob seinen Oberkörper an und fragte in die Dunkelheit: »Willst du denn nicht? Soll ich aufhören?«
Ich erschrak. Nein, nicht aufhören, ich brauche nur noch ein wenig länger, ich bin noch nicht soweit, dachte ich. Weil ich aber Angst hatte, dass die lang ersehnte Nähe zerstört werden könnte und wir wieder nicht zueinanderfinden, sagte ich: »Nein, bitte nicht aufhören.«
Er brachte sich wieder in Position und drang in mich ein. Ich war noch nicht feucht genug, deshalb war es eher unangenehm und ich biss die Zähne zusammen. Doch ich sagte nichts, war nur glücklich, dass wir wieder zusammengefunden hatten. Er schob fünf, sechs Mal sein Glied in mich und ergoss sich dann in mir. Mit einem Zischlaut ließ er die Luft aus seinen Lungen entweichen, als er seinen Höhepunkt hatte und zog sich aus mir zurück. Sofort glitt er von mir runter und legte sich neben mich. Dann strich er mit dem Handrücken kurz über mein Gesicht.
»Du bist nicht gekommen, war es nicht schön?«, stellte er fest.
»Doch, doch, es war sehr schön, ich war nur ein wenig trocken. Vielleicht, weil es schon so lange her ist«, versuchte ich zu erklären und wollte ihn auf keinen Fall kränken.
»Eventuell solltest du mal bei deinem Arzt nachfragen, ob alles in Ordnung ist«, schlug er vor. »Du warst seit fast zwei Jahren nicht mehr beim Frauenarzt.«
»Ja, ich mache gleich morgen einen Termin«, pflichtete ich ihm bei. »Es ist bestimmt nichts Ernstes. Es ist nur schon so lange her und ich muss mich erst wieder daran gewöhnen.«
Er streichelte noch eine Weile meine Wange und küsste mich

zum Abschluss noch einmal, aber ich war nicht mehr bei der Sache.

»Heute war ein anstrengender Tag und ich bin müde. Lass uns jetzt schlafen, wir können morgen weiter reden«, erklärte ich ihm, stand auf und ging ins angrenzende Bad, um mich zu waschen. Als sich die Tür hinter mir schloss, vergrub ich mein Gesicht in den Händen.

Was stimmte nicht mit mir? Warum funktionierte es nicht? Vor allen Dingen, warum war ich in meinen Träumen immer ganz feucht und hier nicht? Was machte ich falsch? Warum konnte ich in meinen Träumen einen Orgasmus bekommen und mit Alexander nicht? Ich wurde nicht einmal richtig erregt, wenn er mit mir schlief.

»Ist alles in Ordnung?«, hörte ich Alex aus dem Schlafzimmer rufen.

»Alles okay, bin gleich fertig«, antwortete ich hastig.

Ich wusch schnell den an meinen Oberschenkeln klebenden Samen weg, zog meinen Schlafanzug an und ging wieder ins Schlafzimmer. Ich ließ die Tür des Badezimmers geöffnet und im Schein des Lichts aus dem Bad sah ich zu Alexander, der immer noch nackt auf dem Bett lag. Als er erkannte, dass ich ihn betrachtete, griff er nach der Decke und bedeckte hastig seine Blöße.

Er schämte sich seiner Nacktheit! Warum schämte er sich, obwohl wir miteinander verheiratet waren, fragte ich mich und wandte mich ebenso verlegen ab. Also ging ich, ohne ihn noch einmal anzusehen, zu meiner Seite des Bettes und legte mich zur Wand gedreht wieder hin. Das Gefühl der Scham, weil ich ihn angestarrt hatte, war übermächtig und ein lautes Aufschluchzen bahnte sich den Weg aus meiner Kehle, den ich durch schnelles Schlucken zurückdrängte.

Ich hörte noch, wie Alex ins Bad ging und sich dann neben mich legte. Er rückte ein wenig näher zu mir und umarmte mich von hinten.

Ich lag da und starrte, blind vor Tränen, in die Dunkelheit.

Irgendwas stimmte nicht ... irgendwas lief vollkommen falsch.

Die Gewissensbisse verursachten ein Gefühl von zunehmender Enge in meiner Brust und gaben mir das Gefühl, nicht mehr atmen zu können. Er empfand Scham, wenn ich seinen nackten Körper bewunderte und ich war nur in meinen Träumen fähig, Erregung zu empfinden. Warum konnte ich diesen Erregungszustand nicht mit Alex erreichen? Ich liebte ihn doch, warum konnte ich ihn nicht auch körperlich lieben? Ständig gingen mir diese Fragen im Kopf herum, lähmten mich, quälten mich bis in die frühen Morgenstunden.

Am Morgen, wachte ich mit Kopfschmerzen auf und von den vielen Tränen, war meine Kehle völlig ausgetrocknet. Das Sonnenlicht, das durch die Vorhänge schien, ließ den Schmerz in meinem Kopf zu einem Pochen anwachsen. Schnell stand ich auf und ging hastig ins Bad. Mit Erleichterung stellte ich fest, dass Alex bereits aufgestanden war.

Mit beiden Händen spritzte ich mir Wasser ins Gesicht und schluckte gierig das kühle Nass direkt aus dem Hahn, um meine ausgedörrte Kehle zu beruhigen. Als ich aufsah, erkannte ich das ausgezehrte Gesicht mit den geschwollenen, rot geränderten Augen und den fleckigen Wangen, das mir aus dem Spiegel entgegenblickte, kaum wieder. Ich erschrak und die Scham und Schuldgefühle von letzter Nacht, kehrten mit voller Wucht zurück. Ich schloss die Augen, stützte mich am Waschbecken ab und ignorierte die aufkeimende Panik.

Ich trug ein leichtes Make-up auf und zog mich an. Ich lechzte nach einem Kaffee und ein Kopfschmerzmittel würde mir sicherlich guttun. Während ich am Esszimmertisch an meinem Kaffee schlürfte, überlegte ich, was ich tun könnte. Sollte ich tatsächlich zu meinem Gynäkologen gehen und ihn fragen, was mit mir nicht in Ordnung war? Oder sollte ich lieber den Therapeuten danach fragen, der mich nach der Fehlgeburt betreut hatte?

Ich schämte mich entsetzlich. Ich konnte einem wildfremden Mann, auch wenn er ein Arzt war, nicht erklären, dass er vermutlich in der kommenden Nacht, zum Hauptakteur eines überaus erotischen Traumes werden würde. Es kam nicht in Frage, dass ich mit irgendjemandem über mein Problem sprach. Diesen Kampf musste ich alleine ausfechten und mich eventuell damit abfinden, dass ich zur physischen Liebe nicht fähig war. Zumindest nicht im wachen Zustand.

Als ich meine Recherchen für die Liebesbank gemacht hatte, konnte ich auch sehen, dass man bei allen Anbietern Gleitmittel bestellen konnte. Vielleicht sollte ich lieber auf so etwas zurückgreifen? Aber ich konnte doch feucht werden! Ich wurde nachts, wenn ich träumte regelrecht nass, und sogar beim Schreiben über das Erlebte wurde ich feucht.

Ich verdrängte weitere Gedanken darüber, weil ich einfach zu keiner Lösung kam. Vielleicht wurde es ja mit der Zeit von selbst wieder besser? Es hatte keinen Zweck noch weiter darüber zu sinnieren, was nicht möglich schien.

Ich stand energisch auf und rief bei Alexander im Büro an.

»Wann kommst du nach Hause? Ich will uns was kochen«, fragte ich ihn.

»Gia, Schatz, ich mache hier nur noch kurz was fertig, dann komme ich.«

»Gut, ich freue mich, bis bald.«

»Ja, ich freue mich auch.«

Die Freude darüber, dass wir wieder zueinandergefunden hatten, beruhigte mich ein wenig und flößte mir Hoffnung ein. Das Problem mit meiner nicht ausreichenden Erregung löste ich pragmatisch: Gleich am nächsten Abend erzählte ich Alexander, dass mein Frauenarzt mir versichert hätte, es sei alles in Ordnung. Auch die Trockenheit meiner Scheide sei nach der Fehlgeburt vollkommen normal, wir sollten nur vorübergehend ein Gleitmittel benutzen. Also hatte ich ein Öl besorgt und damit das Problem aus der Welt geschafft. Außerdem spielte ich in der Folgezeit Alex, immer wenn wir miteinander schliefen, einen Orgasmus vor.

Der einzige Wermutstropfen in unserer Beziehung, waren immer noch die erotischen Träume, die mich alle paar Tage heimsuchten. Jede männliche Person, die mir zufällig über den Weg lief, konnte der Hauptdarsteller meiner nächtlichen Eskapaden werden. In einer Nacht war sogar Walter, der älteste Freund meines Vaters, mein Liebhaber.

Wenn ich ehrlich sein wollte, halfen mir die Träume auch eine innere Ruhe, zu finden. Wenn sie für ein paar Tage ausblieben, merkte ich, wie ich zunehmend nervöser und reizbarer wurde.

Doch trotz allem war ich glücklich und zufrieden. Die finanziellen Schwierigkeiten hatte Alex dadurch gelöst, dass er Alice als Partnerin in die Firma aufgenommen hatte. So konnte er mit dem großen Bauprojekt weitermachen und die finanziellen Probleme der Firma auffangen. Die Zeichnung mit der Liebesbank hatte ich in der Schublade meines Schreibtisches vergraben und wieder vergessen.

So vergingen die nächsten drei Monate. Ich ging zur Arbeit und hatte mich in der Abteilung etabliert. Immer häufiger übertrug mir Walter anspruchsvollere Aufgaben. Und bei Alex lief auch alles reibungslos, die Partnerschaft mit Alice erwies sich als überaus positiv. Ich begegnete ihr zwar immer noch etwas zurückhaltend, doch die Eifersucht plagte mich nicht mehr. Das mag auch daran liegen, dass mich Alex wie ein rohes Ei behandelte – liebevoll und aufmerksam.

Eines Abends, als ich zur Tür reinkam, war das ganze Haus in Kerzenschein getaucht. Das mussten hunderte von Kerzen sein, dachte ich mir und war vor Überraschung ganz platt. Kerzen auf jeder verfügbaren Fläche waren angezündet worden und der Esszimmertisch war festlich gedeckt. Oh Gott, wie romantisch. Für welchen Anlass? Hatte ich etwas vergessen?

Als ich noch verdattert dastand und das ungewohnte Bild in mir aufnahm, kam Alex auf mich zu, küsste mich auf die Wange und zog mich an der Hand ins Esszimmer. Er rückte mir einen Stuhl zurecht und setzte sich dann rechts von mir. Er tug zur Feier des Tages einen dunklen Anzug, und sobald wir Platz genommen hatten, nahm er meine Hand und hauchte einen Kuss drauf.

»Ich habe doch deinen Geburtstag damals vergessen und ich dachte, wir holen das heute nach.«

Ich hatte im März an meinen Geburtstag mit seiner und meiner Familie allein zu Abend gegessen. Damals hatte mir mein Vater auch den Umschlag mit dem Scheck gegeben und Alexander kam erst, als alle wieder weg waren. Obwohl es mir komisch erschien, dass er jetzt im August meinen Geburtstag nachfeiern wollte, sagte ich nichts dazu.

Eva servierte uns eine leichte mediterrane Vorspeise mit eingelegtem Gemüse und danach, wie schon an meinem Geburtstag, Lachs mit Salat und als Nachspeise eine echte Schokoladenmousse. Sobald Eva das Dessert serviert hatte, schickte Alex sie nach Hause.

Während des Essens redeten wir nur über Nebensächlichkeiten. Alex erzählte mir lustige Begebenheiten aus seinem Büro und der Baustelle. Ich lache viel und fühle mich wohl und entspannt. Alex war schon lange nicht mehr so ausgelassen und ich wusste gar nicht, dass er ziemlich lustig sein konnte.

Sobald wir den Nachtisch aufgegessen hatten, nahm er meine Hand und führte mich ins Schlafzimmer. Auch hier brannten überall Kerzen und durch das Kerzenlicht war das Schlafzimmer in eine angenehme, warme Helligkeit getaucht.

Alex, der noch immer meine Hand in seiner hielt, blieb stehen und drehte mich zu sich um. Er umfasste mit einer Hand meinen Kopf und zog mich an sich. Dann küsste er mich mit einer Leidenschaft, die ich noch nie bei ihm erlebt hatte. Sein Kuss war schon fast brutal. Seine Zunge umspielte wild die meine und er drückte mich mit der anderen Hand fest an sich. Fast schon verzweifelt, wie ein Ertrinkender, dachte ich noch. Er liebte mich wirklich.

Er löste sich von mir und fasste an den Saum meines Shirts, sah mich mit zusammengezogenen Augenbrauen durchdringend an und zog mir mit einem Ruck das Shirt über den Kopf. Dann öffnete er den Reißverschluss und den Knopf meiner Hose und bückte sich runter, um mir auch die Pumps auszuziehen. Die ganze Zeit starrte ich ihn mit weit aufgerissenen Augen an. Er hatte mich noch nie so geküsst, noch nie so angesehen und noch nie meine Schuhe ausgezogen.

Er fasste meine Hose am Bund und zog sie langsam runter. Dabei verteilte er leichte Küsse auf meinen Oberschenkeln. Als ich aus der Hose stieg, warf er sie einfach zur Seite und auf seinem Weg nach oben, strichen seine Lippen über die weiche Haut meines anderen Schenkels entlang. Gänsehaut ergoss sich über meinen Rücken und ich konnte deutlich spüren, wie sich die feinen Härchen aufstellten. Kurz vor meinem Slip hörte er auf, stellte sich vor mich und ließ seinen Blick über meinen Körper wandern.

Ich stand jetzt nur in meiner Unterwäsche da und war völlig verblüfft. Was war hier los? Seit wann war er so zärtlich und was hatte er vor? Im Schlafzimmer war es doch fast taghell!

Überrascht schaute ich zu, wie er sich seiner Kleider entledigte. Er zog sich langsam aus und sah mich dabei mit ganz dunklen, fast schon schwarzen Augen an. Seine Mundwinkel waren zu einem Lächeln verzogen, doch dieses Lächeln spiegelte sich nicht in seinen Zügen wider. Es wirkte nicht zärtlich, sondern eher gespannt und ungeduldig. So, als ob ihn eher meine Reaktion interessierte und ich nicht schnell genug agierte. Ich schüttelte die wirren Gedanken ab, denn das wäre wirklich absurd.

Als er sich seiner Kleider, bis auf die Boxershorts, entledigt hatte, kam er auf mich zu und küsste mich wieder mit dieser brutalen Intensität. Dabei hielt er mich an den Schultern fest und drückte mich anschließend von sich, sodass ich einen Schritt nach hinten machen musste. Wieder musterte er mich von oben bis unten.

»Wie schön du bist«, flüsterte er und seine Stimme klang rau vor Verlangen. Obwohl ich völlig durcheinander war, ließen mich seine Worte und die leidenschaftlichen Blicke regelrecht erbeben. Ich fühlte mich zum ersten Mal seit der Fehlgeburt begehrenswert.

Er öffnete den Verschluss meines BHs und ließ die Träger langsam an meinen Armen herabgleiten. Sanft fuhren seine Finger über meine sensibilisierte Haut und hinterließen so etwas wie feine Nadelstiche. Nachdem ich mit entblößtem Oberkörper vor ihm stand, beugte er sich vor und küsste erst den einen, dann den anderen Brustansatz. Er legte seine Hände vorsichtig, fast schon ängstlich auf meine Brüste und knetete leicht an ihnen. In seinen Augen, die den Händen folgen, war deutliches Verlangen, fast schon Gier zu erkennen.

Nachdem er ausgiebig an meinen Brüsten gespielt hatte, nahm er die Brustwarzen zwischen die Finger und rieb daran, bis sie sich aufrichteten. Was machte er nur mit mir? Wie versteinert stand ich regungslos, mit herabhängenden Armen vor ihm und sah ihm zu. Die wohlige Wärme, die sich in meinem Körper auszubreiten begann, war unglaublich erregend. Er zwickte mehrmals mit seinen Fingern leicht in die nun aufgerichteten Brustwarzen und heiße Blitze durchzuckten mich, ließen mich unter seinen Händen erzittern. Langsam ließ er seine Hände an meiner Taille nach unten zu meinem Höschen wandern.

Er kniete sich vor mich hin und zog mir den Slip herunter, beugte sich vor und hauchte warmen Atem gegen meine Scham. Ich konnte ein lustvolles Aufstöhnen nicht unterdrücken, denn er entlockte damit völlig unbekannte Gefühle der Lust in mir.

Meine Verwunderung kannte keine Grenzen. Schämte er sich denn plötzlich nicht mehr? Das Zimmer war durch das Kerzenlicht fast taghell und ich stand völlig entblößt vor ihm. Warum verhielt er sich plötzlich so anders? Was hatte die Veränderung in seiner Vorgehensweise herbeigeführt?

Doch in meinem Innern loderte nun ein Feuer und ich krallte mich in seinen Haaren fest. Mein Puls raste und mein Herz schlug so fest gegen die Rippen, dass man es vermutlich schon mit bloßem Auge erkennen konnte.

»Ja, das gefällt dir«, hörte ich ihn flüstern.

Er befeuchtete zwei Finger mit Spucke und umfasste daraufhin meine Scham mit seiner Hand, wobei er die nassen Finger zwischen die Schamlippen gleiten ließ und damit vor und zurückfuhr.

Mir war nun richtig heiß und ich warf den Kopf zurück. Mit offenem Mund zog ich gierig Luft tief in meine Lungen. Mein Atem ging flach und abgehackt, ich keuchte regelrecht. Wieder stöhnte ich auf und winkelte automatisch ein Bein zur Seite, damit er leichteren Zugang fand. Er drückte seine Lippen zart auf die Klitoris und umspielte sie dann mit seiner Zunge. Meine Beine fühlten sich an wie Wackelpudding, die Knie zitterten und fast konnte ich mich nicht mehr aufrecht halten, so erregend fand ich sein Zungenspiel.

Egal, was seinen plötzlichen Sinneswandel verursacht hatte, dankte ich im Geiste dem Herrgott dafür, denn meine Säfte flossen reichlich und ich musste nicht mehr an meinem Verstand zweifeln. Ich war nun genauso erregt, wie in meinen Träumen.

Dann erhob er sich, fasste mich an den Händen und legte sie sich an die Hüften.

»Streichle mich.«

Ich bewegte automatisch die Hände nach oben in Richtung seiner Brust, doch er umfasste meine Handgelenke und drückte sie nach unten zu seinen Shorts.

»Streichle mich unten«, sagte er leise mit rauer, vor Begierde tiefer und sinnlicher Stimme.

Plötzlich wurde ich mutiger, ließ mich wie er zuvor auf die Knie sinken und zog seine Shorts langsam nach unten. Sein Geschlecht war groß und prall, die Spitze glänzend und fast dunkelrot. Ich umfasste es mit einer Hand und zog die Haut zurück, dann wieder vor, wie ich es in den Filmchen bei meinen Recherchen im Internet gesehen hatte.

»Küss mich«, forderte er mit fester, doch leiser Stimme.

Also öffnete ich die Lippen und nahm seinen Penis in den Mund. Außer in meinen Träumen hatte ich das noch nie gemacht. Es schmeckte eigentlich ganz gut und ich fuhr mit meinen Lippen mehrfach vor und zurück und unterstrich die Bewegung meiner Hand.

»Du musst saugen«, sagte er und ich sah auf. Er lächelte nicht mehr, sondern sah mit verspannten Kiefermuskeln durchdringend, fast schon zornig auf mich herab. Also fing ich leicht zu saugen an. Es fühlte sich gut an und sein intensiver, erregter Blick schmeichelte mir. Meine Sorgen waren unbegründet – er begehrte mich doch. Er ließ die angehaltene Luft mit einem lang gezogenem Stöhnen aus seiner Lunge entweichen.

»Du kannst das gut«, lobte er mich und ich fühlte, ungeahnte Glücksgefühle in mir aufsteigen.

»Komm.« Abrupt griff er unter meine Arme und zog mich hoch. Er schob mich mit seinem Körper rückwärts zum Bett hin und als ich die Bettkante erreicht hatte, schubste er mich, sodass ich nach hinten aufs Bett fiel. Meine Füße standen noch immer auf dem Boden und Alex packte mich an den Hüften. Er zog mich noch mehr gegen den Rand des Bettes und ließ sich zwischen meinen Beinen auf die Knie fallen. Wieder versenkte er seine Lippen in meiner Scham, liebkost wieder die Perle in der Mitte mit seiner Zunge.

Es fühlte sich unsagbar gut an. Warum hatten wir das nicht schon früher so getan? Warum erst jetzt? Diese Gedanken huschten kurz durch mein Gehirn, bevor ich sie verdrängte und mich ganz und gar den überwältigenden Gefühlen überließ, die Alex in mir hervorrief. Ich griff in seine Haare und sah auf – sein Kopf hüpfte zwischen meinen Beinen auf und ab. Es war einfach herrlich, endlich erfüllten sich meine Träume und Sehnsüchte.

Alex führte zwei seiner Finger in mich ein und ich konnte ein lautes Stöhnen nicht zurückhalten.

»Mein Gott, wie bereit und nass du bist«, murmelte er und erhob sich.

»Rutsch hoch und dreh dich um.« Seine Stimme war leise, doch auch ziemlich dominant, fast schon barsch.

Ich sah ihn erstaunt an, zog mich mit den Händen weiter nach oben und rollte mich auf den Bauch. Alex kniete sich hinter mich, umfasste meine Hüften und zog meinen Hintern hoch. Er drückte meine Schenkel mit seinem Knie auseinander und positionierte sich dazwischen. Plötzlich stieß er seinen Penis heftig mit einem Ruck tief in mich hinein. Mir entfuhr dabei vor Überraschung und unbändiger Lust ein unterdrückter Schrei.

Es tat erstaunlicherweise überhaupt nicht weh, denn ich war mehr als bereit für ihn – ganz nass und glitschig. Ich krallte meine Finger im Kopfkissen fest, denn es fühlte sich grandios an. Er füllte mich bis in den letzten Winkel aus und es war genauso, wie ich es so oft schon geträumt hatte.

»Ja, stöhne und schreie, ich will hören, wie scharf du bist.« Dabei pumpte er kraftvoll und immer schneller. Sogar das Geräusch des aufeinanderklatschenden Fleisches fand ich erregend und fühlte, wie sich das wunderbare Gefühl, dass ich aus meinen Träumen kannte, in mir ausbreitete. Dann pulsierte das Blut in meiner Vagina und der erlösende Orgasmus ließ mich am ganzen Körper erzittern. Ich schloss dabei so fest die Augen, dass bunte Lichter hinter meinen Lidern auftauchten und stöhnte laut auf.

Dieser erste, richtige Höhepunkt, ist viel, viel besser als alles, was ich bisher in meinen Träumen erlebt hatte. In der Realität war es so viel intensiver und nachhaltiger. Ich war völlig erledigt. Oh Gott, wie dankbar ich war! Endlich, endlich durfte ich es wirklich erleben.

Alex stieß noch einige Male nach und ich fühlte, wie sein Geschlecht zu pulsieren anfing, als auch er zum Orgasmus kam. Nachdem auch der letzte Rest seines Samens in mir war, ließ er sich erschöpft gegen meinen Rücken fallen. Kraftlos strecke ich meine Beine und ließ mich aufs Bett gleiten. Dabei rutschte sein Glied aus mir und er rollte sich seitlich neben mich. Wir keuchten wie nach einem Marathonlauf, waren vollkommen ausgelaugt und verschwitzt. Wir versuchen beide, ein wenig Luft in unsere Lungen zu bekommen.

Nachdem ich ein wenig zu Atem gekommen war, drehte ich mich zur Seite und rutschte zu Alex. Ich umarmte ihn und legte meinen Kopf auf seine Brust, genoss die befriedigende Ermattung. So fühlte es sich also an. Irgendwie fühlte ich mich leicht, fast schon schwebend in diesem Moment. So als ob alle Sorgen aus einem gesaugt wurden und man jetzt nur noch sein eigenes Gewicht zu tragen hatte. Mein Kopf war vollkommen leer, doch mein Herz quoll vor Dankbarkeit und Liebe über.

5

»Na, wie war es?«, hörte ich Alex fragen.

»Unbeschreiblich schön«, seufzte ich immer noch leicht benommen und schmiegte mich noch enger an ihn. Verteilte dabei sanfte Küsschen voller Dankbarkeit auf seiner Brust.

»Also, wenn es deinen Erwartungen entsprochen hat, dann kannst du jetzt verschwinden«, sagte er mit eisiger Stimme, stieß mich von sich und stand auf.

Ich schaute entgeistert zu ihm hoch. Was hatte er gesagt?

»Du brauchst gar nicht so ungläubig zu glotzen. Ich sagte, du kannst jetzt verschwinden. Ich bin fertig mit dir!«

»Was ...« Ich hörte die Worte, begriff sie jedoch nicht.

»Ich habe deine Sachen bereits gepackt. Du kannst jetzt gehen.« Alex sagte das mit einer leisen, doch vor unterdrücktem Zorn bebenden Stimme.

Ich setzte mich auf und starrte ihn weiterhin mit offenem Mund entgeistert an. Hier stimmte etwas ganz und gar nicht. Was sollte das? Hatte er tatsächlich gesagt, ich sollte verschwinden?

»Ich habe dich respektiert, ich habe dich geliebt und ich war rücksichtsvoll und geduldig. Du hast währenddessen mit der halben Stadt gefickt«, sagte er mit dieser eisigen Stimme und schlüpfte in seine Shorts.

Dann holte er sich ganz ruhig ein T-Shirt und seine Jogginghose aus dem Schrank und zog beides an. Ich saß immer noch auf dem Bett und war wie vom Donner gerührt. Ich schaute ihm schockiert zu und war unfähig, mich zu rühren. Was wollte er? Ich kapiere einfach nicht, was er da von sich gab.

Nachdem er angezogen war, baute er sich vor mir auf und sein Blick drückte Ekel aus. Sein ganzes Gesicht war wutverzerrt und auch sein Körper wirkte bedrohlich. So hatte ich ihn noch nie erlebt und plötzlich verspürte ich Angst.

»Deine Koffer stehen gepackt im Schrank in der Diele. Nimm sie und verschwinde so schnell wie möglich aus diesem Haus.«

»Was redest du denn da? Warum soll ich verschwinden und

warum hast du meine Koffer gepackt?« Ich begriff immer noch nichts.

»Ich habe dein Liebestagebuch gelesen. Es stehen 43 Männer drin, mit denen du in den letzten sechs Monaten gefickt hast. Unter anderem auch der beste Freund deines Vaters. Dass dir nichts heilig ist, war mir schon nach den ersten drei klar. Dass du sogar vor Walter nicht Halt machst, hat mich entsetzt und mir deine Verkommenheit im ganzen Ausmaß vor Augen geführt.«

»Alex, du verstehst da was falsch«, wimmerte ich auf, weil mir plötzlich klar wurde, wovon er sprach. Er hatte das Heft gelesen, in dem ich meine Träume aufgeschrieben hatte. Mein Gott, wie schockierend musste das für ihn gewesen sein. Aber dieser Irrtum ließ sich schnell aufklären.

»Da gibt es nichts, was man missverstehen könnte. Es ist alles überdeutlich beschrieben.« Seine Stimme war immer noch leise, doch seine feinen Gesichtszüge waren vor Wut und Ekel zu einer hässlichen Fratze verzerrt.

»Es ist nicht so, wie du denkst«, versuchte ich, mit einem Lächeln zu erklären. Fast musste ich darüber lachen, weil er sich nur wegen ein paar harmlosen Träumen so aufregte.

Da holte Alex aus und gab mir mit aller Kraft eine Ohrfeige, die mich sicherlich umgehauen hätte, wenn ich nicht auf meine Arme gestützt gewesen wäre.

»Du lachst mich aus! Du hast mit halb Hamburg gevögelt und du lachst mich aus!«, schrie er, inzwischen völlig irre vor Wut. Er sammelte hastig meine Kleider vom Boden und warf sie mir zu. »Zieh dich an und mach, dass du hier rauskommst. Ich kann dich nicht mehr sehen, du widerst mich an!«

Ich war geschockt. Er hatte mich geschlagen.

Automatisch, ohne nachzudenken, nahm ich meine Kleider und fing an, mich anzuziehen.

»Du irrst dich! Es ist doch gar nicht so, wie es aussieht«, antwortete ich mit flehender Stimme. Dabei durchzuckte mich der Gedanke, dass ich soeben genau die gleichen Worte verwendet hatte, wie er, als ich ihn mit Alice gesehen hatte.

»Was gibt es da zu irren? Du hast doch alles Wort für Wort festgehalten. Ich gehe jetzt und wenn ich in zwei Stunden zurückkomme, erwarte ich, dass du nicht mehr hier bist. Übrigens, zu deinen Eltern brauchst du nicht zu rennen, denn sie wissen Bescheid. Und meine auch. Pack deine Sachen und verschwinde. Denn so, wie es aussieht, wirst du auf der Reeperbahn schnell ein Zimmer finden. Da gehörst du auch hin.«

Bevor ich noch etwas sagen konnte, drehte er sich um und stürmte aus dem Haus.

Oh. Mein. Gott. Was war nur passiert? Scheinbar dachte er, ich hätte tatsächlich mit all diesen Männern Geschlechtsverkehr gehabt. Wie konnte er nur so etwas denken? Wusste er denn nicht, wie sehr ich ihn liebte? Er war meine erste Liebe und der einzige Mann in meinem Leben. Nie hätte ich mit einen anderen Mann ins Bett gehen können. Er war doch alles für mich.

Ich setzte mich immer noch fassungslos und wie betäubt aufs Bett. Wie sollte ich ihm nur erklären, dass es ungewollte Träume waren? Er musste doch erkennen, dass die niedergeschriebenen Zwischenfälle gar nicht wahr sein konnten. Ich liebte nur ihn.

Schlagartig begriff ich: Ich hatte in meinem Heft nie erwähnt, dass es sich dabei um Träume handelte. Es war ja auch nur für mich bestimmt. Er konnte das nicht wissen und er dachte, ich hätte ihn tatsächlich mit all diesen Männern betrogen. Wie gekränkt und enttäuscht musste er gewesen sein, als er gelesen hatte, was ich mit diesen Männern trieb und es auch noch genoss? Wie sehr musste ihn das verletzt haben?

Ich vergrub mein Gesicht in den Händen. Was sollte ich jetzt tun? Wo sollte ich hin? Wie konnte ich ihm alles erklären? So wütend, wie Alex war, würde er mir ganz sicher nicht zuhören wollen. Er würde mir, solange die Enttäuschung noch so frisch war, niemals glauben, dass es nur harmlose Träume waren. Also beschloss ich, zunächst einmal das Haus zu verlassen und die Situation am Folgetag zu klären, wenn er nicht mehr so aufgebracht war.

Ich nahm nur den kleinen Koffer mit meinen Toilettensachen, fuhr zum nächstbesten Hotel und nahm mir dort ein Zimmer. Die ganze Nacht lag ich wach und grübelte darüber nach, wie ich es Alex erklären konnte. Erst in den frühen Morgenstunden fiel ich in einen kurzen, unruhigen Schlaf, denn letztendlich war ich überzeugt, dass sich der Irrtum aufklären würde.

Als ich wach wurde, war es schon nach neun und ich war weiterhin voller Zuversicht. Ich musste nur mit Alexander reden, es ihm erklären, dann würde sich der schreckliche Verdacht in Luft auflösen. Ich zog die Sachen vom Vorabend wieder an, weil ich nichts Frisches mitgenommen hatte, und wusch mein Gesicht, auf dem die roten Male der Ohrfeige deutlich zu sehen waren. Dann checkte ich aus dem Hotel aus und fuhr wieder nach Hause.

Da das Auto von Alex in der Einfahrt stand, würde er da sein und wir könnten uns in aller Ruhe aussprechen und den furchtbaren Irrtum aufklären. Ich parkte meinen Wagen hinter seinem und ging vertrauensvoll ins Haus.

Das erste, was ich bemerkte, als ich zur Haustür kam, waren die gepackten Koffer, die jetzt in der Diele aufgetürmt standen. Ich entdeckte Alex am Esszimmertisch sitzend, den Stuhl zur Tür gedreht. Fast schien es, als ob er auf mich gewartet hatte. Kurz kam mir der Gedanke, dass er begriffen hatte, dass es nur ein Missverständnis war, als ich in sein Gesicht sah.

Dunkle Ringe unter seinen Augen zeigten mir, dass er heute Nacht nicht geschlafen hatte und seine Miene drückte immer noch Abscheu aus. Er hatte noch die gleichen Sachen an, die er gestern, bevor er aus dem Haus gestürmt war, angezogen hatte. Er hielt ein Glas mit bernsteinfarbener Flüssigkeit in der Hand, und er schien angetrunken zu sein.

Als er den Kopf hob und mich mit angewiderter Grimasse ansah, wurde mir die Aussichtslosigkeit bewusst. Er war so verletzt und enttäuscht, dass er meine Erklärung niemals Glauben schenken würde. Egal womit ich ankam, er würde es niemals akzeptieren oder verzeihen können.

Er fauchte mit mahlenden Kiefern verächtlich: »Die Schlampe kommt nach Hause gekrochen. War gerade kein Lover aufzutreiben? Vielleicht hättest du nur ein wenig länger an der Straße stehen sollen, da wäre bestimmt bald ein Besoffener oder ein Freund deines Vaters aufgekreuzt.«

Ich starrte ihn mit weit aufgerissenen Augen an, klammerte mich immer noch an den Funken Hoffnung, die ich noch vor wenigen Sekunden hatte.

»Ich sage es nur noch einmal: Nimm deine Sachen und verschwinde von hier. Ich will dich nie wiedersehen.«

Grenzenlose Scham und Verwirrung lähmten mich, trotzdem brachte ich einen zusammenhängenden Satz zustande.

»Alex, bitte, lass uns miteinander reden. Es ist nicht so, wie du denkst.« Meine Stimme klang flehend, zittrig und fast nicht zu erkennen.

Mit einem Ruck sprang er vom Stuhl und kam mit schnellen Schritten auf mich zu. Schlagartig spürte ich das Blut aus meinem Gesicht weichen und pure, nackte Angst umklammerte mich. Schon spürte ich den ersten Schlag. Er hatte mich wieder mit aller Kraft ins Gesicht geschlagen. Tränen schossen in meine Augen und ich spürte das Brennen des Schlages auf meiner Wange. Ich wich panisch zurück und stieß mit dem Rücken gegen die Wand hinter mir, als er wieder ausholte.

Ich blieb einfach aufrecht, mit hängenden Armen stehen und ließ es zu, dass er mir immer wieder ins Gesicht schlug. Die Scham und mein Stolz ließen es nicht zu, dass ich mich wehrte. Ich stand einfach nur da und sah ihn aus tränennassen Augen an. Viel Schlimmer als die Schläge tat die Erkenntnis weh, dass mit jedem Aufklatschen seiner Hand ein Stück Liebe zu ihm in mir starb. Irgendwann schloss ich die Lider und blendete die Situation aus. Nur der innere Schmerz brannte sengend in mir und ließ die Gefühle für ihn zur Asche werden.

Er war nicht mehr der Mann, in den ich mich damals verliebt hatte. Dieser jähzornige, unversöhnliche Mann, der mich schlug, hatte nichts gemeinsam mit dem Bild, dass ich in all der Zeit von ihm hatte. So wie er dastand, war nichts von dem verständnisvollen und einfühlsamen Mann, den ich geliebt hatte übrig geblieben.

Irgendwann hörte er auf, drehte sich um und ging zur Tür raus.

Ich blieb an die Wand gelehnt stehen und starrte die nun geschlossene Tür an. Nach etlichen Minuten, die sich wie Stunden anfühlten, wurde mir bewusst, dass etwas Warmes über mein Kinn lief. Ich griff mechanisch danach und sah ungläubig auf meine blutige Hand. Langsam schleppte ich mich ins Bad und sah in den Spiegel. Mein Gesicht war rot und fleckig. Die Augen zugeschwollen und aus der Nase lief mir Blut in einem Rinnsal über den Mundwinkel und das Kinn. Tropfte langsam auf mein zerknittertes Shirt. Ungläubig betrachtete ich den sich ausbreitenden dunklen Fleck auf meiner Brust.

Apathisch hob ich den Blick wieder in den Spiegel. Meine Unterlippe war aufgeplatzt und die ganze untere Gesichtshälfte war stark geschwollen. Geistesabwesend betrachtete ich das lädierte Gesicht vor mir, so als ob es nicht meins wäre. Ich war innerlich wie versteinert und fühlte keinen Schmerz, nur unsagbare Traurigkeit. Ich säuberte mechanisch mein Gesicht, ging in die Diele und griff nach den gepackten Koffern. Als ich aus dem Haus trat und die warmen Sonnenstrahlen auf mein Gesicht trafen, fühlte ich endlich das Glühen auf der lädierten Haut. Ich legte mein Gepäck in den Kofferraum und wollte einsteigen, als mir die Zeichnung von der Liebesliege in den Sinn kam.

Also ging ich wieder hinein, fand die Zeichnung in der Schublade, in die ich sie vor Monaten gelegt hatte. Auf der Zeichnung lag auch das Sparbuch, auf das ich die 128.000 Euro einbezahlt hatte. Ich steckte beides ein, zog meinen Ehering ab, legte ihn mitsamt den Hausschlüsseln auf die Kommode im Eingang und verließ für immer das Haus.

All das passierte intuitiv, ohne über die Folgen nachzudenken, denn mein Gehirn konnte keinen zusammenhängenden Gedanken formen. Ich wollte nicht nachdenken, ich wollte nur noch weg – den Ort, der mit so viel Leid behaftet war verlassen.

Ich fuhr ziellos herum und als ich endlich registrierte, wo ich war, stellte ich fest, dass ich unbewusst den Weg zum Haus meiner Eltern eingeschlagen hatte. Also stieg ich aus und stand vor Ihrer Haustür. Obwohl Alexander behauptet hatte, dass sie über den vermeintlichen Betrug Bescheid wussten, hoffte ich trotzdem, auf Verständnis und die Möglichkeit zur Klärung der vertrackten Situation. Doch auf mein Klingeln regte sich nichts. Mehrmals drückte ich auf den Klingelknopf und schlug sogar mit der Faust gegen die Tür, doch das Haus schien verlassen.

Wie betäubt ließ ich mich auf die Stufen vor der Haustür fallen. Was sollte ich tun? Wo sollte ich hin? Verzweifelt sah ich mich um und versuchte, meinen verwirrten Kopf zu einem vernünftigen Gedanken zu zwingen. Inzwischen pochte der Schmerz in meiner Unterlippe und mein ganzes Gesicht brannte wie Feuer. Wieder sah ich mich um.

Onkel Paul wohnte nur einige Häuser weiter, also rappelte ich mich auf und fuhr die paar Meter weiter zu seinem Häuschen, wo ich als Kind sehr oft war. Er wich entsetzt zurück, als sein Blick auf mein Gesicht und das blutverschmierte Shirt fiel.

»Mein Gott, Kleines, was ist denn passiert? Komm schnell rein.«

Sein besorgter Gesichtsausdruck und die liebevolle Aufforderung ließen wieder die Tränen in meine Augen steigen und ich warf mich laut schluchzend gegen seine Brust. Nachdem er mir tröstend über den Rücken gefahren war, dirigierte er mich zu einem Stuhl und ließ mich vorsichtig darauf nieder.

Nach einiger Zeit, als die Tränen versiegten, blickte ich auf und stellte fest, dass ein dampfender Becher mit Tee vor mir stand.

Tee war Onkel Pauls Allheilmittel. Wenn wir als Kinder über eine Schramme oder einen blauen Fleck klagten, kochte Onkel Paul für seine Tochter und mich immer erst einmal Tee. Danach ging es uns sofort besser.

»Jetzt nimm einen Schluck Tee und sag Onkel Paul, was passiert ist«, sagte er mit deutlicher Sorge in der Stimme.

»Alex hat mich rausgeschmissen«, schluchzte ich.

»Bist du sonst noch irgendwo verletzt, außer das im Gesicht?«

»Nein, es geht mir gut.«

Skeptisch beäugte er mich und ich konnte es ihm nicht verübeln, dass er mir nicht glaubte. Vermutlich waren die Schwellungen in meinem Gesicht inzwischen schlimmer geworden.

»Hast du andere Anziehsachen dabei?«

Als ich ihm erklärte, dass meine Koffer im Auto waren, schob er mich behutsam ins Gästezimmer.

»Jetzt machst du dich erst mal im Bad frisch und ich hole deine Sachen. Danach können wir reden, falls du das willst.«

Nach der Dusche versuchte ich mein Gesicht, das inzwischen total zugeschwollen war, mit Make-up einigermaßen in Ordnung zu bringen. Als ich feststellte, dass dies nicht möglich war, ließ ich es bleiben und ging wieder zu Onkel Paul in die Küche. Er stand am Herd und werkelte mit verschiedenen Töpfen herum. Als er mich bemerkte, deutete er auf den für zwei gedeckten Tisch: »Nimm ruhig Platz, das Essen ist gleich fertig. Mit einem vollen Magen redet es sich leichter.«

Während des Essens hatte ich in meinem Teller nur herumgestochert und fast nichts runterbekommen, danach räumte Onkel Paul die Teller ab und setzte sich zu mir.

»Falls du reden willst, höre ich dir zu. Falls nicht, ist auch gut.«
»Kann ich ein paar Tage bei dir bleiben, bitte?«
»Solange du willst, Kindchen.«
»Kann ich erst mal ein wenig für mich sein? Dann erzähle ich dir, was passiert ist.«
»Aber ja Liebes, geh nur und schlaf dich ordentlich aus. Wenn du soweit bist, bin ich für dich da.«

Seine Worte ließen meine Augen wieder feucht werden, deshalb flüchtete ich ins Gästezimmer und schloss die Tür hinter mir. An Schlaf war nicht zu denken, obwohl ich furchtbar müde war. Ich spürte die Müdigkeit tief in meinen Gliedern und meiner Seele. Meine Gedanken rasten und das Gefühl des Unrechts und der Schuld schnürte mir die Kehle zu, dass ich kaum noch Luft bekam. Die Übelkeit, die ich den ganzen Tag erfolgreich unterdrückt hatte, kroch nun brennend meine Kehle hoch und ich schluckte mehrmals um die bittere, glühend heiße Säure zurückzudrängen. Das Gefühl der Hilflosigkeit dehnte sich in meinem Innern aus und nahm mich gefangen. Ich presste die Hand gegen den Mund, um den Schrei der Verzweiflung abzuwürgen, der sich bereits in meiner Kehle gebildet hatte. Mir brach kalter Schweiß aus allen Poren aus und alles, was ich wollte, war sterben. Wie konnte es überhaupt soweit kommen?

Nach einigen Stunden, es war inzwischen schon dunkel draußen, fasste ich Mut und ging ich ins Wohnzimmer, wo Onkel Paul im Sessel saß und sich irgend eine Sendung im Fernsehen anschaute. Den Ton hatte er ausgeschaltet, vermutlich, um mich nicht zu stören und als er mich wahrgenommen hatte, machte er den Fernseher ganz aus.

»Willst du was trinken, Kindchen?«, fragte er leise.

Als ich verneinte, stand er auf und führte mich zum Sofa. Er setzte sich neben mich und schloss väterlich seine Arme um mich. Er fragte nichts, saß nur da und strich mir tröstend über die Haare. Seine Warmherzigkeit und sein Feingefühl wirkten beruhigend auf das Chaos, dass in mir tobte und ich legte meinen Kopf an seine Brust.

Längere Zeit saßen wir so da und irgendwann wurde der Wunsch mich jemandem anzuvertrauen übermächtig. Dann erzählte ich ihm alles. Wirklich alles, außer den erotischen Details, die ich in mein Heft geschrieben hatte. Aber ich erzählte ihm, dass dreiundvierzig Männer in dem Tagebuch verzeichnet waren und sich darunter sogar Walter befand.

Alles rauszulassen tat gut. Endlich jemanden anvertrauen zu können, womit ich mich schon so lange herumschlug, hatte fast eine befreiende Wirkung. Als ich endlich alles gebeichtet hatte, sah ich voller Scham zu ihm auf und befürchtete, dass er genauso schlecht von mir dachte, wie Alexander.

»Es ist alles in Ordnung Kind, du hast nichts falsch gemacht«, versicherte er überraschend. Seine Stimme war dabei leise und unendlich sanft.

»Dein Gatte ist ein sehr, sehr dummer Mann, mein Kind. Kennt er dich denn gar nicht?« Der Blick aus den gütigen Augen, ließ Verständnis und auch eine Spur Kummer erkennen.

»Du hättest doch an seiner Stelle bestimmt genauso reagiert.«

»Nein Kindchen, hätte ich nicht«, erwiderte er fast schon zornig. »Ich hätte dir zumindest die Möglichkeit gegeben, mir zu erklären, warum. Vor allen Dingen, hätte ich mich selbst gefragt, warum meine Frau nicht mit mir darüber sprechen konnte.«

»Aber er denkt, ich hätte ihn tatsächlich betrogen.«

»Wenn eine Frau oder auch ein Mann, den Partner betrügt, dann sollte man sich fragen, was man selbst falsch gemacht hat, bevor man den Anderen verurteilt. Denn wenn alles in bester Ordnung wäre, gäbe es keine Notwendigkeit zu betrügen«, sagte er mit einer Bestimmtheit, die keinen Widerspruch duldete. »Doch jetzt verstehe ich, warum dein Vater Walter fristlos entlassen hat.«

»Oh nein«, rief ich entsetzt aus.

»Doch. Heute in der Früh hat dein Vater alle Mitarbeiter zusammenkommen lassen und hat erklärt, dass Walter ab sofort nicht mehr für die Firma arbeitet und wir alle zwei Wochen Urlaub nehmen sollen. Wir sind aufgefordert worden, umgehend den Urlaub anzutreten. Es war eh nur die Notbesetzung da, weil die meisten schon in Urlaub waren. Doch er ließ uns nicht einmal die Zeit, den Arbeitsplatz zu säubern. Er wollte sogar die Maschinen selber ausschalten und dann abschließen. Also sind wir alle innerhalb von fünf Minuten gegangen. Ich habe deinen Vater seither nicht mehr gesehen.«

»Oh mein Gott, was habe ich angerichtet?«, stieß ich aus und fing wieder zu weinen an.

»Du hast gar nichts angerichtet«, insistierte Onkel Paul wieder zornig. »Du hast nur geträumt! Dein Mann und auch dein Vater hätten es besser wissen müssen. Sie kennen dich beide gut genug. Vor allem dein Vater. Er ist nur wegen Walter tief verletzt und kommt bestimmt bald zur Vernunft. Und dann kommt alles wieder in Ordnung. Doch dein Mann hätte dich niemals schlagen dürfen. Du darfst dir nicht die Schuld geben, denn du hast nichts falsch gemacht, Kind.«

»Aber ich bin schuld, dass Walter entlassen wurde. Wie kann ich das nur wieder gutmachen?«

»Jetzt beruhige dich. Wir klären das morgen. Es wird alles wieder gut, glaube mir«, erwiderte er mit fester Stimme.

Seine Worte beruhigten mich tatsächlich ein wenig und die Zuversicht, die Onkel Paul an den Tag legte, ließ mich hoffen, dass alles wieder gut würde. Nachdem mir der alte Mann nochmals versichert hatte, dass ich mich richtig verhalten hatte, ging ich ins Bett und konnte sogar ein wenig Schlaf finden.

Am nächsten Morgen versuchte ich mit viel Make-up meine Blessuren im Gesicht, zu verdecken, und machte mich zum Haus meiner Eltern auf. Doch wieder öffnete niemand und deshalb beschloss ich, zu Walter zu fahren, um das Missverständnis aufzuklären. Inge, Walters Frau, die ich auch bereits als Kind schon gekannt hatte, machte die Tür auf.

Nachdem sie mich zunächst irritiert ansah, verdüsterten sich plötzlich ihre Gesichtszüge und sie schrie los: »Du elendes Miststück! Ist dir eigentlich klar, was du angerichtet hast? Du hast

meinen Mann zum Gespött der ganzen Firma gemacht und die
langjährige Freundschaft zwischen deinem Vater und meinem
Mann zerstört. Wie kannst du es wagen, hier aufzukreuzen?
Mach, dass du wegkommst, und komm nie wieder her!«

Sie warf die Tür vor meiner Nase zu und ich starrte voller Entsetzen darauf.

Was hatte ich angerichtet? Schlechtes Gewissen, aber auch
Wut machte sich in mir breit. Niemand außer Onkel Paul wollte
wissen, was ich zu den Vorwürfen zu sagen hatte. Sie hatten sich
alle schon eine Meinung über mich gebildet, ohne mich auch nur
anhören zu wollen. Meine Eltern hatten sich vor mir versteckt
und wollten nicht mal wissen, wie es mir bei all dem ging. Mein
Mann verprügelte mich brutal, ohne mir die Chance für eine Erklärung zu geben. Und jetzt wurde mir unter wüsten Beschimpfungen die Tür vor der Nase zugeschlagen, ohne auch nur nach
dem Grund für die angeblichen Lügen zu fragen.

Hatte ich das alles verdient?

Onkel Paul meinte, nein. Und ich dachte inzwischen genauso.
Ich musste meinen Weg alleine gehen und alles hinter mir lassen. Ich konnte mich nicht mehr auf die Hilfe meiner Eltern verlassen, denn durch ihre Abwesenheit zeigten sie mir deutlich,
dass auch sie mein Verhalten verurteilten. Auch wenn dieses
Verhalten auf Unwahrheit beruhte, glaubten sie doch mehr den
Aussagen meines Mannes, statt nach einer Erklärung zu suchen.

Sie hatten das Vertrauen zu mir verloren.

Ich war zum ersten Mal in meinem Leben auf mich alleine gestellt.

Wütend, aber auch entschlossen drehte ich mich auf dem Absatz um und lief hocherhobenen Hauptes zu meinem Wagen
zurück.

Am gleichen Abend verabschiedete ich mich von Onkel Paul,
nahm meine Sachen und fuhr in die Innenstadt. Ich mietete ein
Zimmer im Hotel Kempinski und bestellte ein opulentes Mahl.
Da ich seit dem Abendessen mit Alex fast nichts mehr hinunterbekommen hatte, aß ich mit Genuss alles auf. In dieser Nacht
schlief ich wie ein Baby. Auch die elenden Träume blieben diesmal aus.

Am nächsten Morgen rief ich bei der amerikanischen Niederlassung der Firma *D. S. Ling Ltd.* an, und verlangte selbstbewusst, den hiesigen Geschäftsführer zu sprechen. Als ich ihm erklärte, dass ich ein erotisches Möbelstück entworfen hatte, bekam ich noch für den gleichen Nachmittag einen Termin.

Ich nahm ein langes Bad und machte mich aufwendig für meinen Termin am Nachmittag zurecht. Nur die aufgeplatzte Lippe konnte ich nicht kaschieren, aber von den anderen Verletzungen war durch das viele Make-up fast nichts mehr zu erkennen.

Als ich dort ankam, wurde ich schon von Herrn Miller, dem Geschäftsführer der Hamburger Niederlassung, erwartet. Ich legte ihm den Entwurf für die Liebesliege vor und erklärte ihm mein Anliegen. Er schien großes Interesse an den Entwürfen zu haben, doch die Zuständigkeit für die Möbel oblag ausschließlich dem Mutterhaus in Amerika, erklärte er mir. Er wollte aber noch im Laufe des Tages die Zeichnung seinem Chef zukommen lassen und mir dann Bescheid geben.

Bereits zwei Stunden später kam der Rückruf. Ich sollte möglichst sofort zu Herrn Miller kommen und meinen Reisepass mitbringen. Obwohl ich mich über die Nachricht wunderte, überwog die Freude, dass offensichtliches Interesse an der Liege bestand. Eine Stunde später saß ich wieder vor Herrn Miller.

Sein Chef würde gerne persönlich die Einzelheiten mit der Liege mit mir abklären und da er in einigen Tagen vorhatte nach Amerika zu fliegen, bat er mich, ihn auf dieser Reise zu begleiten. Er sicherte mir zu, sich für das Projekt einzusetzen, aber eine Garantie konnte er mir nicht geben. Die Entscheidung über den Bau und den Vertrieb konnte nur in Rochester gefällt werden.

Kurzerhand entschloss ich mich, mit ihm zu gehen. Herr Miller nahm meinen Pass an sich, weil er versuchen wollte, über die Firma die Einreisegenehmigung nach Amerika zu beschleunigen. Zwei Tage später bekam ich von einer Sekretärin die Nachricht, dass die Genehmigung erteilt wurde und der Flug bereits für den kommenden Vormittag gebucht sei.

Am gleichen Nachmittag löste ich das Sparbuch auf und ließ mir das Geld auf ein neues Konto transferieren. Da die Bank auch eine Niederlassung in Amerika hatte, konnte ich dort jederzeit über das Geld verfügen. Dann rief ich Onkel Paul an, erklärte ihm die Sachlage und verabschiedete mich von ihm. Ich bat ihn noch, Stillschweigen über meinen Besuch bei ihm und meine zukünftigen Pläne zu wahren. Mietete anschließend eine Garage und lagerte dort mein Auto und meine restlichen Sachen ein. Den Schlüssel, für die Garage steckte ich in einen Umschlag und schickte ihn an Onkel Pauls Adresse.

Wieder versuchte ich, meine Eltern zu erreichen, doch auf dem Festnetz meldete sich niemand und auf dem Handy schaltete sich sofort die Mailbox an. Sie waren von mir enttäuscht und wollten mit mir nichts mehr zu tun haben. Genauso, wie Alex es mir prophezeit hatte.

Am nächsten Morgen flog ich mit Herrn Miller nach New York und anschließend mit einer kleineren Maschine nach Rochester. Während des langen Fluges überlegte ich, was ich in Zukunft machen sollte. Ich verließ knall auf fall mein altes Leben und musste von vorne beginnen.

Es tat weh, aber auch das würde mit der Zeit vergehen. Ich musste nach vorne schauen. Wenn die Pläne mit der Liebesbank von der Firma nicht angenommen wurden, dann würde ich versuchen, sie in Eigenregie bauen zu lassen. Falls es so kommen sollte, würde ich auf keinen Fall wieder nach Hamburg zurückkehren. Vielleicht sollte ich nach Berlin oder noch besser nach München gehen. Auf jeden Fall weit weg von Hamburg.

6

Die Stadt Rochester lag an der Mündung des Genesee Rivers zum Ontariosee im Bundesstaat New York. Nun stand ich da und sah auf diese düster wirkende Stadt und hatte das Gefühl, als ob sie mich keinesfalls willkommen hieß. Vielleicht wirkte sie nur durch die einsetzende Abenddämmerung so finster und Grau, versuchte ich mich selbst aufzumuntern.

Nachdem ich das Zimmer im Hotel bezogen hatte, wartete ich nun auf Herrn Miller, der mich zum Abendessen ausführen wollte. Er führte mich in ein Nobelrestaurant nahe der Innenstadt. Herr Miller war ein sehr netter und kultivierter Herr in den Fünfzigern. Auf die Frage, wie er in die Erotikbranche gekommen sei, erklärt er mir, dass David Ling dafür verantwortlich war. David Ling war der Inhaber von *D. S. Ling Ltd*.

»Ich arbeitete früher in der Automobil-Industrie, doch David kann sehr bestimmend sein, wenn er etwas haben will. Er hat mich überzeugen können, dass ich in seinem Betrieb viel bewirken kann. Also bin ich seit drei Jahren Geschäftsführer für den europäischen Markt. Doch Sie werden ihn morgen kennenlernen, dann können Sie sich selbst ein Urteil über ihn bilden.«

»Schon morgen?«

»Ja. Mister Ling hat auf den baldigen Termin bestanden. Normalerweise hält er sich mehr im Hintergrund, aber als ich ihm von Ihrer Liebesliege erzählt habe, und er den Entwurf gesehen hat, wünschte er Sie sobald als möglich kennenzulernen.«

»Sie scheinen überrascht zu sein?«

»Ja, das bin ich. Normalerweise lassen wir die Möbel in unserer hauseigenen Entwicklungsabteilung von unseren Designern entwickeln. Mir ist bisher noch kein Fall bekannt, wo wir einen Entwurf von fremden Designern angenommen haben. Der Markt für Erotikmöbel ist sehr klein und überschaubar. Es gibt nur eine Handvoll Designer auf der Welt, die solche Möbel entwerfen, und die sind uns natürlich alle bekannt. Die meisten arbeiten sowieso für David.«

»Das war mir nicht bewusst.«

»David hat seine Firma vor sechs Jahren gegründet. Er hat mit einer Massagebank und einem Schaukelstuhl angefangen. Es heißt, diese Möbel hätte er selbst entworfen. Nun haben wir ein breit gefächertes Sortiment an verschiedenen Sextoys, doch die Möbel sind immer noch Davids Baby.«

»Bei meiner Recherche ist mir aufgefallen, dass Ihre Firma eine der größten ist, die Erotikmöbel anbieten.«

»Ja, das stimmt. Wir sind mittlerweile der größte Anbieter von Sextoys und Erotikmöbeln weltweit.«

Nach dem Essen begleitete mich Herr Miller zu meinem Hotel und versprach mir, mich morgen zu meinem Termin mit Herrn Ling zu begleiten.

Während wir zum Hotel fuhren, sah ich zum Seitenfenster der gemieteten Limousine mit Chauffeur. Plötzlich schien die Stadt überhaupt nicht so trübsinnig, wie noch einige Stunden zuvor. Durch die eingeschaltete Straßenbeleuchtung und die Lichter der vielen Gebäude wirkte sie wesentlich einladender. Fast war man versucht, sie schön zu bezeichnen. Als wir auf der mehrspurigen Hauptstraße entlangfuhren, kamen die Wasserfälle, für die die Stadt bekannt war in sicht. Die Skyline hinter den belichteten High Falls-Wasserfällen war unglaublich. Der Anblick ließ mich sogleich etwas froher und zuversichtlicher werden und ich fühlte mich plötzlich nicht mehr ganz so verloren.

Ich war etwas nervös und ziemlich aufgeregt als mich Herr Miller am nächsten Tag abholte. Ich hatte mich dreimal umgezogen, bis ich das richtige Outfit fand. Eine weiße Bluse, ein marineblaues Kostüm mit wadenlangem Bleistiftrock und dazu passenden Pumps. Dieses Kostüm ließ mich älter erscheinen, doch auch geschäftsmäßiger. Ich wollte den Eindruck von Professionalität vermitteln und so meine durchaus vorhandene Unsicherheit verbergen.

»Werden Sie bei unserem Termin als Dolmetscher dabei sein? Ich spreche zwar gut englisch, doch leider nicht perfekt«, fragte ich Herrn Miller, als wir im Auto saßen.

»Falls ich dabei bleiben sollte, dann sicherlich nicht als Dolmetscher. David spricht ausgezeichnet Deutsch«, erwiderte er.

Bevor ich nachfragen konnte, weshalb er so gut Deutsch sprach, fuhren wir schon vor dem Firmengebäude vor. Der Firmensitz befand sich in einem Hochhaus Downtown High Falls und es war ein modernes, nüchternes Gebäude mit viel Glas und Beton. Das getönte Glas ließ das ganze Gebäude bläulich schimmern. Dieser Eindruck entstand durch das Sonnenlicht, das sich in der scheinbar nur aus Glas bestehenden Fassade widerspiegelte.

Die riesige und sehr hohe Eingangshalle wurde durch eine mit braunem Leder umfasste Marmorempfangstheke dominiert. Auf beiden Seiten dieser Empfangstheke gab es Durchgänge mit Aufzügen, so viel ich sehen konnte. In einer Ecke des großen Eingangsbereichs befand sich ein Wartebereich mit einer wuchtigen, mehrteiligen Ledergarnitur. Kleine Glastischchen waren zu einer Gruppe in der Mitte der dunklen Sitzmöbel zusammengestellt worden und auch an den Seiten der bequem aussehenden Sofas hatte man die gleichen Glastischchen gestellt. Schöne Tischlampen aus poliertem Messing und cremefarbigen Schirmen standen auf den Seitentischen und mehrere Zeitschriften waren dekorativ darauf ausgebreitet worden.

Alles war sehr modern und kühl gehalten. Die vorherrschenden Farben der Theke und der Ledergarnitur waren dunkelbraun und boten einen warmen Kontrast zu den hellen Marmorböden und den im gleichen Ton gestrichenen Wänden. Mehrere große Pflanzen lockerten die fast schon nüchterne Atmosphäre dieses hochelegant wirkenden Raumes auf.

Hinter der großen Marmorempfangstheke saßen drei hübsche junge Damen und bedienten die Telefone vor sich. Herr Miller begrüßte alle drei freundlich und wandte sich dann einer zu.

»Martha, Miss Simon und ich haben einen Termin bei David«, sagte er zu einer bildschönen Rothaarigen.

»Willkommen zuhause Mr. Miller, er erwartet sie bereits. Gehen Sie gleich hoch.«

Wir gingen zum letzten der drei Aufzüge und fuhren in die 45. Etage. Als wir aus dem Aufzug traten, standen wir direkt in einem grandios wirkenden Büro. Wie auch der Eingangsbereich, war dieser große Raum wieder in Erdtönen gehalten. Beiger Teppichboden, in dem meine Absätze einsanken, bedeckte den Boden und gleich links vom Aufzug stand eine kleinere Version der

Ledergarnitur aus dem Wartebereich. Die Wände waren ebenso in warmen Beige gestrichen und nur hinter der Ledergarnitur hing ein einzelnes, abstraktes und sehr farbenprächtiges Bild. Die ganze rechte wand war mit deckenhohen dunkelgebeizten Echtholzregalen ausgefüllt. Fachbücher füllten die Fächer und nur vereinzelt standen maritime Gegenstände aus Messing dazwischen.

Dieses Büro wurde mit viel Geschmack und Geld eingerichtet. Alles war harmonisch aufeinander abgestimmt und trotz der beeindruckenden Größe besaß der Raum eine Note zurückhaltender Eleganz. Die rechte Wand bestand vollständig aus bodentiefen Fenstern mit einem wundervollen Ausblick auf die High Falls und den Genesee River.

Im hinteren Teil des Büros stand ein massiver Schreibtisch im Kolonialstil, und bei unserem Eintritt erhob sich der Mann dahinter. Als er auf uns zukam, musterte ich ihn. Er war hochgewachsen, mindestens einen Kopf größer als ich und sehr schlank, fast schon mager. Braune, leicht lockige Haare, umrahmten ein markantes Gesicht mit einem Dreitagebart. Er trug ein weißes, tailliertes Hemd mit schwarzer Krawatte und dazu völlig ausgewaschene Jeans mit Löchern und Rissen. Trotz seiner zerrissenen Jeans wirkte der Mann irgendwie mondän und professionell. Der forsche Gang und seine aufrechte Haltung signalisieren ein Selbstbewusstsein, das schon fast an Arroganz grenzte.

Er begrüßte Herrn Miller auf Englisch und wendete sich dann mir zu.

»David, das ist Gioia Simon«, stellte mich Herr Miller auf Deutsch vor.

»Frau Simon, ich freue mich, Sie kennenzulernen«, antwortete er ebenso auf Deutsch. Die Andeutung eines leicht schiefen Lächelns umspielte die wohlgeformten und doch männlich wirkenden Lippen, was den Eindruck von Arroganz noch verstärkte. Seine rauchige, leise Stimme klang angenehm kräftig und äußerst melodisch.

Als ich zu ihm aufsah, hatte ich ein Gefühl, als ob er Blitze aus seinen unglaublich leuchtenden dunkelblauen Augen gegen mich abschoss. Die Intensität seines Blicks war in meinem Magen spürbar und ich hatte das Gefühl, als ob dort ein Schwarm wilder Hummeln aufflog. Ich musste mich regelrecht zusammenreißen, um ihm die Hand reichen zu können, doch meine Glieder waren plötzlich wie betäubt und die Befehle von meinem Gehirn wurden nur unzureichend an sie weitergeleitet.

Ich ergriff in Zeitlupe seine ausgestreckte Hand und war unfähig, etwas auf seine Begrüßung zu erwidern. Ich konnte ihn nur anstarren. Ich hatte in diesem Augenblick das unheimliche Gefühl, als ob ich diesem Mann schon einmal begegnet wäre. Plötzlich wurde mir bewusst, dass ich seine Hand noch immer in meiner hielt und bisher noch keinen Ton von mir gegeben hatte. Also schluckte ich mehrmals trocken, und erwiderte stockend: »Mister Ling ..., ich ... ich freue mich auch, Sie kennenzulernen.« Dann riss ich ruckartig meine Hand zurück.

Er wendete sich von mir ab, die Lippen immer noch leicht spöttisch verzogen. »Mister Miller, Sie können sich jetzt beruhigt Ihren Aufgaben widmen. Frau Simon und ich kommen schon klar.«

Herr Miller verabschiedete sich noch von mir und dann war ich alleine mit diesem sehr charismatischen Mann.

»Setzen wir uns doch.« Er deutete mit einer einladenden Geste auf die Ledergarnitur. »Kann ich Ihnen etwas zu trinken anbieten? Kaffee, Wasser oder lieber einen Saft?« Während wir zum Sofa gingen, legte er seine Hand stützend auf meinen unteren Rücken.

Ich schüttelte verwirrt unauffällig den Kopf, denn seine Hand war so heiß, dass ich sie deutlich durch die Jacke spüren konnte. Das laue Gefühl in meinem Magen breitete sich noch weiter aus und die Trockenheit in meinem Mund nahm zu. Ich setzte mich schnell in den nächstgelegenen Sessel, bevor meine Füße den Dienst versagen konnten. Er nahm auf dem Sofa links neben mir Platz und wieder trafen mich Blitze aus diesen unglaublichen Augen, als er sich mir zuwandte.

»Frau Simon, darf ich Sie Gioia nennen?«

Nachdem ich wieder mehrmals trocken geschluckt hatte, krächzte ich eingeschüchtert: »Ja bitte, das wäre mir auch lieber.« Umständlich hüstelte ich und versuchte mich wieder in den Griff zu bekommen. Was war plötzlich nur los mit mir?

»Dann sagen Sie David zu mir.« Er musterte mich aus diesen saphirblauen Augen und ich hatte das Gefühl, seinen Blicken völlig ausgeliefert zu sein. Dieser Mann verkörperte die pure Arroganz. Obwohl er im üblichen Sinne nicht wirklich schön war, wirkte er doch sehr maskulin und alles an ihm sprühte nur so vor Sex-Appeal, sodass er trotzdem eine außergewöhnliche Attraktivität ausstrahlte. Und dessen war er sich auch bewusst, daher wirkte er so anmaßend.

Ich hatte immer noch das starke Gefühl, ihn irgendwoher zu kennen. »Sind wir uns schon früher einmal begegnet?«, fragte ich deshalb.

»Ganz bestimmt nicht. Wenn das der Fall wäre, würden Sie sich sicher daran erinnern«, erwiderte er und verzog wieder leicht die Lippen. Sein Lächeln wirkte, wie auch schon zuvor, eher spöttisch als freundlich und ich hatte irgendwie das Gefühl, als ob er in diesem Moment irgendwas Anzügliches denken würde.

»Ich hätte jetzt doch ganz gerne ein Glas Wasser, bitte.« Mein Mund war völlig ausgetrocknet und mein Gehirn hatte seine Tätigkeit ausgesetzt. Als er rausging, um mir das gewünschte Wasser zu holen, versuchte ich, mich zu sammeln. Ich musste mich unbedingt konzentrieren und wieder einen klaren Kopf bekommen. Warum war ich nur dermaßen eingeschüchtert und durcheinander? In der Gegenwart dieses Mannes fühlte ich mich wie ein Lamm, das von einem zähnefletschenden Wolf in die Enge getrieben wurde. Ich räusperte mich mehrmals, setzte mich aufrecht hin, versuchte mit aller Kraft, die Unsicherheit in den Griff zu bekommen und mich auf das kommende Gespräch einzustellen.

»So, hier ist Ihr Wasser. Können wir jetzt weitermachen?«, fragte er mit eisiger Stimme, nachdem er mir Zeit gelassen hatte, einige Schlucke von dem eiskalten Wasser zu nehmen. Währenddessen beobachtete er mich nachdenklich mit gerunzelter Stirn. Er sah jetzt irgendwie verärgert aus. Was war draußen vorgefallen? Was hatte ihm innerhalb so kurzer Zeit, während er das Wasser holte, dermaßen die Stimmung vermiest?

»Ja bitte. Ich habe die Entwürfe der Liege dabei.« Ich versuchte, sachlich zu bleiben und seinen Missmut zu ignorieren.

Er sah sich aufmerksam die technische Zeichnung an, überlegte dann kurz und erklärte: »Gioia, ich werde mir Ihre Zeichnung später noch einmal genauer anschauen und mit meinen Mitarbeitern darüber sprechen. Wir werden die Entscheidung, ob wir Ihre Liege in unser Programm aufnehmen wollen, gemeinsam treffen und Sie dann darüber informieren«, sagte er bestimmt, so als ob er gerade eine Entscheidung getroffen hatte.

Hoppla, so wie es aussah, war ich hier fertig, also verabschiedete ich mich ziemlich kurz und lief mit schnellen Schritten, fast schon rennend zu dem wartenden Aufzug. Währen sich der Aufzug nach unten bewegte, überlegte ich, was soeben passiert war. Es war alles etwas bizarr und meine Reaktion auf den Mann, den ich heute kennengelernt hatte, völlig verwirrend. Ich ließ mir, immer noch völlig aufgewühlt, von der netten Empfangsdame ein Taxi rufen und fuhr erleichtert zurück ins Hotel.

Den ganzen Abend überlege ich wieder, was heute Nachmittag eigentlich los war. Dieser Mann war zynisch, arrogant und launisch, brachte mich mit seiner Art völlig aus dem Gleichgewicht. Warum hatte er mich nach Amerika kommen lassen und warum verunsicherte er mich so? Vielleicht reagierte ich nur so, weil er mir immer noch irgendwie bekannt vorkam? Doch das konnte nicht sein. Ich schüttelte verwirrt den Kopf und verdrängte jeden weiteren Gedanken an David.

Ich bestellte mir ein leichtes Abendessen und beschloss, am Abend im Hotel zu bleiben. Nach dem Essen versuchte ich, ein wenig zu lesen, doch ich konnte mich nicht auf das Buch, das ich mitgebracht hatte konzentrieren. Ich las dreimal die gleiche Seite, ohne zu begreifen, um was es da ging und legte frustriert das Buch aus der Hand.

Die Ereignisse der letzten Tage verfolgten mich. Es war in so kurzer Zeit so viel passiert. Alex hatte mich geschlagen und aus dem Haus geworfen. Meine Eltern hatten mich aufgrund irgendwelcher Aussagen von ihm alleingelassen, ohne mich vorher zu kontaktieren. Walter wurde nach so vielen Jahren fristlos entlassen und er und seine Frau hielten mich für eine gemeine Lügnerin. Doch meine Seite der Geschichte interessierte niemanden, nur Onkel Paul hielt nach wie vor zu mir.

Ich hatte einen Mann, den ich liebte, ein Leben und einen Job. Ich hatte Eltern, denen ich innig verbunden war, doch jetzt saß ich hier am anderen Ende der Welt ohne Ehemann, ohne Eltern, ohne Job und ohne Liebe. Niemand vermisste mich – ich war ganz allein.

Das Selbstmitleid und unsagbarer Seelenschmerz ließen wieder meine Augen feucht werden. Ich lag alleine in einem unpersönlichen Hotelzimmerbett in einem fremden Land und weinte bitterlich.

Nach drei Tagen, in denen ich viel geweint und wenig geschlafen hatte, wurde es immer schlimmer. Ich hatte noch immer keine Nachricht von der Firma oder David bekommen. Es war immer noch unklar, ob sie den Entwurf annehmen und die Liege produzieren würden. Die Ungewissheit und das Selbstmitleid zogen mich runter. Ich merkte, wie ich immer tiefer in die Dunkelheit zu fallen drohte, so wie nach der Fehlgeburt.

Das dürfte nie wieder geschehen. Ich musste mich zusammenreißen und wieder ins Leben zurückfinden, musste das Selbstmitleid abschütteln und nach vorne blicken, sonst ging ich daran kaputt.

Entschlossen stand ich am Nachmittag des dritten Tages auf, ließ mir ein Bad ein und versuchte, die deprimierenden Gedanken auszublenden. Ich musste raus und ins Licht zurückkehren. Ich durfte mich nicht mehr in diesem Zimmer vergraben. Ich musste unbedingt wieder unter Leute gehen.

Mein Gesicht war vom vielen Weinen verquollen und dunkle Ringe unter den Augen verschönerten es nicht unbedingt. Also wandte ich nach dem Bad viel Zeit für mein Make-up auf, damit ich einigermaßen wieder ansehnlich wirke. Auf jeden Fall waren die Spuren der Schläge verschwunden und die aufgeplatzte Lippe war fast verheilt. Ich kleidete mich leger in Jeans und ein einfaches T-Shirt und beschloss, einen Spaziergang in einem der Parks in der Nähe des Hotels zu machen.

In der Mitte des 20. Jahrhunderts waren die Haupteinnahmequellen von Rochester die Baumschulen und der Gartenbau, deshalb hatte Rochester noch heute ziemlich eindrucksvolle Parks. Ich ließ mich vom Taxi zum Bausch and Lomb Riverside Park bei der University of Rochester bringen. Der Park erstreckte sich entlang des Genesse Rivers und wurde durchquert vom Wilson Boulevard.

Wir hatten ende August, die Sonne schien und es war ein ziemlich warmer Tag. Die frische Luft tat mir gut. Meine Laune besserte sich rasch und nach zwei Stunden im Park fühlte ich mich entspannt und beruhigt. Eigentlich war ich schon fast fröhlich, als ich Richtung Hotel den Wilson Boulevard entlang lief. Da es ziemlich weit bis zum Hotel war, hielt ich ein Taxi an und ließ mich den Rest des Weges fahren.

An der Rezeption wurde mir ein Umschlag mit einer Nachricht übergeben, die während meiner Abwesenheit eingegangen war. Sie war von David, der mich zum Abendessen einlud. Ich hatte nicht mehr viel Zeit, um mich zurechtzumachen, deshalb zog ich mich nur rasch um und erneuerte kurz mein Make-up. Ich wählte eine enge schwarze Hose und ein etwas tiefer ausgeschnittenes Shirt, ebenfalls in Schwarz. Dazu zog ich eine apfelgrüne, kurze Jacke und hohe schwarze Pumps an. Meine Haare, die ich am frühen Nachmittag frisch gewaschen hatte, fielen in üppigen Locken offen auf meine Schultern. Mein Outfit erinnerte ein wenig an einen Vamp, doch ich hatte keine Zeit mehr, mich noch einmal umzuziehen. Als ich aus dem Aufzug trat, bemerkte ich David, der mitten in der Lobby stand.

Er trug einen dunkelgrauen Blazer mit einem weißen Hemd und passender Krawatte. Dazu eine schwarze Jeans – leger und trotzdem elegant, dachte ich. Sogar die saloppe Hand in der Hosentasche konnte seine charismatische Ausstrahlung nicht mindern. Als er mich gewahr wurde, kam er mit ausduckloser Miene auf mich zu. Es gab diesmal kein selbstgefälliges Lächeln zur Begrüßung, fiel mir auf. Egal, ich beschloss, mich nicht mehr von ihm verwirren zu lassen – straffte die Schultern und trat ihm hocherhobenen Hauptes entgegen.

»David, ich freue mich, Sie wiederzusehen«, begrüßte ich ihn nur mit einem höflichen Neigen des Kopfes, statt ihm die Hand zu reichen. Das war zwar nicht unbedingt unfreundlich, doch etwas distanziert. Er sollte durchaus merken, dass mir sein Verhalten nicht passte. Nur für einen Bruchteil von Sekunden zog er die linke Augenbraue hoch, doch sofort wurde seine Miene wieder ausdruckslos.

»Auch ich freue mich, Sie zu sehen, doch gehen wir, der Fahrer wartet schon auf uns.« Obwohl er es in einem ruhigen Ton sagte, schien er wieder durch etwas verärgert zu sein.

Was sollte das? Versuchte mich dieser arrogante Mistkerl wieder durcheinanderzubringen? Ich war pünktlich, und wenn sein Fahrer warten musste, dann nicht wegen mir. Außerdem gehörte es zu seinem Job, auf die Fahrgäste zu warten. Ich schritt mit Wut im Bauch so stolz und aufrecht, wie es mir möglich war, Richtung Ausgang, ohne David weiter Beachtung zu schenken. Sollte er doch denken, was er wollte. Ich hatte versucht, höflich zu sein, aber wenn er es anders haben wollte, bitte!

Es schien, als ob er sich schnell gefangen hatte, denn ich spürte seine Hand in meinem Rücken, die mich zum Ausgang dirigierte. Die Hand entfachte scheinbar direkt auf meiner Haut ein Feuer, das sich über den ganzen Rücken auszubreiten begann, wie schon vor einigen Tagen in seinem Büro. Ich zwang mich, einfach weiterzugehen, es nicht zu beachten – nicht einmal zu ihm rüberzuschauen. Er machte mir höflich die hintere Tür des imposanten, schwarzen Wagens auf und ich stieg ein. Als er sich neben mir in die Polster fallen ließ, war ich mir seiner Anwesenheit deutlich bewusst. Ich starrte angestrengt zum Seitenfenster raus, und bekam fast keine Luft in dem engen Innenraum des Wagens. Es war, als ob Davids ungewöhnlich starke Aura mich zu erdrücken schien. Zudem stieg mir ein Hauch seines angenehm riechenden Rasierwassers in die Nase und löste erstaunlicherweise den Wunsch in mir aus, mehr davon abbekommen zu wollen.

Ich würde nicht zulassen, dass mich dieser Mann wieder einschüchterte. Ich war keine Schülerin mehr, sondern eine erwachsene, unabhängige und intelligente Frau. Dieses Spielchen würde ich bestimmt nicht mitspielen. Ich bemühte mich um Haltung und setzte ein freundliches Lächeln auf, als ich mich ihm zuwandte. Dieser selbstgefällige Kerl saß in seiner Ecke und musterte mich eingehend. Blut schoss in meine Wangen und das machte mich noch wütender. Doch die Wut half mir auch, mich zu sammeln und seinen Blick direkt zu erwidern. Also saßen wir da – er taxierend und ich verkrampft lächelnd. Sein Gesichtsausdruck war völlig emotionslos, doch der Blick aus seinen unbeschreiblichen Augen wirkte diesmal warm und vertrauenerweckend.

»Sie scheinen ärgerlich zu sein«, sagte er leise.

Er hatte mich scheinbar durchschaut, so zwang ich mich, ruhig sitzenzubleiben und ihn weiterhin gelassen anzusehen. Ich würde stark bleiben und nicht klein beigeben. »Aber nein, wie kommen Sie darauf?«, log ich dreist.

»Es sah für mich so aus.«

»Hatten Sie schon Zeit gefunden, sich die Zeichnung von der Liege näher anzuschauen?«, wechselte ich das Thema.

»Ja, doch darüber können wir morgen in meinem Büro reden. Heute bin ich als Privatmann hier.« Obwohl er es ganz normal sagte, bemerkte ich doch einen herrischen Unterton in seiner Stimme.

Wieder wurde ich rot. Dieser Mensch versuchte doch, mich einzuschüchtern, deshalb wandte ich mich von ihm ab und sah, ohne etwas zu erwidern, wieder zum Fenster raus. Ich raste vor unterdrücktem Zorn. Am liebsten wäre mir, er hätte mich umgehend zurück ins Hotel gefahren, denn wenn es so weiterging, würde einer von uns oder vielleicht auch beide demnächst sterben. Ich würde vor Wut vermutlich einen Herzanfall erleiden und er würde an seiner Arroganz ganz bestimmt ersticken.

Der Wagen brachte uns an die Anlegestelle auf dem Genesee River. Dort lag eine mindestens zwanzig Meter lange Jacht mit dem Namen *The Insurrection* angedockt. David reichte mir seine Hand, um mir beim Aussteigen zu helfen. Ich ignorierte sie, senkte den Kopf und tat so, als ob ich es nicht bemerkt hätte. Draußen legte er schon wieder seine Hand auf meinen unteren Rücken – das schien eine Macke von ihm zu sein und begleitete mich so zur Gangway.

»Da es ein recht milder Abend ist, dachte ich, wir speisen draußen auf dem Oberdeck. Doch wenn es Ihnen zu kühl ist, können wir auch runter in den Salon gehen.«

»Nein, das Oberdeck ist wunderbar.«

Ich dachte, dass mehrere Leute zum Abendessen kommen würden, doch an Deck angekommen sah ich nur einen einzelnen Tisch, der für zwei Personen gedeckt war.

»Wir sind alleine?«, fragte ich überrascht.

»Ja. Ist Ihnen das zu intim?«

Schon wieder so eine anzügliche Bemerkung. Dieser Mann wollte mich aus dem Konzept bringen und setzte alles daran, mich zu verunsichern. Was bezweckte er damit? Ich nahm ohne zu antworten Platz und beschloss, nur noch auf direkte Fragen zu antworten und ansonsten den Mund zu halten.

Das Essen wurde uns von einem Stuart in weißer Uniform serviert. Während des Essens wurde ich wieder von David intensiv gemustert, doch ich konzentrierte mich auf das ausgezeichnete Essen und ignorierte ihn. Hier war vermutlich ein Sternekoch am Werk, denn es schmeckte vorzüglich und nach dem langen Spaziergang war ich ziemlich hungrig. Von einigen höflichen Floskeln abgesehen, fand kein Gespräch zwischen uns statt. Dies lag vermutlich daran, dass meine Antworten etwas einsilbig ausfielen. Mir war es jedoch ganz recht so, denn sobald dieser Mann den Mund aufmachte, kam irgendwas Komisches oder Anzügliches raus. Obwohl wir nur wenig sprachen, empfand ich die Stille nicht als bedrückend, sondern eher als wohltuend.

Während wir das ausgezeichnete Essen genossen und dem beruhigenden Wellenschlag des Wassers lauschten, merkte ich, wie die Anspannung in mir nachließ. Die Aussicht auf den Sonnenuntergang, der sich auf dem Wasser des Ontariosees spiegelte, war traumhaft und ich fragte mich, ob mir David mit Absicht den Stuhl mit dem Fernblick aufs Wasser zugewiesen hatte. Jedenfalls glitzerte der See wie ein Diamantteppich in der einfallenden Dämmerung. In der Ferne leuchtete das Wasser in tausend verschiedenen Rottönen. Einige verspätete Segelboote glitten träge über das Wasser und in der Ferne konnte ich Lichter einer Großstadt erkennen. Eine frische Brise, die vom Wasser herüberwehte, brachte würzige Seeluft mit sich.

Nach dem Dessert – Himbeersorbet mit Mascarpone und Minze, sah mich David an und fragte: »Sollen wir in den Salon wechseln? Hier wird es nun doch langsam etwas kühl.«

Schlagartig durchspülten mich Wellen einer leichten Panik – er wollte mit mir in den viel zu kleinen Salon, um mich weiterhin mit seiner Überheblichkeit zu quälen, deshalb antwortete ich mit fester Stimme: »Das Essen war wirklich köstlich, David. Vielen Dank für Ihre Einladung, doch mir wäre es lieber, wenn ich wieder ins Hotel zurückkehren könnte.«

»Natürlich, wenn Sie es so wünschen«, sagte er mit leicht nach oben gezogener Augenbraue.

Schweigend brachte er mich wieder zum wartenden Wagen und ließ mich einsteigen. Nachdem er sich gesetzt hatte, drehte er sich mir zu und sagte: »Ich scheine Sie durch irgendetwas verärgert zu haben. Egal, was es ist, es tut mir leid. Das war nicht meine Absicht.« Es schien ihm wirklich leidzutun, denn sein Ton klang verhalten reuevoll.

Ich beschloss, den Stier bei den Hörnern zu packen und ihn zur Rede zu stellen. »Als ich Sie fragte, ob wir uns schon einmal begegnet sind, behaupteten Sie, ich würde mich daran erinnern, wenn es so wäre. Warum würde *ich* mich bestimmt daran erinnern, wenn wir uns schon einmal begegnet wären? Was wollten Sie damit andeuten?«

Er sah mich verwundert an, räusperte sich und erwiderte mit dieser sexy Stimme: »Es war nur eine unglückliche Wortwahl meinerseits. Es lag mir fern, Sie damit zu verwirren. Eigentlich hätte ich sagen sollen, dass *ich mich* bestimmt an *Sie* erinnert hätte, falls wir uns schon einmal begegnet wären. Ich bin vor sieben Jahren aus Deutschland weggegangen, da waren Sie noch ein halbes Kind, deshalb ist es sehr unwahrscheinlich, dass wir uns schon einmal begegnet sind. Bitte entschuldigen Sie meine unüberlegte Aussage.«

Bereute er es wirklich? Es schien ihm aber ehrlich leidzutun. Vielleicht war ich auch nur zu empfindlich und reimte mir irgendwas zusammen? »Entschuldigung angenommen«, erwiderte ich versöhnlich mit einem Lächeln.

»Als Sie vor drei Tagen in meinem Büro waren, war ich etwas abgelenkt. Könnten wir bitte noch einmal von vorne beginnen?«

»Gerne. Ich freue mich, Sie kennenzulernen, Mister Ling.«

»Bitte, nennen Sie mich David«, sagte er und seine Lippen verzogen sich dabei zu einem ehrlichen Lächeln, das sich diesmal auch in seinen Augen widerspiegelte. »Auch mir ist es eine Ehre, Sie kennenzulernen Gioia.«

»Meine Freunde nennen mich Gia.«

»Gerne. Bin ich denn ein Freund für Sie?«

»Nun, soweit würde ich nicht gehen, ich hoffe jedoch, wir können irgendwann Freunde werden.«

»Dann sollten wir aber auch zum du übergehen, denn als zukünftige Freunde können wir schon jetzt mit dem Duzen anfangen.«

Wir mussten beide auflachen und bei mir hatte es eine befreiende Wirkung. Dieses beklemmende Gefühl, das ich bisher in Davids Gegenwart empfunden hatte, löste sich plötzlich in nichts auf. Das Lachen verfeinerte seine Gesichtszüge – auf einmal waren sie weicher, er wirkte nicht mehr arrogant und einschüchternd, sondern wie ein netter Mann. Es ließ ihn zudem jünger und auch attraktiver wirken. Ich schätzte ihn auf Ende zwanzig oder Anfang dreißig.

»Du bist vor sieben Jahren aus Deutschland fortgegangen. Darf ich fragen, woher aus Deutschland?«

»Ich habe in Berlin studiert.«

»Ich komme aus Hamburg. Da hätte es doch sein können, dass wir uns schon einmal begegnet sind. Ich habe immer noch das Gefühl, als ob wir uns bereits kennen würden.«

»Nein, ganz bestimmt nicht. Ich war vor zehn Jahren zum letzten Mal in Hamburg. Da warst du wie alt?«

»Du hast recht. Das kann nicht sein, da war ich gerade mal vierzehn.«

»Wie kommt eine so junge Frau wie du, auf die Idee eine Liebesliege zu entwerfen?«

Blut schoss mir ins Gesicht, als mir klar wurde, dass ich noch gar nicht darüber nachgedacht hatte, was ich auf so eine Frage antworten sollte. Ich konnte unmöglich erzählen, dass die Liege durch einen erotischen Traum, der in einem Umkleideraum spielte, entstanden war.

»Einfach durch Zufall«, antwortete ich schnell. »Ich habe Maschinenbau studiert und ich kritzelte gedankenverloren an dem Förderband einer Säge. Erst als die Liege bereits entstanden war, erkannte ich, wie sie genutzt werden konnte«, schummelte ich.

»Wie bist du zum Handel mit Erotikmöbeln gekommen?«, fragte ich, um das Thema auf unverfänglicheres Terrain zu bringen.

»Ich habe Möbeldesign studiert und statt langweilige Sofas und Stühle zu entwerfen, habe ich mich noch während des Studiums an Erotikmöbeln versucht. Dieser Markt war noch nicht so überlaufen. Als ich mit dem Studium fertig war, dachte ich, damit ließe sich gutes Geld verdienen.«

»Was bedeutet eigentlich *The Insurrection*?«

»Aufstand oder Rebellion.«

»Das ist ein ungewöhnlicher Name für ein Schiff.«

»Ja, das ist es, doch mir erschien er passend.«

»Es ist dein Schiff?«, fragte ich verwundert, doch in diesem Moment hielt der Wagen vor dem Hotel. David sah rüber und sagte, ohne auf meine Frage einzugehen: »Wir sind da. Ich begleite dich hinein.«

Er stieg aus, reichte mir wieder die Hand zur Hilfe und diesmal nahm ich sie gerne. Seine Hand fühlte sich warm und stark an. Als ich sie losließ, schlich sich sogar ein leichtes Bedauern ein, denn zum Schluss war es doch noch ein schöner Abend geworden. Eigentlich würde ich mich gerne länger mit ihm unterhalten, doch als wir vor den Aufzügen standen, wünschte er mir mit einer kleinen Verbeugung gute Nacht und ließ mich stehen. Ich war in diesem Augenblick sogar ein wenig enttäuscht, dass der Abend schon so früh vorbei war, denn David schien ziemlich nett zu sein. Vielleicht hatte ich ihn vor drei Tagen wirklich nur auf falschen Fuß erwischt.

In dieser Nacht schlief ich zum ersten Mal wieder gut und wachte zuversichtlich, was meine Zukunft anbelangte auf. Fast konnte ich Onkel Pauls Worten glauben.

Alles wird gut.

7

Eine Sekretärin von David rief mich am nächsten Morgen gleich nach dem Frühstück an und teilte mir mit, dass mich um 14 Uhr ein Wagen abholen würde. Ich sah noch einmal die Unterlagen durch, die ich zum Meeting mitnehmen wollte und machte mich sorgfältig zurecht. Ich föhnte meine Haare zu großen, weichen Locken und steckte den oberen Teil mit einer Klammer fest. Mein Make-up fiel, nachdem die dunklen Ringe unter den Augen verschwunden waren, eher spärlich aus. Nur ein wenig Wimperntusche und Lipgloss trug ich sparsam auf, mehr war nicht nötig. Dann zog ich eine smaragdgrüne Bluse an, die meine Augenfarbe unterstrich, eine dunkelblaue, enggeschnittene Hose mit relativ hohen Pumps sowie eine Strickjacke an. Ich war durchaus mit meinem Aussehen zufrieden.

Als ich das Gebäude von D. S. Ling Ltd. betrat, wurde ich schon von Martha erwartet. Sie begleitete mich zu einem anderen Aufzug als dem vor drei Tagen und wir fuhren ins vierzigste Stockwerk. Diesmal also nicht direkt in die Höhle des Löwen, dachte ich noch. Dort angekommen, führte sie mich zu einem Konferenzzimmer, in dem bereits zehn Männer auf mich warteten. David erhob sich von seinem Platz am oberen Ende des langen Tisches und kam mir lächelnd entgegen.

Er begrüßte mich, erfreut mit warmen Handschlag und sagte: »Gia, das sind meine Designer und Produktionsleiter. Keiner von ihnen spricht Deutsch, wir werden also die Konferenz auf Englisch abhalten müssen. Falls du nicht klarkommst, können wir gerne einen Dolmetscher für dich herbitten.«

»Eigentlich spreche ich recht gut Englisch. Ich denke, es wird auch so gehen.«

»Falls du etwas nicht verstehst, dann frag mich einfach. Wir haben schon das meiste besprochen, es sind nur noch einige kleinere Details zu klären.«

Dann legte er mir wieder seine Hand auf den unteren Rücken und dirigierte mich zu einem Stuhl direkt neben seinem. Er klärte mich darüber auf, dass sie sich einstimmig dafür entschieden hatten, meinen Entwurf anzunehmen und mit der Produktion der Liege so bald als möglich beginnen wollten.

In den nächsten zwei Stunden wurde ausschließlich über Materialien und Ausführung der Liege gesprochen. Nur mein Vorschlag, die Liebesliege in Edelstahl und teurem Leder zu produzieren, wurde etwas länger diskutiert. Der Verkaufsleiter brachte den Einwand, dass der Verkaufspreis des fertigen Produkts ziemlich hoch angesetzt werden musste, wenn das Ausgangsmaterial bereits teuer war. Ich entgegnete, dass die Liege im Niedrigpreissektor nur aus billigen Stahlrohren hergestellt werden konnte und dementsprechend das Design gravierend verändert werden müsste, worunter womöglich die Stabilität leiden würde. Daraufhin waren alle dafür, dass die Liege wie von mir entwickelt in Produktion gehen sollte.

Erstaunlicherweise beteiligte sich David nicht an dieser Diskussion. Ich konnte nicht abschätzen, ob er meine Argumente befürwortete und ob ihm die Liege gefiel, so wie ich sie vorgesehen hatte. Er schien zwar mit Interesse den Gesprächen zu folgen, doch seine Miene drückte keinerlei Emotionen aus.

Nachdem alle Einzelheiten geklärt waren, verließen alle anderen den Raum. Ich blieb noch sitzen, nachdem David keine Anstalten machte, sich zu erheben. Als wir alleine waren, wandte er sich mir zu: »Gut argumentiert Gia, und Kompliment, es ist ein toller Entwurf. Alle waren begeistert, als sie die Zeichnung gesehen haben.«

»Wird es denn nicht zu teuer?«, entgegnete ich unsicher.

»Teuer wird die Liege ganz sicher, doch es gibt genügend potenzielle Käufer dafür. Auch reiche Leute ficken.«

Hatte er gerade das F-Wort benutzt? Ich schaute ihn entgeistert an und spürte, wie mir die Hitze ins Gesicht schoss. Er sah mich überrascht an: »Was ist? Du schämst dich, die Dinge beim Namen zu nennen?«, lachte er schallend auf.

Da wurde mir noch heißer und meine Wangen glühten. Der Typ lachte mich doch tatsächlich aus. Ich warf ihm sprachlos zornige Blicke zu.

»Gia, du hast eine Bank entworfen, auf der man fickt ...« Als er mein Entsetzen bemerkte, fing er noch mal von vorne an: »Okay. Du hast eine Liege entworfen, auf der zwei Menschen Geschlechtsverkehr ausüben sollen. Da störst du dich an dem Wort ficken? Das ist doch nicht wirklich dein Ernst?« Er schüttelte sich inzwischen vor Lachen.

»Es freut mich zu sehen, wie sehr ich dich amüsiere«, rief ich ärgerlich aus, worauf er sich sichtlich bemühte, sich zu beruhigen und mit dem Lachen aufzuhören. Nach einiger Zeit wurde seine Miene wieder ernst, doch die feinen Fältchen um seine Augen erzählten eine andere Geschichte.

»Gia, bitte nicht böse sein. Ich bin der weltweit größte Händler für Sextoys und Erotikmöbel. Wir haben noch vor wenigen Minuten die Bequemlichkeit und Einsatzmöglichkeiten deiner Liebesliege besprochen. Einer Liege, die, ich betone, dafür gebaut werden soll, dass die Menschen, die die Liege benutzen, es bequemer und abwechslungsreicher beim Geschlechtsakt haben. Und du reagierst völlig verstört, wenn ich *Ficken* sage? Siehst du nicht die Absurdität der Situation?«

Er drehte sich auf dem Stuhl zu mir hin und nahm meine Hände in seine. Dabei kam er mir wieder so nahe, dass sein betörender Geruch mir in die Nase stieg. Da er sich zu mir geneigt hatte, blickten mich die dunkelblauen Ozeane durch lange Wimpern von unten herauf an. Es durchfuhr mich ein Stromschlag, als er mich berührte, denn seine Hände waren wirklich warm. Vielleicht hatte er Fieber? Die Hitze breitete sich von meinen Händen über die Arme aus und ich entzog sie ihm hastig.

Er versuchte immer noch, das Lachen zu unterdrücken und als mir endlich bewusst wurde, was er meinte, prustete ich ebenfalls los. Er fiel mit ein und wir schüttelten uns beide vor Lachen. Minutenlang saßen wir da und lachten, bis uns die Tränen in die Augen stiegen.

Als wir uns einigermaßen beruhigt hatten, fragte David: »Willst du eine Führung durch den Betrieb?«

Den restlichen Nachmittag führte mich David durch die verschiedenen Abteilungen. Es war überwältigend: Riesige Lagerräume erstrecken sich über mehrere Etagen und im Anbau in einer großen Halle war die Produktion angesiedelt. Viele der

Maschinen waren mir vom Studium und der Fabrik meines Vaters her bereits bekannt, andere wieder nicht. David kannte sie alle und erklärte mir ihre Funktion. In einer anderen Halle waren die Montage und der Versand untergebracht. Ab der dreißigsten Etage die kaufmännischen Abteilungen und die Entwicklungsbüros, im fünfundvierzigsten Stockwerk die Geschäftsleitung. Hier mussten mehrere hundert Menschen beschäftigt sein, überlegte ich.

»Puh, es ist eine wirklich große Firma«, schnaubte ich nach drei Stunden.

»Ja, für deutsche Verhältnisse ist sie groß. Und das hier ist noch nicht alles. Wir haben in den meisten Ländern der Welt Zweigstellen und weitere Lagerräume. Doch für heute ist Schluss mit Geschäftlichen, wir gehen jetzt was essen. Nach der vielen Lauferei habe ich Hunger.«

Vor dem Gebäude wartete wieder der Fahrer und brachte uns zu einem ziemlich noblen Restaurant in der Nähe der High Falls. Aus den hohen Fenstern des Restaurants hatte man einen tollen Blick auf die beleuchteten Wasserfälle. Wir wählten beide einen Salat und Steak und tranken dazu kalifornischen Rotwein.

»Wir haben noch nicht über deine Beteiligung für die Liege gesprochen. Oder wäre es dir lieber, wenn wir dir die Entwürfe abkaufen?«, fragte David, entgegen seiner Aussage von vorhin, während wir auf unser Essen warteten.

»Ich habe mir noch keine Gedanken darüber gemacht. Aber eigentlich wäre mir ein Job in der Entwicklungsabteilung lieber«, erwiderte ich spontan.

»Du willst hier in Amerika bleiben?«, fragte er überrascht nach.

»Ja, eigentlich schon.«

»Willst du denn nicht zu deiner Familie zurück?«

»Nein, ich will hierbleiben«, antwortete ich mit einer Bestimmtheit, über die ich selbst erstaunt war.

Er sah mich etwas irritiert an und erwiderte nichts darauf. Unser Essen wurde serviert und wir begannen zu essen. Erst nach ungefähr zehn Minuten legte David sein Besteck zur Seite und sah mich wieder mit diesem eindringlichen Blick an.

»Wenn du wirklich hierbleiben willst, dann werde ich mich dafür einsetzen, dass du in der Firma eine Anstellung bekommst und eine Greencard erhältst.«

»Das wäre sehr nett, denn ich will wirklich hierbleiben.«
Der Rest des Essens verlief dann ziemlich schweigsam. David schien in Gedanken versunken und ich versuchte zu ergründen, ob ich die richtige Entscheidung getroffen hatte. Nach dem Essen brachte er mich zum Hotel und verabschiedete sich, wie schon gestern, vor dem Aufzug von mir. In meinem Zimmer machte ich mich bettfertig, lag dann aber die halbe Nacht wach und überlegte, ob ich wirklich alle Brücken hinter mir einreißen wollte.

Wieder vergingen mehrere Tage, in den ich nichts von David oder der Firma hörte. Ich machte währenddessen ausgiebige Spaziergänge durch die Parks von Rochester. Am zweiten Tag mietete ich mir ein Fahrrad und ab da fuhr ich häufig durch den Genesee Valley Park entlang den Ufern des Flusses.
 In den Nächten träumte ich von saphirblauen Augen, die mich musterten. Doch diese Träume waren ausnahmsweise nicht erotischer Natur, sondern eher verwirrend. An Alex dachte ich nur wenig in dieser Zeit. Er hatte mir furchtbar Unrecht getan und ich wollte nicht zulassen, dass die Enttäuschung darüber mein Leben bestimmte. Auch die Gedanken an meine Eltern versuchte ich zu vermeiden. Die Erinnerungen waren zu schmerzlich und ich wollte unbedingt nach vorne schauen. Also sah ich mir die Gegend an und wartete auf Nachricht von David.

Montagfrüh kam dann endlich der ersehnte Anruf. Martha teilte mir mit, dass mich der Wagen in einer Stunde abholen und zur Firma bringen würde. Ich machte mich schnell fertig, zum Frühstücken blieb mir jedoch keine Zeit mehr. Dann hastete ich nach unten, wo der Wagen bereits auf mich wartete.
 In der Firma stand ich zum zweiten Mal in Davids riesigem Büro. Nachdem er mich diesmal mit einem angedeuteten Lächeln, fast schon freundlich begrüßt hatte, deutete er wieder auf das wuchtige Ledersofa und nahm den Sessel mir gegenüber. Auf dem Tisch standen zwei Gedecke und eine Kanne mit herrlich duftenden, frisch gebrühten Kaffee.
»Ich hoffe, du magst Kaffee. Oder wäre dir Tee lieber?«
»Kaffee ist fein. Danke.«
Nachdem er uns eingeschenkt hatte, lehnte er sich zurück und

sah mich an. »Ich habe wegen der Greencard mit unserer Rechtsabteilung alles in die Wege geleitet. Es wird noch einige Wochen oder auch Monate dauern, bis wir Bescheid bekommen.«

»Vielen Dank.«

»Außerdem habe ich mit unseren Designern gesprochen. Sie können eine zusätzliche Kraft gebrauchen. Also kannst du, sobald wir eine Arbeitserlaubnis für dich haben, dort anfangen.«

»Wie lange wird es dauern, bis die Arbeitserlaubnis ausgestellt ist?«

»Vermutlich zwei bis drei Wochen.«

»Dann sollte ich mich mal nach einer Wohnung umschauen. Oder wäre es möglich, dass mir die Arbeitserlaubnis verweigert wird?«, fragte ich ängstlich nach.

»Das ist unwahrscheinlich«, beruhigte er mich. »Du willst wirklich nicht mehr nach Deutschland zurückkehren, nicht wahr?« Ihm schien meine Angst aufgefallen zu sein.

»Nein, ich will nicht mehr zurück«, entgegnete ich mit Nachdruck.

»Wartet denn dort niemand auf dich?«, wollte er überraschend von mir wissen und es sah so aus, als ob er gespannt auf die Antwort wartete.

»Nein«, antworte ich kurz angebunden. Ich wollte mit ihm nicht über die Ereignisse sprechen, die mich hergeführt hatten und vor allen Dingen wollte ich auf keinen Fall, dass er erfuhr, wie es dazu kam. Ich brauchte kein Mitgefühl und fürchtete mich vor dem, was er über mich denken würde, wenn ich ihm erklärte, dass mich alle, außer Onkel Paul für eine Ehebrecherin und Lügnerin hielten.

»Gut. Dann ist ja alles klar. Martha vom Empfang kann dir bei der Suche nach einer Wohnung helfen. Sie ist hier in Rochester geboren und hat schon einigen neuen Mitarbeitern helfen können.«

Ich verstand den Wink, also bedankte ich mich noch einmal und stand auf, um mich zu verabschieden. Als er mir die Hand gab, hatte ich das Gefühl, dass er noch etwas sagen wollte, doch er schüttelte nur leicht den Kopf und ließ meine Hand los, die er etwas zu lange gehalten hatte. Wieder fuhr ich leicht verwirrt mit dem Aufzug nach unten. Was hatte er mir sagen wollen?

Martha erklärte sich sofort bereit, mir bei der Wohnungssuche zu helfen. »Ich höre mich mal um und dann rufe ich Sie an.«
»Bitte, duzen wir uns doch. Ich bin Gia«, antwortete ich ihr. Sie schien nett zu sein, war ungefähr in meinem Alter und ich hätte gerne eine Freundin.
»Gerne, nenn' mich Marty. Wenn ich hier Feierabend habe, komme ich zu dir ins Hotel und wir können darüber sprechen, wie wir vorgehen wollen.«
»Danke Marty, ich freue mich.«

Am Nachmittag machte ich noch einen kurzen Spaziergang und wartete dann auf Marty. Sie kam kurz nach fünf und die nächsten Stunden waren wir damit beschäftigt, die Wohnungsanzeigen in den Zeitungen durchzusehen. Marty kannte sich gut in der Stadt aus, denn einige Anzeigen lehnte sie sofort ab, obwohl sie recht gut klangen, weil die Straßen in dieser Gegend nicht sicher waren.
Sie war eine quirlige, recht reizvolle Rothaarige mit leuchtend grünen Augen und vielen Sommersprossen im herzförmigen Gesicht. Sie trug weit geschnittene Kleider im Hippie-Look und schien damit ihre üppig geratene Oberweite kaschieren zu wollen. Sie lachte viel und ihr lebensbejahendes Gemüt heiterte auch mich auf.
Wir ließen uns eine Kleinigkeit zum Abendessen aufs Zimmer kommen und nach dem Essen verabredeten wir uns für den kommenden Tag, um einige der ausgewählten Wohnungen zu besichtigen. Als wir uns verabschieden, war es schon recht spät, aber ich fühlte mich so gut wie schon lange nicht mehr. Und ich stellte fest, dass ich mich auf den morgigen Tag freute.

In den nächsten Tagen gingen Marty und ich auf Besichtigungstour. Wir sahen uns mindestens zehn Wohnungen an, doch keine davon sagte mir wirklich zu. Entweder waren sie winzig, wie ein Kaninchenverschlag oder sie erinnerten mich an Gefängniszellen, was eventuell an den zerrissenen Tapeten, Wandschmierereien und vergitterten Fenstern liegen könnte. Da ich keine Möbel besaß, sollte die Wohnung unbedingt bereits möbliert sein.

Am Freitag, nachdem wir die letzte Wohnung auf unserer Liste als unmöglich abgehakt hatten, kam Marty mit einem Vorschlag: »Mein kleiner Bruder ist vor einem Monat auf die Uni nach Denver gegangen und sein Zimmer steht leer. Wenn du nichts gegen eine Mitbewohnerin hast, kannst du bei mir einziehen. Die Wohnung ist für mich alleine sowieso zu groß und ich hätte nichts gegen eine finanzielle Hilfe. Es ist eigentlich keine Wohnung, sondern ein Haus und es steht in der Elm Street in East Rochester. Wenn du willst, kannst du es dir mal anschauen.«

Da wir uns in den letzten Tagen schon ein wenig angefreundet hatten, hatte ich keine Bedenken, dass wir nicht miteinander auskommen würden, also sagte ich zu. Am nächsten Tag holte mich Marty bereits mittags ab und wir fuhren in die Elm Street. Während der halbstündigen Fahrt erklärte sie mir, dass sie ihre Eltern vor fünf Jahren durch einen Unfall verloren hatte und sie und ihr Bruder das Haus geerbt hatten.

»Das Haus ist zwar schuldenfrei, aber das restliche Erbe geht nun für die Ausbildung meines Bruders drauf, sodass ich die Kosten für das Haus und die anfallenden Reparaturen alleine tragen muss. Deshalb wäre es mir recht, wenn ich eine Mitbewohnerin bekäme, die mir bei den Kosten unter die Arme greift«, erklärte sie.

Tiefes Mitleid erfüllte mich bei ihrer Geschichte. Wie schwer musste es für Sie gewesen sein, plötzlich mit ihrem jüngeren Bruder allein dazustehen. Auch ich war allein, obwohl meine Eltern noch lebten. Traurigkeit und Verlustschmerz bildeten einen Knoten in meinem Hals und ich schluckte mehrmals, spürte die aufsteigenden Tränen und biss mir auf die Lippe, um sie zu unterdrücken. Ich schloss die Augen und atmete tief durch, um mich wieder zu beruhigen. Nach einigen Minuten ließen das Herzklopfen und die Anspannung nach.

Das Haus war im typisch amerikanischen Stil der Fünfzigerjahre mit viel Holz erbaut worden und hatte einen großzügigen Garten. Im oberen Stockwerk befanden sich fünf Schlafzimmer, drei davon mit eigenem Badezimmer. Im unteren Stockwerk waren die Diele, der Wohnbereich mit angeschlossenem Esszimmer und die Küche. Alle Zimmer waren mit dunklen Holzböden und vielen Einbauschränken versehen. Die Küche war relativ neu und gut ausgestattet. Alle Möbel im Haus waren hell und noch gut erhalten. Es war insgesamt ein richtig hübsches Haus: warm und heimelig.

»Zwei der Zimmer im Obergeschoss bewohne ich und die anderen zwei kannst du haben. Das fünfte behalten wir als Gästezimmer und für meinen Bruder, wenn er zu Besuch kommt. Dann haben wir beide ein eigenes Bad und das Gästezimmer hat auch eins. Was denkst du? Würde es dir hier gefallen?«

»Oh Marty, das ist wundervoll. Besser hätte ich es nicht treffen können. Wann kann ich einziehen?«, fragte ich begeistert.

»Wenn du willst, gleich morgen«, lachte Marty.

Ich fuhr mit dem Taxi zurück ins Hotel und fing gleich zu Packen an. Ich war froh, Marty getroffen zu haben. Wir würden bestimmt gut miteinander auskommen und ich werde nicht mehr ganz alleine sein.

Da Sonntag war und Marty nicht arbeiten musste, holte sie mich gleich nach dem Frühstück mit ihrem ein wenig in die Jahre gekommenen Golf ab. Wir luden meine Koffer ein und ich fuhr mit ihr in mein neues Zuhause. Den restlichen Tag war ich damit beschäftigt, die Schränke auszuwischen, Fenster zu putzen, meine Sachen zu waschen und einzuräumen.

Marty hatte am Abend etwas vom Chinesen kommen lassen, wir saßen im Wohnzimmer und Marty erzählte lustige Anekdoten von ihrem Bruder. Sie liebte ihren Bruder John abgöttisch. Er war erst siebzehn, als ihre Eltern starben, also hatte sie damals automatisch die Mutterrolle bei ihm übernommen. Sie war damals zwar selbst auch erst einundzwanzig, doch John musste nicht ins Heim, weil sie schon volljährig war und sich bereit erklärte, die Verantwortung für ihn zu übernehmen.

Sehr viel persönlicher wurden wir an diesem Wochenende nicht, denn das war noch etwas zu früh. So gut kannten wir uns noch nicht und ich war dankbar, dass Marty ein taktvoller Mensch war und nicht viele Fragen stellte.

Als sie einige Tage später zur Arbeit fuhr, nahm sie mich mit in die Innenstadt. Ich wollte neue Vorhänge, einen Teppich fürs Badezimmer und einige warme Sachen zum Anziehen kaufen. Ich hatte aus Deutschland nur einen Koffer mit Klamotten mitgebracht und es wurde nun doch recht kühl, schließlich hatten wir schon fast Mitte September. Nachdem ich alles gefunden hatte, war es bereits Nachmittag, also beschoss ich, noch etwas fürs Abendessen einzukaufen, bevor ich mit dem Taxi zu meinem neuen Zuhause fuhr.

Gerade als die Bolognesesoße und die Spaghetti fertig waren, kam Marty nach Hause. Sie freute sich riesig, dass ich uns etwas gekocht hatte, denn sie konnte, so behauptete sie zumindest, nicht wirklich gut kochen. Wir aßen gleich am kleinen Tisch in der Küche, da es dort viel gemütlicher war als im großen Esszimmer. Wir quatschten und lachten, während wir aßen und ich fühlte mich richtig wohl.

Ich erklärte Marty, dass ich noch einige Sachen und auch mein Auto bei einem Freund in Deutschland eingelagert hatte. Ich würde die Sachen jedoch gerne hierher kommen lassen. Da hatte Marty die Idee, dass ich mein Auto und die übrigen Sachen mit einem Container über die Firma liefern ließ. Alle zwei Wochen wurden über Hamburg Waren in die USA verschifft.

»Ich frage morgen in der Firma nach, ob deine Sachen und das Auto mit einem der Container hierher verschifft werden können«, versprach sie mir.

Gleich am nächsten Tag, als mir Marty grünes Licht gab, rief ich bei Onkel Paul an und ließ ihn mein Auto und die übrigen Koffer zur Niederlassung der Firma in Hamburg bringen. Herr Miller, der wieder in Deutschland war, wollte sich persönlich um die Angelegenheit kümmern, versicherte mir Marty.

Onkel Paul war froh, dass ich es hier gut getroffen hatte und auf die Frage nach meinen Eltern, versicherte er mir, dass es ihnen gut ging. Sie waren in der Zeit, in der die Firma geschlossen war, verreist und jetzt war alles wieder beim Alten. Nur Walter war nicht wieder in die Firma zurückgekehrt.

Ich überlegte nach dem Gespräch mit Onkel Paul kurz, ob ich es noch einmal bei meinen Eltern versuchen sollte, doch dann war ich zu feige dazu. Ich schämte mich immer noch und sie hatten mir, durch ihre Abwesenheit damals deutlich zu verstehen gegeben, dass sie mit meinem Verhalten nicht einverstanden waren. Trotzdem vermisste ich sie furchtbar.

Über das Zusammenleben mit Marty konnte ich mich definitiv nicht beschweren. Sie machte morgens den Kaffee, bevor sie zur Arbeit fuhr und ich kochte uns etwas fürs Abendessen. Sie hatte mir einen Freund empfohlen, bei dem ich ein gebrauchtes Fahrrad gekauft hatte, mit dem ich dann in der Gegend und zum nahegelegenen Supermarkt radelte. Manchmal fuhr ich sogar zur Morgenmesse in eine nahegelegene Kirche. Während meiner Depressionsphase ging ich nicht in die Kirche, doch nachdem ich den Job bei meinem Vater angenommen hatte, war ich wieder jeden Sonntag mit Alex hingegangen. Jetzt halfen mir die Besuche, meine innere Ruhe und die Kraft fürs Weitermachen zu finden.

Nach einigen Tagen fragte Marty eines Abends, als wir wieder in der Küche saßen: »Wie kommst du dazu, so mir nichts, dir nichts alles stehenzulassen und nach Amerika zu kommen?«

Da wir uns schon ziemlich nahegekommen waren, erzählte ich ihr die ganze Geschichte. Dabei kamen mir wieder die Tränen, hauptsächlich wegen meiner Eltern. Statt zu mir zu stehen, waren sie einfach weggefahren. Ich trug ihnen nichts nach, obwohl ich zugeben musste, dass ich enttäuscht war und trotzdem vermisste ich sie furchtbar.

»Also wissen deine Eltern gar nicht, dass du hier in Rochester bist?«, fragte sie ungläubig.

»Nein, niemand außer Onkel Paul weiß, wo ich bin.«

»Dieser Mistkerl!«, schimpfte sie plötzlich los und ich erschrak. Doch als sie fortfuhr, wurde mir klar, wen sie meinte.

»Kennt er dich nach fast drei Jahren Ehe denn gar nicht? So ein Fiesling. Und eine Frau schlagen, das ist doch das Allerletzte! Du bist jetzt vierundzwanzig und hast nach drei Jahren Ehe gerade mal einen Orgasmus mit ihm gehabt. Der soll sich doch schämen, dieser Arsch!« Sie war richtig wütend und ich war froh, dass sie mich verstand und nicht nur bemitleidete.

Wir redeten bis in die Nacht hinein und mir half es, sie auf meiner Seite zu wissen. Nur die Sache mit meinen Eltern belastet mich schwer, aber ich würde lernen müssen, damit zu leben.

Marty hatte keinen Freund. Sie war in den letzten fünf Jahren, nach dem Tod ihrer Eltern, zu sehr damit beschäftigt, Mutter für John zu sein und Geld für ihren Unterhalt zu verdienen. Von einigen flüchtigen Bekanntschaften mal abgesehen, lag ihr Liebesleben bisher auf Eis.

»Jetzt, wo John weg ist, kannst du aber doch eine Beziehung eingehen.«

»Ja, das könnte ich. Aber es gibt weit und breit niemanden, der dafür in Frage käme«, lachte sie.

»Wie ist David so als Chef?«, wagte ich, sie zu fragen.

»Eigentlich ganz nett. Er setzt sich für die Mitarbeiter ein. Wenn jemand ein Problem hat, kann er jederzeit zu ihm gehen und wenn er irgendwie helfen kann, dann wird er es auch tun. Er kennt den Betrieb in- und auswendig, weil er nicht der Typ Chef ist, der nur hinter seinem protzigen Schreibtisch sitzt. Er kann auch richtig zupacken. Wenn irgendwo etwas schief geht, kann man sich auf David verlassen.«

»Hat er keine Freundin oder Frau?«

»Höre ich da Interesse raus?«, wollte sie mit einem schelmischen Grinsen im Gesicht wissen.

»Nein, nein, nur, wenn er immer so viel arbeitet, dann wird es mit einer Beziehung problematisch«, erklärte ich schnell, doch ich konnte nicht vermeiden, dass Röte plötzlich mein Gesicht überzog.

»Die doppelte Verneinung und das rote Gesicht sagen aber etwas anderes«, erklärte sie und zwinkerte mir dabei zu.

Ich winkte ab, konnte aber spüren, dass die Röte in meinem Gesicht noch zunahm.

»Also, um deine Neugier zu befriedigen: Er ist nicht verheiratet. Doch ab und zu sieht man ihn schon mal mit einer Frau, aber äußerst selten und nicht oft mit der gleichen.«

Ein Gefühl von Erleichterung kam über mich, ohne dass ich es wollte. Ich kannte den Typ doch gar nicht und außerdem machte er mich meistens rasend, wenn ich mit ihm zusammentraf. Warum war ich dann erleichtert, dass er keine Frau oder feste Freundin hatte? Ich verdrehte die Augen und versuchte die dummen Gedanken abzuschütteln.

»Das Schiff, The Insurrection, gehört das ihm?«, fragte ich trotzdem nach.

»Ja, er hat es vor zwei Jahren gekauft und aufwendig restauriert. Das Meiste hat er selber gemacht. Einige Einrichtungsgegenstände wurden auch in der Firma produziert. Aber er hat fast jedes Wochenende in der Produktion herumgewerkelt und die meisten Möbel selbst entworfen und hergestellt.«

»Wow, jetzt bin ich platt. Also hat er wirklich kein Problem damit, sich die Hände schmutzig zu machen?« Ich war beeindruckt. Das hatte ich ihm nicht zugetraut. Bei seiner überheblichen Art, hätte ich ihn eher als unnahbaren, arroganten Obermacker gesehen, der sich hinter seinem Schreibtisch verschanzte und auf jeden und alles herab sah.

»Nein, im Gegenteil. Ich denke, er steht viel lieber am Konstruktionstisch und an den Maschinen, als dass er hinter dem Schreibtisch sitzt«, erwiderte sie, als ob sie meine Gedanken erraten hätte. »Die Schreibtischgeschäfte überlässt er meistens Fred, dem Geschäftsführer. Er ist die Nummer zwei in der Firma. Den wirst du auch kennenlernen, wenn du bei uns anfängst.«

In den folgenden Tagen besorgte ich Wandfarbe und strich meine beiden Zimmer mit Zustimmung von Marty neu. Das Schlafzimmer in ganz sanften Grün- und Gelbtönen und den Salon, wo ich einen dunklen Schreibtisch aus dem Trödelladen aufgestellt hatte, in ganz hellen Beigetönen. Die hellen Farben harmonieren gut mit den dunklen Holzböden und durch die edle Seidentapete, die ich auf eine der Wände aufgezogen hatte, wirkte der Raum fast elegant. Beide Räume strahlten jetzt Wärme und Gemütlichkeit aus und ich fühlte mich fast zuhause.

Nach fast drei Wochen Wartezeit war es dann endlich soweit: Meine Arbeitserlaubnis war erteilt und ich durfte am Montag anfangen.

Am frühen Montagmorgen fuhr ich zusammen mit Marty zu meinem ersten Arbeitstag. Wieder wurde ich zum letzten Aufzug gebracht – durfte also wieder in die Höhle des Löwen fahren. Als ich aus dem Aufzug trat, erhob sich David hinter dem Schreibtisch und kam auf mich zu. Er trug wieder das Outfit aus weißem Hemd, schwarzer Krawatte und verwaschenen Jeans, diesmal ohne Löcher. Das Hemd war eng geschnitten, sodass die breiten Schultern und der sehnige Oberkörper betont wurden. Er war wieder nicht rasiert und trug diesen Dreitagebart, der ihm so gut stand. Er wirkte lässig elegant. Der Typ sah wirklich gut aus und seine breite Brust wirkte einladend – es musste schön sein, sich dort anzulehnen.

Ob der dummen Gedanken, die mir durch den Kopf schwirrten, verschwand die Spucke aus meinem Mund und ich schluckte trocken. Das schien ihm aufgefallen zu sein, denn plötzlich verzog er die Lippen zu einem selbstgefälligen Grinsen. War ihm denn nicht bewusst, wie unverfroren das wirkte? Ich ging innerlich in Abwehrstellung und setzte, eine hoffentlich unnahbar wirkende Miene auf. Als unsere Blicke sich trafen beschleunigte sich prompt mein Pulsschlag.

»Guten Morgen, David«, begrüßte ich ihn krächzend. Jetzt versagte mir auch noch die Stimme. Konnte es eigentlich noch schlimmer kommen?

»Guten Tag, Gia«, erwiderte er meinen Gruß. Seine tiefe Stimme hallte in meinem Magen wider und die Vibration, die sie verursachte, breitete sich in meinem gesamten Körper aus, strich von innen über meine Haut. Seine Augen wurden plötzlich dunkler, als er vor mir stand und meinen Mund taxierte.

Ich versuchte mich, zu sammeln, doch ich brachte kein Wort zustande. Meine Haut kribbelte plötzlich und mein Verstand schaltete auf Pause.

»Gia, du hast nicht Möbeldesign, sondern Maschinenbau studiert, also sollst du den anderen Designern bei technischen Fragen helfen. Sie können zwar Möbel entwerfen, aber sobald es zu technisch wird, sind sie aufgeschmissen. Keiner von ihnen wäre auf die Idee mit dem Hebemechanismus im Standfuß gekommen. Deshalb sollst du sie unterstützen. Neben der Entwicklung neuer Möbel sollst du die technische Seite unserer bestehenden Möbel prüfen und nach Verbesserungen suchen. Ich bringe dich jetzt runter zu deinem neuen Schreibtisch«, sagte er mit dieser überaus sexy Stimme, die ich körperlich fühlen konnte.

Ich wandte mich ab, um zum Aufzug zu gehen, als ich seine Hand auf meinem Oberarm fühlte. Der Mann schien immer noch Fieber zu haben, denn seine Hand war heiß, wirklich heiß.

»Wir gehen nur ein Stockwerk tiefer. Da können wir auch die Treppe nehmen«, sagte er und führte mich zu der Ecke rechts vom Aufzug, wo sich eine Tür befand, die ich bisher nicht bemerkt hatte.

Er machte eine einladende Handbewegung und legte die andere Hand auf meinen Rücken. Ein Blitz zuckte über meine Haut, denn seine Hand war nicht nur warm, sie war tatsächlich heiß. Er sollte unbedingt einen Arzt konsultieren, denn das war doch nicht normal.

Wir stiegen die Treppe runter und ich ließ mich absichtlich ein wenig zurückfallen, damit er mir mit seiner Hand nicht ein Loch in den Rücken brennen konnte. Mein nach vorne gerichteter Blick fiel auf breite Schultern, schmale Hüften und einen wohlproportionierten Männerhintern. Wieder schwirrten Hummeln in meinem Magen auf. Ich musste mich sogar zusammenreißen, um nicht danach zu greifen. Meine Gedanken und meine Reaktion auf seinen Körper beschämten mich. Was war nur los mit mir? Solche Gefühlsregungen kannte ich gar nicht. Ich wollte noch nie jemandem an den Hintern fassen. Gioia Angelina Minerva reiß dich gefälligst zusammen!

Dieser Mann brachte mich noch um den Verstand und jetzt erteilte ich mir selbst schon Befehle.

In der unteren Etage führte mich David durch ein Großraumbüro, das die Größe eines halben Fußballfeldes hatte. Nach kurzem Umschauen, stellte ich fest, dass dort mindestens zehn Leute saßen und alles Männer. Hier sollte ich also zukünftig arbeiten. Bei so vielen Männern wird mir bestimmt nicht langweilig, da konnte ich nach Herzenslust an ihren Hintern grapschen. Dieser Gedanke belustigte mich und ich unterdrückte ein Kichern.

»So hier ist dein Arbeitsplatz«, erklärte mir David, als wir an einen unbesetzten Schreibtisch traten. Der Tisch stand, wie die meisten, an einem Fensterplatz und bot einen herrlichen Ausblick über die Stadt.

»Roy wird dich einweisen. Falls du Hilfe brauchst oder mit irgendwas nicht klarkommst, weißt du ja, wo ich zu finden bin. Also dann, viel Spaß«, wünschte mir David und ging in Richtung Treppe davon.

Roy erklärte mir den Computer und die Planungssoftware und stellte mich den anderen Designern vor, dann ließ er mich allein. Ich fuhr den Computer hoch, um mich mit der Software bekanntzumachen, und sah mich um. Neben dem Schreibtisch war auch ein Zeichenpult aufgestellt. So wie es aussah, wurde hier zumindest teilweise noch mit der Hand gezeichnet und nicht, wie von mir gewohnt, nur am PC.

Der Tag verging schnell und meine Kollegen waren alle sehr hilfsbereit und nett. Am Abend fuhr ich mit Marty wieder nach Hause und wir ließen uns wieder etwas vom Italiener liefern, denn wie es aussah, stand Marty auch auf mediterranes Essen. Wir waren trotz der kurzen Zeit, die wir uns kannten, schon Freundinnen geworden und ich war froh, dass ich mit ihr zusammen lebte und nicht abends in eine leere Wohnung zurückkehren musste.

»Seit wann arbeitest du für David?«, fragte ich interessiert. Dieser Typ ging mir nicht mehr aus dem Kopf. Schon den ganzen Tag musste ich an ihn denken.

»Eigentlich schon von Anfang an. David hat die Firma vor sechs Jahren in einer heruntergekommenen Halle in der Peripherie von Rochester gegründet. Und als meine Eltern starben, musste ich mir schnell eine Arbeit suchen. Da zog die Firma in die Innenstadt und ich wurde als Empfangssekretärin eingestellt. Vor drei Jahren sind wir dann in das jetzige Gebäude umgezogen. Die Firma ist irrsinnig schnell gewachsen. Richtig aufwärts ging es, als wir uns auf den Großhandel mit Sexspielzeug spezialisiert haben. David hat immer zum richtigen Zeitpunkt die richtige Entscheidung getroffen. Soweit mir bekannt ist, gehört das Gebäude in der Innenstadt der Firma und ist nicht gemietet. Er hat es verstanden, den Markt richtig einzuschätzen und immer das passende Angebot parat zu haben.«

»Also hat er alles alleine, ohne Partner, geschafft?«, fragte ich verwundert.

»Ja. Es gibt keinen Aufsichtsrat oder Partner. David hat die Firma alleine aufgebaut. Die älteren Mitarbeiter haben erzählt, dass David am Anfang selbst in der Produktion mitgearbeitet hat. Tagsüber hat er den Vertrieb angekurbelt und nachts hat er die Maschinen laufen lassen und Möbel zusammengebaut. Deshalb ist David auch so beliebt bei den Arbeitern unten in der Produktionshalle.«

Ich war baff. Dieser Typ schien mehr auf dem Kasten zu haben als arrogantes Auftreten und selbstgefälliges Grinsen. In der Nacht träumte ich wieder von beeindruckend blauen Augen, die mich verfolgten und heißen Händen, die mich innerlich verbrannten. Als ich aufwachte, war mir warm und ich war verschwitzt. Ich prüfte nach, aber Fieber hatte ich keines. Dieser Mann ging mir sogar nachts unter die Haut.

8

Anfang November schneite es überraschend. Die Stadt war mit weißen Schneeflocken überzogen und der frisch gefallene Schnee ließ die Stadt rein und sauber wirken. Am Nachmittag rief Marty vom Empfang aus an und erklärte, dass der Container mit meinem Auto im Hafen angekommen war. Er würde noch am Nachmittag mit einem Lastwagen von New York hierher gebracht. Vielleicht konnte ich das Auto schon heute Abend in Empfang nehmen. Ich freute mich. Vor allen Dingen war ich durch die Nachricht ein wenig von meinen Gedanken an David abgelenkt. Seit ich für ihn arbeitete, war er in meinem Kopf – unterschwellig aber präsent. Gesehen hatte ich ihn allerdings in den letzten Wochen nicht mehr.

Kurz vor Feierabend spürte ich ein Kribbeln im Nacken und drehte mich ruckartig um. Da stand er. Wie konnte ich ihn spüren, bevor ich ihn sah? Mein Körper musste eine Antenne für diesen Mann entwickelt haben. Sämtliche Spucke verschwand wieder spurlos und ich japste wie ein Fisch auf dem Trockenen. Mir wurde plötzlich wärmer und ich spürte, Zorn aufsteigen.

Er stand nur da, fixierte mich von oben bis unten und als er mich schlucken sah, verzog er gewohnheitsmäßig spöttisch die Mundwinkel. Ich straffte meine Schultern und stellte mich kerzengerade mit hocherhobenem Haupt hin.

»David, was kann ich für dich tun?«, fragte ich gewollt kühl von oben herab. Doch eigentlich war meine Stimme dafür ein wenig zu hoch und ein wenig zu krächzend. Egal, wie auch immer, ich versuchte, gelassen zu wirken, und verschränkte die Hände vor der Brust. Dann schaute ich trotzig direkt in seine Augen. Das war ein Fehler! Schweiß brach plötzlich auf meiner Stirn aus und mein Herz raste, also senkte ich den Blick und sah nun auf seine breite Brust. Er trug, wie üblich, ein tailliertes weißes Hemd mit schwarzer Krawatte und die ausgebleichte Jeans mit Löchern, die ihm ziemlich tief auf den Hüften saß. Er sah wirklich gut aus.

»Der Lastwagen mit deinem Auto wird in ungefähr zwei Stunden hier eintreffen, da dachte ich, wir könnten die Wartezeit mit einem Abendessen überbrücken«, sagte er mit dieser leicht rauen Stimme, die mehr in meinem Magen widerhallt statt in meinen Ohren.

»Ich bin nicht fürs Abendessen angezogen«, erwiderte ich und zeigte dabei auf die weiße Bluse und meine Lieblingsjeans. Wir sind fast gleich gekleidet, fiel mir plötzlich auf.

»Du bist genauso angezogen wie ich«, stellte er dann auch schmunzelnd fest. »Ich dachte nicht an ein Nobelrestaurant, sondern eher an den Italiener um die Ecke. Dafür sind wir beide hübsch genug.«

Hatte er gerade *hübsch* gesagt? Irgendwie schien sich das auf mich zu beziehen, denn welcher Mann würde für sich so ein Attribut verwenden?

»Also gut«, gab ich mich geschlagen. Ich wollte zwar nicht unbedingt mit diesem selbstgefälligen Typ essen gehen, aber ich hätte ganz gerne mein Auto wieder. »Ich gebe nur kurz Marty Bescheid, dass ich noch länger in der Stadt bleibe.«

»Marty?«, fragte er und zog die Brauen zusammen.

»Ja, ich wohne mit Marty zusammen«, erklärte ich und fragte mich, warum er plötzlich sauer war.

»Ach, also doch schnell Anschluss gefunden. Ich warte oben in meinem Büro«, zischte er, drehte sich um und ließ mich einfach stehen.

Was hatte dieser Typ jetzt wieder? Arroganz, Sarkasmus, Anzüglichkeit und üble Stimmungsschwankungen; ich schien einen anderen David zu kennen als Marty. Sie hatte doch so von seiner Güte und Verbundenheit gegenüber den Mitarbeitern geschwärmt. Ich kannte nur den arroganten Arsch, der mich mit Sarkasmus einzuschüchtern versuchte. Da fiel mir der Tag im Konferenzzimmer ein, als wir Tränen gelacht hatten. Na ja, der mich *meistens* mit Sarkasmus einzuschüchtern versuchte.

Ich rief bei Marty am Empfang an und erklärte ihr die Sache mit dem Auto und dass ich mit David essen ging, zog dann meine schwarze Strickweste und den Mantel an und hastete nach oben. David telefonierte, als ich in sein Büro kam, deshalb blieb ich abwartend an der Tür stehen. Bald beendete er das Gespräch und kam auf mich zu. Auch er trug ein schwarzes Sakko unter seinem Mantel. So wie es aussah, hatten wir uns unwissentlich heute Morgen mit der Kleidung aufeinander abgestimmt.

Wir fuhren mit dem Aufzug ins Foyer, das nun bis auf einen Sicherheitsmann leer war. Die Mitarbeiter, auch Marty, waren schon nach Hause gegangen. Der Sicherheitsmann begrüßte uns mit einem Kopfnicken und öffnete uns höflich die Tür. David begrüßte ihn namentlich und legte mir, wie schon üblich, stützend seine Hand auf den unteren Rücken um mir beim Hinausgehen behilflich zu sein. Ich fühlte die Hitze seiner Hand, durch den Mantel und die Jacke.

Draußen dirigierte er mich nach rechts und als er die Hand wegnahm, war ich doch leicht enttäuscht. Er hätte sie jetzt doch noch ein wenig länger lassen können, wo sie war, denn die Stelle fühlte sich plötzlich seltsam leer und kalt an.

»Das Restaurant ist nur zwei Blocks von hier entfernt. Wir können die kurze Strecke laufen.«

»Ja, die kühle Luft fühlt sich gut an«, erwiderte ich.

»Ist dir denn heiß?«, fragte er und ich spürte sein spöttisches Lächeln mehr, als dass ich es sah.

Da wurde mir mein Fehler bewusst. Verdammt und zugenäht, soeben hatte ich ihm wieder Munition für seinen Sarkasmus geliefert, also hielt ich den Mund und stapfte neben ihm durch die verschneite Straße.

Den ganzen Tag über war Schnee gefallen, doch nicht sehr kräftig und nun wirken die Gehwege, wie mit Mehl bestäubt. Ich trug schwarze Highheels, weil ich eigentlich mit Marty im Auto nach Hause fahren wollte. Auf einen Fußmarsch, so kurz er auch sein mochte, war ich nicht vorbereitet, deshalb geriet ich plötzlich mit einem Fuß ins Rutschen. Ich riss meine Arme hoch und rechnete schon damit, gleich auf dem Hintern zu landen, als mich ein starker Arm von der Seite her hochriss. David hielt mit einer Hand meinen Oberarm fest und mit der anderen drückte er gegen meinen Rücken, sodass ich gegen seine Brust prallte.

Noch immer erschrocken, blickte ich auf in sein männliches, ausdrucksstarkes Gesicht und als sich unsere Blicke trafen, fühlte ich seinen Blick bis in mein Innerstes dringen. Ein Knoten bildete sich in meinem Hals und ich stand eindeutig unter Schock, denn sein Gesicht war dem meinem plötzlich so nah, dass ich den heißen Atem, der aus seinen leicht geöffneten Lippen kam, auf meiner Stirn spüren konnte. Der Duft seines Aftershaves drang mir in die Nase und umhüllte mich. Und der maskuline Duft nach Sandelholz, Rosmarin und einer Spur Vanille, hatte eine irgendwie benebelnde Wirkung auf mich.

Mein Herz klopfte in der Brust, als ob es jeden Moment rausspringen wollte – ob vor Schreck oder weil er mir so nahe war, wusste ich nicht. Doch, wie ferngesteuert teilten sich meine Lippen und mein Kopf ging in Erwartung eines Kusses leicht in den Nacken. Gerade als ich meine Augen schließen wollte, trat David einen Schritt zurück und ließ mich unvermittelt wieder los.

Das geschah so unerwartet, dass ich beinahe noch einmal zu stürzen drohte. Ich riss überrascht die Augen auf und glaubte, Verlangen in seiner Miene zu erkennen. Die Straßenlampe hinter uns spendete nur wenig Licht, deshalb war ich mir nicht sicher, was ich wirklich gesehen hatte. Reimte ich mir nur aus Wunschdenken etwas, das gar nicht da war zusammen?

Er packte meine Hand und zog mich zornig hinter sich her. Mit den Stöckelschuhen konnte ich jedoch nicht so schnell laufen, also entriss ich ihm nach einigen Schritten die Hand. Ich war enttäuscht und wütend, frustriert und gekränkt, und ganz sicher ernüchtert. Als er bemerkte, dass ich stehengeblieben war, sah er mich zornerfüllt an.

»David, mit diesen Stöckelschuhen kann ich im Schnee nicht so schnell laufen«, jammerte ich und war vor Frust und Zorn plötzlich den Tränen nahe.

Er sah verwundert zurück, schüttelte dann über mein Gejammer den Kopf und reichte mir erneut seine Hand.

»Okay. Ich gehe langsamer.« Seine Stimme klang immer noch wütend und als er erkannte, dass ich keine Anstalten machte, nach seiner Hand zu greifen, fügte er etwas milder hinzu: »Komm, ich halte dich, bevor du, doch noch auf dem Hintern landest und dich womöglich verletzt. Es ist auch nicht mehr weit, wir sind gleich da.«

Also griff ich doch noch zu und wir gingen weiter – händchenhaltend. Ich war beschämt, denn er hatte sicherlich bemerkt, dass ich ihn vorhin küssen wollte. Was war nur in mich gefahren? Wie konnte ich mich nur so lächerlich machen?

Er war ein unmöglicher Mensch, der jede Gelegenheit dazu nutzte, mich zu verunsichern. Er war mein Chef. Er war arrogant. Er war nicht einmal wirklich schön und er wollte ganz bestimmt nichts von mir wissen. Was hatte ich mir nur dabei gedacht? Warum löste seine Nähe solche Reaktionen bei mir aus?

Ich hatte meinen Kopf gesenkt und hing meinen Gedanken nach, als ich nach einigen Metern spürte, wie David mit seinem Daumen über meinen Handrücken strich. Was sollte das jetzt? Vorhin wollte er mich nicht küssen und jetzt streichelte er meine Hand. Wie abgefahren war das denn?

Endlich waren wir da.

»Guten Abend Mister Ling, ein Tisch für zwei?«, fragte der Oberkellner und David nickte nur kurz. Er schien häufiger hier zu essen, wenn man ihn namentlich kannte. Vielleicht mit einer von seinen Freundinnen, blitzte es durch mein Gehirn. Plötzlich wurde mir bewusst, dass mir dieser Gedanke überhaupt nicht zusagte. Der Typ ging mir eindeutig unter die Haut, trotz seiner arroganten Art.

David hatte ausgezeichnete Manieren, wie ich aus früheren Zusammentreffen bereits wusste. Er nahm mir den Mantel ab und rückte mir den Stuhl zurecht. Wir nahmen an einem Ecktisch Platz und ich sah mich um. Das Restaurant war klein und hatte höchstens dreißig Sitzplätze. Es war gemütlich in Rosttönen gehalten und mit lauter kleinen, runden Tischen und dunkelbraunen Lederstühlen eingerichtet. Nur eine Kerze und eine einzelne weiße Rose in einer klaren Vase waren mittig auf dem Tisch arrangiert. Durch das etwas schummrige Licht wirkte der Raum fast schon intim. Es waren nur vier andere Tische mit jeweils zwei Personen besetzt. So wie es aussah, wurde das Restaurant hauptsächlich von Paaren besucht.

Als wir unsere Bestellung aufgegeben hatten und der Rotwein serviert war, platzte David mit der Frage heraus: »Wer ist Marty?«

Was? Ich schaute ihn einige Sekunden verdattert an, dann dämmerte es mir. Er kannte den Spitznamen von Martha nicht und Marty war eigentlich die Abkürzung für Martin. War er eifersüchtig? Ich hatte keine Ahnung, welcher Teufel mich in diesem Moment ritt, aber ich antwortete gelassen: »Jemand, mit dem ich mir die Wohnung teile.«

Seine Züge verhärteten sich, er sah jetzt wütend aus. »Du teilst dir die Wohnung mit einem Mann?«, zischte er mit klirrend eisiger Stimme ganz leise, doch überdeutlich.

»Ja. Stimmt etwas nicht?«, fragte ich betont lässig.

»Spiel hier keine Spielchen Gia. Wer ist Marty?« Er ballte die Hände, die er an Unterarmen an den Tisch aufgestützt hatte, zu Fäusten, dass die Knöchel weiß hervortreten, und beugte sich vor. Seine zornig zusammengezogenen Augenbrauen, die Funken sprühenden Augen und die zusammengeballten Hände wirkten bedrohlich.

Langsam bekam ich Angst und antworte schnell: »Martha! Ich wohne bei Martha vom Empfang.«

Überraschung verdrängte die Wut und er lehnte sich zurück auf seinen Stuhl. Dabei ließ er die Luft mit einem Seufzer der Erleichterung entweichen. Ich sah ihn aus riesengroßen Augen ängstlich an.

Als er es bemerkte, sagte er versöhnlich: »Ich wollte dir keine Angst machen, ich war nur besorgt um dich.« Seine Miene verschloss sich plötzlich wieder und wurde ausdruckslos, nur die Sehnen an seinem Kiefer waren gestrafft, als er fest die Zähne zusammenbiss.

»Du warst um mich besorgt?«

»Ja, ich war um eine meiner Mitarbeiterinnen besorgt, die noch ganz neu in diesem Land ist und sich hier nicht auskennt«, korrigierte er seine Aussage und winkte den Oberkellner heran, um ihn, um ein Glas Wasser zu bitten.

Ich durchschaute seine Taktik. Er versuchte, seinen Ausbruch zu kaschieren und vom Thema abzulenken – deshalb das Wasser. Ich beschloss, mitzuspielen und fragte: »Wie weit seid ihr mit der Produktion der Liege gekommen?«

»Die Materialien sind bestellt und kommen vermutlich in einigen Tagen. Wir hoffen, dass die Liege bis zur Erotikmesse im Januar fertig ist. Zumindest einige Musterteile. Wir würden die Liege auf der Messe in Las Vegas gerne vorstellen, doch es wird knapp.«

»Ihr seid auf einer Messe in Las Vegas vertreten?«

»Ja. Das ist die größte Erotikmesse hier in Amerika und sie findet immer Anfang Januar statt.«

»Denkst du, dass ihr das mit der Liege bis dahin schaffen könnt?«
»Wenn alles glattgeht, dann können wir es durchaus schaffen. Aber die elektromechanische Hubsäule macht uns Sorgen. Sie muss ziemlich klein sein, damit sie in den Edelstahlfuß reinpasst. Trotzdem muss der Motor die notwendige Kraft besitzen, um die relativ schwere Liegefläche plus den Körper des darauf Liegenden zu heben und zu senken. Wenn wir so einen Motor nicht finden können, kann die Bank nicht wie vorgesehen gebaut werden. Dann müssen wir einen Motor extra dafür entwickeln lassen und das wird richtig teuer. Vermutlich müssen wir uns etwas Neues einfallen lassen oder die Bank ohne den Hebemechanismus bauen.«
»Ich kenne eine Firma südlich von Stuttgart, die bauen sehr kleine und starke Hubsäulen mit Hebetastern für die Maschinen, die die Firma mein...«, ich unterbrach mich schnell, denn beinahe hätte ich mich verraten und die Firma meines Vaters erwähnt. »... in der ich gearbeitet habe, bezogen hat«, verbesserte ich und hoffte, dass er nichts bemerkt hatte. »Sie haben verschiedene Modelle für Zahnarztstühle und OP-Tische im Programm.«
»Gib doch den Namen der Firma gleich morgen an Roy weiter. Er wird dann Herrn Miller kontaktieren. Falls der Motor für unsere Zwecke taugt, sind wir aus dem Schneider. Dann hängt es nur noch davon ab, wie schnell die liefern können.«
Ich atmete auf, denn er schien meinen Ausrutscher nicht bemerkt zu haben. Als unser Essen serviert wurde, unterhielten wir uns angeregt. David war ein überaus angenehmer Gesprächspartner. Er war intelligent und konnte durchaus charmant sein, wenn er so wie jetzt über Geschäftliches sprach. Irgendwann überlegte ich, warum er nicht immer so nett sein konnte?

Die Zeit verging schnell und als David nach der Rechnung verlangte, waren bereits fast drei Stunden vergangen.
Als wir zur Firma zurück schlenderten, hielt David wieder meine Hand. Angeblich nur, damit ich nicht wieder ausrutsche und falle, aber unbewusst fuhr er immer wieder sanft über meinen Handrücken. Dies und die Tatsache, wie wütend er auf den

Namen Marty reagiert hatte, machte mir bewusst, dass er ein, wie auch immer geartetes Interesse, an mir hatte.

In der Firma angekommen teilte uns der Sicherheitsmann mit, dass sich der Lastwagen mit dem Container wegen des Schneefalls verspäten und vermutlich erst gegen Mitternacht ankommen würde, deshalb schlug David vor, mich mit seinem Wagen nach Hause zu fahren. Ich wollte ihm nicht zur Last fallen, aber das Bedürfnis, noch ein Weilchen länger mit ihm zusammen zu sein, war stärker. Deshalb nahm ich seinen Vorschlag dankbar an.

David fuhr einen silbergrauen Mercedes SLK 55. Er fuhr umsichtig und doch relativ schnell, trotzdem brauchten wir fast eine Dreiviertelstunde, bis wir in der Elm Street ankamen. Die Stimmung war äußerst ausgelassen während der Fahrt. Wir redeten über Filme, Bücher, den bevorzugten Musikstil und fanden viele Übereinstimmungen bei unseren Vorlieben. Wir mochten beide Actionfilme, Krimis und die Musik von Elisa, einer italienischen Sängerin, die auch in englischer Sprache sang.

Ich war sogar ein wenig traurig, als wir vor dem Haus vorfuhren, denn es war letztendlich ein angenehmer Abend.

»Willst du mit reinkommen?«, fragte ich deshalb.

»Nein, es ist schon spät und wir müssen beide morgen früh raus, aber ich bringe dich noch zur Tür.«

Vor der Tür wünschte er mir eine gute Nacht und ging. Als ich reinkam, saß Marty im Pyjama vor dem Fernseher. Sobald sie mich sah, sprang sie auf und kam auf mich zugestürmt.

»Ich habe mir Sorgen gemacht. Dein Handy war aus und ich konnte dich nicht erreichen. Wo warst du so lange? Ich dachte, du hättest einen Unfall gehabt oder noch Schlimmeres. Ich wollte schon die Krankenhäuser anrufen und nach dir fahnden lassen.« Sie fiel mir stürmisch um den Hals. Die heftige Reaktion zeigte mir, dass sie mich wirklich mochte und sich Sorgen um mich gemacht hatte. Ein warmes Gefühl der Verbundenheit breitete sich in meiner Brust aus.

Als sie sich, nach einigen Minuten von mir löslöste und sich wieder aufs Sofa schmiss, musterte sie mich interessiert. »Also, erzähl mal. Wie war es mit David? Lass kein Detail aus, nicht das Kleinste, sonst muss ich dich töten. Da ich kein eigenes Liebesleben habe, muss ich wenigstens an deinem teilhaben, sonst versauere ich hier und werde als alte Jungfer sterben. Ich brauche Action. Los, los mach schnell!«, schrie sie mich beinahe an, weil es ihr zu lange dauerte bis ich meinen Mantel und die Schuhe auszog.

»Als Erstes, es ist nichts passiert, wir waren nur essen. Mein Wagen ist noch immer auf der Straße in Richtung Richmond und David hat mich nach Hause gebracht. Das ist alles.«

Ich war noch nicht bereit, mit Marty über David zu reden, weil ich mir meiner eigenen Gefühle nicht sicher war. Und über Davids Gefühlswelt konnte ich nur vage Vermutungen anstellen. Eines war definitiv sicher: Ein Liebesleben gab es nicht. Es gab da etwas, das mich irgendwie anzog und es gab einiges, dass ein Gefühlschaos in mir auslöste, wenn er in meiner Nähe war. Es gab auch vieles, dass ich nicht verstand und dazu gehörte eindeutig meine körperliche Reaktion auf ihn.

Ich war ganz sicher nicht in ihn verliebt, trotzdem sprach mein Körper auf ihn an. Das kannte ich nicht und konnte es mir auch nicht erklären. Obwohl er mich meistens erzürnte, wenn wir zusammenkamen, wünschte ich mir trotzdem, dass er mich küsste. Dieser Wunsch war völlig irrational und durch nichts zu erklären.

»Okay. Und weiter?«

»Es gibt kein Weiter.«

»Worüber habt ihr euch unterhalten?«

»Hauptsächlich über Geschäftliches und über die Messe in Las Vegas.«

»Ach, die Messe. Die Firma betreibt jedes Jahr viel Aufwand für diese Messe. Dort werden wichtige Kontakte zu Abnehmern aus aller Welt geknüpft. Wir haben eine ganze Etage im Venetian Resort Hotel für die Mitarbeiter gebucht. Alle Verkaufsleiter aus der ganzen Welt kommen dort zusammen und auch David fliegt für drei Wochen hin. Er geht noch vor Weihnachten, damit er beim Aufbau dabei ist.«

»Er ist über die Weihnachtsfeiertage in Las Vegas?«

»Ja und an Silvester auch. Der Aufbau des Messestandes ist aufwendig und die Messe beginnt gleich am zweiten Januar.«

»Also verbringt er Weihnachten und Silvester ganz alleine in einem Hotel. Das ist krass.«
»Ja, Weihnachten ist er alleine dort, doch zu Silvester sind bereits die meisten Mitarbeiter angereist, da gibt es eine ganz tolle Silvesterparty. Zumindest habe ich das gehört, denn ich war noch nie dabei.«

David schien hier in Amerika genauso allein zu sein wie ich. Wie ließ es sich sonst erklären, dass er Weihnachten in einem Hotel in Las Vegas verbrachte? Hatte er denn keine Familie? Diese Gedanken beschäftigen mich, als ich im Bett lag und auf den Schlaf wartete. Wieder träumte ich von blauen Augen, die mich verlangend ansahen und von heißen Lippen, die sich gegen meine pressten.
Am nächsten Tag nahm ich mir den Nachmittag frei, um mein geliebtes Auto in Empfang zu nehmen. Nachdem alle Formalitäten mit der Zulassung erledigt waren, fuhr ich mit dem Wagen nach Hause und holte meine Sachen aus dem Kofferraum. Jetzt war ich mobil und wir könnten auch mal mit meinem Auto zur Arbeit fahren. Als Marty kam, aßen wir die von mir zubereiteten Tortellini und schauten uns danach eine Schnulze im Fernsehen an. Während der Film lief, schweiften meine Gedanken, wie in letzter Zeit üblich, zu David. Er ging mir nicht mehr aus dem Sinn.

Die nächsten vier Wochen bekam ich ihn nicht zu Gesicht, doch immer wieder musste ich feststellen, wie sehr mich die Gedanken an ihn beherrschten. Ich erinnerte mich daran, wie er mit seinem Daumen über meinen Handrücken gefahren war, wie er mich an sich gezogen hatte, als ich zu Fallen drohte ... Nachts träumte ich von erstaunlich blauen Augen, die mich durchdringend musterten und von heißen Küssen auf verschneiten Straßen.
Eines Morgens, als ich gerade an einer Konstruktion feilte, kam ein Anruf von Marty. Ich sollte mich bei David im Büro melden. Also lief ich die Treppen hoch und stand dann in seinem Büro.
David telefonierte wieder und als er mich bemerkte, winkte er und deutete auf den Stuhl vor seinem Schreibtisch. Als ich zum

Schreibtisch rüberging, bemerkte ich den müden Ausdruck in seinem Gesicht. Er schien in den letzten Tagen nicht viel Schlaf abbekommen zu haben, denn Furchen auf seiner Stirn und die dunklen Augenränder verdeutlichten dies. Dann legte er auf und sah mich an.

»Gia, entschuldige bitte, aber es war ein wichtiger Kunde und ich musste rangehen. Wir sind mit der Bank in den letzten Zügen. Drei Stück werden noch vor der Messe fertig sein, sodass wir sie in Las Vegas ausstellen können.« Auch seine Stimme wirkte müde, doch seine Augen blitzten vor Begeisterung.

»Oh, das ist ja wunderbar«, rief ich erfreut aus.

»Ja, ich habe in den letzten Nächten noch an der Polsterung und dem Einbau der Hubsäule gearbeitet. Jetzt fehlen nur noch die Fußstützen und die Handgriffe aus Kunststoff. Der Hersteller hat bereits drei Musterteile auf den Weg geschickt. Sie müssten in den nächsten Tagen hier eintreffen. Sobald sie da sind, können wir mit der Endmontage beginnen.«

»Das ist toll. Kann ich die fertigen Teile sehen?«, fragte ich und war gespannt, wie die Liege im zusammengebauten Zustand aussah.

»Ja, natürlich kannst du es dir anschauen. Vielleicht wartest du damit bis heute Abend, dann gehe ich mit dir runter in die Montagehalle. Unter Umständen ist dann schon eine Liege zusammengebaut.«

»Ja, gerne.«

»Okay. Dann hole ich dich heute Abend ab.«

Ich war ganz aufgeregt. Endlich würde sich zeigen, ob meine Fantasien auch umgesetzt werden konnten. David war ziemlich kurz angebunden und nur auf das Geschäftliche beschränkt, er hatte mich fast nicht angeschaut, sondern nur in seinen Papieren auf dem Schreibtisch rumgewühlt. Aber dieser Umstand konnte meine Begeisterung nicht trüben, denn bald würde ich sehen, ob die Liege so geworden war, wie ich es mir vorgestellt hatte.

Der Nachmittag zog sich endlos hin. Ständig schielte ich zwischen Uhr und der Treppenhaustür. Konnte mich kaum noch auf die Arbeit vor mir konzentrieren. Doch nichts passierte. Es war bereits nach vier und ich rechnete nicht mehr damit, dass

David noch auftauchen würde. Um halb fünf überlegte ich sogar, ob ich allein in die Montagehalle runtergehen sollte, als David endlich zur Tür kam.

Während er näher kam, ließ ich meine Blicke über ihn wandern. Er trug das übliche Outfit aus weißem Hemd, dunkler Krawatte und Jeans und wieder hatte er einen Dreitagebart im Gesicht. Rasierte sich dieser Mann nie? Oder war dieser Dreitagebart erwünscht? Er verlieh ihm ein etwas verwegenes Aussehen, trotzdem musste ich zugeben, dass er ihm gut stand.

Als er auf mich zulief, verzog er wieder die Lippen zu diesem wissenden, spöttischen Lächeln. »Gia, wir können jetzt runter. Nimm gleich deine Jacke mit, dann können wir unten rausgehen.«

Ich packte hastig meine Strickjacke. »Ich muss noch meinen Mantel in der Garderobe holen«, bemerkte ich viel zu nervös. Dieser Mann brachte mich aus der Fassung. Warum musste ich ihn auch immer so anstarren? Ich war selbst schuld, wenn er sich über mich lustig machte. Ich lief zur Garderobe, um meinen Mantel zu holen und als ich zurückkam, bemerkte ich, dass er mich seinerseits auch neugierig taxierte. Er starrte mich jetzt genauso an, wie ich ihn vorhin. Nun war es an mir, ihn zu verspotten, und ich versuchte ein schiefes Lächeln. Doch wie es den Anschein hatte, gelang es mir nicht halb so gut, denn Davids Miene blieb ausdruckslos, also ließ ich das spöttische Grinsen fallen.

»Bist du heute wieder mit Marty gekommen?«

»Ja.«

»Dann sage ihr, dass sie nicht auf dich warten soll. Ich fahre dich nachher nach Hause. Die Besichtigung wird bestimmt länger dauern und Marty kann rechtzeitig Feierabend machen«, erklärte er.

Irgendwie hatte ich plötzlich das unbestimmte Gefühl, dass er mit Absicht erst so kurz vor Feierabend gekommen war. »Okay, ich rufe gleich an.«

Nach dem Telefonat fuhren wir mit dem Aufzug in die Montagehalle. Ich folgte David in den hinteren Teil, als er plötzlich einen Schritt zur Seite trat und mir freie Sicht auf die Liege bot. Die Liege wirkte mit dem glänzenden Edelstahl und dem dunkelbraunen Leder edel und war wunderschön.

»Oh, mein Gott! Wie schön sie ist.«, entfuhr es mir.

»Ja, sie ist gut geworden«, bestätigte David.

Als ich zu ihm aufsah, bemerkte ich einen Anflug von Stolz in seinen Zügen.

»Hast du daran gearbeitet?«, fragte ich nach.

»Ja, das Meiste habe tatsächlich ich gemacht, weil die Mitarbeiter mit einem größeren Auftrag beschäftigt sind und die Maschinen tagsüber nicht umprogrammiert werden konnten. Deshalb bin ich immer abends runter und habe die letzten Nächte daran gearbeitet.«

»Wow, ich bin beeindruckt. Warum hast du mir nicht Bescheid gegeben? Ich hätte dir geholfen.«

»Hättest du denn die Maschinen überhaupt bedienen können?«, fragte er überrascht.

»Du vergisst, ich habe Maschinenbau studiert. Ich habe solche Maschinen entwickelt.«

»Ach ja, das habe ich tatsächlich vergessen. Die Leute, die bei mir neue Möbel entwerfen, sind Designer. Sie haben keine Ahnung von Maschinen und sie wissen ganz sicher nicht, wie man sie bedient. Hättest du auch die Programmierung für die Teile hinbekommen?«

»Natürlich, so etwas gehörte zu meiner Ausbildung.«

»Jetzt bin ich wirklich beeindruckt. Wenn ich das gewusst hätte, wäre ich auf dich zugekommen. Die Liege wäre dann früher fertig gewesen und ich wäre jetzt nicht ganz so müde.«

»Ich hätte dir gerne dabei geholfen, immerhin ist die Liege ja mein Baby. Doch jetzt weißt du es ja und kannst jederzeit über mich verfügen. Wenn ich kann, werde ich dir bei zukünftigen Projekten zur Seite stehen. Allerdings bin ich noch nie an einer Maschine gestanden, außer zu Testzwecken. Ich habe noch nie wirklich etwas produziert.«

»Wenn du die Maschine testen kannst, dann kannst du damit auch Teile herstellen.«

»Gut, dann ruf mich das nächste Mal. Lass mich mal schauen, ob du alles so hinbekommen hast, wie ich es mir vorgestellt habe.«

Die Liege wirkte eher wie eine Fitnessbank oder ein Massagetisch und überhaupt nicht wie ein Möbelstück zur Erfüllung von sexuellen Wünschen. Sie würde in einem Massagesalon oder Fitnessstudio überhaupt nicht störend wirken.

»Die Liege kann ohne Weiteres im Spa-Bereich eines Hauses aufgestellt werden. Niemand wird bemerken, dass es sich um ein erotisches Möbelstück handelt.«

»Ja, das war auch meine Absicht, deshalb habe ich auch die Fußstützen so angebracht, dass sie eingeklappt werden können. Dadurch sprechen wir einen wesentlich größeren Kundenkreis an. Es wird nicht nötig sein, die Liege zu verstecken. Sie kann tatsächlich im Wohnbereich eines Hauses aufgestellt werden.«

Seine Begeisterung steckte mich an, dass ich ihm spontan um den Hals fiel. Als mir bewusst wurde, was ich tat, registrierte ich, dass er seine Hände um mich gelegt hatte. Ich ließ ihn sofort los und trat zurück.

»Tut mir leid. Ich war nur so begeistert«, murmelte ich verlegen.

»Ist schon in Ordnung. Ich war selbst genauso fasziniert, als ich sie heute Nachmittag zusammengebaut habe. Doch es war niemand außer den anderen Mitarbeitern da, den ich hätte umarmen können. Und es hätte komisch ausgesehen, wenn ich meinem Produktionsleiter, der übrigens glatzköpfig, übergewichtig und vollbärtig ist, um den Hals gefallen wäre«, beruhigte er mich lachend.

»Jetzt gehen wir aber, es ist schon spät. Wollen wir auf das gelungene Werk anstoßen?«

Ich war froh, dass ich heute Morgen mein dunkelgrünes Etuikleid mit beigem Gürtel und dazu passendem Jäckchen angezogen hatte. Mit den Highheels sah ich einigermaßen vorzeigbar aus.

»Solange ich in diesen Schuhen nicht weit laufen muss«, erwiderte ich breit grinsend.

»Ja, so kommst du im Schnee nicht weit. Wir fahren mit dem Auto.«

»Okay, dann bin ich dabei«, antwortete ich erleichtert.

Wir fuhren in seinem Wagen zu einem Restaurant in der Monroe Avenue. Es war ein großes, elegantes Steakhaus mit überwiegend amerikanischer Küche.

»Sie machen hier ausgezeichnete Steaks«, erklärte er mir.

»Ich esse gerne Steak. Würdest du bitte für mich mitbestellen, ich war noch nie hier.«

Nachdem David die Bestellung aufgegeben hatte und uns der Rotwein serviert wurde, wendete er sich mir zu. »Trinken wir auf die gelungene Zusammenarbeit.«

»Auf die Zusammenarbeit.«

»Ist die Liege so geworden, wie du sie dir vorgestellt hast?«, fragte er nach, nachdem wir angestoßen und einen Schluck von dem wirklich guten Wein genommen hatten.

»Sie ist sogar noch besser, als ich es mir beim Entwerfen ausgemalt hatte.«

»Jetzt fehlt nur noch der passende Name. Wir brauchen auf jeden Fall einen guten Namen dafür. Fällt dir dazu was ein?«

»Ich habe mir bisher keine Gedanken darüber gemacht. Ich dachte nicht, dass sie einen Namen braucht. Ich habe sie immer nur als Liebesliege oder Bank bezeichnet. An einen Namen habe ich nie gedacht.«

»Ich habe deinen Namen gegoogelt und da ist mir der Name *Gioia* für die Bank eingefallen. Dein Name bedeutet doch: Freude, Glück. Ich finde den Namen äußerst passend. Die Liege soll Freude bereiten und die Leute, zumindest kurzfristig, glücklich machen. Es wäre ein schöner und treffender Name. Was denkst du?«

»Ja, mein Name hat tatsächlich diese Bedeutung, doch ob er wirklich für eine Liebesbank geeignet ist, kann ich mir nicht vorstellen.«

»Warum denn nicht? Hast du Bedenken, deinen Namen in Verbindung mit einem Sex-Möbelstück zu sehen? Oder ist dir das peinlich?«

»Nein, nein«, beeilte ich mich, zu versichern. »Es ist mir nicht peinlich und ich habe sie entworfen, also habe ich auch kein Problem damit, meinen Namen damit in Verbindung zu bringen. Doch ich habe meinen Namen einfach noch nie in dieser Konstellation gesehen. Meine Eltern haben ihn mir aus anderen Gründen gegeben. Es ist nur etwas ungewohnt, mehr nicht.«

»Also abgemacht. Wir nennen die Liege *Gioia*. Jetzt bin ich aber neugierig, warum haben dir deine Eltern diesen außergewöhnlichen Namen gegeben?«

»Sie haben sehr lange auf ein Kind warten müssen und als ich dann geboren wurde, sahen sie es als Glück und Freude an, mich bekommen zu haben. Und da mein Vater italienischer Abstammung ist, erschien ihnen der Name durchaus passend.«

»Sie müssen wirklich glücklich über deine Geburt gewesen sein.« Als er das sagte, klang es irgendwie wehmütig, doch seine Miene blieb ausdruckslos. Da wurde mir schwer ums Herz vor Trauer um die glückliche Zeit mit meinen Eltern. Wie sehr ich diese Zeiten vermisste. Ich spürte das Brennen aufsteigender Tränen in den Augen und blinzelte hastig, um sie zurückzudrängen. »Dein Name bedeutet *der Geliebte*, also haben dich deine Eltern auch sehr geliebt, sonst hätten sie dir diesen Namen nicht gegeben«, versuchte ich, das Gespräch von mir abzuwenden.

»Eigentlich bedeutet er: *Der von Gott geliebte*. Ich denke, das war für meine Eltern wichtiger.« Nun war ich sicher, dass seine Stimme wehmütig klang, denn auch in seiner Miene zeichnete sich plötzlich Traurigkeit ab.

»Doch nun kommen wir zurück zur Liege«, änderte er jäh das Thema. »Wir müssen noch über deinen Anteil reden. Die Liege wird einen Verkaufspreis von annähernd zehntausend Dollar haben. Da steht dir ein Anteil zu. Ich dachte an zwanzig Prozent Beteiligung am Gewinn. Nach Abzug der Kosten bedeutet das, dass du von jedem verkauften Stück etwa eintausend Dollar bekommen würdest. Nach der Steuer bleiben dir fast siebenhundert. Wie denkst du darüber?«

»Wow, das ist aber viel. Denkst du, dass sie zehntausend Dollar wert ist?«

»Eigentlich wollte ich auf fünfzehn gehen, aber meine Verkaufsleiter haben gemeint, wir sollten unbedingt unter zehn bleiben. Nun wollen wir sie auf der Messe so anbieten. Wenn die Nachfrage gut ist, können wir den Preis nach der Messe immer noch anpassen. Die Liege ist etwas ganz Besonderes, denn etwas Vergleichbares hat es auf dem Markt noch nicht gegeben. Ich bin sicher, dass sie einschlagen wird.«

»Ehrlich?«, fragte ich überrascht.

»Ja. Alles, was bisher auf dem Markt zu finden ist, sind Möbelstücke für den BDSM Bereich. Deine Liege ist nicht für diesen

Markt geeignet, sondern eher für den normalen Haushalt. Also eigentlich für einen viel größeren Personenbereich. BDSM-Möbel sind doch nur für eine geringe Anzahl von Menschen interessant, eben nur für Leute, die auf Fesselspiele stehen. Doch deine Liege spricht keine Minderheit an, sondern ist auch für Mister Smith oder Herrn Maier interessant. Das ist was ganz Neues«, erklärte er.

»Ich verstehe. Deshalb ist auch der hohe Verkaufspreis gerechtfertigt, denkst du.«

»Genau.«

»Ich bin auf jeden Fall mit dem Angebot von zwanzig Prozent einverstanden.«

»Gut. Dann lasse ich einen Vertrag aufsetzen. Aber ich habe noch ein Problem. Dadurch, dass die Liege erst jetzt fertig geworden ist und wir sie sehr kurzfristig für die Messe mit reingenommen haben, würde ich es gerne sehen, wenn du mit nach Las Vegas kommen würdest. Jetzt kommt das Problem: Es gibt kein einziges freies Zimmer mehr im Hotel. Wir haben die Zimmer bereits vor einem Jahr gebucht. Las Vegas ist zu Weihnachten, Silvester und danach wegen der Messe völlig ausgebucht. Unter Umständen würden wir noch irgendwo in einer billigen Absteige ein Zimmer für dich finden, aber das kommt nicht in Frage. Deshalb habe ich mir gedacht, wir teilen uns meine Suite.«

»Was? Ich soll mit dir zusammen schlafen?«, rief ich entsetzt aus.

»Wäre das denn so schlimm?« Er lächelte süffisant.

Als er mein Entsetzen bemerkt, fügte er beruhigend hinzu: »Ich habe eine Suite mit zwei Schlafzimmern. Wir teilen uns nur die Suite, nicht das Schlafzimmer.«

Als ich erleichtert aufatmete, fügte er lachend hinzu: »Eigentlich dachte ich immer, es wäre eine Freude, mit mir das Schlafzimmer zu teilen. Zumindest bisher. Doch du scheinst diese Meinung nicht zu teilen.«

Dieser arrogante Mistkerl! Er lachte mich doch tatsächlich wieder aus. »Da ich dich nicht so gut kenne, kann ich die Freude darüber nicht nachempfinden. Und bisher hat mich noch keine der Damen, die dieses Vergnügen hatten, über die Freude, die sie in deinem Schlafzimmer erfahren haben, aufgeklärt.« Ich war stinkig und meine Stimme troff vor Sarkasmus.

»Oh, womit habe ich das verdient?«, erwiderte er immer noch lachend. »Jetzt mal im Ernst: Bist du einverstanden mit mir die Suite zu teilen?«, fragte er und unterdrückte immer noch ein Lachen, denn die Lachfältchen um seine Augen waren noch deutlich sichtbar.

»Aus rein geschäftlichen Gründen bin ich einverstanden«, erwiderte ich kühl, von oben herab.

»Gut. Wir fliegen am Siebzehnten. Ich lasse dir einen Flug buchen.«

Dann kam unser Essen. Ich war zwar immer noch verstimmt, aber das Steak schmeckte ausgezeichnet, sodass meine Gereiztheit schnell verflog. Wir unterhielten uns während des Essens über die Messe und wie David sich die Präsentation der Liege vorstellte.

Er wollte dafür ein separates Zimmer im Stil eines Badezimmers mit schwarzem Marmor auslegen lassen und Bilder von einem Schwimmbad im Hintergrund aufstellen lassen. Ich empfahl ihm, für Boden und Wände eher einen grünen Marmor zu nehmen, da das Dunkelgrün, die Eleganz der Liege besser unterstreichen und nicht so kalt wirken würde. Außerdem schlug ich vor, statt der Schwimmbadbilder eher eine komplette Wand mit einer Fototapete von einem See beziehen zu lassen, damit es aussah, als ob das grüne Zimmer zum Teil einer Landschaft gehört.

»Das ist eine tolle Idee, aber wir nehmen keine Tapete. Wir lassen das Bild von einem Wandmaler auf die hintere Wand aufbringen. Das wirkt viel realistischer. Dann können wir um die Badewanne herum mit Pflanzenkübeln dekorieren. Oder noch besser, wir organisieren so eine alte Badewanne mit silbernen Klauenfüßen und silbernen Armaturen, damit die Kunden gleich merken, dass sich die Liege überall aufstellen lässt, ohne aufzufallen. Dann stellen wir noch einen Großbildschirm auf, auf dem ein Film mit Demonstrationen der verschiedenen Verwendungsmöglichkeiten abgespielt wird. Dazu nehmen wir ein hübsches Paar, stecken sie in Badekleidung und filmen sie in verschiedenen Stellungen auf der Bank. Das wird gut.«

»Ein paar Töpfe mit Schilfgras könnten wir zur Auflockerung vor dem Bild mit dem See aufstellen, damit sich das Zimmer besser in den See einfügt«, warf ich ein.

»Genau so machen wir es.« Davids Augen glänzten vor Enthusiasmus. Er schien ein gutes Vorstellungsvermögen zu haben, denn die Idee mit dem See hatte ihm gut gefallen. Auch ich war hellauf begeistert. Darauf stießen wir noch mal an und David beglich die Rechnung.

Die Hochstimmung hielt die ganze Fahrt zur Elm Street über an. Wir lachten und scherzten, und diesmal war ich richtig enttäuscht, als wir vor dem Haus vorfuhren.

»Danke für den wirklich schönen Abend«, bedankte ich mich bei ihm.

»Ich danke dir. So gut habe ich mich schon lange nicht mehr gefühlt«, antwortete er, stieg aus und kam um den Wagen herum, um mir die Tür zu öffnen.

Als ich ausgestieg, standen wir uns so nah, dass ich wieder sein Rasierwasser riechen konnte. Der Mann roch wirklich gut. Er sah auf mich herab und reichte mir seine Hand. Dann dachte ich wieder, er würde mich küssen, doch er machte einen Schritt zurück und die Stimmung wurde merklich kühler. Er begleitete mich zur Tür, wünschte gute Nacht und ging. Ich blieb vor der Haustür stehen und sah den kleiner werdenden Lichtern seines Wagens nach.

Ich war mir diesmal fast sicher, dass er versucht war, mich zu küssen, aber er hatte es nicht getan. Es war frustrierend, nicht zu wissen, was der Typ eigentlich wollte. Reiß dich zusammen Gia, er ist dein Boss und nicht mehr. Wir haben eine gute geschäftliche Beziehung, aber privat ist er nichts für dich, außerdem will er dich gar nicht. Hör mit dem Blödsinn auf und geh rein, denn hier ist es eisig kalt, sagte ich mir selber und merkte, wie es mich fröstelte.

Marty schlief schon und ich war erleichtert, ihre bohrenden Fragen nicht beantworten zu müssen, also ging ich in mein Zimmer und machte mich bettfertig. Ich lag noch eine Weile wach und musste an die Szene vor dem Haus denken. Irgendwann schlief ich ein und träumte wieder von David, wie er mich küsste und mich an sich presste.

Am nächsten Morgen war ich so müde, dass es sogar Marty auffiel.

»Es scheint spät geworden zu sein gestern, du siehst beschissen aus. Ich habe schon Kaffee gemacht und jetzt erzähl, sonst muss ich dich doch noch umbringen und den Rest meines jungen Lebens im Gefängnis verbringen.«

»Es gibt nichts zu Erzählen. Wir waren essen und haben über die Messe gesprochen. Mehr war nicht.«

»Das kannst du mir doch nicht antun. Es muss doch was passiert sein, sonst wärst du nicht so lange weggeblieben.«

»Ach ja, ich fliege am Siebzehnten nach Las Vegas.«

»Verdammt, kannst du mich nicht als Privatsekretärin mitnehmen? Ich würde auch auf die nächsten drei Mieten verzichten, wenn ich mitdarf.«

Ich musste lachen. »Leider geht das nicht, denn es gibt kein einziges freies Zimmer mehr. Ich muss sogar in Davids Suite schlafen, weil das Hotel vollkommen ausgebucht ist.«

»Du schläfst bei David!«, quiekte sie.

»Nein, ich schlafe nicht bei David. Ich schlafe im zweiten Schlafzimmer der Suite von David«, stellte ich richtig.

»Das ist doch fast das Gleiche«, entrüstete sich Marty.

»Nein, ist es nicht. Er schläft in einem Schlafzimmer und ich in einem anderen Schlafzimmer. Und diese beiden Schlafzimmer sind durch einen gemeinsamen Salon getrennt. Also noch einmal, es ist nicht das Gleiche«, erklärte ich ihr wie einem fünfjährigen Kind, und die Enttäuschung in Martys Gesicht ließ mich wieder auflachen.

9

Bis zum Siebzehnten begegnete ich David nicht mehr. Am Tag vor dem Flug brachte mir Marty das Flugticket und teilte mir mit, dass mich ein Wagen gegen zehn zuhause abholen würde. Sie war immer noch ein wenig gekränkt, weil sie nicht mitkommen konnte, aber sie hatte mir das Versprechen abgenommen, ihr hinterher alles haarklein zu erzählen.

Ich war froh, dass sie über Weihnachten nicht allein sein würde, denn John kam aus Denver und ihre Enttäuschung, dass sie nicht mit nach Vegas mitkam, hielt sich deshalb in Grenzen. Sie freute sich auf ihren Bruder, den sie seit September nicht mehr gesehen hatte. Der einzige Vermutstropfen war die Tatsache, dass ich keine Gelegenheit mehr bekommen würde John kennenzulernen, denn er flog schon am siebten Januar wieder zurück und ich blieb bis zum neunten in der Spielermetropole.

Am Abend packte ich meine Koffer und dann saßen wir an unserem Lieblingsplatz in der Küche und schnatterten wie die Hühner. Wir waren beide ein wenig traurig, dass wir die Feiertage getrennt verbringen mussten.

Am nächsten Morgen trank ich noch zusammen mit meiner Freundin einen Kaffee, bevor wir uns voneinander verabschiedeten. Um Punkt zehn klingelte es an der Haustür und da ich annahm, dass es der Fahrer war, blickte ich verwundert in saphirblaue Augen von David, als ich die Tür aufriss.

»Guten Morgen«, begrüßte ich ihn atemlos, weil ich kurz zuvor die Treppen runtergesprungen war.

»Guten Morgen, Gia. Darf ich reinkommen?«

»Aber natürlich, komm rein. Ich bin fertig.«

»Ich wollte mir mal dein Zuhause anschauen. Darf ich?«

Was wollte er? »Natürlich, bitte komm rein«, antwortete ich perplex und trat einen Schritt zur Seite, damit er eintreten konnte.

Er sah sich im Wohnzimmer um und ich hatte keine Ahnung, was er von mir erwartete. Sollte ich ihn jetzt im Haus herumführen?

»Schön, und wo schläfst du?«

»Meine Zimmer sind oben. Willst du sie sehen?« Ich war immer noch platt.

»Ja bitte.«

Ich ging voraus zur Treppe und er folgte mir. In meinem Wohnzimmer sah er sich wieder um und dann brachte ich ihn in mein Schlafzimmer.

»Ich habe noch ein eigenes Badezimmer. Willst du das auch sehen?«, fragte ich irritiert.

»Nein, das hier reicht. Ich wollte mich nur vergewissern, dass du gut untergebracht bist«, erklärte er und wandte sich um. Er nahm unten in der Diele wortlos meinen Koffer und trug ihn zum Wagen. Ich schnappte nach meinen Mantel und hastete ihm hinterher.

Die Fahrt verlief wortlos. Auch, als wir im Wartebereich des Flughafens waren und während des Fluges selbst saß David schweigsam mit gerunzelter Stirn neben mir. Er schien mit seinen Gedanken woanders zu sein und ich vermutete, dass er sich Sorgen um den Ablauf der Messe machte, deshalb versuchte ich erst gar nicht ein Gespräch zwischen uns in Gang zu bringen.

»Du kannst dir ein Zimmer aussuchen«, sagte David, nachdem uns der Page mit dem Gepäck allein gelassen hatte.

»Mir ist jedes recht«

»Dann nimm du das größere, ihr Frauen braucht mehr Platz und ich komme mit dem Kleineren klar.«

»Aber nein, nimm du doch das Größere, ich brauche nicht so viel Platz.«

»Gia, geh einfach in irgendein Schlafzimmer, diese Diskussion ist lächerlich.«

Da er so schlecht gelaunt war, nahm ich meinen Koffer auf und wandte mich einfach nach links, weil es das Nächstgelegene war.

Plötzlich kam leben in ihn und er nahm mir den Koffer aus der Hand. »Ich wollte nicht so schroff klingen, tut mir leid«, murmelte er und setzte das recht schwere Gepäckstück auf das dafür vorgesehen Podest.

»Ist schon okay, ich denke, du hast einfach viel um die Ohren, so kurz vor der Messe«, winkte ich ab.

»Ja, das muss es sein«, antwortete er und ich hatte plötzlich das Gefühl, dass es irgendwie nicht der Wahrheit entsprach. Seine Stimme klang eher resigniert als besorgt.

»Wir haben um fünf einen Termin im Restaurant mit dem Wandmaler. Bitte sieh zu, dass du bis dahin fertig bist.« Dann ließ er mich mitten im Raum stehen und schloss hinter sich die Tür.

Da es schon fast vier Uhr war, packe ich meine Sachen gar nicht erst aus, sondern duschte kurz und erneuerte mein Make-up. Ich schlüpfte ich ein wadenlanges dunkelblaues Etuikleid im 50er-Jahre-Stil und zog passende Pumps dazu an. Das figurbetonte Kleid war eines von den neuen, die ich mir im Sommer gekauft hatte und es saß perfekt. Es umschloss eng meine Taille und der viereckige Ausschnitt betonte meinen Busen. Ich schüttelte noch kräftig meine Haare über Kopf, damit es fülliger wirkte, nahm meine Handtasche und ging in den Salon. Als ich in der Mitte des Zimmers angekommen war, öffnete sich die Tür des anderen Schlafzimmers und David kam raus.

Seine Haare glänzten noch feucht vom Duschen und er trug sein weißes tailliertes Hemd, dessen oberster Knopf offen stand. Statt Jeans hatte er dunkelgraue Anzughose mit schwarzem Gürtel und feinen Lederschuhen gewählt. Er sah sehr, sehr sexy in dieser Kombination aus Nonchalance und geschäftsmäßiger Korrektheit aus. Zum ersten mal sah ich ihn in einem Anzug und es gefiel mir. Ich glotzte ihn mit offenem Mund an. Als er den Kopf hob und entdeckte, wie ich gaffte, verzog er nicht wie üblich spöttisch die Lippen, sondern musterte mich seinerseits von oben bis unten. Ich spürte die Blicke förmlich auf meinem Körper. Mir wurde plötzlich wärmer und mein Pulsschlag beschleunigte sich. Er schüttelte den Kopf, als ob er einen lästigen Gedanken vertreiben wollte, und kam einen Schritt auf mich zu.

»Du bist schon fertig. Ich mag es, wenn Frauen pünktlich sind.« Jetzt lächelte er doch noch selbstgefällig. Dieser Mistkerl. Er hat mich auch angestarrt!

»Ja, ich auch«, erwiderte ich konfus, nachdem ich wieder reagieren konnte. Als er plötzlich auflachte, bemerkte ich, was ich gesagt hatte und beinahe hätte ich ärgerlich mit dem Fuß aufgestampft. Ich dumme Gans! Ich schaffte es nicht einmal, diesem selbstgefälligen Kerl Paroli zu bieten. Ich senkte verärgert den Blick und sah wie gebannt mein Handtäschchen an.

Nachdem er sich ausgiebig über mich lustig gemacht hatte, kehrte er in sein Schlafzimmer zurück und als er wieder rauskam, hatte er die passende Jacke zur Hose an. Dann legte er mir seine Hand auf den Rücken und bugsierte mich zur Tür.

Das Erdgeschoss des Hotels war Venedig nachempfunden. Kanäle mit Gondeln durchzogen die ganze Ebene und die Fronten der Boutiquen waren im Stil der venezianischen Häuser verkleidet. Sogar kleine, runde Tische mit Stühlen waren entlang der Kanäle aufgestellt, sodass der Eindruck von Straßencafés entstand. Die Decke war realistisch mit Himmel und Wolken bemalt.

David brachte mich in einen Seitenflügel des Hotels, wo sich mehrere Nobelrestaurants befanden. In einem davon nannte er dem Platzanweiser des Restaurants seinen Namen und wir wurden zu einer Loge geleitet. Dort saß bereits ein ziemlich junger Mann, der sich sofort erhob und David die Hand reichte. »Mister Ling, ich bin Robert, der Wanddesigner. Ich freue mich, sie zu sehen.«

»Hallo Robert, auch ich freue mich, Sie kennenzulernen. Das ist meine Kollegin Miss Simon.«

Als wir uns setzten und unsere Getränkebestellung aufgegeben hatten, bemerkte David: »Miss Simon hatte die Idee mit der Wandmalerei. Sie wird Ihnen auch erklären, was wir von ihnen erwarten.«

»Okay, dann lassen Sie mal hören, Miss Simon.«

»Ich habe im Internet nach Bildern gesucht, wie der See aussehen sollte und habe ihnen zwei der Bilder, die ich ausgedruckt habe mitgebracht. Lässt sich so etwas machen?«

Beim Anschauen der Bilder, nickte Robert und erklärte: »Ja, das geht. Das mit der Dämmerung finde ich besonders gut, da kann ich mit Schatten und weichem Licht arbeiten.«

»Also, wenn alles geklärt ist, können wir bestellen, ich sterbe vor Hunger. Robert, darf ich Sie einladen, mit uns zu speisen?«, fragte David, und auch ich verspürte Hunger, denn ich hatte bisher nur einen Kaffee zum Frühstück. Das Essen im Flugzeug hatten wir beide abgelehnt.

Robert schien erfreut über die Einladung und David winkte den Kellner heran, damit wir unsere Bestellung aufgeben konnten. Während wir auf das Essen warteten, lobte Robert mich für die detaillierte Beschreibung seines Auftrages und ich merkte, dass er mich ziemlich oft und lange ansah. Als das Essen serviert wurde, sprach der junge Mann von lustigen Begebenheiten mit seinen Kunden. Robert und ich lachten viel, nur David hielt sich zurück und sah etwas mürrisch drein.

Die Unterhaltung am Tisch bestritten hauptsächlich Robert und ich und nach ungefähr einer Stunde flirtete Robert ziemlich offensichtlich mit mir. Ich empfand ihn als witzig, unterhaltsam und überaus charmant. David dagegen wurde zunehmend stiller und hielt sich weiterhin zurück.

Kaum waren wir mit dem Dessert fertig, ergriff David plötzlich meine Hand, stand auf und zog mich mit sich. »Vielen Dank, Robert. Sie können gleich übermorgen mit dem Bild anfangen. Miss Simon und ich müssen noch etwas besprechen. Gute Nacht.« Ich konnte nur schnell gute Nacht murmeln, schon zog mich David resolut aus dem Restaurant.

Was war jetzt schon wieder? Dachte ich, als wir zu den Aufzügen gingen. Dort angekommen drückte David mehrmals wild auf den Rufknopf, obwohl dieser schon leuchtete. Anscheinend konnte er es nicht erwarten, dass der Aufzug kam. Was gab es so Eiliges zu besprechen? Wieso war er so ungeduldig? Als sich die Aufzugtüren endlich öffneten, schob mich David hinein und stellte sich dann wortlos neben mich. Er war stinksauer. Ich beschloss, seine schlechte Laune zu ignorieren, denn ich hatte mich gut unterhalten. Wir fuhren schweigend in das oberste Stockwerk.

Als die Türen auf unserer Etage aufgingen, ließ mich David einfach stehen, stürmte raus und öffnete wortlos die Tür zur Suite. Ich war jetzt doch ein wenig erzürnt, weil er sich unmöglich benahm. Was sollte das? Deshalb fragte ich ihn, nachdem ich die Tür hinter mir geschlossen hatte, genervt: »Was kann nicht warten? Ist irgendwas passiert?«

Er hatte sich auf eines der drei Sofas im Salon gesetzt und die Hände über dem Kopf verschränkt. Oh Gott, es schien doch et-

was Ernstes zu sein. Er war ja völlig daneben. Also setzte ich mich neben ihn und legte sanft meine Hand auf seinen Oberarm.
»David, was ist denn? Kann ich helfen.«
»Nein.« Seine Stimme war leise und er klang bedrückt.
»David, ich würde dir wirklich gerne helfen, doch du musst mit mir reden«, sagte ich leise und rückte ein wenig näher.

Da drehte er sich ruckartig zu mir, griff fest mit einer Hand in meinen Nacken und zog mich energisch zu sich. Erschrocken von der heftigen Reaktion öffnete ich protestierend den Mund, als ich plötzlich seine Lippen auf meinen spürte. Die ungestüme Kraft und sein harter Kuss überraschten mich und ich erstarrte. Da mein Mund bereits offen stand, hatte seine Zunge ungehinderten Zugang. Er presste seine Lippen, so fest auf meine, dass ich befürchtete, sein Dreitagebart würde mir die Haut vom Kinn kratzen. Doch sein betörender Duft, seine kräftigen Finger in meinem Nacken, der Geschmack von Kognak, den er nach dem Essen getrunken hatte, und der fast verzweifelte Kuss ließen meine Lider fast automatisch zufallen und meine Zunge das Spiel mit seiner aufnehmen.

Er griff mit der anderen Hand auf meinen Rücken und zog mich auf sich, während er sich nach hinten fallen ließ. Ohne den Kuss zu unterbrechen, nahm er mein Gesicht zwischen seine Hände und die Wildheit ließ nach. Seine Lippen, die vorher so hart und fordernd waren, lagen jetzt zärtlich und weich auf meinen. Er liebkoste meine Lippen und mein Gesicht, hauchte kleine Küsse auf meine Wangen und meinen Mund. Währenddessen fuhren seine Hände streichelnd über meinen Rücken. Die Spur, die sie hinterließen, fühlte sich heiß an und zündete ein ungeahntes Feuer in meinem Inneren an.

Dann löste er sich von mir und sah mit seinen unglaublichen Augen, die jetzt irgendwie glühten, tief in meine. Er schien magische Kräfte zu haben, denn ich fühlte mich ihm ausgeliefert. Ob von dem heftigen Kuss oder dem in mir lodernden Feuer, brannten meine Wangen, und mein Gesicht war bestimmt feuerrot. Er schloss die Augen, senkte wieder meinen Kopf nach unten und unsere Münder verschmolzen miteinander. Ich vergrub meine Hände in seinen Haaren und zog ihn fest an mich, damit er mir noch näher war. In diesem Moment wollte ich am liebsten in ihn hineinkriechen.

Dann fühlte ich jäh seine Erektion, die durch die Hose gegen meinen Oberschenkel drückte. Ich erschauerte und Hitzewellen durchfuhren meinen Körper wie Blitze. Unwillkürlich entschlüpfte mir ein leises Stöhnen und das schien auf David eine eigenartige Wirkung zu haben, denn ein wohliges, gutturales Knurren erwiderte mein Stöhnen. Dieser Laut kam tief aus seiner Kehle und war so sexy, dass er mich völlig aus der Bahn warf. Mein Herz raste und schlug wild gegen die Rippen, meine Brustwarzen verhärteten sich und drückten gegen die Innenseiten meines BHs.

David knabberte sanft an meiner Unterlippe und drückte fest sein geschwollenes Geschlecht gegen meinen Oberschenkel. Ich hob leicht mein Knie an und drückte dagegen. In diesem Moment ließ David meinen Kopf los und fuhr mit seinen Händen über meinen Rücken hinunter bis zum Po. Er ergriff mit beiden Händen meine Hinterbacken und drückte mein Becken noch fester gegen seinen Unterleib.

Ein Beben erfasst meinen Körper und ich verbrannte von innen. Heftige Lustgefühle durchzuckten mich. Ich wollte ihn, ich wollte ihn wirklich, und zwar sofort! Ein unterdrückter, doch deutlich hörbarer Laut der Lust entwich wieder meinem Mund und David löste seine Lippen von meinen.

Wieder trafen sich unsere Blicke. Seine dunkel gewordenen Augen waren von brennender Leidenschaft erfüllt und spiegelten meine eigene Erregung wider. Doch ganz langsam veränderte sich seine Mimik: Die Begierde und Lust schwanden langsam aus seinem Blick und so etwas wie Entsetzen trat an ihre Stelle. Er stieß mich zur Seite, sprang auf und fuhr sich mit beiden Händen durch die Haare. Gewissensbisse zeichneten sich auf seinem Gesicht ab.

Ich lag immer noch auf dem Sofa, hatte meinen Oberkörper auf einen Ellenbogen abgestützt, und sah ungläubig zu ihm auf. Da hörte ich ihn murmeln: »Es darf nicht sein.«

Wie versteinert lag ich da und starrte ihn an. Hatte ich richtig gehört? Hatte er gerade gesagt: *Es darf nicht sein?*
»Was ...«
»Es tut mir leid, ich habe die Beherrschung verloren«, unterbrach er mich. »Es wird nicht noch einmal passieren. Tut mir leid«, wiederholte er und seine Gesichtszüge verhärteten sich, wurden völlig ausdruckslos.
Plötzlich begriff ich endlich, was er gesagt hatte. Ich setzte mich auf und wandte den Blick von ihm ab. Er hatte nur die Beherrschung verloren – er wollte mich gar nicht. Schamesröte überzog mein Gesicht und ich fand keine Worte. Was hätte ich auch sagen sollen?
»Bitte, verzeih mir, ich hätte dich nicht so überfallen dürfen. Es tut mir wirklich leid.« Damit drehte er sich auf dem Absatz um, ging mit schnellen Schritten in sein Schlafzimmer und schloss hinter sich die Tür.

Ich blieb auf dem Sofa sitzen und sah auf meine Hände, die ich im Schoß verschränkt hatte. Ich spürte Tränen der Scham aufsteigen und bevor ich hier auf dem Sofa zu heulen anfing, riss ich mich zusammen und rannte in mein Zimmer. Ich warf mich völlig aufgelöst aufs Bett. Beschämung und Enttäuschung ergriffen von mir Besitz und ich weinte, bis nur noch ein trockenes Schluchzen meinen Körper schüttelte.
Irgendwann nahm mein Gehirn seine Tätigkeit wieder auf und meine Gedanken überschlugen sich. Was war passiert? Warum wollte er mich nicht? Und warum durfte es nicht sein? Ich war doch bereit für ihn. Ich hatte mich ihm hingeben wollen. Warum durfte es dann nicht sein? War er vielleicht nicht frei? Er wollte mich doch. Seine Augen hatten mir deutlich zu verstehen gegeben, dass er mich wollte und sein Körper hatte auch eindeutige Signale ausgesandt. Also, warum durfte es nicht sein?

Die ganze Nacht lag ich wach und überlegte. Eigentlich drehten sich meine Gedanken im Kreis, denn ich konnte seine Worte und sein Verhalten nicht verstehen. Seine Reaktion auf mich und meinen Körper, waren mehr als eindeutig und doch hatte er mich zurückgewiesen. Ich war gekränkt und fühlte mich schlecht. Ungewollt.

Am nächsten Morgen war ich unausgeschlafen, wirkte müde und hatte rotgeränderte und geschwollene Augenlider. Ich versuchte, durch Make-up einiges zu verdecken, doch es gelang mir nicht wirklich. Also fand ich mich ab, zog Jeans, Pullover und meine Sneakers an, denn wir hatten gestern ausgemacht, heute nach dem Frühstück zum Messegelände zu fahren.

Bevor ich in den Salon trat, blieb ich noch kurz an der Tür stehen und atmete tief durch. Ich hatte mir vorgenommen, David entgegenzutreten und so zu tun, als ob nichts zwischen uns passiert wäre. Seine Zurückweisung tat weh und ich musste damit fertig werden, aber ich würde mich nie wieder in so eine Situation bringen lassen.

Da ich seit Monaten nicht mehr träumte und dadurch mein Körper ausgehungert schien, musste ich nach einer annehmbaren Lösung suchen. Doch die Lösung war ganz bestimmt nicht bei David zu suchen, denn er wollte mich nicht. Ich konnte mir die heftige Reaktion meines Körpers auf ihn nur durch die lange Entbehrung körperlicher Befriedigung erklären, obwohl ich keinesfalls bei anderen Männern solche Wirkung verspürte. Irgendwie hatte ich mich auf ihn fixiert. Nun wünschte ich mir die Träume, die ich so lange verflucht hatte zurück.

Noch einmal holte ich tief Luft, straffte die Schultern und trat in den Wohnbereich.

David saß am Esstisch, der bereits reichlich gedeckt war.

»Ich habe uns Kaffee und Frühstück bestellt. Da ich nicht weiß, was du magst, habe ich ein paar Gerichte aus der Frühstückskarte kommen lassen. Ich hoffe, es ist das Passende dabei.« Seine Stimme klang gefasst und gleichgültig. Keine Erklärung, keine Begrüßung, kein um Entschuldigung bittender Blick – nur kühle Gelassenheit trat mir entgegen.

Auch ich war bemüht, eine kühl-lässige Miene aufzusetzen, und erwiderte: »Solange genügend Kaffee da ist, ist mir alles recht.«

Wir aßen schweigend und vermieden es, uns anzusehen. Ich goss mir einen Kaffee ein und häufte etwas Rührei und Speck auf meinen Teller. Gerade als ich zum Brotkorb greifen wollte, streckte auch er die Hand danach aus, sodass sich unsere Hände leicht berührten. Ich zuckte wie vom Blitz getroffen zurück. Er nahm den Brotkorb und hielt ihn mir hin. Einige Sekunden lang zögerte ich, dann richtete ich mich auf, nahm ein Stück Toast aus dem Korb und hob mutig den Blick.

Er sah genauso übernächtigt aus wie ich. Seine Augen waren gerötet und seine Gesichtshaut wies eine blasse, unnatürliche Färbung auf. Wie es schien, hatte er auch nicht viel Schlaf abbekommen heute Nacht. Er wirkte niedergeschlagen und ein Ausdruck des Bedauerns spiegelte sich in seiner Miene wider. Zumindest schien ihm die Geschichte nicht unbedeutend zu sein.

»Gia ich ...«

Ich hob die Hand, um ihn am Weitersprechen zu hindern, und er verstummte. »Tun wir einfach so, als ob nichts passiert wäre. Eigentlich ist ja auch nichts passiert. Also lassen wir es dabei«, sagte ich und senkte den Blick auf meinen Teller. Wir aßen schweigend weiter und erstmals wirkte die Stille zwischen uns beklemmend.

»Also, was machen wir heute? Gehen wir zum Messegelände und schauen uns mal den Messestand an?«, fragte ich betont munter.

»Ja. Wir haben um zehn einen Termin mit dem Marmorlieferanten und ich muss noch einiges wegen des restlichen Stands mit dem Messeausstatter besprechen. Am besten wäre es, wenn du den Termin mit dem Marmorlieferanten alleine wahrnimmst und ich mich um den Messeausstatter kümmere.« Er hatte sich wieder im Griff. Seine Miene und seine Stimme waren jetzt ohne Ausdruck.

»Natürlich, wenn du denkst, dass ich das alleine hinbekomme.«

»Ich vertraue deinem guten Stilgefühl. Du hast schon bei der Liege einen erlesenen Geschmack bewiesen. Am Nachmittag kommt dann noch jemand vom Pflanzengroßhandel, denn wir werden die Pflanzen für den gesamten Stand für die eine Woche mieten. Dadurch haben wir den Vorteil, dass sich jemand täglich morgens und abends darum kümmern wird. Ich will keine Plastik- oder Textilpflanzen am Stand haben.«

»Muss ich in einem bestimmten Budget bleiben?«

»Nein, bei dem Zimmer mit der Liege hast du freie Hand. Wir wollen die Liege bestmöglich präsentieren, deshalb musst du auf die Kosten keine Rücksicht nehmen. Übrigens sind wir heute Abend mit einem Pornofilmproduzenten verabredet. Er kommt hier ins Hotel und wir werden mit ihm zu Abend essen.«

»Ein Pornofilmproduzent?«, fragte ich bestürzt.

Er lächelte schief: »Ja. Was glaubst du, wer uns den Film mit den Einsatzmöglichkeiten der Liege drehen wird? Oder sollen wir Mister Spielberg engagieren?«

Plötzlich fühlte ich, Ärger aufsteigen, weil er mich offensichtlich verhöhnte. Als er meine Verstimmung bemerkt, erklärte er versöhnlich: »Las Vegas ist die Hochburg der Pornofilmindustrie. Und für uns ist das ideal, denn es geht schnell, ist professionell und die Produzenten haben die schönsten Mädchen schnell zur Hand. Vermutlich drehen sie den Film, den wir brauchen, innerhalb von drei Tagen. Sie sind gut ausgerüstet und vor allen Dingen sind alles Profis, die wissen, worauf es bei dem Film ankommt.«

»Oh, aus dieser Sicht habe ich es noch nicht betrachtet. Du hast natürlich recht, aber für mich ist das alles noch ziemlich neu.«

Als wir mit dem Frühstück fertig waren, gingen wir runter in die Hotelgarage und er fuhr den gemieteten Mercedes Richtung Messe. Unterwegs erkundigte ich mich: »Mietest du immer so ein teures Auto, oder fährst du ausschließlich nur Mercedes?«

»Hier in Amerika, und in Vegas im Besonderen, ist der Schein wichtiger als das Sein. Dieser Wagen symbolisiert Geld und Macht. Es geht alles einfacher und vor allen Dingen, schneller. Meinen ersten SLK habe ich vom letzten Geld gekauft, das ich hatte. Deshalb musste ich mich anfangs einige Monate mit dem Schlafplatz in einer Kammer der Werkstatt begnügen. Für eine Wohnung oder Wohnungseinrichtung hatte ich einfach kein Geld mehr.«

»Also hast du von Anfang an, an deinen Erfolg geglaubt?«, fragte ich überrascht nach.

»Ja, ich habe alles auf eine Karte gesetzt. Ich hatte zwei brauchbare Möbel entworfen und war von meiner Arbeit überzeugt.

Ich hätte meine Entwürfe verkaufen können, aber ich wollte es alleine schaffen.«

Dieser Mann überraschte mich immer wieder. Es bewies Mut und Entschlossenheit, so ein hohes Risiko einzugehen. Er musste wirklich sehr von seinen Entwürfen überzeugt gewesen sein, wenn er alles dafür eingesetzt hatte. Ich war überwältigt vor so viel Enthusiasmus.

Den ganzen Tag verhandelten wir mit Lieferanten, dem Messeausstatter und dem Pflanzenheini. Der Stand war riesig und umfasste mindestens tausend Quadratmeter. David erklärte mir, dass der Stand durch eine Flucht von beweglichen Wänden in verschiedene Abteilungen unterteilt und mit vielen Pflanzen und sogar Bäumen aufgelockert werden sollte. Das grüne Zimmer, würde in einem Mittelgang mitten im eigentlichen Stand stehen und wird etwa vierzig Quadratmeter groß sein.

Der Marmorlieferant hatte zwar keinen gänzlich grünen aber einen von Ocker durchzogenen Naturstein auf Lager, der von der Farbe her fast noch besser passte, als der von mir geplante. Der Lieferant machte mich jedoch darauf aufmerksam, dass die Natursteinplatten ein ziemliches Gewicht hatten, und das Holzgerüst die entsprechende Tragfähigkeit aufweisen musste. Das bedeutete, dass die Holzkonstruktion, die die Wandplatten trug, sehr wuchtig ausfallen würde.

Ich bat David zu uns und erklärte ihm das Problem mit den Steinwänden. Daraufhin überlegten wir, die Wände von Robert malen zu lassen. Wir beschlossen, mit ihm darüber zu reden, und dem Natursteinlieferanten erteilten wir vorerst nur den Auftrag für den Boden des Zimmers. Ich nahm noch ein Musterstück für Robert mit.

Es war schon nach vier, als wir uns auf den Weg zurück ins Hotel machten. David hatte Robert für den kommenden Morgen ins Hotel bestellt, damit wir das mit den Wänden klären konnten. Als wir im Hotel ankamen, verzogen wir uns gleich auf unsere Zimmer, um uns für das Abendessen mit dem Filmproduzenten fertigzumachen. Ich duschte schnell und legte mich kurz in ein großes Handtuch eingewickelt aufs Bett. Es blieb mir etwas mehr als eine Stunde, bis ich mich fürs Abendessen anziehen musste. Diese Stunde wollte ich nutzen, um ein wenig auszuruhen, denn ich war durch zu wenig Schlaf und den anstrengenden Tag ziemlich geschafft.

Ich musste sofort eingeschlafen sein, denn lautes Klopfen an meiner Tür weckte mich. Gerade als ich mich im Bett aufsetzte und antworten wollte, ging die Tür auf und David gaffte mich entgeistert mit offenem Mund an. Er trat schnell einen Schritt zurück und zog sofort wieder die Tür zu. In diesem Moment sah ich an mir runter und entdeckte mit Entsetzen, dass das Handtuch verrutscht war, ich mit nacktem Oberkörper dasaß und nur ein Streifen um meinen Unterleib von dem Handtuch bedeckt wurde. Verdammt! Erde tue dich auf und verschlucke mich, konnte ich nur noch denken.

»Gia, wir müssen runter ins Restaurant. Der Produzent wartet schon auf uns«, hörte ich David vor der Tür rufen.

»Geh schon mal runter. Ich brauche noch zehn Minuten, ich komme nach«, antwortete ich gehetzt und sprang vom Bett auf. Jetzt war keine Zeit für Schamgefühle, ich musste mich beeilen. Schnell streifte ich das erstbeste über, dass mir in die Hände fiel, legte nur wenig Make-up auf, und zog die Lippen nach. Da meine Haare vom Schlaf total zerzaust waren, steckte ich sie hoch und zog hohe Riemchensandalen über die nackten Füße. Da fiel mir auf, dass ich vollkommen Schwarz angezogen war. Also griff ich nach einer korallenroten Strickjacke und band mir noch einen dazu passenden Gürtel um. Schnappte nach der Tasche von gestern und stürmte aus dem Zimmer. Erstaunt stellte ich fest, dass David im Salon saß.

Er hatte auf mich gewartet und ich lächelte ihn verlegen an. »Ich bin fertig. Wir können gehen.« Meine Stimme klang rau vom Schlaf und mein Mund war, wieder mal, völlig ausgetrocknet. Er trug einen schwarzen Anzug und hatte sich tatsächlich rasiert. Zum ersten Mal sah ich sein Gesicht ohne den Bartschatten. Er sah ungewohnt und wie ein richtiger Gentleman aus. Das Verwegene war verschwunden und eine seriöse Eleganz kam zum Vorschein, die ihn ziemlich attraktiv und heiß wirken ließ.

Er reichte mir wortlos die Hand und wir traten händchenhaltend zur Tür hinaus. Seine Haut war wieder mal so heiß, dass die

Hitze sich über meinen Arm auf den ganzen Körper ausbreitete. Diesmal war ich richtig enttäuscht, als er meine Hand an der Tür des Aufzugs losließ. Wir fuhren nach unten und ich bemerkte, wie mich David aus den Augenwinkeln musterte.

»Mister Tyler, bitte entschuldigen Sie die Verspätung. Ein dringendes geschäftliches Telefongespräch hat uns aufgehalten. Das ist meine Kollegin Miss Simon«, begrüßte David einen großen, ziemlich fülligen Afroamerikaner. Wir bestellten alle Steaks mit Ofenkartoffeln und tranken dazu französischen Bordeaux. Mister Tyler, ich schätzte ihn auf Mitte vierzig, war ein sehr angenehmer und kultivierter Gesprächspartner. Er trug einen bestimmt maßgeschneiderten dunklen Designeranzug, ein fliederfarbenes Hemd mit goldenen Manschettenknöpfen, das ziemlich weit geöffnet war und den Blick auf mehrere goldene Halsketten freiließ. Auch mehrere seiner Finger zierten große Ringe. Durch den Schmuck erinnerte er mich an Mr. T aus der Fernsehserie *The A-Team*.

David trug Mr. Tyler vor, was für eine Art von Film er sich vorstellte, und dieser erklärte sich bereit, ihn zu produzieren. Wie David gesagt hatte, würde der Film tatsächlich innerhalb von drei bis vier Tagen fertig sein. Wir sollten morgen gegen 17 Uhr in sein Studio kommen und einige Schauspieler kennenlernen, die für den Dreh in Frage kamen.

David betonte noch einmal, dass nur Schauspieler ohne Tattoos oder Brustvergrößerungen in Frage kamen. Der Film sollte harmlos wirken und nur die Funktionen der Liege und die Stellungen, die möglich waren, aufzeigen. Es sollte keinesfalls ein Pornofilm werden. Nachdem alles besprochen war, verabschiedete sich Mr. Tyler und wir blieben allein zurück.

»Es ist zwar noch recht früh, aber wir sind offensichtlich beide ziemlich müde. Gehen wir zurück in die Suite, oder willst du noch etwas unternehmen?«, fragte er und sah mich dabei mit dunklen und irgendwie sinnlich wirkenden Augen an.

»Nein, will ich nicht, denn es war ein langer Tag und ich bin ziemlich geschafft.«

Er stand auf und reichte mir seine Hand. Ich ergriff sie und wieder gingen wir Hand in Hand zu den Aufzügen. Man merkte, dass die Feiertage näher rückten und das Hotel sich merklich füllte, denn heute waren schon deutlich mehr Leute unterwegs als gestern. David bugsierte mich zwischen den Menschen hindurch und ließ dabei meine Hand nicht los. Im Aufzug spürte ich, wie er wieder gedankenverloren mit seinem Daumen über meine Fingerknöchel strich.

Vor der Suite angekommen, ließ David meine Hand los, öffnete die Tür mit seiner Karte und gab mir den Vortritt. Ich machte ein paar Schritte ins Zimmer und drehte mich zu ihm um, um mich von ihm für die Nacht zu verabschieden, als er plötzlich die Tür zuschmiss und mit zwei großen Schritten zu mir trat. Er umfasste meine Taille und zog mich an sich, senkte den Kopf und presste leidenschaftlich seine Lippen auf meine. Automatisch öffnete ich den Mund und gewährte seiner Zunge Einlass, als mir bewusst wurde, was ich im Begriff war zu tun.

Heftig stemmte ich meine Hände gegen seine Brust und stieß ihn von mir.

»Das hatten wir doch schon. Ich habe keine Lust, wieder eine schlaflose Nacht mit Weinen zu verbringen«, stieß ich zornig und gleichzeitig erregt aus. »Du hast mich gestern abgewiesen und das hat mir wehgetan. Noch einmal lasse ich das ganz bestimmt nicht zu.«

Tränen der Wut und auch der Frustration schossen mir in die Augen, ich drehte mich um und wollte zu meinem Zimmer laufen, als ich seine Hand auf meinem Oberarm spürte. Seine Finger umklammerten meinen Arm wie Schraubstöcke. Ich zog einmal daran, kam aber nicht frei, deshalb drehte ich mich zornig um.

»Was willst du noch?«, fragte ich und konnte nicht verhindern, dass er meine tränengefüllten Augen bemerkte.

»Gia, bitte, das gestern war dumm. Ich wollte dich nicht zurückweisen und ganz bestimmt wollte ich dir nicht wehtun«, sagte er mit leiser, trauriger Stimme und in seiner Miene spiegelte sich der Schmerz.

Ich blinzelte die Tränen weg und sah ihm in die Augen. Sie waren so voller Kummer, dass ich innehielt. Warum litt er so? Was hatte er für ein Problem? Ganz automatisch trat ich zu ihm und zog ihn an mich. Versuchte, ihm Trost zu geben, ohne zu wissen, wofür. Er lehnte den Kopf an meine Schulter und umarmte mich. Fast schon verzweifelt drückte er mich so fest an sich, dass ich kaum noch frei atmen konnte. Wir standen einige Sekunden so eng umschlungen da, als ich aufstöhnte: »David, ich bekomme kaum Luft.«

Er ließ mich sofort los, nahm mein Gesicht zwischen seine Hände und küsste mich sanft. Ich öffnete diesmal bereitwillig meinen Mund und meine Zunge berührte seine. Der Kuss wurde schnell leidenschaftlicher. Unsere Zungen verstrickten sich ineinander und wohlige Schauer rieselten über meinen Rücken. Er löste seinen Mund von meinem und sah mir tief in die Augen. Ich erkannte in seinen die unausgesprochene Frage und nicke leicht, um ihm meine Zustimmung zu signalisieren. Ich wollte es. In diesem Moment wurde mir klar – ich wollte ihn von Anfang an. Die Anziehung, die dieser Mann vom Ersten Tag an auf mich ausübte, löste jetzt ein wahres Gefühlschaos in mir aus.

Hummeln flogen wild in meinem Magen umher und ich hatte die Befürchtung, dass er sich gehoben hatte und jetzt direkt hinter meiner Kehle saß, mich dadurch am Durchatmen hinderte. Meine Pulsfrequenz hatte sich deutlich erhöht.

Mit einer schwungvollen Bewegung hob er mich auf seine Arme und trug mich in sein Schlafzimmer. Als er mich langsam wieder auf die Füße sinken ließ, sah er mich direkt an. Das Funkeln seiner schönen, saphirblauen Augen, war wie ein Liebkosen ohne Berührung und weckte in mir den Wunsch nach mehr. Sein Blick hielt mich fest, war untrennbar mit meinem verbunden, als er die Hand hob und die Klammer aus meinen Haaren löste, sodass meine Haare sich offen über die Schultern ergossen. Mein Atem war abgehackt, kam in kurzen Stößen und zitternd holte ich tief Luft, um meine überschäumenden Gefühle in den Griff zu bekommen. Ohne den Blickkontakt zu lösen, ließ er beide Hände an meinen nackten Armen hinabgleiten und öffnete den Gürtel, der einfach auf den Boden rutschte. Er streifte die Jacke von meinen Schultern, und auch sie folgte unbeachtet dem Gürtel.

Er umrahmte wieder mein Gesicht mit seinen Händen, zog mich zu sich und küsste mich diesmal fordernder. Dieser Mann war Widerspruch und Wahnsinn zugleich und er wollte mich doch. Diese Erkenntnis machte mich mutiger. Ich griff an das Revers seines Sakkos und versuchte es, abzustreifen. Er rollte mit den Schultern und half mir dabei. Forsch griff ich nach den Knöpfen seines Hemdes. Da ließ er plötzlich von meinen Lippen ab und sah mich wieder mit diesem stummen Fragezeichen im Blick an. Seine Augen waren dunkler wie sonst und deutliches Verlangen konnte man darin erkennen. Das verursachte ein warmes Kribbeln auf meiner Haut. Wieder nickte ich und daraufhin griff er an den Saum meines Shirts und ich hob unterstützend die Arme. Mit einem sanften Ruck zog er es mir über den Kopf. Als er sich runter beugte, mich hinter dem Ohr küsste und leicht zu saugen begann, richteten sich sämtliche Härchen auf meiner Haut auf.

Eine Hand auf meinem nackten Rücken, die andere in meinen Haaren vergraben, hielt er mich fest an sich gedrückt und seine Lippen wanderten küssend über die weiche Haut meines Halses bis zur Wölbung meines Busens. Seine Hände griffen tastend nach meinen Brüsten und er fing an, sie sanft durch den dünnen Spitzenstoff meines BHs zu kneten an. Sofort reagierte ich: Meine Brustwarzen schwollen an und verhärteten sich – drückten von innen gegen seine warmen Hände.

Er zog am Körbchen und entblößte eine meiner Brüste, denn ich spürte die kühle Luft der Klimaanlage auf meiner Haut. Doch die Kühle konnte die Hitze, die aus meinem Inneren an die Oberfläche stieg, nicht lindern. Ich krallte mich in seinen Haaren fest und legte den Kopf in den Nacken – streckte mich ihm entgegen.

Ströme von Lust durchfuhren mich. Meine Knospen waren plötzlich so empfindlich, dass sein Saugen daran, mich erzittern ließ. Ein leises Stöhnen entfuhr meiner Kehle und er erwiderte es mit einem tiefen Grollen, ohne mit dem Saugen und Küssen aufzuhören. Sein wunderbarer Duft umhüllte mich und in meinem Kopf drehte sich plötzlich alles, dabei klopfte mein Herz so wild, dass ich befürchte, es würde jeden Augenblick aus meiner Brust hüpfen.

»Du bist perfekt, einfach perfekt«, hörte ich ihn gegen meine Brust flüstern.

Seine Worte ließen mich lustvoll aufseufzen. Mein Körper sehnte sich nach ihm. Er schien genauso zu empfinden, denn plötzlich ließ er von mir ab und begann hastig abwechselnd mich und sich von den Kleidern zu befreien. Unsere Hände trafen sich, als wir es nicht erwarten konnten, endlich Haut auf Haut zu spüren. Ich fummelte an seinem Hemd, er öffnete meine Hose, ich griff nach seinem Gürtel und zerrte daran. Er kam mir mit dem Gürtel zur Hilfe und ich hakte meinen BH auf, er streifte den BH von meinen Armen und ich zog sein Hemd runter, er versuchte, meine Hose abzustreifen und ich seine. Während der ganzen Prozedur küssten wir uns gegenseitig, wo die Lippen einen Hautfetzen erreichten.

Dann standen wir uns beide fast nackt gegenüber. Seine Brust war mit einem leichten Flaum von dunklen Härchen bedeckt, ich beugte mich runter, um diesen weichen Flaum zu küssen, und strich zart mit den Fingerspitzen darüber. Seine Brust war kräftig, sein Bauch flach und er wirkte fast schon ein wenig mager, dabei doch muskulös und sehnig. Seine Haut war ganz weich und dieser betörende Duft, der ihm anhaftete, raubte mir die Sinne.

Er drückte sanft gegen meine Brust, und ich ließ mich rückwärts auf das Bett gleiten, dann streifte er seine Schuhe ab und stieg aus der Hose. Ich schaute ihm fasziniert dabei zu. Er sah gut aus, kraftvoll und männlich. Seine Hüften, die immer noch in der Boxer steckten, waren schmal und seine Oberschenkel muskulös und mit dunklen Härchen überzogen.

Er packte meine Hände, verschränkte seine Finger mit meinen und hob sie über meinen Kopf, dabei kniete er über mir und küsste mich zärtlich auf den Mund. Diese Sanftmut und seine Hingabe ließen mein aufgewühltes Inneres ein wenig ruhiger werden und ich erwiderte zart seinen Kuss. Er löste sich von meinem Mund und streifte mit seinen Lippen über meinen Hals und mein Dekolleté zu meinen Brüsten. Er pustete kurz abwechselnd auf die eine dann auf die andere Brust, und als sie sich zusammenzogen, fing er an, daran zu saugen und mit den Lippen daran zu ziehen. Ich bäumte mich auf, weil sein Tun unbeschreibliche Gefühle in mir auslöste.

»Du bist so verdammt schön«, hörte ich ihn murmeln und

seine Stimme vibrierte auf meiner Brust. Die Vibration bahnte sich den Weg in meinen Magen und endete letztendlich als Pochen zwischen meinen Schenkeln.

Plötzlich ließ er von mir ab, rutschte nach unten und kniete sich zu meinen Füßen, die noch immer vom Bett hingen. Er öffnete nacheinander meine Riemchensandalen und zog sie mir von den Füßen, dann streifte er auch die noch um meinen Fesseln geraffte Hose ab. Er schmiss die Sachen einfach zu den anderen auf den Boden, nahm dann einen meiner Füße in seine Hand, hob ihn an und völlig unerwartet liebkoste er mit seinen Lippen meinen Fußrücken. Er saugte und leckte daran. Ich schaute zu, wie er dabei meine Zehen massierte. Wie schön und unsagbar erotisch.

Als er genug von meinem Fuß und den Zehen hatte, wanderte sein Mund küssend an der Innenseite meines Beins hinauf. Als er am Innenschenkel angekommen war, fühlte ich die Küsse in meinem Unterleib widerhallen. Die gleiche Prozedur wiederholte er an meinem anderen Bein. Er gab mir das Gefühl tatsächlich begehrenswert und etwas Besonderes zu sein.

Plötzlich hauchte er heißen Atem gegen mein Höschen. Ich schnappte nach Luft und stöhnte leise auf. Er griff zum Bündchen meines Slips und zog in runter, schmiss ihn hinter sich und richtete sich zur vollen Größe auf.

Ich lag total aufgewühlt und ganz nackt auf dem Bett, sah wie ein hypnotisiertes Schaf auf die Schlange, empfand dabei keine Scham, nur unsagbare Lust. Er stand mit zerzausten Haaren vor mir und verschlang mich mit seinen Augen, in den sich die Bewunderung und Erregung widerspiegelte. Ich ließ meinen Blick an seinem Körper hinabwandern, sah breite Schultern, die mäßige Behaarung seiner Brust sowie eine ausgeprägte Brustmuskulatur, den flachen Bauch und die schmalen Hüften. Sein Körper war sehnig, formvollendet und schön. Dann wanderte mein Blick zu seiner dunklen Boxershorts und der beachtlichen Wölbung in der Mitte.

Er zog die Shorts runter, stieg raus und legte sich zu mir aufs Bett. Da er höher als ich zu liegen kam, griff er mit einer Hand unter meine Schulter, drehte mich leicht und zog mich mit einem Ruck auf sich drauf. Er strich mir die Haare aus dem Gesicht und küsste mich immer fordernder. Plötzlich drehte er sich, sodass ich unter ihm lag, und küsste mich überall – im Gesicht, am Hals, am Dekolleté und wieder schlossen sich seine Lippen um eine meiner aufgerichteten Brustwarzen.

Während er mit den Lippen daran zog und saugte, zwirbelte er die andere zwischen seinen Fingern. Ich umfing ihn mit meinen Armen und als heiße Schauer durch meinen Körper fuhren, krallte ich meine Fingernägel in seinen Rücken. Er zog scharf die Luft ein und ein zufriedenes, tiefes Knurren entfuhr seiner Kehle. Es schien ihm zu gefallen. Er griff mit einer Hand um meine Taille und rückte mich noch ein wenig höher, dann glitt er mit seinen Lippen über meinen Bauch und fuhr mit seiner Zunge in meinen Bauchnabel.

Ich konnte in diesem Augenblick ein lautes Stöhnen nicht unterdrücken und krallte meine Finger in das Laken. Er fuhr mit einer Hand streichelnd von meiner Brust, über meinen Bauch bis zu meiner Scham hinunter. Die Spur, die seine Hand hinterließ, fühlte sich warm an und die Haut prickelte, ich bäumte mich auf und griff mit beiden Händen in seine Haare. Er drang mit einem Finger in mich ein und mit dem Daumen drückte er kreisend gegen die Perle in der Mitte. Ich atmete abgehackt und heftig, wand mich, wollte mehr. Meine Säfte flossen, ich war bereit, ich wollte ihn spüren. Jetzt!

»David ...«

Er rutschte noch tiefer, hauchte einen Kuss auf mein Lustzentrum und fing an, es mit seiner Zunge zu umkreisen. Die Gefühle, die er dadurch auslöste, brachten mich an den Rand des Wahnsinns. Wellen aus Lava überfluteten mein Inneres, ließen es brennen und pulsieren, nach mehr verlangen. Keuchend und stöhnend wölbte ich ihm mein Becken entgegen. Ich wollte, dass er das Feuer löschte, mich erlöste. Ich wollte ihn in mir spüren – zog an seinen Haaren.

»Bitte, David«, stöhnte ich heiser.

Er ließ von mir ab. »Oh Babe, ich komme«, antwortete er leise mit rauer Stimme. Mir ist regelrecht schwindelig vor Erregung und Verlangen. Er schob sich langsam neben mich, küsste mich wieder auf den Hals und knabberte an meinem Ohr. Ich packte ihn an den Armen und wollte ihn auf mich ziehen, als er ganz leise an meinem Ohr flüsterte: »Nimmst du die Pille?«

Es dauerte einige Sekundenbruchteile bis mein Gehirn realisierte, was er gefragt hatte und es dauerte noch mal ein paar Sekunden, bis mir klar wurde, was ich im Begriff war zu tun. Was sollte ich ihm antworten? Nein, ich brauche keine Pille, alles kein Problem, ich bin unfruchtbar? Ich hielt inne und die Erregung, die noch vor einer Sekunde meinen Körper erfüllt hatte, löste sich schlagartig in Nichts auf und alles in mir versteifte sich.

Ich war noch immer mit Alexander verheiratet und betrog gerade meinen Mann mit einem anderen. Vielleicht hatte Alexander recht gehabt – ich war doch so schlecht, wie er mir vorgeworfen hatte. Ich lag hier im Bett eines anderen, war nackt und bettelte, dass dieser andere Mann mich liebte, doch ich war nicht frei.

Was würde David dazu sagen? Er dachte bestimmt, dass ich ungebunden war, doch das stimmte nicht.

Als ich endlich klar denken konnte und mir das Ausmaß meines Handelns bewusst wurde, stieß ich David von mir und machte Anstalten, vom Bett zu kommen. Als er erkannte, dass etwas nicht so lief, wie vorgesehen, packte er meinen Oberarm und hielt mich fest.

»Was ist los? Wenn du die Pille nicht nimmst, ist das kein Problem. Ich habe vorhin vorsichtshalber Kondome besorgt.« Sein Atem ging immer noch beschleunigt und seine Stimme klang rau und heiser.

»David, bitte lass meinen Arm los«, brachte ich irgendwie heraus.

»Babe, ich weiß, dass du mich genauso willst, wie ich dich. Was ist los? Sprich mit mir.«

»Ich kann nicht! Bitte lass meinen Arm los«, meine Stimme klang hysterisch und ich versuchte, meinen Arm aus seinem Griff zu befreien.

»Ist es wegen gestern?«, fragte er leise.

»Nein, aber ich kann nicht. Bitte lass meinen Arm los. Bitte«, flehte ich jetzt weinerlich.

Da gab er auf und ließ mich widerstandslos gehen. Ich packte hastig meine Sachen und verließ fluchtartig das Zimmer. In meinem Schlafzimmer angekommen, warf ich mich schon wieder aufs Bett und weinte die halbe Nacht. Was hatte ich getan? Wie konnte ich nur vergessen, dass ich noch immer verheiratet war?

10

Irgendwann, als meine Tränen versiegt und die Spuren auf meinem Gesicht getrocknet waren, fiel ich in einen unruhigen Schlaf. Am nächsten Morgen wachte ich in einem völlig desolaten Zustand auf. Der Schlafmangel der letzten Tage bescherte mir blutunterlaufen, aufgedunsene Augen und einen grauen Taint, der zusätzlich noch hässliche rote Flecken aufwies. Mein Kopf drohte zu platzen und ich verspürte leiche Überlkeit. Fast schien es, als ob ich mehrere Nächte mit recht viel Alkohol durchgefeiert hätte.

Doch eines wurde mir nach all der Heulerei und Grübelei klar: Ich hatte mich verliebt.

Ich dachte früher, ich würde Alexander lieben, doch ich hatte erkannt, dass meine Gefühle für ihn eher einer Jungmädchen-Schwärmerei glichen. Diese Schwärmerei hatte sich im Laufe der Zeit nicht verändert und war nicht gewachsen. Wir hatten nichts gemeinsam und harmonierten auch im Schlafzimmer nicht wirklich. Er hatte mich bereits beim ersten Stolperstein alleingelassen und hatte es hingenommen, dass wir uns immer weiter voneinander entfernten. Er hatte nie wirklich um mich gekämpft und er hatte mir nicht vertraut. Ihm war es auch nicht wichtig, ob ich sexuell auf meine Kosten kam, sonst hätte er bemerkt, dass ich ihm nur etwas vorspielte. Fast war ich sicher, dass er es gewusst hatte, denn wie ließ sich sonst sein verändertes Verhalten an diesem letzten Abend erklären. Da hatte er gewusst, wie auch ich Befriedigung erreichen konnte.

Er war so ein schöner Mann, wie die erlesene Sammeltasse aus feinstem Porzellan oder ein schönes Gemälde. Diese Sachen sah man sich gerne an und hatte sie ebenso gerne um sich, doch irgendwann ging man an dem Schrank, in dem die Porzellantasse einen Ehrenplatz hatte, oder der Wand, an der das Gemälde hing, einfach vorbei und man bemerkte sie gar nicht mehr. So war es mit Alexander und mir. Wir gingen aneinander vorbei, ohne uns wirklich zu bemerken und ich hatte ihn einfach vergessen, sobald er nicht mehr in meiner Nähe war. Deshalb konnten wir auch so lange nebeneinander leben und achtlos aneinander vorbeigehen.

Ich war enttäuscht und traurig, dass ich ihm und auch mir selbst den Kinderwunsch nicht erfüllen konnte und er hatte nicht einmal versucht, auf mich einzugehen. Wenn ich ihn wirklich geliebt hätte, hätte ich ihn nicht für zwei Jahre aus meinem Leben ausschließen und dann einfach vergessen können. Wenn er mich jemals geliebt hätte, hätte er diese lange Zeit des nebeneinander Lebens niemals hinnehmen können. Alexander ist mir während der ganzen Zeit unserer Ehe fremd geblieben, genauso wie ich ihm. Wir hatten nicht einmal versucht, uns gegenseitig kennenzulernen.

David war keine Porzellantasse und kein Gemälde. Er war der Fels, an den man sich anlehnen wollte, der einem Standfestigkeit bot. Die helfende Hand in der Not, er war der Mann, dem man vertrauen konnte. Er war auch ein Mann, der kämpfen konnte, wenn es ihm wichtig erschien. Er ging auf die Menschen zu, die ihm wichtig waren und er setzte sich für sie ein. Er hatte kein Problem damit, sich selbst für die gesteckten Ziele zurückzustellen.

Deshalb respektierten und bewunderten ihn die Menschen, mit denen er zu tun hatte. Deshalb hatte er meinen Respekt und meine Bewunderung. Und er weckte Gefühle in mir, die ich bisher nicht gekannt hatte. Ich sehnte mich nach seiner Zärtlichkeit, sogar seinen unabsichtlichen Berührungen. Auch die Wut, die er manchmal in mir entfachte, war intensiver als alles bisher Erlebte. Deshalb hatte ich mich in ihn verliebt. Ja, ich war in ihn verliebt, vermutlich vom ersten Tag an, als er in seinem Büro auf mich zuging. Er war der Mann, den ich gerne ergründen und täglich neu entdecken würde. Ich wollte die intensiven Gefühle und das Feuer, das er in mir entfachen konnte nicht missen. Vielleicht machte ich mir etwas vor und es existierte nur eine außergewöhnliche physische Anziehung zwischen uns, doch das würde die Zeit zeigen. Und ich wollte es. Ich wollte mich auf ihn einlassen und herausfinden, ob noch mehr zwischen uns möglich war.

Ich hatte vergangene Nacht richtig gehandelt, denn es wäre

ein Fehler gewesen, David zu hintergehen. Es war egal, dass ich Alexander nie richtig geliebt hatte, ich war immer noch mit ihm verheiratet. Es käme einem Verrat gleich, David unwissentlich zum Beteiligten eines Betruges werden zu lassen. Doch er war mir jetzt schon wichtig, ich wollte ihn nicht enttäuschen.

Ich nahm eine Dusche und versuchte hinterher mein geschwollenes und fleckiges Gesicht durch viel Make-up, ein wenig ansehnlicher erscheinen zu lassen. Zog mich an, ging in den Salon rüber und fand es verlassen vor. Auf dem Tisch fand ich eine Nachricht.

Gia,
ich musste weg und den Termin mit Robert wahrnehmen. Danach muss ich noch unbedingt zum Messestand und dort einige unaufschiebbare Dinge mit dem Messeausstatter und den Arbeitern klären.
  Schlafe aus und bleibe heute im Hotel. Kaffee und Hörnchen stehen auf dem Tisch. Ich komme gegen fünf zurück. Wir müssen reden.
  David

Erleichterung darüber, dass er nicht da war und ich noch einen Aufschub bekommen hatte, ließ mich aufatmen. Doch sofort danach stieg Angst in mir auf. Er wollte mit mir reden, doch was sollte ich ihm sagen? Welche Erklärung konnte ich ihm für mein gestriges Verhalten geben?
  Den ganzen Vormittag quälte ich mich herum. Was sollte ich tun? Was war richtig? Sollte ich ihm alles erzählen, oder sollte ich gar nichts sagen? Ich sehnte mich nach ihm und seiner Leidenschaft, doch ich konnte keinen Ehebruch begehen, das wäre ein unverzeihlicher Fehler, den ich im Gegenzug auch nicht akzeptieren könnte.
  Kurz nach Mittag beschloss ich, Marty um Rat zu fragen. In Rochester war es erst sieben Uhr morgens, sie war vermutlich noch zu Hause und würde bestimmt wissen, wie ich mich verhalten sollte. Im schlimmsten Fall würde sie mir Trost spenden können.
  Marty freute sich ungemein, als sie meine Stimme hörte und nach kurzer Begrüßung platzte ich mit meinem Dilemma heraus. Ich erklärte ihr, was gestern Nacht vorgefallen war und bat sie:

»Marty, bitte hilf mir, eine Entscheidung zu treffen. Ich bin völlig durcheinander und habe keine Ahnung, was ich jetzt tun soll?«
»Magst du David?«
»Ja.«
»Was gibt es dann noch zu überlegen? Ihr seid zwei Erwachsene, die sich zueinander hingezogen fühlen. Und so wie ich das sehe, liebst du deinen Noch-Ehemann nicht mehr. Es ist nur eine Frage der Zeit, bis du von ihm auch rechtlich getrennt sein wirst. Emotional hast du die Trennung schon vor vier Monaten vollzogen, als du dich entschlossen hast, hier in Amerika zu bleiben. Du bist frei Gia, du musst dich nicht schuldig fühlen. Außerdem hat dich dein Ehemann geschlagen und aus dem Haus geworfen. Damit hat er gezeigt, dass er dich freigibt. Genieße die Zeit ohne Gewissensbisse.«
»Aber was soll ich David sagen?«
»Die Wahrheit, denn eine Lüge würde einen sehr langen Schatten auf eure Beziehung werfen, und man sollte keine Verbindung mit einer Lüge beginnen. Das wäre kein guter Anfang. Und so wie ich dich kenne, und inzwischen kenne ich dich recht gut, würdest du mit einer Lüge nicht leben können. Die Schuldgefühle würden dich auffressen.«
»Ich soll ihm von meinen Träumen erzählen?«, fragte ich panisch.
»Du musst nicht jede Einzelheit erwähnen, dafür braucht es Zeit. Irgendwann wirst du soweit sein, dass du ihm von dir aus alles wirst erzählen wollen, irgendwann wirst du selbst wollen, dass er über alles bescheid weiß. Doch dafür muss eure Beziehung wachsen. Genieße die Zeit und lass das Glück nicht an dir vorbeigehen. Nutze die Gelegenheit Gia. Du verdienst es, glücklich zu sein.«
»Danke Marty.«
Wir plauderten noch ein wenig. John würde morgen aus Denver kommen und sie war schon ganz aufgeregt. Ich freute mich, dass sie die Feiertage mit einem geliebten Menschen verbringen konnte. Dann verabschiedeten wir uns voneinander.

Das Gespräch mit Marty hatte mir geholfen. Jetzt wusste ich, was zu tun war. Ich würde alles auf eine Karte setzen und für mein Glück kämpfen.

Den Nachmittag verbrachte ich mit Vorbereitungen. Zunächst führte ich einige Telefonate und dann nahm ich ein langes, entspannendes Bad. Nach dem Bad zog ich mich an und ging runter in den hoteleigenen Kosmetiksalon, wo auch der Hotelfriseur, den ich bestellt hatte, schon auf mich wartete. Ich ließ mir die Haare machen und nahm von Maniküre bis Enthaarung alles in Anspruch, was der Kosmetiksalon zu bieten hatte. Sobald ich dort fertig war, besuchte ich die Edelboutique neben der Lobby und kaufte ein bordeauxrotes, wadenlanges Etuikleid mit schwarzem Gürtel. Dazu wählte ich passende, schwindelerregend hohe, schwarze Pumps.

Als ich aufs Zimmer zurückkehrte, sah ich, dass der Tisch bereits vom Hotelpersonal festlich für zwei gedeckt wurde und frische Blumen im Zimmer verteilt waren. Ich zog schwarze Unterwäsche aus feinster Spitze, halterlose Strümpfe und das neue Kleid an. Dann schlüpfte ich in die neuen Schuhe. Weit würde ich mit diesen Plateaus und Pfennigabsätzen nicht laufen können, denn sie waren 14 cm hoch und ich war im Stelzenlaufen nicht geübt. Doch das würde heute auch nicht nötig sein. Ich hatte vor, nur in den Salon hinüberzugehen und später eventuell zurück ins Schlafzimmer. Als ich fertig war, prüfte ich den Gesamteindruck im Ganzkörperspiegel.

Wow, der Kosmetiksalon hatte wirklich gute Arbeit geleistet. Von den geschwollenen Lidern und den blutunterlaufenen Augen war nichts mehr zu sehen und das Make-up war dezent und doch raffiniert. Meine Haare, die vom vielen Bürsten glänzten und in großen Locken über eine Schulter drapiert waren, fielen bis unter die Brust. Auf der anderen Seite waren sie mit einer edlen Haarspange hochgesteckt. Das Kleid saß perfekt und die Farbe bildete einen interessanten Kontrast zu meinen blonden Haaren und der hellen Haut. Ich war mit dem Gesamteindruck zufrieden – der Abend konnte beginnen.

Ich ging, nein, ich stolzierte auf den hohen Absätzen rüber in den Salon, als es an der Tür klopfte. Es war der Oberkellner des französischen Nobelrestaurants, der heute Abend persönlich unser Essen servieren würde. Er schob einen Getränkewagen, auf dem der Champagner in einem Sektkühler bereitstand. Der Abend würde mich ein Heidengeld kosten, aber ich wollte, dass alles perfekt war. Es war fast fünf Uhr und von mir aus konnte es losgehen. Ich nahm auf dem Sofa gegenüber der Tür Platz und verschränkte meine Hände im Schoß. Jetzt war ich doch etwas nervös.

Nach ungefähr fünf Minuten hörte ich, wie die Karte durch den Kartenleser gezogen wurde. Ich hoffte, dass meine Nervosität nicht zu offensichtlich war, gab dem Oberkellner durch ein kurzes Nicken Bescheid, dass er den Champagner öffnen und das Essen bestellen konnte. Dann kam David durch die Tür.

Als er die Tür geöffnet hatte, sah er auf, und blieb verblüfft an der Schwelle stehen. Ich suchte seinen Blick und dann knallte der Champagnerkorken. David zuckte erschreckt zusammen und bemerkte erst jetzt den Kellner. Er wandte den Blick vom Kellner ab und wieder mir zu. Den Blickkontakt haltend stand ich, hoffentlich grazil, vom Sofa auf und ging auf ihn zu. Seine Augen wurden größer und er musterte mich mit vor Überraschung leicht geöffnetem Mund von oben bis unten.

Als ich ihn erreichte, hatte er sich einigermaßen wieder im Griff und machte den Mund auf, um etwas zu sagen. Schnell legte ich meinen frisch manikürten Finger auf seine Lippen, um ihn am Reden zu hindern. Im Hintergrund ertönte leise mein Lieblingslied von Elisa, ich nahm seine Hand und drückte mit der anderen gegen die Tür. Er sah mich immer noch ungläubig von der Seite an, unternahm jedoch keinen Versuch, mich an meinem Tun zu hindern.

Ich streifte ihm das Jackett von den Schultern und führte ihn zum Tisch. Ich rückte ihm den Stuhl zurecht und wartete, bis er Platz genommen hatte, dann setzte ich mich ihm gegenüber. Der Kellner schenkte französischen Champagner in die Kristallflöten ein und ging raus. Das Licht im Zimmer war stark gedimmt und der Kerzenschein des Kandelabers auf dem Tisch ließ unsere Augen glitzern, als sich unsere Blicke trafen. Ich erhob mein Glas und prostete ihm zu. Er erwiderte die Geste und nachdem wir einen Schluck genommen hatten, setzte er das Glas ab und sah mir mit leicht geneigtem Kopf fragend in die Augen.

»Was ...«

Ich hob die Hand und er verstummte.

»Ich habe dir einiges zu erklären. Doch bitte lass uns nach dem Essen darüber reden.«

Ich war nervös, sehr nervös und doch auch gespannt. Bis jetzt lief alles nach Plan. Aber wie würde es weitergehen? Würde ich ihn überzeugen können?

Da kam auch schon der Kellner mit dem von mir bestellten Essen zurück. Als Vorspeise bekamen wir Jakobsmuscheln mit Melone auf Römersalat. Wir aßen schweigsam und die Stimmung schien ekstatisch. Wir sahen uns über den Tisch immer wieder tief in die Augen und in seinen konnte ich Begierde, Leidenschaft, Neugier und Ungeduld erkennen. Dann wurde uns das Hauptgericht gebracht – Lammkarree mit Topinambur und Spargel, dazu tranken wir einen Château Clinet.

Vor lauter Anspannung hatte ich gar keinen Hunger, doch ich zwang mich, einige Bissen in den Mund zu schieben. David sah furchtbar aus, hatte rot unterlaufene Augen. Wie es schien, hatte er heute Nacht wieder wenig oder gar nicht geschlafen. Sein ein wenig zu langes Haar stand zerzaust vom Kopf ab, so, als ob er sich immer wieder mit den Händen reingegriffen hätte. Er trug heute wie üblich ein weißes, oben offenes, tailliertes Hemd und ausgebleichte Jeans mit Löchern. Diese Jeans trug er bei unserem ersten Zusammentreffen, erinnerte ich mich. Er hatte sich heute noch nicht rasiert und kurze Bartstoppeln umrahmen seine untere Gesichtshälfte. Es tat weh, ihn so müde und aufgewühlt zu sehen.

Nachdem der Kellner endlich die Teller abgeräumt und die schokolierten Erdbeeren serviert hatte, verließ er das Zimmer und nahm den Servierwagen mit. David griff eine Erdbeere aus der Schale und biss ganz langsam und fast schon lasziv hinein. Dabei beobachtete er mich mit leicht geneigtem Kopf durch die dunklen Wimpern. Er hob eine Braue leicht an, als ob er mir signalisieren wollte: Los jetzt, ich warte.

Ich überlegte, wo ich anfangen sollte. Ich hätte mir vorher etwas zurechtlegen sollen.

»Ich nehme nicht die Pille.«

Verdammt, wie konnte ich nur so unüberlegt anfangen? Davids Augen weiteten sich vor Überraschung und seine Hand mit der Erdbeere verharrte auf halbem Weg zum Mund. Das hatte er nicht erwartet. Sein Mund, in den er die Erdbeere schieben wollte, stand noch immer halb offen und seine Miene drückte Erstaunen und Neugier aus.

Ich räusperte mich und versuchte es noch einmal: »Als du mich gestern Nacht gefragt hast, ob ich die Pille nehme, habe ich einen regelrechten Schock erlitten. Es tut mir leid, ich wollte dich nicht vor den Kopf stoßen, doch deine Frage hat mich an etwas erinnert, dass ich erfolgreich verdrängt hatte«, versuchte ich zu erklären. »Also, ich nehme nicht die Pille, denn das brauche ich nicht. Nach einer Fehlgeburt vor zwei Jahren haben mir die Ärzte erklärt, dass ich nicht mehr schwanger werden kann, deshalb benötige ich keine Verhütungsmittel.«

David starrte mich an und plötzlich sah ich Mitleid aufblitzen. Er ließ die Erdbeere auf den Teller fallen und wollte sich erheben, doch ich hob wieder abwehrend die Hand und er blieb, wo er war.

»Ich bin noch nicht fertig. Da gibt es noch etwas«, sagte ich und sah ihn an. Das Mitleid machte einem lauernden Ausdruck Platz, als ob er sich auf etwas Schlimmes gefasst machte. Er runzelte die Stirn und kniff konzentriert die Augen zusammen. »Ich bin verheiratet und mein Mann lebt in Deutschland. Nachdem ich ihn im August verlassen habe, bin ich hierher geflogen und war, wie du weißt, hiergeblieben.« David sah mich weiterhin mit diesem lauernden Ausdruck an, doch er schwieg. Er wartete.

»Ich will dich. Doch du hattest ein Recht darauf, alles zu erfahren, bevor etwas passiert, das du eventuell danach gar nicht mehr willst.«

Es war raus!

Davids Miene wechselte von lauernd zu überrascht zu nachdenklich. Was würde er tun? Er sah mich sekundenlang an, dann verschloss sich seine Miene und wurde ausdruckslos. Er senkte den Blick und betrachtete die Erdbeere auf seinem Teller. Es schien, als ob er Zeit benötigte, das Gesagte zu verarbeiten. Ich wartete. Beim Warten überkamen mich plötzlich Zweifel. Wie würde er sich entscheiden? Hatte ich das Richtige getan?

Nach endlos scheinender Zeit hob er den Kopf, sah mir eindringlich in die Augen und fragte: »Du willst mich?«

»Ja«, antwortete ich leise. Ich hatte plötzlich Angst.
»Du liebst deinen Mann nicht mehr?«
»Eigentlich habe ich ihn nie geliebt.«
»Warum hast du ihn dann geheiratet?«
»Weil ich jung war und weil ich dachte, ich würde ihn durchaus lieben.«
»Besteht die Möglichkeit, dass du zu deinem Mann zurückgehst?«
»Nein«, antwortete ich mit Bestimmtheit. »Sobald wir nach Rochester zurückkehren, werde ich die Scheidung beantragen.«
»Weil du in mich verliebt bist?«
»Nein, ich will mich scheiden lassen, weil ich meinen Mann nicht liebe und weil ich ihn niemals werde lieben können. Egal, wie die Sache zwischen uns ausgeht, an meiner Entscheidung wird das nichts ändern. Ich werde mich auf jeden Fall endgültig von ihm trennen. Das hat nichts mit dir zu tun.«

Wieder senkte er den Blick auf seinen Teller und wieder wartete ich. Es erschien mir endlos lange. Was überlegte er? Hatte ich mich getäuscht? Dann hob er endlich den Kopf und sah mich wieder aufmerksam an. »Hast du dich für mich so zurechtgemacht?«

»Eigentlich ja.«

»Warum?« Einer seiner Mundwinkel zuckte kurz auf.

»Erst vor Kurzem hat mir jemand erklärt, dass man für seine Ziele kämpfen muss, auch wenn das bedeutet, dass man alles auf eine Karte setzen muss. Also habe ich diese Worte beherzigt und hier bin ich.«

Nun verzog er doch noch die Lippen und grinste selbstgefällig. »Ich habe das gesagt«, stellte er fest.

»Richtig.«

Plötzlich sprang er auf, sodass sein Stuhl nach hinten kippte, machte einen langen Schritt auf mich zu, packte meinen Oberarm und zog mich zu sich hoch. Die andere Hand legte er unter mein Kinn und hob mit einem Finger meinen Kopf an, dann küsste er mich wild und hart. Ein Hochgefühl, nicht des Triumphs, sondern des Glücks und der Erleichterung erfasste mich. Endlich!

Ich erwiderte den Kuss ungezügelt und legte all meine Leidenschaft und mein Verlangen, für ihn hinein. Ich spürte seine Zunge, die nach Erdbeeren und Schokolade schmeckte, in meinem Mund. Es war einfach köstlich.

»Mmmmmmmhm«, kam aus meinem Mund.

Das hatte ich mir gewünscht: Seine Zunge, die sich mit meiner einen köstlichen Tanz in unseren Mündern lieferte. Die Bartstoppeln, die auf meinen Lippen Kratzspuren hinterließen, seine Hände, die mich ungestüm an seine Brust drückten und die Intensität des Kusses entfachten ein Feuer in meinem Inneren. Mir war plötzlich zu warm und mein Puls raste. Mein Herz klopfte wie wild gegen die Rippen und mein Körper erbebte.

Als er den Kuss unterbrach, atmeten wir beide heftig.

»Babe, du schmeckst köstlich.« Er sprach aus, was ich dachte und wieder benutzte er diesen Kosenamen. So hatte er mich schon gestern Nacht genannt. Der Name gefiel mir, ich fand ihn süß. Er strich über meinen Rücken, drückte mich weiterhin fest an sich und sein Gesicht war in meinen Haaren vergraben.

»Und du nach Erdbeeren und Schokolade«, flüsterte ich durch die Küsschen an seinem Hals, meine Hände lagen auf seinen Hüften.

Er öffnete langsam den Reißverschluss meines Kleides, bis ihn der Gürtel in der Taille stoppte. Dann legte er die Hände auf meinen nun nackten Rücken und krallte die Finger in meine bloße Haut. Wie, um sich zu versichern, dass ich tatsächlich real war. Er schnupperte an meinen Haaren, küsste mein Ohr und als er anfing, daran zu knabbern, empfand ich die gleichen unglaublichen Gefühle, wie schon gestern Nacht. Ich schien dort besonders empfindsam zu sein, denn Wellen des Wohlbehagens durchströmten mich und ich legte meinen Kopf in den Nacken. Entblößte so meinen Hals.

Als er freien Zugang hatte, verteilte er zärtliche, sanfte Küsse auf die empfindliche Stelle. Meine Nackenhaare stellten sich auf und nicht zu beschreibende Empfindungen fuhren mir bis in die Kniekehlen, die nun weich wurden und ich mühe hatte, aufrecht stehen zu bleiben. Seine Hände griffen nach dem Ausschnitt des Kleides und zogen es über die Schultern bis zur Taille runter. Dann beugt er den Kopf und küsste den Ansatz meines Busens.

Meine Hände wurden durch das Kleid in meiner Taille festgehalten, während er seine warmen Hände auf meine Brüste legte und sie dezent zu kneten begann. Es war mehr ein zärtliches Wiegen, als Kneten und es gefiel mir. Er schob die Körbchen nach unten und zog die Brustwaren, die nun aufgerichtet waren abwechselnd in seinen Mund. Seine Zunge umkreiste die Warzenhöfe und ganz behutsam nahm er eine der Knospen zwischen die Zähne. Glühende Blitze schossen durch meinen Körper und ein Prickeln zwischen meinen Schenkeln machte sich bemerkbar.

»Weißt du, wie schön du bist?«, fragte er, nachdem er sich aufgerichtet hatte. Er hatte leicht die Knie gebeugt, damit er auf gleicher Augenhöhe war und sah mir tief in die Augen. Seine dunkelblauen Augen glitzerten, oder war das nur der Kerzenschein, der sich darin spiegelte? Er sah mich so durchdringend an, dass ich das Gefühl hatte, er wollte mich mit seinen Blicken regelrecht durchbohren.

Dann trat er zurück, hob die Spitze meines Büstenhalters wieder über den Busen und mein Kleid wieder von der Taille über die Schultern.

Das Gefühl unsäglicher Enttäuschung und auch Angst ließen mich schlagartig erstarren. Sein Blick, der wieder den meinen suchte, war erfüllt von Zuneigung und unterschwelliger Bitte um Vergebung.

»So ungern ich jetzt aufhöre, doch ich muss unbedingt erst duschen. Tut mir leid Babe, aber ich habe heute Blut und Wasser geschwitzt, weil ich nicht wusste, was gestern Nacht mit dir los war. Bitte bleib da, rühr dich nicht vom Fleck. Ich brauche nur fünf Minuten.«

»Okay«, konnte ich nur flüstern.

»Du kannst währenddessen diese Sünde von Kleid auszuziehen, behalte aber die Schuhe an«, grinste er mir entgegen.

»Okay«, wiederhole ich und lächelte ihn an. Ein Seufzer der Erleichterung bahnte sich einen Weg aus meiner Kehle.

Dann wendete er sich mit einem widerwilligen Ruck ab, so als ob es sich regelrecht dazu zwingen musste und schritt mit großen Schritten zu seinem Zimmer.

Er hatte Blut und Wasser geschwitzt, weil er nicht wusste, was mit mir los war? Plötzlich wurde mir bewusst, was das bedeutete: Ihm lag etwas an mir. Glücksgefühle strömen durch mich und ein warmes Gefühl der vollkommenen Zufriedenheit breitete sich in meiner Brust aus.

Mit einem breiten Grinsen im Gesicht, zog ich hastig Gürtel und Kleid aus und warf sie einfach über die Sofalehne. Dann packte ich die Schale mit den Erdbeeren und ging in sein Schlafzimmer.

Der Weg zum Bad war gepflastert mit Kleidungsstücken. So wie es aussah, hatte er sich auf dem Weg zum Badezimmer die Sachen vom Körper gerissen und sie einfach unterwegs auf den Boden fallen lassen. Ich musste schmunzeln. Er hatte es offenbar eilig.

Ich legte die Schale mit den Erdbeeren auf den Nachttisch, deckte das Bett auf und legte mich in Pumps, Strümpfen und der Spitzenunterwäsche darauf.

Es dauerte nur drei Minuten, bis David mit einem Handtuch um die Hüften aus dem Bad kam. Seine Haare waren noch feucht und er blieb mit leicht geöffnetem Mund im Türrahmen stehen, als er mich auf dem Bett entdeckte. Hunger und Bewunderung spiegelten sich in seinen Gesichtszügen, als er den Blick langsam von meinem Kopf über den schwarzen Spitzen-BH, den nackten Bauch, die feinen Spitzen-Höschen, die halterlosen Strümpfe und die sündig hohen Pumps gleiten ließ.

»Mir war klar, dass du schön bist, doch du bist göttlich.« Auch sein Gesicht zierte ein Grinsen.

Er kam langsam auf mich zu und legte sich neben mich. Wassertropfen funkelten in der mäßigen Brustbehaarung auf und mehrere davon bahnten sich an Stirn und Hals den Weg nach unten. Er hob die Hand, strich eine Strähne meines Haares von der Schulter. Ganz zart fuhr er mit den Fingerspitzen von meiner Schulter über den Busen und die Seiten bis zum Oberschenkel. Die Berührung war nur angedeutet und ich fühlte sie mehr, als dass ich sie tatsächlich spüren konnte. Seine Augen folgten voller Wärme seiner Hand. Überall, wo seine Finger mich gestreift hatten, hatten sich die Härchen auf meiner Haut aufgerichtet.

Plötzlich packte er meine Schulter und zog mich an sich. Sein Kuss war das krasse Gegenteil von der überaus sanften Berührung von vorhin. Er war fordernd und besitzergreifend. Dann drückte er mich mit seinem Oberkörper zurück auf die Laken. Seine Hände wühlten währenddessen am Hinterkopf in meinen Locken.

Erst nach einiger Zeit trennte er seine Lippen von meinen, stützte sich auf den Ellenbogen auf und verband seinen Blick mit meinem.

»Schon seit du mit Miller in mein Büro gekommen bist, male ich mir aus, wie es sein wird, dich nackt in meinem Bett zu haben.«

»Und wie ist es?«

»Du übertriffst meine Vorstellung um Längen.« Wieder küsste er mich voller Leidenschaft.

Seine Bewunderung ließ mein Herz höherschlagen. Dieser Mann war alles, was ich mir wünschte und ich wollte ihm gehören. Schon das Wissen, dass er mich begehrte, dass er mich wollte, seine Leidenschaft und Zärtlichkeit, erregten mich ungemein. Als er mit seinen Händen über meinen Körper strich, meine Brüste mit seinem Mund liebkoste und leicht mit den Lippen an den aufgerichteten Knospen zog, wurde ich feucht.

Und plötzlich ging alles sehr schnell. Wir brauchten kein langes Vorspiel, denn wir fielen wie Ausgehungerte übereinander. Wilde Leidenschaft ließ keinen Platz für ausgiebige Zärtlichkeit. Alles was zählte, war unser Hunger und der Wunsch nach Vereinigung. Das alles verglühende Feuer in uns verlangte nach Befreiung und nicht nach noch mehr Aufstachelung.

Als wir außer Atem und voll befriedigt nebeneinanderlagen, war ich glücklich. Aufgestützt auf den Ellenbogen liebkoste David meinen nackten Körper. Es war unbeschreiblich schön. David hatte mir ungeahnte Gefühle der Lust entlockt, als er mich wild und exzessiv genommen hatte. Der Orgasmus, den ich hatte, war so intensiv, dass ich abschließend nur noch seinen Namen keuchen konnte. Es übertraf alles bisher Dagewesene und als er kam und dabei meinen Namen rief, war mein Glück vollkommen.

»Das war viel besser, als ich es mir ausgemalt habe«, sagte David leise und küsste mich auf den Haaransatz, dabei unterdrückte er ein Gähnen.

Ich fuhr sanft mit den Fingerspitzen durch sein Brusthaar und malte undefinierbare Zeichen auf seine Haut.

»Du musst müde sein«, stellte ich fest.

»Babe, ich bin wegen dir zwei Nächte lang nicht zum Schlafen gekommen. Was erwartest du denn?«, fragte er lachend.

»Und jetzt auch noch die anstrengende körperliche Betätigung«, neckte ich ihn.

»Dafür wäre ich liebend gern noch einmal achtundvierzig Stunden aufgeblieben«, erwiderte er leise, vergrub den Kopf in meinen Haaren, drückte mich fest an sich und schlief ein.

»So viel zu, noch mal achtundvierzig Stunden aufbleiben«, murmelte ich lächelnd und versuchte mich aus seinem Arm zu winden, um mir die Schuhe und Strümpfe, die ich immer noch anhatte, auszuziehen. Doch er knurrte missbilligend im Schlaf und zog mich nur noch fester an sich.

Also wartete ich ein wenig, streifte mir zappelnd die Schuhe von den Füßen und schob sie mit dem Bein vom Bett. Dann versuchte ich mit einer Hand, ohne mich von ihm zu lösen, die verdammten Strümpfe auszuziehen. Das war nicht möglich. Also ließ ich die blöden Dinger an, kuschelte mich an David und schlief, zum ersten Mal in meinem Leben glücklich *und* befriedigt ein.

Irgendwann in der Nacht wachte ich auf, weil mir kalt war. Davids Arm hielt mich immer noch fest umschlungen und sein Kopf lag in meinen Haaren vergraben. Ich löste mich vorsichtig aus seiner Umarmung, wollte ihn keinesfalls aufwecken. Er sah gestern Abend wirklich müde aus. Ich zog die Strümpfe, die bereits rote Striemen auf meinen Oberschenkeln hinterlassen hatten, endlich aus. Weil David auf der Bettdecke lag, holte ich die Decke aus meinem Zimmer, breitete sie über seinen nackten Körper und schlüpfte zu ihm. Sobald er mich neben sich spürte, legte er besitzergreifend den Arm wieder fest um meine Taille, zog mich nah an sich ran, hauchte noch einen Kuss auf mein Haar und drückte seinen Kopf an meinen. Das war so bewegend, dass mir Tränen des Glücks in die Augen stiegen. Dann schlief ich mit einem glücklichen Lächeln im Gesicht wieder ein.

11

»Gia«, hörte ich jemanden rufen. »Gia, es ist Zeit aufzustehen«, flüsterte jemand ganz nahe und ich fühlte heißen Atem an meinem Ohr. Dieser Jemand hauchte mir kleine Küsschen aufs Ohr und den Hals. Dann erinnerte ich mich: David! Ich lag in seinem Bett. Ein glückliches Lächeln, breitete sich auf meinem Gesicht aus. Es war angenehm, so geweckt zu werden. Fast war ich versucht, noch eine Weile so zu tun, als ob ich schlief, nur damit die überwältigenden Gefühle noch ein Weilchen länger anhielten.

»Ich weiß, dass du wach bist. Wir haben in einer Stunde den Termin mit Mister Tyler im Aufnahmestudio. Also steh auf, du Faulpelz.«

Ich öffnete ein Auge und sah Davids Gesicht dicht über mir. Er hatte sich rasiert und roch nach Minze und diesem wundervollen Duft, der ihm anhaftete. Um seine Augen hatten sich Lachfältchen gebildet, als er mir in das eine Auge blickte, das ich geöffnet hatte. Nun konnte ich mich nicht mehr schlafend stellen. Also öffnete ich widerwillig auch das andere Auge.

»Sogar am frühen Morgen siehst du göttlich aus.« David küsste mich auf den Mund und zog mich an den Händen in eine aufrechte Position.

»Wenn du dich beeilst, bekommst du eventuell noch ein Frühstück. Falls nicht, esse ich alles alleine auf«, drohte er, drehte sich um und ging lachend in den Salon.

Hastig stand ich auf und sah mich um. Verdammt, ich war nackt in seinem Schlafzimmer und meine Kleider waren drüben in meinem Zimmer. Nur meine Unterwäsche, die Strümpfe und die Pumps von gestern Abend lagen sauber gestapelt auf einem Hocker. Ich konnte doch nicht nackt in mein Zimmer laufen. Auch in der Spitzenunterwäsche von gestern wollte ich nicht durch den Salon gehen, in dem David frühstückte. Ich nahm die Decke, die ich in der Nacht aus meinem Zimmer geholt hatte und hüllte mich darin ein. Dann packte ich meine Sachen und rannte in mein Zimmer.

Als David mich durch den Salon flitzen sah, lachte er auf. »Ich kenne schon deinen Körper, Gia. Du musst ihn nicht verstecken. Außerdem gibt es nur noch Rührei und Toast. Aber nur, wenn du dich beeilst«, rief er mir hinterher.

Ich musste grinsen, denn es war schön, wie neckisch und ausgelassen David schon so früh am Morgen war. Schnell ging ich unter die Dusche und versuchte, dabei meine Haare nicht nass werden zu lassen, weil ich so schnell wie möglich fertig werden wollte. Dann trocknete ich mich hastig ab, zog eine dunkle Jeans und einen roten Pullover an und ging zu ihm.

»Also hattest du doch Angst, dass ich dich verhungern lasse«, bemerkte David lächelnd, als er mich kommen sah.

Mit Erleichterung registrierte ich seine gute Laune, außerdem war ich froh, dass er Bemerkungen über die letzte Nacht unterließ. Es wäre mir peinlich, hier am Frühstückstisch über unsere gerade erlebten sexuellen Eskapaden zu diskutieren. Ich setzte mich ihm gegenüber und er schenkte mir einen Kaffee ein. Ich nahm Zucker und Milch und versuchte, dabei nicht in sein Gesicht und seine Augen zu blicken. Ich schämte mich. Es war mir peinlich, wie ungezügelt und schamlos ich die letzte Nacht war. Die Lichter im Schlafzimmer waren an und ich hatte es genossen, mich ihm nur mit Strümpfen und Highheels bekleidet hinzugeben. Doch jetzt im hellen Morgenlicht war mir die Freizügigkeit peinlich. Womöglich hielt er mich für ein schamloses Luder.

Der Tisch war reichlich gedeckt. David hatte wieder die halbe Frühstückskarte kommen lassen. Und er hatte gelogen – es war noch reichlich Essen da. Schinken, Speck, Käse, Rührei und verschiedene Früchte sowie Toast und Hörnchen standen auf dem Tisch. Ich häufte mir ein wenig Rührei und Speck auf den Teller, und als ich zum Körbchen mit dem Toast greifen wollte, kam mir David zuvor. Er schnappte das Körbchen und zog es zu sich, sodass ich nicht rankam. Es blieb mir nichts anderes übrig, als zu ihm hochzusehen.

Als ich meinen Blick hob, konnte ich sehen, wie David mich mit besorgter Miene musterte.

»Was ist los, Babe? Wofür schämst du dich?« Wie konnte er erkennen, was ich gerade fühlte?

»Ist es so offensichtlich?«, fragte ich und sah in seine wunderschönen Augen, die mich fragend anblickten.

»Ja«, stellte er fest.

Schnell wandte ich mich ab und nahm einen Schluck Kaffee. Herrgott war das peinlich. Was sollte ich ihm sagen? Sollte ich ihm womöglich erklären, dass ich bisher nur mit einem einzigen Mann Liebe gemacht hatte, und das immer in völliger Dunkelheit? Sollte ich ihm erzählen, dass ich, bis auf den letzten Abend mit Alex, bisher nur in meinen Träumen einen Orgasmus hatte? Wie konnte ich ihm beibringen, dass ich das einzige Mal, als ich bei Helligkeit mit einem Mann geschlafen hatte, dieser Mann mich hinterher als Hure beschimpft und aus dem Haus gejagt hatte?

Die Erinnerung an diese letzte Nacht mit Alexander ließ mein Herz schwer werden. Auf einmal war die Unbeschwertheit verschwunden und ich hatte Angst. Was dachte David von mir? Hielt er mich womöglich für ordinär und schamlos?

»Es ist schon spät. Wenn du noch was essen willst, musst du dich beeilen. Mister Tyler erwartet uns um neun Uhr in seinem Studio«, unterbrach David meine Gedanken.

Ich nahm schnell noch einen Schluck aus meiner Tasse und erhob mich vom Tisch. Mir war der Appetit vergangen und ich bekam jetzt ganz bestimmt keine Rühreier und Speck runter. »Dann lass uns gehen. Ich habe sowieso keinen Hunger«, antwortete ich gezwungen fröhlich und ging in mein Zimmer, um meine Jacke und die Handtasche zu holen.

Als ich die Tür hinter mir schloss, lehnte ich mich dagegen und kämpfte gegen die Tränen an, die mir in die Augen steigen wollten. Ich wollte nicht mehr weinen. Ich musste die Vergangenheit abschütteln und nach vorne sehen. Also atmete ich tief durch und griff entschlossen nach Jacke und Handtasche.

David wartete bereits mit den Händen in den Hosentaschen auf mich und musterte mich jetzt mit besorgtem Blick und zusammengezogenen Augenbrauen. Doch er sagte nichts.

»Ich bin fertig. Können wir los?«, fragte ich und zwang mich zu einem Lächeln.

Ohne etwas zu erwidern, zog er die Hände aus den Taschen und streckte mir eine davon hin.

Als wir im Aufzug in die Hotelgarage fuhren, spürte ich, wie Davids Daumen meinen Handrücken streichelte und das ließ mich nun doch wieder schmunzeln. Auf dem Weg in die Außenbezirke von Las Vegas bemerkte ich, dass David immer wieder fragend zu mir sah. Ich erwiderte verhalten lächelnd seine Blicke und sah mir die Gegend an.

Mister Tyler begrüßte uns freundlich und David entschuldigte sich, dass wir den Termin auf heute Morgen verschieben mussten. »Kein Problem, Mister Ling«, versicherte Mr. Tyler und führte uns ins Studio. »Ich habe schon eine Vorauswahl bei den Schauspielern getroffen. Doch die letzte Entscheidung sollten Sie treffen. Die Schauspieler warten schon und die Liege ist gestern Abend geliefert worden. Wir haben sie auch schon in einem der Zimmer aufgestellt. Doch sehen Sie selbst«, erklärte uns Mister Tyler und führte uns in eine große Halle.

Die Halle war in mehrere „Zimmer" aufgeteilt. Die Zimmer hatten alle nur zwei Wände und in der Mitte jedes Zimmers stand ein Bett oder ein Sofa. An den offenen Seiten waren Scheinwerfer und Kameras aufgestellt und der Boden war mit einem Gewirr aus Kabeln übersät. Die Funktion dieser Zimmer war mehr als offensichtlich.

»Wir fangen erst gegen Mittag mit den Dreharbeiten an, weil die Schauspieler gerne ausschlafen und danach noch zwei Stunden in der Maske verbringen müssen, bevor wir anfangen können«, erklärte uns der Produzent.

Er führte uns zum letzten Zimmer, in dessen Mitte die Liebesliege aufgestellt war. Die Wände waren mit einer hässlichen blauen Tapete bezogen und außer der Liege gab es keinerlei Möbelstücke oder sonstigen Zierrat im Raum. Drei Männer und junge Frauen standen um die Liege herum und beäugten sie interessiert.

»So hier sind meine Mädels und Jungs. Kein Silikon, keine Tätowierungen, wie Sie es gewünscht haben«, sagte Mister Tyler und man sah ihm an, wie stolz er auf seine Auswahl war. »Die blauen Wände werden nach dem Dreh durch einen anderen Hintergrund ersetzt«, erklärte er noch.

Die Schauspieler wandten sich von der Liege ab und traten näher. David schüttelte jedem die Hand und auch ich begrüßte alle.

»Ich bin mit Ihrer Auswahl zufrieden, Mister Tyler. Doch könnten wir die Damen und Herren bitte in Badekleidung sehen?«

»Aber sicher. Wir haben auch schon was Passendes aus dem Fundus ausgesucht. Jungs, Mädels, zieht euch bitte um«, wandte er sich den Schauspielern zu.

Ich war überrascht, wie normal die Schauspieler aussahen. Wenn ich ihnen auf der Straße begegnet wäre, hätte ich niemals Rückschlüsse auf ihre Tätigkeit ziehen können. Ich hätte nicht erwartet, dass Pornodarsteller so alltäglich aussahen. Auch ihre Kleidung war dezent und keinesfalls aufreizend. Sie trugen Shirts und Jeans oder Röcke, also die gleichen Klamotten wie ich auch. Ich weiß nicht, was ich erwartet hatte, doch das bestimmt nicht und plötzlich wurde mir bewusst, wie voreingenommen und kleingeistig ich eigentlich war.

Während sich die Schauspieler umzogen, erklärte David Mr. Tyler die Funktionen der Liege. Nach ungefähr einer halben Stunde kamen die Schauspieler wieder. Zwei der jungen Frauen trugen einen züchtigen Zweiteiler und die Dritte sogar einen einteiligen Badeanzug. Die Männer hatten Badehosen angezogen. Nichts wirkte anrüchig, nur junge Menschen in Badekleidung.

Sie stellten sich in einer Reihe auf und schauten uns offen an. David trat zu mir und fragte: »Welches Paar würdest du vorziehen?«

Ich sah mir die Schauspieler genau an. Die Frauen waren alle sehr schön und hatten makellose Körper, sie konnten jederzeit als Models Karriere machen. Die Männer waren alle hochgewachsen und durchtrainiert. Auch sie konnten auf den Laufstegen durchaus überzeugen. Meine Wahl fiel auf eine hinreißende junge Frau mit langem, lockigem, kastanienbraunem Haar und schlanken Beinen. Sie hieß Mandy und trug einen weißen Bikini. Der Kontrast zu ihrer sonnengebräunten Haut wirkte sexy. Sie hatte ein sehr schönes schmales Gesicht und trug nur wenig Make-up, war eine natürliche Schönheit, nach der sich bestimmt viele Männer umdrehten.

Einer der jungen Männer, er hieß Tom, trug schwarze Badeshorts, deren Hosenbeine bis zum Oberschenkel reichten. Er hatte gelocktes, dunkelblondes, Haar und ein markantes Gesicht. Ich zeigte auf ihn und die beiden von mir ausgewählten Schauspieler traten vor.

David erklärte ihnen, wie wir uns den Film vorstellten, und bat sie, auf der Liege in Pose zu gehen. Mandy legte sich darauf und stellte die Füße in die dafür vorgesehenen Stützen. Sie lag auf dem Rücken, mit angewinkelten, gespreizten Beinen und Tom trat dazwischen. Erst jetzt, als ich die beiden so sah, wurde mir die Funktion der Liege wirklich bewusst. Es passte perfekt in der Höhe. David stellte die Armgriffe nach oben und bat die junge Frau, ihre Arme anzuheben und sich an den Griffen festzuhalten. Die Schauspielerin griff nach oben und um die Griffe sehen zu können, bog sie ihren Rücken durch und legte ihren Kopf stark in den Nacken.

Mein Gott, wie erotisch das wirkte. Es sah so aus, als ob sie in Ekstase den Rücken durchbog und aus Leidenschaft den Kopf in den Nacken warf. Es sah sehr sinnlich aus. Auch Mister Tyler und David fiel es auf, denn David bat Mandy, so zu bleiben, und sein Gesichtsausdruck drückte Zufriedenheit und Stolz aus. Mister Tyler klatschte sogar vor Begeisterung in die Hände. Es war nicht nur sexy, sondern auch ästhetisch.

»Tom, beugen Sie sich bitte leicht über Mandy und greifen Sie ihr unter die Brüste. Nicht an die Brüste, sondern darunter, sodass es aussieht, als ob sie in Wollust runtergerutscht wären«, hörte ich David mit etwas tieferer Stimme sagen.

Als der junge Mann seinen Anweisungen folgte, dabei den Kopf senkte und seinen Rücken leicht krümmte, erweckte die Pose den Eindruck, als ob beide soeben einen Orgasmus durchlebten. Es wirkte so erotisch, dass sich ein leises Ziehen in meinem Unterleib einstellte und mein Puls leicht beschleunigte.

Nur mit Mühe zwang ich mich, die Augen von den beiden zu lösen. Als ich mich umschaute, bemerkte ich, dass es nicht nur mir so ging – alle starrten voller Verzückung auf die beiden. Einer der Schauspieler rief aus, was alle dachten: »Fuck, ist das heiß!« Bei diesem Ausruf, erwachten alle aus ihrer Starre und begannen laut zu klatschen.

»Mister Ling, ich muss so eine Liege haben. Egal, was sie kostet. Ich will sie haben!«, rief Mister Tyler aus.

Auch David hatte sich wieder gefangen und trat an die Liege heran. Er verstellte die Handgriffe und hob das Oberteil. Jetzt lag Mandy mit halbaufgerichtetem Oberkörper da und konnte ihren Partner anschauen. Die Hände umklammerten jetzt die Griffe unterhalb ihres Hinterteils. Auch das funktionierte einwandfrei.

David bat die beiden, von der Liege wegzutreten, verstellte die Höhe, die Fußstützen und die Handgriffe. Dann forderte er Mandy auf, sich auf den Bauch zu legen. In dieser Stellung lagen ihre Knie angewinkelt auf den Fußstützen. Ihre Hände waren nach oben ausgestreckt und umklammerten die Handgriffe. Ihr Hinterteil reckte sich in die Höhe. Dann positionierte David Tom hinter Mandy und ließ ihn die Hände an ihre Hüften legen. Auch diese Pose wirkte sehr sinnlich und heiß. Die Liege funktionierte. Das Liegeteil war so schmal, dass Mandy bequem an die Handgriffe herankam und doch breit genug für ihren Körper.

Nun wirkte David sehr aufgeregt. Hektisch verstellte er nochmals die Höhe der Liege und wies Tom an, sich zwischen Mandys Beinen hinzuknien. Jetzt war Toms Gesicht in richtiger Höhe und er legte seine Hände um die Oberschenkel der Schauspielerin und brachte sein Gesicht von hinten nah an ihre in Badehosen steckende Scham.

Wieder klatschten alle und Mr. Tyler war regelrecht aus dem Häuschen. Lauthals verlangte er, dass ihm David nicht nur eine, sondern drei Liegen verkauft. Eine davon wollte er bei sich zuhause aufstellen. David versprach ihm, die ersten drei Liegen, die fertiggestellt wurden sofort auszuliefern, doch der Produzent war so aufgeregt, dass er regelrecht darum bettelte, diese Musterliege sofort behalten zu dürfen. David versprach ihm lachend, dass er sie haben könnte, nachdem der Film abgedreht war. Mister Tyler war darüber so glücklich, dass er zuerst David umarmte und dann auch mich auf beide Wangen küsste.

»Die Liege ist fantastisch. Alles funktioniert genauso, wie du es vorgesehen hast. Ich habe sie zusammengebaut und mir waren die Funktionen klar, aber als ich heute gesehen habe, wie perfekt alles zusammenpasst, war ich doch ein wenig überrascht«, erklärte David euphorisch, als wir wieder im Wagen saßen.

»Du hast also die Liege noch nicht in Aktion gesehen?«, fragte ich.

»Natürlich habe ich den Motor und die anderen beweglichen Teile auf ihre Funktion getestet aber wann und vor allen Dingen, mit wem hätte ich sie in Aktion sehen sollen?«, erklärte er. »Doch es sind noch zwei Liegen auf dem LKW. Wenn wir heute lange genug warten, bis alle weg sind, könnten wir sie zusammen ausgiebig testen«, fügte er hinzu und sah mich schmunzelnd von der Seite her an.

Ich war beschämt, als ich mir vorstellte, wie wir die Liege auf dem Messegelände ausgiebig testen und wandte mich schnell ab. Als ich aus dem Seitenfenster starrte, konnte ich nicht verhindern, dass Bilder von David und mir auf der Liege in meinem Kopf auftauchten. Unweigerlich wurde mir wärmer und meine Atmung beschleunigte sich. Ich saß mit David im Auto, keuchte mit hochrotem Kopf vor mich hin und wollte am liebsten die erotischen Bilder in meinem Kopf verwirklichen. Wie peinlich war das denn?

Nachdem ich mich ein wenig gesammelt hatte, schielte ich aus den Augenwinkeln zu David rüber und stellte fest, dass er breit grinsend zu mir herübersah. Er hatte bemerkt, wie heiß mir bei der Vorstellung von uns beiden auf der Liege geworden war und meine Wangen glühten wieder auf. Den Rest der Fahrt hielt ich den Kopf abgewendet und starrte, zornig auf mich selbst, aus dem Seitenfenster. Mein Pulsschlag beruhigte sich allmählich, und als wir endlich vor der Halle mit dem Messestand vorfuhren, war ich erleichtert. Endlich konnte ich raus an die frische Luft und durchatmen, seinem betörenden Duft, der Hitze im Wageninneren und den Bildern von nackten Körpern, die ekstatisch zuckten, entkommen.

Ich zog tief die kühle Luft ein und versuchte, dadurch der Hitze in meinem Körper Herr zu werden. Gerade, als ich ein wenig zu mir kam und einigermaßen wieder normal atmete, stand David plötzlich vor mir. Er senkte den Kopf und drückte die Lippen fest auf meine. Muskulöse eins neunzig pressten mich gegen den Wagen, sodass ich die beachtliche Ausbuchtung in seiner Hose an meinem Unterbauch spüren konnte.

Ich schnappte nach Luft und öffnete automatisch den Mund. Wieder stieg erregende Hitze in meinem Körper auf und ich vergrub meine Hände in seinen seidigen Locken. Mein Körper gehorchte ihm blind, ich drückte mich fester gegen ihn und alle vernünftigen Gedanken verschwanden automatisch aus meinem Kopf. Ich wollte ihn nur noch fühlen, schmecken und riechen. Von ihm Besitz ergreifen. Ich bewegte leicht mein Becken, um mich an seiner Härte zu reiben, als ein paar Arbeiter lachend an uns vorbeiliefen. Einer rief uns zu: »Sucht euch doch ein Zimmer, Leute.« Schnell ließ ich David los und stemmte meine Hände gegen seine Brust, denn es war nur noch peinlich, dass wir in der Öffentlichkeit eng umschlungen von anderen in so einer eindeutigen Pose beobachtet werden konnten. Er blieb jedoch weiterhin gegen mich gepresst stehen und ließ sich nicht wegschieben.

Mit vor Begierde dunkel gewordenen Augen sah er tief in meine und flüsterte mit rauer Stimme: »Gia, wir sind zwei Erwachsene, die auf einem öffentlichen Platz ein wenig knutschen. Es ist nichts Verwerfliches dabei. Wir müssen uns nicht rechtfertigen. Was diese Idioten denken, ist egal.«

»Ja, aber lass uns jetzt reingehen«, wiegelte ich ab. Ich schämte mich immer noch und versuchte krampfhaft, meine Atmung und meinen erhitzten Körper wieder in den Griff zu bekommen. Wie vulgär es doch war, sich auf einem öffentlichen Parkplatz vor aller Augen an seinem Unterleib zu reiben? Was war nur in mich gefahren? Wie konnte ich mich so gehenlassen und alles um mich herum ausblenden? Ich fühlte, wie mir Hitze ins Gesicht aufstieg und wand mich schnell aus Davids Umarmung. Hastig lief ich auf die Eingangstür der Halle zu, ohne mich nach David umzusehen.

Den ganzen Nachmittag verbrachten wir damit, Gespräche mit den Handwerkern zu führen und Anweisungen an die Dekorateure zu geben. Außer zwischendurch für eine Tasse Kaffee im Stehen blieb uns keine Zeit für eine Pause. Nach zahllosen Tassen Kaffee und vielen Antworten auf Fragen von Handwerkern und Messebauern rief mich David zu sich und erklärte mir, dass für heute Schluss war. Auf der Fahrt diskutierten wir nur über Geschäftliches und die Messe.

In unserer Suite angekommen, verzogen wir uns beide auf die Zimmer, um uns für das Abendessen umzuziehen. Ich wusch mir schnell die Haare, und während ich, in ein kleines Handtuch gewickelt, dabei war sie zu föhnen, sah ich plötzlich im Spiegel David hinter mir stehen. Er musterte mich mit durchdringendem Blick, und ein selbstgefälliges Grinsen erschien auf seinen Lippen. Sein Anblick ließ meinen Herzschlag für einen Moment aussetzen und ich öffnete den Mund, um leichter atmen zu können.

»Robert hat gerade angerufen. Er will uns unten im Restaurant treffen und uns einige Muster vorlegen.« Er schaute mich über den Spiegel an, immer noch mit diesem verzogenen Lächeln im Gesicht. Mein Gehirn setzte aus und die Schmetterlinge in meinem Bauch schlugen Purzelbäume.

»Ich habe geklopft, doch du scheinst mich nicht gehört zu haben, bei dem Krach«, er deutete auf den Föhn in meiner Hand und erklärte so sein Auftauchen in meinem Zimmer.

Ohne ein weiteres Wort drückte er mir einen Kuss auf die nackte Schulter, dreht sich dann um und schloss die Tür hinter sich. Dieser Mann machte mich nervös. Nervös, kribbelig und mein Blut schien sich in seiner Gegenwart in meinem Gesicht einzunisten. Mein Kopf leuchtete wie ein gekochter Hummer. Warum konnte ich nicht etwas gelassener auf ihn reagieren?

Stockend setzte sich mein Gehirn wieder in Gang, und ich schüttelte den Kopf um David und sein Grinsen aus meinem Kopf zu verbannen, straffte die Schultern und föhnte weiter meine Haare. Als sie trocken waren, trug ich ein wenig Make-up auf und tuschte meine Wimpern. Dann pinselte ich noch ein wenig rosa schimmernden Lipgloss auf meine Lippen. Obwohl ich von Natur aus ziemlich blass war, verzichtete ich auf Rouge, denn meine Wangen waren immer noch ein wenig gerötet. Da ich in Davids Gegenwart sowieso ständig rot anlief, konnte ich auf zusätzliche Betonung meiner Wangen durchaus verzichten. Schnell zog ich noch ein blaugrünes Kleid mit weitem Rock und schwarze Pumps an. Ich griff noch nach einer schwarzen Jacke und der passenden Handtasche.

David saß mit übereinandergeschlagenen Beinen auf dem Sofa und zappte durch das Fernsehprogramm. Als er mich bemerkte, drückte er auf den Ausschaltknopf und legte die Fernbedienung auf das kleine Beistelltischchen. Er stand vom Sofa auf und nachdem er mich von Kopf bis Fuß gemustert hatte, erschien ein zufriedenes Lächeln auf seinen Lippen. Ich verdrehte die Augen, weil ich schon wieder rot anlief, und ergriff seine Hand, als er sie mir entgegenstreckte.

Als wir ins Restaurant kamen, saß Robert wieder in einer Nische und erwartete uns. Nachdem ihm David die Hand geschüttelt hatte, streckte ich ihm auch die Hand zur Begrüßung, doch Robert führte sie an seine Lippen, um einen Handkuss darauf zu drücken. Dabei sah er von unten, erwartungsvoll lächelnd, hoch in mein Gesicht. Ich war von der Aktion so überrascht, dass ich meine Hand nicht sofort zurückzog. Auf einmal spürte ich Davids Arm um meine Taille, der mich besitzergreifend an ihn drückte. Schnell entriss ich Robert die Hand und sah verdattert zu David. Er hatte seine Augenbrauen zusammengezogen und die Stirn ärgerlich gerunzelt, sein Blick war kühl und wütende Blitze schossen Richtung Robert. Seine Haltung hatte sich verändert und er sah irgendwie bedrohlich aus. Ich starrte ihn an, weil mir die heftige Reaktion völlig überzogen vorkam, als er sich räusperte, nochmals Robert mit den Augen erdolchte und mich hastig in die Nische bugsierte.

»Bitte um Verzeihung, ich scheine da etwas missverstanden zu haben. Sie sagten, sie sei eine Kollegin«, murmelte Robert und nahm uns gegenüber Platz. Es war ihm offensichtlich unangenehm, denn er sah total zerknirscht, fast schon ängstlich aus. Da trat der Kellner an unseren Tisch und reichte uns die Speisekarten.

»Wir wollen nur kurz was trinken«, zischte David mit zusammengebissenen Zähnen und schob dem Mann die Karten wieder zu. Wieder schaute ich ihn überrascht an. Wir hatten den ganzen Tag noch nichts gegessen und ich hatte nicht einmal etwas zum Frühstück, also waren wir beide hungrig. Was sollte das jetzt? Ich hatte auf jeden Fall richtigen Kohldampf, doch ich fügte mich und hielt den Mund. David bestellte für alle nur Wasser und als der Kellner sich verzogen hatte, richtete er seine Aufmerksamkeit auf Robert.

»Sie haben uns einige Muster versprochen. Können wir die jetzt bitte sehen?«, fragte er ziemlich barsch und kühl.

»Aber selbstverständlich, hier sind sie«, erwiderte Robert eingeschüchtert. Er legte drei Mustertafeln vor uns auf den Tisch.
Nachdem wir uns die Muster, die wirklich naturgetreu aussahen, angeschaut und eines davon ausgesucht hatten, richtete David das Wort an Robert. »Die Wände für das Badezimmer werden morgen aufgestellt. Sie können dann übermorgen mit den Arbeiten anfangen. Haben Sie noch irgendwelche Fragen zu Ihrem Auftrag?« Davids Stimme ist unterkühlt und Robert merkte sofort, dass er sich entfernen konnte. Nachdem er versichert hatte, dass keine Fragen mehr offen sind, verabschiedete er sich schnell und verließ fast schon fluchtartig das Restaurant. Er hatte uns zum Abschied nicht einmal die Hand geschüttelt, so eilig hatte er es. Mir fiel auf, dass er mich beim Abschied, eigentlich schon seit mich David an sich gerissen hatte, nicht noch einmal angesehen hatte.

»Was sollte das jetzt?«, fragte ich David und funkelte ihn zornig an. Ich war hungrig, hungrig und müde und er hatte sich unmöglich benommen.
»Er hat dich angemacht. Niemand kann die Frau, mit der ich zusammen bin, in meinem Beisein anbaggern«, erklärte David einfach.
»Aber ich habe Hunger.«
»Ja, ich auch. Deshalb gehen wir jetzt und bestellen uns ein tolles Abendessen aufs Zimmer«, erwiderte er versöhnlicher und strich mir mit einer zärtlichen Geste über die Wange.
Ich gab nach und erwiderte trotzig: »Ich will das größte Steak, das es in diesem Hotel gibt«. Nachdem David Steaks mit Folienkartoffeln bestellt und die Rechnung beglichen hatte, gingen wir wieder zurück zur Suite. Als wir aus dem Restaurant traten, ergriff er wie üblich meine Hand und ließ sie bis zu unserer Suite nicht wieder los.
Irgendwie fand ich es schmeichelhaft, dass er so besitzergreifend war, doch er hatte überreagiert. Er hatte den armen Robert eingeschüchtert und ihm sogar Angst gemacht. Auf der anderen Seite war da dieses ständige Händchenhalten. Er schien gerne Körperkontakt mit mir zu halten und mir vermittelte es ein überaus angenehmes Gefühl von Schutz.

Als wir oben ankamen, schmiss David die Tür hinter sich zu, presste seinen Mund auf meinen und küsste mich hart. Das Vordringen seiner Zunge fühlte sich gebieterisch und besitzergreifend an.

»Schon seit heute Morgen laufe ich mit diesem Ständer herum. Spürst du, wie hart ich bin?«, hauchte er gegen meinen Mund. Das erregende Vibrato seiner tiefen, heiseren Stimme jagte mir Schauer über den Rücken, umschmeichelte mich und ging mir eindeutig unter die Haut. Meine Nackenhaare sträubten sich, als er seine Hand auf meinen Po legte und mein Becken gegen seine beachtliche Beule drückte. Er senkte den Kopf und verteilte Küsse auf meinem Hals, direkt unter dem Ohr. Wellen des Verlangens durchströmten vom Hals ausgehend meinen Körper und ich stöhnte auf. Was machte dieser Mann mit mir? Er brachte es nur durch einen einzigen Kuss auf meinen Hals fertig, dass ich vor Lust stöhnte und all meine Zurückhaltung aufgab.

Von meinem Hals aus dehnte sich die Hitze bis hinunter zu meiner Scham. Ich spürte das Blut zwischen meinen Beinen pulsieren und die Wollust dröhnte durch meinen Körper, ließ mich völlig schamlos mit der Hand zwischen seine Beine greifen und über die Hose reiben. Seufzer der Lust drangen aus seinem Mund, als er meine Hand auf seiner Härte fühlte.

Er packte mit beiden Händen mein Hinterteil und drückte mein Becken noch fester gegen sich. Dabei hörte er nicht auf, meinen Hals und das Ohr mit seinem Mund zu verwöhnen. Er biss zart in mein Ohrläppchen und saugte daran. Sein betörender Duft stieg mir in die Nase und ich fühlte mich so leicht, als ob ich schwebte. Nur in meinem Innern kochte es und glühende Blitze durchzuckten meinen Körper. Ich hob mein Knie zwischen seine Beine und drückte so von unten gegen seinen Schritt, dabei verstärkte ich die Reibung meiner Hand.

»Verdammt Gia, wenn du so weitermachst, komme ich gleich«, stöhnte David lustvoll gegen meinen Hals. Seine Worte steigerten noch meine eigene Erregung. Oh Gott, wie ich diesen Mann begehrte. Er griff unter den Rocksaum, schob seine Hand an meinem Schenkel entlang unter das Kleid und drückte dann mit seinem Handballen durch den Slip auf meine pochende Perle. Ich warf meinen Kopf nach hinten und schloss die Augen, weil ich bereits jetzt den kommenden Orgasmus fühlen konnte. Ich krallte mich mit der anderen Hand an seinen Oberarm, denn wenn er so weitermachte, würde ich mich einfach hier vor der Tür auf den Teppich werfen und über ihn herfallen.

Eigentlich dachte ich, ich sei ein kultivierter und besonnener Mensch. Doch David ließ mich schamlos und frivol werden. Mit nur einer einzigen Berührung brachte er alle meine Nervenenden zum Vibrieren und einen Vulkan in meinem Inneren zum kochen. Wie konnte ich bisher ohne diese alles versengende Hitze und die überwältigenden Gefühle auskommen? Wie brachte er mich dazu, so hemmungslos und ungezügelt zu werden, dass ich ihm in den Schritt fasste und an seiner Erektion rieb? Was ist aus meiner züchtigen Zurückhaltung geworden? Ich war völlig außer mir, entfesselt und voller Verlangen.

Ich spürte, wie er den Slip zur Seite schob und zwei Finger in mich einführte, wobei er weiterhin mit seinem Handballen Druck auf das kleine Nervenbündel in der Mitte ausübte. Ich hörte mich selbst, wie eine Taube gurren und meine Beine fingen unkontrolliert zu zittern an. Bald war es soweit, ich kam gleich. Als er seine Finger leicht verlagerte und gegen einen bestimmten Punkt drückte, entlud sich die Anspannung in einem erlösenden Orgasmus und mir entfuhr ein unterdrückter Schrei. Alle Muskeln meines Körpers zogen sich krampfartig zusammen und in meinem Unterleib pulsierte es wild. Ich spürte noch, wie meine Knie nachgaben, und krallte hastig meine Finger in seinen Rücken. Sein Griff um meine Taille wurde fester, und ich merkte durch die Kleiderschichten zwischen uns, wie schnell sein Herz schlug.

Langsam erwachte ich aus meiner Betäubung und die Gewissheit, dass er mich genauso wollte, wie ich ihn, löste eine beglückende Welle von Stolz in mir aus. Ich machte ihn genauso wild und hemmungslos, wie er mich. Das Hochgefühl, das mich dabei überkam, war fast noch befriedigender als der Höhepunkt, den ich soeben hatte.

David packte mich unter den Knien und trug mich zum Sofa. Sanft legte er mich ab und setzte sich neben mich, strich mir das Haar mit einer zärtlichen Geste aus dem verschwitzten Gesicht und küsste zart meine Lippen. Er umschlang meinen Oberkörper mit seinen Armen und legte seinen Kopf auf meine Brust. Diese Geste überwältigte mich regelrecht, fühlte sich selbstverständlich und vertraut an, dass die Glücksgefühle mich fast in Tränen ausbrechen ließen.

Langsam streichelte ich über seine Haare, doch es kostete mich Kraft, die Augen offen zu halten, denn es war ein langer Tag und die Nacht dagegen nur kurz. Ich fühlte mich so wohl, dass mich die Müdigkeit überwältigte und irgendwann, vermutlich nach nur wenigen Sekunden, schlief ich einfach ein.

Zarte Küsse auf meinen Mund und sanftes Streicheln über meine Wange weckten mich.

»Hey Süße, das Essen ist da.«

Nur mit Mühe hob ich kurz meine Lider. Ich war so müde, dass mir die Augen gleich wieder zufielen.

»Hallo Schlafmütze, versuche aufzuwachen. Du hast heute noch nichts gegessen, und die Steaks sehen köstlich aus«, hörte ich seine sanfte, tiefe Stimme, die wie feinste Seide über meine Haut strich.

Also nahm ich all meine Kraft zusammen und öffnete die Augen. David hatte sich mit dem Ellenbogen neben meinem Kopf aufgestützt, verteilte zarte Küsschen auf meine Ohrmuschel und streichelte mir dabei übers Haar. Die zarte Berührung seiner weichen Lippen war so intim, dass ich sie mit jeder Faser meines Körpers fühlen konnte. Ich hob meine Arme und vergrub sie in seinen Haaren. Sie waren feucht, also musste er kurz zuvor geduscht haben. Ich zog ihn zu mir und küsste ihn stürmisch. Nach dem Kuss löste sich David von mir und streckte mir seine Arme hin, um mir beim Aufstehen zu helfen. Sofort vermisste ich die Wärme, die mich umhüllte, immer wenn er in meiner Nähe war.

»Das Essen ist serviert. Die Zärtlichkeiten heben wir uns für den Nachtisch auf. Komm, steh auf und iss ein wenig. Du bist bestimmt hungrig.«

Jetzt, da er es erwähnte, bemerkte ich den köstlichen Duft der Steaks und stellte fest, dass ich völlig ausgehungert war, also ergriff ich Davids Hände und ließ mir beim Aufstehen helfen. Die Aussicht auf den versprochenen Nachtisch rief freudige Schauer in meinem Körper auf und ein leichtes kribbeln in meinem Unterleib machte sich bemerkbar. Wie stellte er das nur an? Ich war immer recht zurückhaltend und bei Alex noch nie so erregt. Dieser Mann schaffte es, mich allein durch seine Worte und die Aussicht auf Zärtlichkeiten, vollkommen kopflos werden zu lassen.

Während wir unser Steak verspeisten, hing ich meinen Gedanken nach. Ich war schon dreiundzwanzig Jahre alt, als ich meinen ersten Orgasmus hatte, und das, während ich träumte. Dann nur einen einzigen Orgasmus mit Alexander, und das war in der Nacht, als er mich aus dem Haus gejagt hatte. David hatte es fertiggebracht, mich innerhalb von ganz kurzer Zeit mit Leichtigkeit zwei Mal zum Höhepunkt zu bringen und jede seiner Berührungen entfachte ein heftiges Feuer unter meiner Haut. Was machte er nur aus mir?

»Woran denkst du?«, hörte ich ihn plötzlich fragen. Hastig sah ich auf, denn ich fühlte mich ertappt. Als ich feststellte, dass er mich musterte, verschluckte ich mich fast an dem Bissen, den ich im Mund hatte und nahm schnell einen Schluck Wein, überlegte dann, was ich ihm erzählen sollte.

»Ich überlege, warum ich so heftig auf dich reagiere«, gab ich ehrlich zu.

David starrte mich zunächst eine Weile mit großen Augen an, und fing dann aus heiterem Himmel laut zu lachen an. Ich fühlte, wie Blut in mein Gesicht schoss, denn die Reaktion meines Körpers war mir äußerst peinlich, außerdem fühlte ich Zorn in mir aufkommen. Wie konnte er nur? Ich war ehrlich zu ihm und jetzt lachte er mich doch tatsächlich aus.

»Es freut mich zu sehen, wie sehr ich dich amüsiere«, erwiderte ich kühl.

David versuchte, sich wieder zu fangen, doch ich konnte erkennen, dass er nur mit Mühe das Lachen unterdrücken konnte. Mir war der Hunger vergangen, deshalb schmiss ich verärgert mein Besteck auf den Teller, sprang auf und rannte in mein Schlafzimmer. Dann drehte ich den Schlüssel um. Wie konnte er mich nur auslachen? Ich war eine dumme Blondine, die zu einer läufigen Hündin mutierte, sobald er mit den Fingern nach mir schnippte. Ich war so wütend auf meinen eigenen Körper und ich war wütend auf David. Was sollte ich tun, damit mein Körper weniger heftig reagierte? Warum konnte ich nicht einfach wie andere Frauen sein? Wieder kamen mir die Tränen.

»Babe, mach bitte die Tür auf. Ich habe es nicht so gemeint«, hörte ich David rufen.

Ich wollte ihm nicht auch noch die Genugtuung geben, dass ich wegen ihm heulte, deshalb versuchte ich, meine Stimme so normal wie möglich klingen zu lassen, als ich ihn bat, mich in Ruhe zu lassen.

»Bitte Gia, mach die Tür auf. Lass uns darüber reden. Ich wollte dich nicht verletzen.«

»Ist schon okay. Ich bin nur müde. Es war ein langer Tag. Wir sehen uns morgen«, antwortete ich, immer noch bemüht, ruhig und gelassen zu klingen. Er sollte nicht merken, wie sehr er mich gekränkt hatte.

»Okay, wir reden morgen.«

Ich hörte, wie er sich von der Tür entfernte. Wieder ließ ich meinen Tränen freien Lauf. Sein Spott hatte mich verletzt, doch verzweifelt war ich, weil irgendwas mit mir nicht in Ordnung war. Zuerst war ich jahrelang ein Eisklotz und jetzt auf einmal eine sabbernde, läufige Hündin. Was sollte ich tun? Vielleicht sollte ich einen Psychiater aufsuchen? Wer konnte mir helfen? Diese Gedanken quälten mich, bis ich irgendwann total erschöpft in einen unruhigen Schlaf fiel.

12

Am nächsten Morgen, als ich mich im Spiegel sah, fielen mir die dunklen Schatten unter den Augen und die geschwollenen Augenlider auf. Ich trug etwas mehr Make-up auf und tuschte meine Wimpern, damit die geschwollenen Augen weniger auffielen. Dann legte ich ein wenig Rouge gegen die Blässe auf und zog Jeans und eine weiße Bluse an. Ich war nicht wirklich zufrieden mit meinem Aussehen, doch besser ging es nicht, also schnappte ich mir eine Jacke und begab mich in die Höhle des Löwen.

Ich hatte mir vorgenommen, David kühl und gelassen entgegenzutreten und nach langem Überlegen hatte ich den Entschluss gefasst, ihn zukünftig auf Abstand zu halten. Wenn ich ihn nicht zu nah an mich heranließ, konnte ich die heftige Reaktion meines Körpers in Schach halten. Auf keinen Fall wollte ich mich noch einmal von ihm demütigen und auslachen lassen.

Ich entwickelte eindeutig Gefühle für ihn und er wollte eventuell nur ein flüchtiges Abenteuer. Marty hatte erwähnt, dass er nicht lange bei einer Frau blieb, also musste auch ich damit rechnen, dass er mich bald verlassen würde. Ich wünschte mir, dass ich besonnener und dickhäutiger wäre, doch er hatte eine Wirkung auf mich, die erschreckend war.

Mein Körper spielte verrückt und meine Gefühle glichen einer Achterbahn. Jede simple Berührung, auch die unabsichtliche, ließ Funken sprühen. Ich versuchte, schon so lange Normalität vorzutäuschen, dass ich mit den überwältigenden Empfindungen nicht umzugehen wusste. Doch ich war weit davon entfernt, normal zu sein und musste mich damit abfinden.

Als ich in den Salon trat, saß David bereits am gedeckten Frühstückstisch und wie ich bemerke, hatte er auf mich gewartet, denn sein Teller war noch unbenutzt. Er sah zu mir auf, als ich aus dem Schlafzimmer trat. Ich konnte den Ausdruck auf seinem Gesicht nicht deuten. War es Bedauern oder Ekel? Im Grunde genommen war es auch völlig unwichtig, denn ich hatte meine Entscheidung bereits getroffen.

Ich konnte erkennen, dass auch er nicht viel geschlafen hatte, denn seine Züge wirkten müde und auch er hatte dunkle Schatten unter den Augen.

»Guten Morgen«, begrüßte ich ihn und versuchte, gelassen zu wirken.

»Gia, es tut mir leid, dass ich dich ausgelacht habe«, versuchte er, sich zu entschuldigen.

»Ach, kein Problem. Ich war nur so müde gestern und dadurch etwas überempfindlich. Mach dir deswegen keine Gedanken. Was gibt's zum Frühstück?«, winkte ich salopp ab. Ich brachte es sogar fertig, ihn anzulächeln, obwohl ich mich richtig mies fühlte. Ich dachte, es würde mir leichter fallen, ihm vorzumachen, dass es mir nichts ausgemacht hatte, doch es kostete ungeheure Willensstärke und viel Kraft. Als ich sein müdes und sogar ein wenig traurig wirkendes Gesicht sah, durchzuckte mich ein schmerzhaftes Ziehen in der Brustgegend.

»Ist wirklich alles in Ordnung?«

»Aber ja, alles bestens. Lass uns schnell was essen, heute kommt Robert und will mit den Wänden anfangen, deshalb sollten wir so bald wie möglich zur Messe losfahren.« Ich nahm ihm gegenüber Platz und häufte Rührei und Speck auf meinen Teller. Um ihn am Sprechen zu hindern und meine wahren Gefühle zu verschleiern, fing ich sofort hastig zu essen an. Die Rührei schienen in meinem Mund zu unverdaulichem, ekelhaftem Schaum anzuwachsen. Mir war übel, doch ich zwang mich es runterzuschlucken und mir schnell noch eine Gabel voll in den Mund zu schieben.

»Okay, wie du meinst.« Resigniert griff er nach seiner Kaffeetasse und nahm einen Schluck.

Das Frühstück verlief ab da schweigsam. Ich versuchte, die verdammten Rührei und den Speck runterzuwürgen, obwohl mir jetzt richtig übel war und mein Magen sich wie zugeschnürt anfühlte. Ich spülte die letzte Gabel Rührei mit dem Kaffee runter und war erleichtert, dass ich es endlich geschafft hatte. Ich griff nach meiner Handtasche und der Jacke, ohne auf ihn Rücksicht zu nehmen und blieb abwartend stehen.

Er warf mir einen überraschten Blick zu, nahm dann seine Jacke und kam auf mich zu. Wie schon früher wollte er nach meiner Hand greifen, doch ich tat so, als ob ich nach etwas suchen würde und fing an in meiner Handtasche zu kramen. Anschließend ging ich an ihm vorbei, ohne auf die ausgestreckte Hand zu achten, oder auf ihn zu warten. Als wir auf den Aufzug warteten, bemerkte ich aus dem Augenwinkel, wie er mich mit zusammengezogenen Augenbrauen studierte, doch er sagte nichts und machte auch keinen Versuch mehr, meine Hand zu ergreifen.

Schweigend fuhren wir zur Messe und während der Fahrt sah David immer wieder zu mir rüber. Ich kramte in meiner Handtasche, zog mir die Lippen nach, schaute mehrmals in den Spiegel, und versuchte krampfhaft, die räumliche Nähe zu ignorieren. Doch alles in mir schrie nach ihm. Wie gerne wollte ich ihm durch die Haare fahren, wie sehr sehnte ich mich nach einer Berührung. Nichtsdestotrotz musste ich standhaft bleiben, ich musste Abstand zu ihm schaffen, sonst erlag ich der Versuchung und gab ihm die Möglichkeit, mich wieder zu verspotten. Ein wenig Stolz war noch in mir. Ich war nicht bereit, mich völlig aufzugeben.

Auf dem Stand waren schon viele Leute damit beschäftigt, die Wände aufzustellen und Regale aufzubauen. Den ganzen Tag wurden David und ich ziemlich von den Handwerkern in Anspruch genommen, sodass keine Gelegenheit entstand, miteinander zu reden. Allerdings bemerkte ich, wie mich David immer wieder fragend musterte. Gegen sechs kam er zu mir und bemerkte: »Lass uns Feierabend machen. Morgen ist auch noch ein Tag.«

Als wir uns zum Wagen aufmachten, stellte ich fest, dass David jetzt nachdenklich wirkte. Er taxierte mich von der Seite, wie schon den ganzen Tag über, ich schien ihm Rätsel aufzugeben. Im Auto, als er mir wieder so nah war, dass ich ihn mit jeder Faser meines Körpers fühlen konnte, wand ich mich von ihm ab und starrte aus dem Seitenfenster. Ich musste ihn aus meinem Kopf bekommen, sonst würde ich dem Drang ihn zu berühren nicht widerstehen können.

Um auf andere Gedanken zu kommen, konzentrierte ich mich auf die Aussicht. Las Vegas schien bei Nacht in ein einziges Lichtermeer getaucht zu sein. Meines Wissens hatte keine andere Stadt so viel Beleuchtung auf so begrenztem Raum wie Vegas. Es war traumhaft schön. Überall waren große Leuchttafeln aufgestellt und die vielen bunten Lämpchen erhellten die Straßen, sodass die Nacht fast taghell wirkte.

Als wir vor dem Hotel vorfuhren, stieg ich aus dem Wagen und holte erst einmal tief Luft. Ich brauchte dringend frische, kühle Luft in meinen Lungen und auf meiner erhitzten Haut. Ich benötigte einen Sicherheitsabstand zwischen uns und musste das Kribbeln auf meiner Haut ignorieren.

Doch plötzlich spürte ich seine Hand in meinem Rücken. Hitzewellen durchzuckten meinen Körper, wo mich seine Hand durch die Jacke versengte. Schnell lief auf die Eingangstür zu. Weg, nur weg von ihm. Abstand schaffen, atmen, nicht an ihn denken und die Wärme im Rücken ausblenden. Fast rannte ich zu den Aufzügen und bemerkte aus dem Augenwinkel, wie Mister Tyler auf David zuging. Ich betete, dass er ihn so lange aufhalten möge, bis die Aufzugtüren hinter mir zugingen.

Als ich in meinem Schlafzimmer die Tür schloss, konnte ich endlich aufatmen. Danke, Mister Tyler. Ich setzte mich aufs Bett und atmete auf. Nach zwei Stunden fiel mir auf, dass David noch immer nicht zurück war. Der Produzent hatte anscheinend ein längeres Gespräch mit ihm zu führen. Deshalb rief ich beim Zimmerservice an und bestellte mir ein Clubsandwich, weil das nach Aussage des Zimmerkellners schnell ging.

Vorsorglich hatte ich die Tür meines Schlafzimmers abgeschlossen und wollte vermeiden, heute Nacht mit David zusammenzutreffen. Lange lag ich wach und versuchte, eine Lösung für mein Dilemma zu finden. Am besten wäre es aus dieser Suite auszuziehen. Dadurch würde ich Abstand gewinnen und vielleicht ruhiger werden. Gleich morgen früh würde ich den Hotelmanager nach einem anderen Zimmer fragen. Vielleicht hatte ja jemand abgesagt, falls nicht, konnte er mir eventuell irgendwo ein neues Zimmer besorgen.

Die Zuversicht, dass damit all meine Probleme gelöst wären, ließ mich endlich zur Ruhe kommen und ich schlief ein. Doch auch im Schlaf kam ich von David nicht los. Ich träumte von saphirblauen Augen, die mich unter dunklen Wimpern zärtlich ansahen. Weichen Lippen, die mich so wild und ungestüm küssten, dass mir die Luft wegblieb. Wie seine Finger über meine nackte Haut streichelten und mein Herz zügellos und heftig in meiner Brust schlug. Wie David trunken vor Leidenschaft nach mir rief ...

Plötzlich schreckte ich auf und öffnete die Augen. Es war nicht mein Herz, das so wild pochte, es war David, der laut gegen die Tür hämmerte. Und er war nicht trunken vor Leidenschaft, er war wirklich betrunken und schrie lallend nach mir. Er hatte sich doch tatsächlich volllaufen lassen und wenn er weiterhin so gegen die Tür trommelte und nach mir brüllte, würde er bald das ganze Hotel aufwecken. Irgendjemand würde bestimmt das Sicherheitspersonal verständigen und sie würden ihn aus dem Hotel werfen.

Schnell stand ich auf und öffnete die Tür. David war sturzbetrunken. Sein Hemd war auf einer Seite aus seiner Hose gerutscht, seine Haare standen wild und völlig zerzaust vom Kopf ab und seine Augen waren blutunterlaufen.

»Gia, da bist du ja.«

»David, hör um Gottes willen auf, gegen die Tür zu trommeln. Du weckst ja das ganze Hotel.«

Er umklammerte mich und versenkte sein Gesicht in meine Halsbeuge. Instinktiv versuchte ich, auszuweichen, doch er hielt mich eisern fest. Ich hatte nicht den Hauch einer Chance gegen ihn, also wehrte ich mich nicht mehr, sondern zog ihn rückwärts in mein Schlafzimmer und ließ mich mit ihm zusammen aufs Bett fallen. Natürlich fiel er auf mich drauf, und ich versuchte, mich unter ihm rauszuwinden. Doch er hielt mich weiterhin fest an sich gedrückt, deshalb bemühte ich mich, uns beide zu drehen, damit ich auf ihm zu liegen kam. Das gelang mir erst nach mehreren Versuchen und als ich endlich obenauf lag, versuchte ich wieder, mich aus seiner Umklammerung zu lösen.

»Nein, nein, süße Gia. Nicht weggehen«, protestierte er lallend.

»David, ich gehe nicht weg. Ich versuche nur, dich auszuziehen. Du hast immer noch deine Sachen an«, bemühte ich mich, ihn zu beruhigen.

»Ja, Haut auf Haut. Das ist schön«, murmelte er, doch ich schien zu ihm gedrungen zu sein, denn er löste die Umklammerung und hob die Arme. Nachdem ich ihm, unter Aufbietung all meiner Kräfte, endlich das Hemd und die Jeans ausgezogen hatte, ging ich in sein Schlafzimmer, um die zweite Decke zu holen.

Da hörte ich ihn wieder brüllen: »Babe, geh nicht weg. Warum bist du weggegangen?«

Schnell packte ich die Decke und rannte zu ihm zurück. Er klang verzweifelt, fast wie ein verwundetes Tier. Wieder in meinem Schlafzimmer sah ich ihn zusammengekauert auf dem Bettrand sitzen, seine Hände in den Haaren vergraben. Schnell lief ich zu ihm und nahm sie auf.

»Ich bin nicht weggegangen. Ich bin hier. Ich habe nur die Decke aus dem anderen Zimmer geholt. Ich bin da.«

Er sah zu mir auf, seine blutunterlaufenen Augen blickten mich verzweifelt und voller Schmerz an und in seinen Zügen spiegelte sich seine Zerrissenheit. In diesem Augenblick wurde mir deutlich, dass dieser Mann mich genauso begehrte wie ich ihn. Er hatte Angst, dass ich ihn verließ. Fast musste ich vor lauter Glück über die Erkenntnis lachen. Ich strich über sein trauriges Gesicht, er umklammerte meine Taille und drückte seinen Kopf gegen meinen Bauch. Minutenlang blieben wir so.

»Du bist da. Du bist bei mir.« Hörte ich ihn immer wieder undeutlich murmeln.

»Ja, ich bin bei dir und gehe nicht weg. Lass uns jetzt schlafen, es ist schon spät«, flüsterte ich und versuchte, seine Hände von mir zu lösen.

»Du gehst doch nicht weg?«, fragte er ängstlich und sah zu mir auf. Seine Augen waren geweitet, voller Angst und Seelenschmerz.

»Nein David, ich gehe nicht weg. Aber du musst mich loslassen, damit wir uns hinlegen können. Bitte, lass mich los, wir müssen wenigstens ein paar Stunden schlafen«, versuchte ich, ihn wie ein kleines Kind zu beruhigen.

»Aber du bleibst bei mir?«

»Ja, ich bleibe bei dir.«

Endlich ließ er mich los, ich hob schnell die Decke vom Boden auf und kletterte aufs Bett. David verfolgte misstrauisch jede meiner Bewegungen bis ich im Bett lag. Dann rutschte er zu mir und umschlang mich mit seinen Armen.

»Ich brauche dich, Babe«, flüsterte er gegen meinen Hals und presste mich noch fester an sich. »So weich wie Seide«, murmelte er noch und dann war er eingeschlafen.

Mit meinem Finger fuhr ich über sein stoppeliges Kinn und war durchströmt von Glück. Er brauchte mich und er wollte mich. Zum ersten Mal in meinem Leben fühlte ich mich tatsächlich gebraucht und begehrt. Dieser selbstsichere und starke Mann brauchte mich. Mein Herz war plötzlich erfüllt von Liebe. Ja, ich liebte ihn wirklich und wahrhaftig. Ich küsste sein schönes, männliches Gesicht und er stieß im Schlaf zufriedene Seufzer aus. Endlich wich die Unsicherheit, die mich so lange beherrscht hatte und ich schlief neben dem Mann, den ich aufrichtig liebte, ein.

Als ich die Augen aufschlug, war es schon nach acht und ich musste dringend auf die Toilette. David hielt mich immer noch fest an sich gedrückt, mit einem Bein quer über meinen und ich hörte ihn leise schnarchen. Sein Kopf lag etwas höher als meiner und sein Gesicht war immer noch in meinem Haar vergraben. Er schien die Stellung seit heute Nacht nicht verändert zu haben, anscheinend war er zu betrunken dazu.

Sanft befreite ich mich aus seiner Umklammerung und hörte ihn kurz missbilligend brummen, doch er wachte nicht auf. Schnell ging ich ins Badezimmer und erledigte mein Geschäft, dann wusch ich mich und ging in den Wohnbereich, um Frühstück und Kopfschmerztabletten für David zu bestellen.

Als das Frühstück gebracht wurde, nahm ich eine Flasche Wasser und die Tabletten und ging wieder zu ihm. Er lag immer noch so da, wie ich ihn verlassen hatte, nur die Decke hatte er weggestrampelt. Ich blieb an der Tür stehen und betrachtete den Mann, dem mein Herz gehörte. Seine Haare waren zerzaust und sein sehniger, durchtrainierter Körper sah blendend aus. Dunkle Härchen überzogen seine kräftigen Beine und die Arme mit dem ausgeprägten Bizeps. Es gab kein Gramm Fett, nur wohlproportionierte Muskeln. Entweder machte er viel Krafttraining oder er verrichtete schwere körperliche Arbeit, denn von Natur aus konnte er diesen perfekten Körper und die Muskeln nicht haben.

Ich setzte mich neben ihn aufs Bett und strich mit den Fingern über die seidig weichen Brusthaare. Nicht zu viel und nicht zu wenig, genau die richtige Menge. Ohne die Augen zu öffnen, umschlang er meine Schulter und zog mich näher. Seine Lippen suchten nach meinem Hals und sein Arm hielt mich fest.

»Ich habe Wasser und Kopfschmerztabletten für dich.«

Ohne die Augen zu öffnen oder seinen Griff um mich zu lösen, murmelte er: »Ja, das brauche ich jetzt, doch zuerst muss ich dich spüren und riechen. Du riechst immer so köstlich nach grünen Äpfeln.«

Er hauchte mir noch einige zarte Küsse auf den Hals, hob seinen Arm und zog meinen Kopf zu sich runter. Ich erwartete, dass er mich küssen würde, doch er griff in meine Haare und vergrub sein Gesicht darin. Nachdem er mehrmals tief Luft geholt hatte, löste er sich von mir und öffnete die Augen. Sie waren immer noch blutunterlaufen, doch sie glitzerten wie zwei Sterne in tiefschwarzer Nacht. Er verzog seine Lippen zu einem entschuldigenden Grinsen und streckte die Hand nach dem Wasser aus, ohne den Blickkontakt zu unterbrechen. Ein fragender, fast besorgter Ausdruck trat in seine Augen. Ich beugte mich runter und küsse ihn auf den Mund, um seine unausgesprochene Frage zu beantworten.

Erleichterung verdrängte die Sorge, er setzte die Wasserflasche an und trank sie zur Hälfte mit gierigen Schlucken leer. Dann nahm er die zwei Tabletten aus meiner ausgestreckten Hand und spülte sie mit dem restlichen Wasser runter. Sofort erschien ein befreites, glückliches Lächeln auf seinen Lippen. Sein ganzes Gesicht drückte Erleichterung und Zufriedenheit aus.

»Das Frühstück und eine große Kanne Kaffee warten im Salon.«

»Genau das, was ich brauche. Doch lass mich kurz duschen und meine Zähne putzen.«

Er sprang mit einem eleganten Satz aus dem Bett und mit einem letzten, etwas irritierten Blick auf mich, ging er nur mit Unterhose bekleidet in sein Zimmer. Herrgott, hatte der Mann einen schönen Hintern, perfekt gerundet, nicht zu voll, aber auch nicht zu flach und direkt darunter die kräftigen Oberschenkel mit dem dunklen Flaum. Meine Mutter würde mir die Ohren lang ziehen, wenn sie wüsste, woran ich gerade dachte.

Als er nach einiger Zeit wieder in den Salon reinkam, glänzten seine Haare feucht und er hatte wieder diese völlig ausgebleichten Jeans mit Rissen und Löchern sowie ein weißes Anzughemd mit schwarzer Krawatte angezogen. Er rieb sich mit dem Handtuch über die feuchten Locken und sah mit diesem irritierten, fragenden Blick zu mir. Er schien irgendwie durcheinander zu sein. Dann wandte er sich wortlos ab und kehrte zurück in sein Zimmer.

Was beschäftigte ihn jetzt noch und warum wirkte er durcheinander? Oder bildete ich mir das nur ein? Und warum hatte er sich gestern Nacht so betrunken? Hatte er nur mit Mister Tyler einige Drinks zu viel gehabt? Es waren jedoch nicht nur einige Drinks zu viel, er hatte sich regelrecht volllaufen lassen und dann kam er volltrunken an und hämmerte an meine Tür. Er hatte gestanden, dass er mich braucht. War das nur so dahingesagt, oder war es ernst gemeint? Man sagte, Kinder und Betrunkene sagen immer die Wahrheit. Brauchte er mich wirklich?

Gedankenverloren starrte ich in meine Kaffeetasse, als er wieder rauskam und wortlos mir gegenüber Platz nahm. Er schenkte sich Kaffee in die Tasse, nahm einen Schluck und musterte mich wieder. Seine Pupillen waren erweitert und verdrängten fast das Blau seiner Iris. Er sagte immer noch kein Wort, sah mich nur hypnotisierend mit intensiven, stechenden Blick an und nahm ab und zu einen Schluck aus seiner Tasse. Ich fühlte mich plötzlich unwohl bei dieser schweigsamen Musterung, deshalb unterbrach ich den Blickkontakt und sah auf meinen Teller.

Mit einem Mal spürte ich einen warmen Daumen, der sanft über meine Wange strich und eine glühend heiße Spur hinterließ. Er drückt mit den Fingerspitzen mein Kinn hoch und zwang mich ihn anzusehen.

»Es tut mir leid, Gia. Ich trinke normalerweise nicht so viel. Ich hoffe, ich habe dich nicht verletzt gestern Nacht.«

Er konnte sich nicht mehr an die letzte Nacht erinnern! Er wusste gar nicht, was er zu mir gesagt hatte. Vielleicht war es nur der Alkohol, der ihn dazu brachte, Dinge zu sagen, die gar nicht so gemeint waren? Vielleicht war alles gar nicht wahr und ich reimte mir irgendwas zusammen, weil ich es mir wünschte?

»Und es tut mir aufrichtig leid, dass ich dich ausgelacht habe. Auch ich kann mir diese unglaubliche Anziehungskraft, die zweifelsfrei zwischen uns besteht, nicht erklären. Du bringst mich dazu, meinen gesunden Menschenverstand in Frage zu stellen. Doch einerlei, was mein Verstand mir sagt, ich kann mich nicht von dir fernhalten. Ich brauche dich und will mit dir zusammen sein.«

Wow, das war heavy! Was für ein Geständnis. Also war es doch nicht nur der Alkohol, der gestern aus ihm gesprochen hatte. Er fühlte sich zu mir hingezogen, er wollte mit mir zusammen sein. Erleichterung und ein warmes Glücksgefühl durchströmten mich und wieder machte sich dieses Hochgefühl in meinem Herzen breit. Ich fühlte Schmetterlinge wild in meinem Magen flattern. Als er bemerkte, wie ich strahlte, beugte er sich vor und küsste mich zart auf den Mundwinkel.

»Ich brauche dich auch«, kamen die Worte aus meinem Mund, ohne nachzudenken. Und ich wollte ihn wirklich. Am liebsten wäre ich in diesem Moment zu ihm gesprungen und hätte mich auf seinen Schoß geschwungen. Alles sehnte sich in mir nach seinen Küssen und Berührungen. Hitze breitete sich in meinem Innern aus und das Klopfen meines Herzens dröhnte in meinen Ohren. Der Drang, seine Hände auf meiner nackten Haut zu spüren, überwältigte mich fast.

Schlagartig kam ich wieder zu mir. Ich hatte soeben offen zugegeben, dass ich ihn wollte und jetzt musste ich mir nur noch die Kleider vom Leib reißen und *bitte, bitte* schreien. Schamlos und verrucht, das war ich, wieder senkte ich den Blick.

»Schau mich an Babe, du musst dich wegen deiner heftigen Reaktion nicht schämen«, sagte er leise, fast flüsternd. »Ich fühle genauso. Es ist zwar unerklärlich und verwirrend aber ganz sicher nicht abartig.«

Er durchschaute mich und fühlte genauso.

Er stand auf, griff nach meinen Händen, zog mich zu sich hoch und küsste mich voller Zärtlichkeit. Wärme durchzog wieder meinen Körper und das Blut fing augenblicklich an durch die Adern meines Körpers zu strömen, sich in meinem Unterleib zu sammeln und dort zu pulsieren. Meine Brustwarzen wurden steif und wölbten sich nach außen. Ich war heiß und ich wollte ihn, ich wollte ihn sofort. Er sollte das Feuer, das er in mir entfacht hatte, mit seinen Händen, seinem Mund und seinem Körper löschen. Jetzt sofort!

Wild erwiderte ich seinen Kuss und meine Finger krallten sich in seinem Rücken fest. Dieser Mann brachte mich regelrecht um den Verstand. Es reichte ein stürmischer Kuss von ihm und ich war nur noch Pudding. Sämtliche Nerven in meinem Körper reagierten auf ihn, Begierde und Lust überfluteten mich.

Abrupt ließ er mich los.

»Wenn wir jetzt nicht aufhören, kommen wir heute nicht mehr aus diesem Zimmer raus. Aber wir haben noch viel zu tun. Lass uns schnell etwas essen und anschließend zur Messe fahren. Wir sind schon viel zu spät dran.«

Er strich noch kurz über meine Unterlippe, dann setzte er sich wieder an den Tisch, griff sich ein Croissant und bestrich es mit Butter. Auch ich nahm wieder Platz und versuchte, wieder einigermaßen Herr meiner Sinne zu werden. Er hatte recht, es war schon nach neun und wir hatten viel Arbeit vor uns. Schnell nahm ich ein Plunderteilchen und tunkte es in den Kaffee.

»Du tunkst dein süßes Stückchen in den Kaffee«, rief er urplötzlich aus.

»Ja ...«, ich sah verwundert auf.

»Ich mache das auch immer«, gestand er.

»Als ich zu Marty gezogen bin, bin ich am nächsten Tag einkaufen gegangen. Da habe ich mir in einer kleinen Boutique, die französische Porzellanwaren anbietet, eine große Milchkaffeeschale gekauft. Am nächsten Tag hat sich Marty auch eine besorgt, und jetzt sitzen wir jeden Morgen am Frühstückstisch und stippen unsere Kekse oder Hörnchen«, erwiderte ich lachend.

»Wenn ich meine eigene Schale mitbringe, kann ich dann bei euch mitmachen?«, fragte er, nun auch lachend.

Es war schön, ihn lachen zu hören, und es freute mich, dass er so unbeschwert sein konnte. Vor allen Dingen war ich glücklich, dass er mit *mir* so ausgelassen war und die Missverständnisse sich in Luft aufgelöst hatten. Wir waren nur noch ein junges, fröhliches Paar, das sich in der Gegenwart des anderen wohlfühlte. Und als er mich nun ansah, drücken seine Augen Zärtlichkeit und feurige Glut aus.

Den ganzen Tag waren wir ziemlich beschäftigt. Zum Mittagessen hatte jemand Pizza für alle besorgt und wir aßen schnell im Stehen. Robert hatte schon mit der Grundierung der Wände im Liebesliegenzimmer begonnen, aber der Marmorboden würde erst nach Weihnachten verlegt werden können, weil sich die Lieferung verzögerte. Einer Eingebung folgend rief ich beim Blumenhändler an und bestellte zwei Dutzend weiße und fünfzig rote Rosen. Dann vereinbarte ich mit ihm, dass er mir zu den Rosen auch noch zwei oder drei sehr edle und hohe Kristallvasen liefert. Er versprach mir, eine Auswahl der in Frage kommenden Vasen schon mit den Pflanzen, die wir bereits ausgesucht hatten, zu liefern und die Rosen eine Stunde vor Messebeginn. Als alles klargemacht war, ging ich zu David rüber, um ihm zu helfen.

Es war schon nach zehn, als wir endlich ins Hotel fuhren. Ich war müde, aber auch aufgeregt. Was würde uns die Nacht noch bringen? Freudige Erregung nahm Besitz von mir und als David im Wagen nach meiner Hand griff, jagte mir seine Berührung heiße Schauer über die Haut. In der Suite angekommen, beschlossen wir, uns einen Hamburger mit Pommes und Salat aufs Zimmer kommen zu lassen und schnell zu duschen, während wir auf das Essen warten mussten.

Gerade, als ich frisch geduscht in den Salon kam, öffnete David dem Zimmerkellner die Tür. Er war barfuß und trug sein Hemd über der verwaschenen Jeans und er sah unglaublich heiß aus. Da er sich die letzten zwei Tage nicht rasiert hatte, zierten wieder diese Dreitagestoppeln, die ihm so gut standen, sein Gesicht.

»Lass uns was essen. Ich bin total ausgehungert«, sagte David und biss herzhaft in seinen Burger. Das ließ ich mir nicht zweimal sagen, und schob gleich mehrere Pommes in den Mund.

»Mmmhm ... Das ist köstlich. Ich bin am Verhungern«, antwortete ich, nachdem ich ein wenig Platz in meinem Mund geschaffen hatte, damit ich überhaupt sprechen konnte.

»Ja, heute war ein langer Tag. Doch wir müssen nur noch morgen Vormittag arbeiten. Ab zwölf ist für alle Schluss, denn übermorgen ist Weihnachten, da wollen alle zu ihren Familien.«

»Aber morgen ist doch erst der Dreiundzwanzigste.«

»Ja, aber die meisten Handwerker und Messebauer wohnen nicht hier in Vegas, sondern kommen von überall aus ganz Amerika hierher. Und ab Mittag müssen alle schauen, wie sie schnellstens zu ihren Familien kommen. Auf dem Flughafen ist der dreiundzwanzigste Dezember der hektischste Tag des Jahres. Da werden viele Sonderflüge zu allen größeren Städten des Landes geflogen. Alle, die eine Familie haben, wollen Weihnachten zu Hause sein und viele andere wiederum wollen die Feiertage hier in Vegas verbringen. Hauptsächlich Singles und Verliebte. Zu Weihnachten ist hier der Teufel los«, klärte er mich zwischen den Bissen auf.

»Ach ja, deshalb ist das Hotel auch ausgebucht über die Feiertage. Und ich armes Mädchen muss in einer Suite mit meinem Chef schlafen«, neckte ich ihn.

»Gute Planung ist das A und O«, lachte David. »Nun komm, du armes Mädchen und zeige dich erkenntlich gegenüber deinem Chef und küsse ihn«, witzelte er.

»Okay, du Sklaventreiber.« Schnell wischte ich mir den Mund und die Hände ab, stand auf und schwang mich auf seinen Schoß. Dann küsste ich ihn wild.

Als wir beide ein wenig zu Atem kamen, hörte ich David gegen meinen Hals murmeln: »Meine schöne, wilde Sklavin. Was habe ich für ein Glück.« Dabei hauchte er zarte Küsse unterhalb von meinem Ohr auf das Schlüsselbein und die Küsse erzeugten ein Echo in meinem Unterleib.

Er hatte bemerkt, dass ich auf Küsse an dieser Stelle besonders heftig reagierte und tat es nun ausgiebig. Ich vergrub meine Hände in seinen dunkelbraunen Locken. Da er sie nach der Dusche nicht gekämmt hatte, lockten sie sich ein wenig mehr als sonst und fielen ihm jetzt in die Stirn. Das sah so verdammt sexy aus. Seine Haare waren ein bisschen zu lang, doch das ließ ihn jünger wirken und vermittelte ein wenig den Eindruck eines Bad-Boys, was durch die zerrissene Jeans noch verstärkt wurde. Es gefiel mir.

Während er weiterhin meinen Hals küsste, schob er mein Shirt nach oben und umfasste mit beiden Händen meine Brüste. Da ich nach dem Duschen keinen BH angezogen hatte, lag der Zugang nun frei. Er lehnte sich ein wenig zurück und ließ seinen Blick über mein Gesicht und meine nun entblößte Brust wandern.

»Oh Gott, wie schön du bist.« Seine Stimme klang samtig und rau. Wellen der Lust und sengende Hitze schossen durch meine Adern. Dann fing er an, meine Brustwarzen zwischen Daumen und Zeigefinger zu rollen, wobei er abwechselnd Küsse auf den Brustansatz und das Dekolleté drückte. Meine aufgerichteten Knospen waren übersensibel und die Reibung löste eine wahre Flut an Empfindungen in mir aus. Als er anfing, an ihnen zu saugen und sie sanft zwischen seinen Lippen zu ziehen, schnappte ich hörbar nach Luft – wollte endlich seine nackte Haut auf meiner fühlen. Deshalb zerrte ich an seinem Hemd und versuchte um seinen Kopf herum die Knöpfe zu öffnen.

»Heb deine Arme hoch«, befahl er mit dieser samtigen, fast heiseren Stimme und blickte auf. Die pure Lust und Gier, die in seinen Augen loderten, vernebelten mein Gehirn und mein Körper spielte verrückt.

Bereitwillig gehorchte ich und er zog mir das Shirt über den Kopf, riss sich das Hemd auf, sodass die Knöpfe im Zimmer umherflogen, schob seine Hände unter meinen Po und stand samt mir vom Stuhl auf. Automatisch spreizte ich die Beine, umschloss seine Hüften und mit den Händen griff ich nach seinem Nacken um mich daran festzuhalten. Mit Leichtigkeit trug er mich in sein Schlafzimmer. Während der ganzen Prozedur löste er seine Lippen nicht von meiner Haut.

Im Schlafzimmer angekommen, ließ er mich an sich runtergleiten, bis ich auf dem Bettrand zu sitzen kam. Er öffnete den Reißverschluss und zog sich die Jeans mitsamt der Shorts aus. Jetzt hatte er nur noch das offene Hemd an, doch auch das zerrte er sich hastig von den Schultern.

Ich saß mit bloßem Oberkörper da und starrte ihn fasziniert an. Sonnengebräunte Haut, klar definierte Muskeln, die Brusthaare und ein dünner Haarstrich, der am Nabel anfing und sich nach unten schlängelte. Zwischen einem Gewirr aus dunklen Haaren ragte sein pralles Geschlecht. Es stand senkrecht ab und es war groß. Wirklich groß.

Er sah so verdammt heiß und vollkommen aus. Und dieser Mann wollte *mich*. Als er sich hinunterbeugte und mich küsste, kann ich es nicht erwarten, seine Haut auf meiner zu spüren, deshalb ließ ich mich zurückfallen, er griff nach meiner Hose und zog sie mir aus. Er blieb am Bettrand stehen und betrachtete mich von oben bis unten. Seine Augen waren geweitet und mit einer Mischung aus grenzenloser Bewunderung und wilder Leidenschaft gefüllt.

»Schön, so verdammt schön.«

Ohne den Blick von mir zu nehmen, legte er sich zu mir und zog mich an sich. Ich umfasste sein Gesicht mit beiden Händen und küsste ihn sanft auf den Mund. Er legte eine Hand um meine Taille und mit der anderen griff er in mein Haar und presste mich fest gegen den eigenen Mund. Dann küsste er mich stürmisch, fordernd zurück. Seine Zunge umspielt die meine und ohne den Griff zu lockern, drehte er sich plötzlich, sodass er auf mir zu liegen kam.

»Du machst mich total verrückt, Babe. Ich habe noch nie so sehr eine Frau begehrt, wie ich dich begehre.«

Er verschränkte seine Finger mit meinen und drückte sie hoch über meinen Kopf, dann löste er die Lippen von meinen und glitt zu meinem Hals. Er saugte und küsste und sein heißer Atem ließ mein Blut kochen. Dann knabberte er mit den Zähnen leicht an meinem Ohrläppchen und ich zerfloss. Ich schloss fest die Augen, um die Gefühle, die mich über alle Maßen in Besitz genommen hatten, intensiver wahrnehmen zu können. Das Blut pulsierte in meinen Adern und in meiner Scham. Ich stöhnte laut auf. Ich brauchte ihn – ich wollte ihn endlich in mir spüren.

Er löste Seine Finger aus meinen und griff nach unten. Auf seinem Weg abwärts strich er über die erhitzte Haut und jeder Kontakt hallte wellenartig in meinem Inneren wider. Mit seinen Fingern zwischen meinen Beinen angelangt fuhr er in kreisenden Bewegungen über die empfindlichste Stelle meines Körpers und plötzlich waren seine Finger in mir. Mein Gehirn setzte nun vollkommen aus. Nur noch spüren, riechen und schmecken. Dieser Mann machte mich wahnsinnig vor Lust und Verlangen.

»David, bitte ...«

Doch, statt endlich loszulegen, intensivierte er die Reibung an meiner angeschwollenen Perle und glitt mit seinem Mund runter zu den empfindlichen Brustwarzen. Er biss leicht in eine und der Schmerz löste Hitzewellen aus, ließ meinen Hunger nach ihm ins Unermessliche ansteigen. Ich bäumte mich auf und drückte mein Becken nach oben.

»David, jetzt, bitte«, stöhnte ich, griff mit meiner freien Hand nach seinem festen Hintern und krallte mich mit den Fingernägeln darin fest.

»Aaaah ...« heiser und tief klang dieser Laut, der seinem Mund entfuhr. Er bog seinen Oberkörper und brachte seine Männlichkeit in Position.

Ja, genau das brauchte ich. Ich wollte ihn spüren und ihn in mir haben. Ich verstärkte wieder den Griff meiner Finger auf seinem Hintern, signalisierte, dass ich es jetzt brauchte und nicht mehr erwarten konnte. Alles in mir gierte nach Vereinigung.

Er hob sein Becken an, spannte seine Muskeln und drang mit einem kraftvollen Stoß in mich ein. Dann verharrte er für einige Sekunden in dieser Stellung. Ich schnappte nach Luft. Er war so kraftvoll, hart, groß. Er füllte mich aus, er füllte mich gänzlich aus und ich war endgültig verloren.

Er stützte sich mit seinen Händen seitlich an meinem Kopf ab und fing rhythmisch zu Pumpen an.

»Jaaah ..., das wollte ich schon den ganzen Tag.« Sein Kiefer war angespannt und die Worte zischte er durch zusammengebissene Zähne. Er stieß immer wieder kraftvoll zu. Das erste Mal, als wir miteinander schliefen, war nur ein Abklatsch von dem, was heute passierte. Es war zwar schön, aber es ging damals schnell. Die Leidenschaft, die Kraft und auch die Zärtlichkeit, die David heute an den Tag legte, ließ uns eine Verbindung eingehen, die so emotional war, dass mir die Tränen kamen. Ich war noch nie in meinem Leben, nicht einmal in meinen Träumen, so erfüllt von Verlangen und Lust.

Ich fühlte den Orgasmus kommen und es explodierte in mir mit einer Heftigkeit, die mir den Atem raubte. Ich schrie auf und alles in mir verkrampfte sich. Ich zuckte unkontrolliert am ganzen Körper. Als ich die Augen schloss, tanzten bunte Lichter hinter meinen Lidern.

»Oh, Giaaaaaa«, hörte ich David ausstoßen, seine Muskeln versteiften sich und ein Erschauern durchfuhr seinen Körper und ich konnte spüren, wie sein Samen sich in Stößen in mir entlud. Er sackte auf mir zusammen, umarmte mich so fest, dass ich kaum frei atmen konnte, vergrub sein Gesicht in meiner Halsbeuge.

»Du bringst mich um. Ich bin sicher, dass mein Herz für einen Moment zu Schlagen aufgehört hat«, murmelte er und hielt mich immer noch fest an sich gepresst.

»Aber ich bekomme fast keine Luft mehr, deshalb sterbe ich vermutlich jetzt schon«, keuchte ich in sein Haar.

Sofort lockerte er den Griff, hob den Oberkörper an und sah mir erschrocken ins Gesicht.

»Habe ich dir wehgetan?«

»Nein, du tust mir nicht weh. Nur die Umarmung ist etwas zu heftig gewesen«, versicherte ich ihm, als ich wieder Luft in meine Lungen bekam.

Er sah mir liebevoll in die Augen und strich eine Strähne aus meinem verschwitzten Gesicht. Dieser Blick und die zärtliche Geste waren zu viel für mich. Tränen liefen aus meinen Augen und über die Schläfen hinunter. Ich war so ergriffen und voller Liebe zu diesem Mann, dass ich mich nicht mehr beherrschen konnte.

»Oh Babe, warum weinst du? Habe ich dir doch wehgetan?«

»Nein, nein. Ich bin nur so glücklich«, schluchzte ich. Ich konnte gar nicht mehr aufhören zu weinen.

David verteilte kleine Küsschen auf meinen Wangen. Er küsste die Tränen weg und fuhr dabei immer wieder sanft über meinen Kopf, wie bei einem Kleinkind, das man trösten musste. Das verstärkte noch den Tränenfluss – mein ganzer Körper bebte und zuckte. Ich hatte einen Weinkrampf und konnte nicht aufhören.

»Schschscht ... Ist schon okay. Es ist alles gut.« Er hielt mich immer noch fest und streichelte beruhigend über meine Haare.

Irgendwann hörte das Schluchzen auf und ich schämte mich furchtbar, drehte den Kopf zur Seite, damit er nicht sah, wie peinlich mir der Ausbruch war. Doch er drückte mit seinem Zeigefinger gegen mein Kinn, sodass ich ihn ansehen musste.

»Ist nicht schlimm. Du musst dich nicht schämen. Das sind nur die Nerven.«

»Ja, die letzten Tage waren nervenaufreibend und voller Aufregung.«

»Ist schon okay. Die letzten Tage waren auch für mich ziemlich anstrengend und verwirrend.«

»Ich heule wie ein Schlosshund und du machst dich über mich lustig!«

»Ich mache mich nicht über dich lustig. Es war wirklich viel die letzten paar Tage.«

Er sah mir bei dem Wortwechsel tief in die Augen und sein Blick signalisierte, dass er es ernst meinte. Er rollte sich von mir runter und zog meinen Oberkörper auf seine Brust.

»Schlaf jetzt, du bist bestimmt müde.« Nur kurz löste er sich von mir, um die Decke vom unteren Teil des Bettes zu holen, und deckte uns beide damit zu. Dann schob er seinen Arm unter meinen Nacken und drückte meinen Kopf wieder gegen seine Brust. Ich schmiegte mich an ihn, umschlang seine Mitte.

Der letzte Gedanke, bevor ich einschlief, galt ihm. Stumm dankte ich ihm für sein Verständnis und das herrliche Erlebnis. Er hatte mir glaubhaft gemacht, dass ich eine normale Frau mit völlig normalen Bedürfnissen und Empfindungen war.

13

Ich spürte einen Mund, der an meiner Brust naschte und machte die Augen auf. Zerzauste braune Locken waren das erste, dass ich erblickte. David! Ich rekelte mich behaglich bei so viel Aufmerksamkeit. Durch die aufgezogenen Vorhänge konnte ich die Morgendämmerung sehen. Es musste noch ganz früh sein, denn die Sonne ging gerade erst auf. Es war schön, durch Liebkosungen des Mannes, den man liebte geweckt zu werden. Als mich sein wunderbarer Geruch in der Nase kitzelte, griff ich in die seidig glänzenden Locken vor mir.

»Guten Morgen, Babe. Ich weiß, du bist noch müde, aber wir müssen noch einiges erledigen heute Vormittag. Doch die nächsten paar Tage können wir den fehlenden Schlaf nachholen.« David hatte seine Liebkosung unterbrochen und sah mich aus diesen unglaublichen Augen von unten herauf, durch die Wimpern, an. Dann hauchte er zärtlich noch ein Küsschen auf jede Brust und erhob sich.

Erst jetzt bemerkte ich, dass er fertig angezogen und rasiert war. Sein überaus männliches Gesicht gefiel mir mit den Dreitagestoppeln zwar besser, aber er sah auch glattrasiert unwiderstehlich aus. Er streckte mir die Hand entgegen und zog mich hoch.

»Mach dich schnell fertig. Ich bestelle uns schon mal ein Frühstück, solange du duschst.« Dann küsste er mich auf den Mund. Ich war noch etwas benommen vom Schlaf und vollkommen nackt. Hastig sah ich mich um und bemerkte das Hemd mit den teilweise abgerissenen Knöpfen auf einem Stuhl. Schnell zog ich es über und dann ... roch ich ihn. Sein himmlischer Geruch haftete noch daran. Ich vergrub meine Nase darin und atmete tief durch, schnappte nach meiner Freizeithose, raffte das Hemd vorne zusammen und rannte in mein Zimmer.

Schnell wusch ich mir die Haare und gerade, als ich aus der Dusche trat, kam David ins Bad. Er küsste mich wortlos auf den Mund, strich sanft mit dem Daumen kurz über meine Unterlippe, drehte sich wieder um und ging hinaus.

Was war denn das? Er war nur gekommen, um mich zu küssen? Einfach so? Ich war vollkommen verblüfft über die zärtliche Geste. Wärme breitete sich in meiner Brust aus und mein dummes Herz machte einen Salto. Sekundenlang stand ich wie angewurzelt da und starrte den leeren Türrahmen an. Oder wollte er nur nachsehen, wie weit ich war? Ich entschied mich für den Liebesbeweis, einfach, weil es so schön war und verzog den Mund zu einem zufriedenen Lächeln.

Wir tranken Kaffee und tunkten unsere Croissants ein, lächelten uns dabei gegenseitig an. Meine Herzgegend war immer noch erfüllt von diesem warmen, angenehmen Gefühl.

Dann fuhren wir zu Messe und wie David schon erwähnt hatte, war Schlag zwölf die Halle menschenleer. Nur noch das Reinigungspersonal zog durch die Gänge. Wir waren die Letzten, die noch am Stand herumstanden und ich winkte David zu mir, wollte ihm noch die Idee mit den Rosen erklären, die mir gestern gekommen war.

»Was sind Polar Star und Hearts überhaupt?«, fragte er, als ich ihn aufklärte.

»Beides sind Rosensorten. Polar Star ist eine reinweiße Rose mit zartem und unaufdringlichem Duft, die lange Stiele hat. Hearts ist eine vollgefüllte Rosensorte, die einen warmen, relativ dunklen Rotton mit samtigem Schimmer aufweist. Die weißen will ich auf Kristallvasen verteilen und die roten Blüten in der Badewanne und teilweise nur als Blätter verteilen, damit die Atmosphäre sinnlicher wirkt. Eventuell können wir noch brennende Kerzen in Silberkandelabern aufstellen. Das würde romantisch wirken.«

»Ja, die Kandelaber und die weißen Rosen könnten wir auf einem antiken Toilettentisch aufstellen.«

»Das dunkle Grün des Bodens und der Wände, weiße und rote Rosen, edle Kerzenleuchter, die antike Badewanne und der Toilettentisch in sanftem Cremeweiß sowie der Ausblick auf den See, das wird perfekt harmonieren. Schon allein die Vorstellung macht mich neidisch. Ich liebe den Raum jetzt schon«, seufzte ich auf. Es war im Moment nur ein leerer Raum mit von Grundierung verschmierten Holzwänden und fleckigem Zementboden, doch ich sah ihn schon fertig vor mir.

»Übrigens, Sam hat mir vor meinem Besäufnis vorgeschlagen, dass wir gar keinen Film drehen sollten. Er meint, dass Bilder besser wären. Ich habe zugestimmt und er wird alles in die Wege leiten und einen guten Fotografen engagieren. Die Bilder wird er uns vermutlich gleich nach Weihnachten bringen. Falls sie uns nicht gefallen sollten, ist noch immer Zeit genug, um einen Film zu drehen.«

»Sam ist wohl Mister Tyler?«

»Ja, nach dem dritten Kognak, haben wir uns verbrüdert.«

Ich musste laut auflachen, als ich mir die zwei völlig gegensätzlichen Männer beim Trinken an einem Bartresen vorstellte. »Also hast du dich gar nicht wegen mir volllaufen lassen, sondern hast dich mit goldbehangenen Muskelprotzen verbrüdert«, stellte ich fest.

David wurde ernst, nahm mein Gesicht zwischen die Hände, sah mir tief in die Augen und sagte mit dieser tiefen, rauen Stimme: »Ich habe *ausschließlich* wegen dir getrunken. Du bringst meine geordnete Welt durcheinander. Du löst Gefühle in mir aus, die ich bisher nicht kannte und auch nicht wollte. Mein Verstand sagt mir, ich soll rennen, soweit ich nur kann, doch meine Füße schlagen immer nur den Weg zu dir ein. Du warst so verletzt am Abend zuvor, abweisend und kühl an diesem Tag. Das hat mich noch mehr durcheinandergebracht. Ich wollte das beschissene Gefühl, das ich den ganzen Tag über hatte, im Alkohol ertränken. Ich dachte, mit Kognak würde ich meine Probleme lösen können. Und dann stand ich doch wieder vor deiner Tür und flehte um Einlass.«

Mein Mund wurde augenblicklich trocken und ich musste schlucken, um die Trockenheit loszuwerden. Ich starrte in seine Augen und sah so viel Gefühl und Wärme darin, dass ich fast wieder zu heulen anfing. Er hegte Gefühle für mich. Mein Herz hämmerte wie wild und ein unwiderstehlicher Drang nach Zärtlichkeit ließ mich die Augen schließen. Ich stellte mich auf die Zehen und zog seinen Mund zu mir runter. Dann küssten wir uns zärtlich und gefühlvoll.

Als wir uns voneinander trennten, konnte ich es mir nicht verkneifen: »Du hast nicht um Einlass gefleht, du hast herrisch gegen die Tür gehämmert und Einlass *gefordert*, mein Chef und Gebieter.«

»Aber ich wollte flehen. Sam hat mir erklärt, wir Männer müssen kriechen und flehen, wenn wir etwas falsch gemacht haben. Da siehst du, wie der Alkohol einen verwirren kann«, lachte er wieder.

»Auf jeden Fall hast du das Flehen und Kriechen falsch interpretiert. Dein Schreien und Hämmern hatte keinerlei Ähnlichkeit damit«, fiel ich in sein lachen ein. Dann musste ich nachfragen: »Du hast einen Pornofilmproduzenten in Beziehungsfragen um Rat gefragt?«

»Ich war verzweifelt und er war da. Er ist auch ein Mann«, stellte David mit Bestimmtheit fest.

Lachend und händchenhaltend verließen wir das Messegelände und fuhren zum Hotel. Während der Fahrt erkundigte sich David, ob ich irgendwelche Wünsche bezüglich des Heiligabends hatte.

»Wir könnten in die Kirche gehen und dann zum Essen«, schlug ich vor.

»Keine Kirche!«, erwiderte er schneidend. Die ausgelassene Stimmung war auf einmal verschwunden. Davids Lippen waren wütend zusammengekniffen und sein Kiefer mahlte. Er hielt das Lenkrad so fest umklammert, dass die Knöchel weiß hervortreten. Was, um Himmels willen hatte ich jetzt wieder falsch gemacht?

»Wir müssen nicht in die Kirche. Wir können auch einfach spazieren gehen oder im Hotel bleiben. Wir können uns einen Film ansehen oder eine der vielen Shows besuchen, oder ...«

»Ist schon okay, Gia. Ich bin nicht auf dich wütend. Ich mag nur keine Kirchen oder alles, was scheinheilig und verlogen ist. Ich hasse jede kirchliche Institution, in der Menschen das Sagen haben. Ich kann zu Gott beten, wo und wann ich will, dazu brauche ich keine Kirche und ihre sogenannten *Diener*. Das sind alles nur verlogene, machthungrige, bigotte Menschen, die sich an Fehlern anderer ergötzen, für sich selbst jedoch alle Freiheiten in Anspruch nehmen und sie als Gottes Willen darstellen. Sie sind mir zuwider.«

Wow, solch eine leidenschaftliche Rede musste einen Hintergrund haben. Niemand konnte so enthusiastisch über eine Sache reden, wenn es keinen besonderen Grund gab. David wirkte wütend, und hatte verächtlich die lippen verzogen.

»Okay, damit kann ich leben. Ich kann auch überall mit Gott kommunizieren. Ich brauche keine Kirche dazu. Ich dachte nur ...«

»Lassen wir das Thema. Lass uns über etwas Erfreulicheres reden. Über die Weihnachtsfeiertage laufen viele gute Shows in Vegas. Lass uns einfach mal schauen, für welche noch Karten zu haben sind. Wir können spontan entscheiden, was wir tun oder nicht tun wollen. Wir müssen nicht jetzt schon alles festlegen.« Er hob meine Hand an seine Lippen und drückte zärtliche Küsschen auf meinen Handrücken. Sein Ärger schien verflogen zu sein.

Es wurde das schönste Weihnachtsfest, das ich je hatte. Wir besuchten zwei Shows, gingen zum Essen in andere Hotels, machten ausgedehnte Spaziergänge, lachten viel und liebten uns zu jeder Tages- und Nachtzeit. Einfach himmlisch. Ich war so glücklich wie noch nie zuvor in meinem Leben. Nur beim Gedanken an meine Eltern mischte sich ein Wermutstropfen in diese sonst von Glück erfüllten Tage. Ich telefonierte mir Onkel Paul und versicherte ihm, dass es mir gut ging, wünsche ihm frohe Weihnachten und erkundigte mich nach meinen Eltern. Es ging ihnen gut, mehr konnte er mir nicht sagen. Nur Walter schien krank geworden zu sein, denn er war wohl schon seit längerer Zeit im Krankenhaus. Mehr wusste Onkel Paul nicht, da er Walter oder dessen Frau nicht mehr gesehen hatte. Ihm selber ging es gut, er bereitete sich auf seinen Ruhestand vor, denn im Februar würde er in Pension gehen. Ich freute mich für ihn.

Auch mit Marty telefonierte ich eine geschlagene Stunde lang. Außer, dass John da war und es beiden gut ging, konnte sie mir nicht mitteilen. Dafür überschüttete sie mich mit Fragen zu David und unserer Beziehung. Als ich ihr erklärte, dass ich mit David zusammen war, war sie nicht mehr zu bremsen. Sie wollte alles wissen: Wie es angefangen hatte, was wir miteinander unternommen hatten, wie es im Hotel war, usw., usw. ... Ich erzählte ihr auch von dem Stand und wie toll er aussehen würde und versprach ihr, ganz viele Fotos zu machen. Von *allem* viele Fotos zu machen, egal von was, ich würde ab sofort wie wild zu fotografieren anfangen, versprach ich hoch und heilig. Wir wünschten uns noch gegenseitig frohe Weihnachten und endlich konnte ich auflegen. Mir tat vom vielen Telefonieren schon das Ohr weh, als ich endlich das Telefon aus der Hand legen konnte.

David hatte, soviel ich mitbekommen hatte, niemanden angerufen. Hatte er keine Freunde oder Familie? Als ich ihn darauf ansprach, sagte er nur, er hätte schon Karten an alle geschickt, die wichtig waren. Wie unpersönlich das klang: Er wünschte seiner Familie und seinen Freunden per Grußkarte frohe Weihnachten? Da er offensichtlich nicht darüber reden wollte, ließ ich es so stehen und bohrte nicht nach. Ich hoffte, irgendwann würde er mir genügend Vertrauen entgegenbringen und sich öffnen, denn irgendwas im Zusammenhang mit seiner Familie bedrückte ihn. Auch die heftige Reaktion auf meinen Vorschlag, in die Kirche zu gehen, hatte sicherlich einen tieferen Hintergrund.

Doch auch ich hatte meine Geheimnisse und war definitiv noch nicht so weit, ihm alles zu offenbaren. Ich fühlte mich immer noch schuldig, doch vor allen Dingen schämte ich mich. Mein Ehemann, seine und meine Familie hielten mich immerhin für eine Ehebrecherin und ein Flittchen. Walter und sicherlich auch seine Frau, Inge dagegen für eine Lügnerin. Wie konnte ich David das alles erzählen? Er würde es bestimmt nicht verstehen können. Zunächst musste unsere Beziehung wachsen und wenn unsere Gefühle füreinander etwas gefestigt waren, würde er mir womöglich glauben können.

An Heiligabend blieben wir in unseren Räumen. Wir zelebrierten bei Kerzenschein und Musik von Elisa ein unglaubliches Weihnachtsdinner. Als zweites Dessert hatten wir einander. David liebte mich gefühlvoll, mit viel Zärtlichkeit und danach lagen wir eng umschlungen beieinander, redeten und küssten uns. Dann liebten wir uns noch einmal und es war genauso schön, wie ich es mir gewünscht hatte. In meinen kühnsten Träumen hätte ich es mir nicht besser vorstellen können.

Die Harmonie und Verbundenheit, die in diesen Tagen zwischen uns herrschte, war unbeschreiblich. Egal, wie sich die Zukunft für uns beide entwickeln würde, dieses Weihnachtsfest würde ich niemals vergessen können, weil es so besonders und ich so grenzenlos glücklich war.

Gleich am Siebenundzwanzigsten in der Früh waren wir wieder auf dem Messegelände und am Nachmittag wurden die Kisten mit den Ausstellungsstücken geliefert. Wir packten die Pakete, die Gott sei Dank schon in der Versandabteilung nach Warengruppen sortiert worden waren, eines nach dem anderen aus und bestückten damit die Regale.

»Denkst du, wir zwei schaffen es, bis zum Messebeginn alle Pakete auszupacken? Es sind so furchtbar viele.«

»Mach dir keine Sorgen. Ab morgen kommen fünf Studenten von der University of Nevada und helfen uns dabei. Ich hoffe, dass wir damit bis übermorgen durch sind.«

»Oh, das ist gut. Und was machen wir zwei dann in der restlichen Zeit?«

»Da fällt mir sicherlich was Passendes ein.« Er beugte sich zu meinem Ohr und flüsterte: »Wir könnten im Bett bleiben und vögeln wie die Karnickel.« Er küsste mich auf die Nasenspitze.

Als mir klar wurde, was er gesagt hatte, lief ich feuerrot an.

»Du brauchst dich nicht zu schämen, wenn ich ausspreche, was ich am liebsten mit der Zeit anfangen würde. Aber wenn die Waren eingeräumt sind, wartet noch viel Arbeit auf uns. Wir müssen alles ins rechte Licht rücken, den Stand dekorieren und auch im Zimmer mit der Liege alles fertigmachen«, lachte er, als er merkte, wie peinlich mir seine Worte waren. Ich entspannte mich wieder und fiel in sein Lachen ein. Trotz seiner eigentlich peinlichen Worte, fühlte ich Erregung in mir aufsteigen. Ich liebte diesen Mann so sehr und musste zugeben, dass mir seine verruchten Ideen recht gut gefielen.

»Übrigens, heute Abend kommt Sam vorbei und bringt die Fotos. Und der Marmor ist geliefert worden. Sie werden ihn heute Nacht noch verlegen. Wie weit ist eigentlich Robert?«

»Ich habe ihn zwar heute schon hier gesehen, war aber noch nicht drüben. Also habe ich keine Ahnung, wie weit er gekommen ist.«

»Dann lass uns mal nachschauen.« Als wir vor dem Zimmer stehenblieben, schlug ich entsetzt die hände vor den Mund. Die zwei Wände waren schon komplett in grün gestrichen worden und Robert hatte die Umrisse des Sees flüchtig vorgezeichnet. Das satte und recht dunkle Grün lieferte eine finstere Kulisse und eine dunkle, schwermütige Atmosphäre.

»So habe ich es mir nicht vorgestellt«, flüsterte ich betroffen. Die dunkelgrünen Wände, der dunkle Zementboden, alles wirkte trüb und bedrohlich. Es war furchtbar. Ich hatte mir etwas ganz anderes vorgestellt und auch David wirkte nicht zufrieden. Seine Augen waren vor Überraschung geweitet und seine Augenbrauen zornig zusammengekniffen.

Als Robert uns bemerkte, schlenderte er gemächlich zu uns rüber. »Furchtbar, nicht?«, grinste er uns an. Wollte er uns ärgern, oder gar Rache üben für Davids Ausbruch im Restaurant? Wir hatten fast eine Woche verloren. Wie sollten wir es in der verbleibenden Zeit schaffen, uns etwas anderes einfallen zu lassen? Meine Gedanken überschlugen sich und auch David brachte kein Wort heraus. Er war genauso schokiert wie ich. Robert schienen unsere Mienen zu amüsieren, denn inzwischen lachte er lauthals.

Plötzlich ließ David meine Hand los. Blitzschnell, mit einem Riesenschritt war er bei Robert und es sah so aus, als ob er jeden Augenblick zuschlagen würde.

»David, nicht ...«, schrie ich hysterisch auf. Auch Robert hatte in Abwehrstellung den Arm über seinen Kopf gehoben, doch trotzdem lachte er immer noch. Was war nur mit dem Typ los? Er hatte anscheinend den Verstand verloren.

»Bitte, Mister Ling, nicht schlagen«, brachte Robert immer noch lachend hervor. »Es ist alles in Ordnung. Das ist nur die unterste, *die dunkelste Schicht*«, erklärte er uns und lachte immer noch.

»An entsetzte Kunden bin ich gewöhnt. Doch Sie beide sehen zum Schießen aus.«

»Es freut mich, dass Sie uns so amüsant finden«, zischte David zwischen zusammengebissenen Zähnen. Seine Stimme war arktisch kühl, seine Kiefer mahlen und er zitterte vor unterdrückter Wut. Er schien gewachsen zu sein, oder war es nur die pure

Kraft und Entschlossenheit, die er ausstrahlte, die ihn größer und bedrohlicher wirken ließ? Sein ganzer Körper war steif und sprungbereit. Wie ein Puma vor dem Sprung auf sein Beutetier, dachte ich. Sein Mund war zu einer schmalen Linie verzogen und seine blauen Augen blicken Robert eisig an. Sogar ich bekam ein wenig Angst.

»Entschuldigung, Mister Ling, es ist alles okay. Es muss so sein. Es ist nur die Unterste von fünf Schichten. Die anderen werden immer heller, die oberste Schicht hat dann fast einen Goldton. Es tut mir leid, dass ich gelacht habe.« Auch Robert hatte es letztendlich mit der Angst zu tun bekommen.

David entspannte sich langsam. Er hatte einen inneren Schalter umgelegt und kehrte wieder in den Normalmodus zurück. Seine Muskeln und sein Kiefer entspannten sich, das eisige Blau seiner Augen wich und wurde wieder dunkel.

Wortlos wendete er sich ab, nahm meine Hand in seine und zog mich zum Ausgang. Als wir schon ein Stück gegangen waren, murmelte er: »Wenn der Typ so weitermacht, wird ihm jemand mal den Hals umdrehen, bevor er die Erklärung abgeben kann.«

Plötzlich musste ich kichern. »Du hast ihm einen Schrecken eingejagt.«

»Ja, vermutlich ist er gerade im Waschraum und wechselt seine Unterhosen.« Kichernd und händchenhaltend, wie zwei Teenager, liefen wir zum Auto.

Nachdem wir uns frisch gemacht und umgezogen hatten, warteten wir im Foyer auf Sam Tyler. Ich war gespannt auf die Bilder. Ein Bediensteter des Hotels teilte uns mit, dass Sam sich ein wenig verspäten würde und wir beschlossen, in der Hotelbar auf ihn zu warten. Es war sehr gemütlich dort, viel dunkles Holz und glänzendes Messing gepaart mit edlen Ledersesseln und kleinen runden Marmortischen ließen den Raum sehr elegant und doch gemütlich wirken. Kerzenschein und stilvolle venezianische Lampen vervollständigten den Eindruck.

»Was kann ich dir zu trinken bringen?«

»Nur ein Glas Weißwein, bitte.«

Als sich David umdrehte und zur Bar ging, beobachtete ich ihn. Er trug wieder ein weißes, tailliertes Hemd, seine ausgeblichenen Jeans, eine schwarze Krawatte und ein schwarzes Sakko. Dazu schwarze italienische Lederschuhe und einen Ledergürtel, das war sein übliches Outfit. Die etwas zu langen braunen Haare, die er immer wieder mit der Hand glatt zu streichen versuchte, ließ ihn richtig heiß aussehen. Als er sich über die Bar beugte und sein Sakko nach oben rutschte, wurde sein wohlgeformter Hintern in der Jeans sichtbar. Er sah so sexy aus, dass sich meine Atmung beschleunigte und mich die Liebe, die ich für ihn empfand, beinahe zu zerreißen drohte. Meine Kehle schnürte sich zu und mein Herz klopfte wild. Ich liebte ihn so sehr, dass es fast wehtat. Mein Körper sehnte sich nach seinen Berührungen, seinen Blicken und Küssen. Ich brauchte all das. Ich wollte seinen Körper und sein Herz, ich wollte alles.

Als er zum Tisch zurückkehrte und sich setzte, sah er auf und strich mir mit den Fingerrücken über die Wange. Da fühlte ich die Kühle der Träne, die er soeben abgewischt hatte.

»Stimmt irgendwas nicht? Geht es dir gut?« Sein besorgter Blick war auf mich gerichtet, während er meine Hand mit seinen umschloss.

»Mir geht es gut. Es ist alles in Ordnung«, winkte ich ab. »Ich bin auf die Bilder gespannt. Ob das wohl eine gute Idee war?«, versuchte ich, seine Aufmerksamkeit von mir abzulenken

Es funktionierte, denn er antwortete sofort: »Ich bin genauso gespannt. Wenn mir Sam nicht versichert hätte, dass noch genügend Zeit für den vorgesehenen Film bleibt, hätte ich seinem Vorschlag niemals zugestimmt.«

Als wir gerade einen Schluck von unseren Drinks nahmen, kam Sam zur Tür herein. Er wirkte aufgeregt und trug eine große Mappe in der Hand. Mit einem Wink zum Barmann ließ er sich auf einen Sessel plumpsen.

»Entschuldigt bitte mein Zuspätkommen, aber ich habe noch auf die Abzüge warten müssen. David hallo, und darf ich Gia zu Ihnen sagen?«

Er schüttelte David die Hand und führte meine zum Mund, um mir einen schmatzenden Handkuss aufzudrücken.

»Aber gerne, wenn ich Sie Sam nennen darf. Nachdem Sie sich so förmlich mit David verbrüdert haben, erweitere ich hiermit die Verbrüderung auch auf mich«, lächlte ich den sympathischen Mann an. Seine exzellenten Manieren und seine väterliche Art machten es mir leicht, ihn zu mögen.

»Also, die Fotos sind fertig. Doch hier, in diesem schummrigen Licht, können wir sie uns nicht anschauen. Lasst uns unsere Drinks leeren und ins Mirage rübergehen. Dort im Restaurant ist die Beleuchtung besser und wir können uns die Bilder in aller Ruhe ansehen, solange wir auf das Essen warten.«

Wir stimmten beide zu, plauderten über das Wetter, die Familie und das Weihnachtsfest. Sam war seit fünfunddreißig Jahren mit seiner Frau verheiratet und hatte zwei Enkelkinder. Er schien doch älter zu sein, als ich ihn geschätzt hatte. Ich hörte verwundert zu, wie Sam begeistert über seine Familie sprach. Dabei machte er doch sein Geld als Pornofilmproduzent, deshalb fragte ich: »Wie steht eigentlich deine Frau zu deinem Beruf?«

»Meine Frau und meine Familie, das ist Privatsache und Pornos sind Business«, erklärte er, als ob es das Selbstverständlichste auf der Welt wäre. »Ich habe zwei wohlgeratene Söhne. Einer ist Zahnarzt und der andere arbeitet bei mir in der Firma. Beide sind verheiratet.«

»Und eure Frauen haben nichts dagegen, dass ihr eurem Business nachgeht?«, fragte ich verwundert.

»Die Mädchen und Jungs, die bei mir arbeiten, sind ganz normale Menschen, Gia. Sie gehen teilweise auch ganz normalen Berufen nach und machen die Pornos nur nebenher. Die meisten sind ziemlich prüde und auf keinen Fall sind es Leute, die leichtfertig sexuelle Beziehungen eingehen. Jeder Student auf der UNLV hat mehr Sex mit mehr verschiedenen Partnern als meine Schauspieler. Gia, du hast eine falsche Vorstellung von meinem Business, denn wir leben in der Regel monogam und haben einen festen Partner. Die Filme sind harte Arbeit, mehr nicht. Und wenn ich auch nur eine von meinen Mädchen unzüchtig berühren, oder ihnen durch Mimik, Gestik oder irgendwelche Andeutungen zu nahe treten würde, könnten sie mich wegen sexueller Belästigung verklagen. Sogar mein Regisseur darf keinen der Schauspieler anfassen, um ihnen zum Beispiel eine Einstellung zu erklären. Bei einem Actionfilm gibt es hinter der Kamera mehr Sex als bei uns.« Er lachte schallend über meine Unwissenheit. Sein Lachen war ansteckend, und David und ich fielen mit ein.

Nachdem wir unsere Drinks getrunken hatten, gingen wir zu Fuß ins Mirage, denn es war nur zehn Minuten von unserem Hotel entfernt. Sam war erstaunlich fit und beweglich, denn wir hatten einen ziemlich strammen Gang eingelegt und ich musste ein wenig schnaufen, doch Sam zeigte keinerlei Anzeichen von Anstrengung. Bei David war ich nicht überrascht, denn er hätte bestimmt die Strecke auch rennen können und seine Atmung wäre immer noch vollkommen ruhig.

Im Mirage begaben wir uns in das Restaurant Samba Brazilian. Auf dem Weg dorthin schaute ich staunend um mich. Der ganze Eingangsbereich des Hotels war einem Regenwald nachempfunden. Wasserfälle, üppige tropische Pflanzen und große Palmen beherrschten das Bild und ein riesiges Aquarium mit bunten Fischen zierte die Rückwand der Rezeption. Ich war überwältigt.

Im Restaurant angekommen, bestellten wir schnell das Essen. Ich war kribbelig und wollte endlich die Bilder sehen. David schien es auch nicht mehr erwarten zu können, denn auch er wippte ungeduldig mit dem Fuß unter dem Tisch. Ich hatte keine Ahnung, was ich mir bestellt hatte, ich wählte einfach eilig ein Gericht aus. Ich war gespannt auf die Fotos. Verdammt, hoffentlich hatte ich nicht irgendwas Komisches bestellt, zum Beispiel hundertjährige Eier oder so. Aber die gab es nur in China, oder? Egal, ich würde es überleben, doch wenn Sam nicht endlich die Bilder aus dieser Mappe holte, platzte ich noch vor Aufregung.

Nachdem die Getränke an den Tisch gebracht wurden, legte Sam endlich die Mappe auf den Tisch. Ganz langsam entknotete er die Bänder, eins nach dem anderen, mit unendlicher Geduld. Fast war ich versucht, mein Messer zu schnappen und die Bänder durchzuschneiden, weil ich so ungeduldig war. Doch ich beherrschte mich. David schien genauso gespannt zu sein, doch er blieb äußerlich ganz ruhig. Niemand sprach, wir starrten nur gebannt auf die Mappe. Und endlich, endlich öffnete Sam den Deckel. Dann breitete er die Fotos vor uns auf dem Tisch aus.

Ich riss die Augen auf, brachte einfach keinen Ton heraus. Konnte nur schauen, Luft holen und atmen. Mein Herz hatte für einen Moment aufgehört zu Schlagen.

Die Bilder waren grandios, jedes Einzelne überwältigend. Endlich setzte die Verarbeitung von visuellen Reizen ein und ich fand meine Stimme wieder.

»Die Bilder sind wunderschön«, rief ich aus, sprang vom Stuhl auf, umarmte Sam und küsste ihn auf beide Wangen. »Danke, Sam. Die Bilder sind fantastisch. Tolle Idee!«

»Ja Sam, auch ich muss dir von Herzen danken. Die Bilder sind wirklich gut«, hörte ich David hinter mir sagen.

Nachdem ich Sam geküsst hatte, hatte ich mich nicht wieder hingesetzt, sondern starrte die Fotos von oben an. Der Fotograf hatte ausgezeichnete Arbeit geleistet und nicht nur ein einzelnes Paar, sondern verschiedene Paare abgebildet. Die Schauspieler waren nackt, doch es war nichts Anzügliches zu erkennen. Die Liege wurde in allen erdenklichen Positionen eingesetzt, viel mehr als ich mir beim Entwerfen vorgestellt hatte und der Fotograf hatte es verstanden, die Posen der Schauspieler ins rechte Licht zu rücken, sodass die Funktionen der Liege deutlich zu erkennen waren, ohne auch nur einen nackten Busen oder die Genitalien abzulichten. Immer verbargen Arme, Beine oder Haupthaare die kritischen Stellen. Die Fotos waren sehr sinnlich, ohne schlüpfrig oder unanständig zu wirken. Einfach perfekt!

David nahm immer mal wieder das eine oder andere Foto in die Hand, um es sich genauer anzuschauen. Auch ihm schienen die Bilder zuzusagen, doch ich bemerkte, wie es hinter seiner Stirn arbeitete. Er war schon viel weiter als ich, – er verarbeitete das Ganze schon.

Endlich setzte ich mich und Sam sah mich mit einem triumphierenden Lächeln an. Er war über unsere Reaktion zufrieden und grinste wie ein dicker Kater, der nach sechs Monaten Jagd endlich den Goldfisch aus dem Glas gefischt hatte.

»Wie bist du nur auf die Idee gekommen, Sam?«, fragte ich nach.

»Als der Regisseur die Schauspieler die erste Stellung einnehmen ließ, stand ich etwas abseits. Ich sah zwar die Liege und ich erkannte die Stellung der Schauspieler darauf, doch von der Badekleidung konnte ich aus meiner Position nur wenig erkennen. Deshalb ließ ich das Paar die Badeanzüge ausziehen und die Stellung nochmals einnehmen. Es war nichts zu erkennen, doch die Funktion der Liege schon. So wurde die Idee geboren.«

»Die tollste Geschichte meines bisherigen Geschäftslebens. Du hast dir die erste Liege verdient Sam, ich schenke sie dir und deiner Frau. Du hast den Sinn dahinter verstanden und es sehr gut umgesetzt. Die Liege ist kein Möbelstück für Sex, sondern eines für die Luststeigerung. Das hast du auf den Bildern mehr als deutlich rübergebracht. Danke noch mal«, erklärte David.

»Wow, ich habe gehofft, ich habe gebetet, ich dachte, ich müsste betteln, und jetzt schenkst du sie mir?«

»Ja, du hast sie verdient.«

In diesem Moment wurde unser Essen serviert. Wir waren alle drei gut gelaunt und es herrschte eine überaus ausgelassene Stimmung Während des Essens. Ich bekam eine Art Gemüseauflauf, der zum Glück sehr köstlich schmeckte.

14

Nach dem Essen, als wir wieder in unserem Hotel waren, verabschiedete sich Sam mit Handschlag und Wangenküssen von uns und verließ eilig das Hotel. Vermutlich konnte er es nicht erwarten, seiner Frau das Geschenk zu zeigen. Schmunzelnd sah ich ihm nach und David wirkte nachdenklich.

In unserer Suite platzierte sich David auf eines der Sofas und bedeutete mir mit der Hand, mich zu ihm zu setzen. Er öffnete die Mappe und wir betrachteten noch einmal jedes einzelne Foto. Es waren insgesamt elf Bilder im Format siebzig mal fünfzig Zentimeter und sie würden in Silberrahmen gut zur Geltung kommen.

»Wir müssen den Preis für die Liege anpassen«, eröffnete David plötzlich.

»Wie meinst du das? Sind zehntausend Dollar zu viel?«

»Nein, nicht zu viel, im Gegenteil.«

»Soll sie jetzt doch fünfzehntausend kosten?«

»Nein, nicht fünfzehn. Ich denke Fünfzig wären angemessen.«

»Was?«

»Ja, Fünfzigtausend. Na ja, eigentlich 49.000 Dollar«, erwiderte er bestimmt.

»Wer wird so viel dafür bezahlen wollen?« Ich war schockiert.

»Viele, mein Schatz, ganz, ganz viele.« David nahm mich in den Arm.

»Bist du dir da wirklich sicher, denn ich würde niemals so viel Geld dafür ausgeben?«

»Ja, ich bin mir absolut sicher. Die Liege ist etwas ganz Besonderes und die Möglichkeiten sind so vielfältig. Kein anderes Möbelstück bietet so viele Variationen und ich bin absolut sicher, dass sie einschlagen wird wie eine Bombe, deshalb ist der hohe Preis gerechtfertigt. Wir können dann nächstes Jahr auf der Messe eine etwas günstigere Version herausbringen. Zum Beispiel ohne den Hydraulikmotor, sondern mit einer manuellen Kurbel. Und der Sitz könnte mit Kunstleder bezogen werden.«

»Technisch wäre es natürlich auch mit einer Kurbel machbar, aber bist du dir wirklich sicher? Es ist viel Geld, nein, es ist *sehr* viel Geld.«

»Vertrau mir, Babe. Als ich die Bilder gesehen habe, war mir klar, dass wir zu bescheiden sind. Mit diesem Projekt werden wir beide reich. Wirklich reich, Babe.«

»Aber ...«

»Kein aber. Vertraust du mir?«

»Ja.«

»Okay. Und jetzt lass uns ins Schlafzimmer gehen. Ich bin schon beim ersten Foto hart geworden und das war vor zwei Stunden. Lass uns all die Stellungen nachspielen und ficken, bis wir vor Lust schreien. Ich will dich.« Er küsste mich hart und ohne Rücksicht auf meine Proteste oder meine vor Scham aufgerissenen Augen schob er seine Zunge tief in meinen Mund. Auch mich hatten die Bilder erregt. Mein Puls raste, meine Brustwarzen waren hart und so empfindlich, dass es fast schon schmerzte. Meine Haut prickelte und jede Berührung seiner Finger ließ meine Haut glühen.

Wir konnten es gar nicht erwarten, dass wir zueinanderfanden und blieben gleich auf dem Sofa. Wilde Küsse und hastiges Reißen an unserer Kleidung waren das Resultat. David war von Sinnen, zerrte ungeduldig an meiner Bluse und als er nicht schnell genug die Knöpfe aufbekam, riss er sie einfach entzwei. Als er sich dann kurz anhob, um seine Jeans auszuziehen, bemerkte ich das Feuer in seinen Augen. Die Pupillen waren erweitert, sodass die Iris fast nicht mehr sichtbar war. Macht, Verlangen und Hunger, die sich darin abzeichneten, heizten meine eigene Erregung weiter an. Ich schob meine Jeans über die Hüften und David riss sie mit einer einzigen Bewegung runter. Dann legte er sich auf mich, bedeckte meinen Körper, umhüllte ihn mit seinem Feuer. Wieder küsste er mich wild, verlangend, drängend. Unsere Zungen schlugen gegeneinander und die Hände fuhren voller Ungeduld über die nackte Haut des anderen.

Er schob mir den Büstenhalters mit einem Ruck runter, sodass meine geschwollenen Brustwarzen sichtbar wurden. Mit einem animalischen Knurren stürzte er sich darauf, biss mit seinen Zähnen leicht zu und der Schmerz durchzuckte mich, doch sofort danach kam die Hitze. Die Mischung aus verhaltenem Schmerz und sengender Hitze machte mich noch heißer. Er hob mein Bein an, sodass es auf der Rückenlehne des Sofas zu liegen kam, dann drang er mit einem Finger in mich ein und verteilte anschließend meine Feuchtigkeit auf meinem Kitzler. Er schob wieder den Mittelfinger in mich und gleichzeitig rieb er mit dem Daumen über die empfindliche Perle.

»Du machst mich heiß, Gia. So verdammt heiß«, hörte ich ihn mit Reibeisenstimme gegen meinen Busen murmeln.

Er hob seinen Oberkörper an und kniete sich hin, umschloss mit beiden Händen meine Hüften, hob meinen Unterleib an und rammte in einer wilden Bewegung seine Härte in mich rein. Sein Penis füllte mich bis zum Anschlag aus und ich spürte das Pulsieren meiner Vagina. Ich bäumte mich auf, schloss fest die Augen und warf meinen Kopf in den Naken. Ich fühlte die erlösende Explosion jetzt schon nahen. Seine Wildheit hatte ein Feuer in mir entfacht und eine Lähmung meiner Gehirnzellen verursacht. Gleich war ich soweit.

»Mach deine Augen auf, Gia. Schau mich an«, zischte er zwischen den Zähnen.

Automatisch öffnete ich die Augen und sah zu ihm auf. Er steckte weiterhin unbeweglich ganz tief in mir drin. Dann zog er sich fast völlig zurück, nur noch die Spitze ließ er eingetaucht. Plötzlich stieß er kraftvoll zu, nahm eine Hand von meiner Hüfte und fuhr in kreisenden Bewegungen mit seinem Daumen über die geschwollene Perle in der Mitte.

»Oh Gott, David«, stöhnte ich diesmal lauter auf.

Wieder blieb er regungslos tief in mir. Ich war so erregt, dass ich es nicht mehr erwarten konnte, dass er endlich weitermachte. Die Stimulation mit seinem Daumen unterbrach er nicht, verlangsamte sie jedoch, sodass sich meine Erregung ins Unermessliche steigerte, ich aber den Orgasmus nicht erreichen konnte.

»Bitte David«, flehte ich.

»Was willst du, Babe?«

»Erlöse mich David.«

»Was soll ich machen?«

Ich bin fast verrückt vor Begierde nach ihm, nach der Reibung in mir. Warum war er auf einmal so zurückhaltend?

»Was soll ich mit dir machen, Babe?«

»Liebe mich«, zischte ich völlig heiser, fast schon zornig, weil er mir verwehrte, was ich so dringend brauchte. Ich war durchgeschwitzt, weil er mich am Rande des Orgasmus hielt, es mir aber nicht ermöglichte, ihn zu erreichen. Das war zu viel. Ich wollte die Erlösung und versuchte, durch Winden mit meinem Becken die Bewegung zu erzwingen. Doch er packte meine Hüfte nur noch fester und drückte mich an sich, sodass ich mich nicht mehr bewegen konnte.

»Was soll ich mit dir machen, sag es«, seine Stimme zitterte, doch er unterbrach nicht die quälend langsame Stimulierung meiner Klitoris.

Er war genauso erregt wie ich, doch er bewegte sich keinen Millimeter und mich hinderte er daran. Ich warf meinen Kopf von einer Seite auf die andere und schloss fest die Augen. Ich verbrannte innerlich und brauchte ihn. Jetzt! Ich hielt es nicht mehr aus.

»Stoß zu David, bitte«, flehte ich jetzt.

»Mach sofort die Augen auf Gia und sag das F-Wort«, stöhnte er mit herrischer Stimme.

Ich kniff meine Augen noch fester zu und schmiss wieder den Kopf hin und her. Sein Daumen, der noch immer über meine Perle fuhr, verursachte heiße Schübe, die in meinem Inneren wüteten. Immer, wenn ich fast so weit war, verlangsamte er das Kreisen. Ich stand am Rand eines Höhepunktes und er verwehrte ihn mir. Die unbändige Lust, die ich in diesem Moment empfand, steigerte sich fast zu einem physischen Schmerz.

»Mach die Augen auf, Gia, sieh mich an und sage laut, was ich mit dir machen soll.«

Ich riss die Augen weit auf und schrie ihm entgegen: »Fick mich endlich, David!« Es war raus, ich hatte es gesagt.

Und plötzlich packte er mit beiden Händen meine Hüften und pumpte wie wild. Mit schnellen, harten Stößen gab er mir das, was ich wollte. Ich würde gleich kommen und schloss wieder die Augen.

»Mach die Augen sofort wieder auf, Gia!«, zischte er gebieterisch.

Ich gehorchte – riss sie wieder auf und sah in seine, dann erschütterte mich ein gewaltiger Orgasmus. Es wollte gar nicht mehr aufhören. Meine Vaginalmuskeln zogen sich immer wieder zusammen und mein gesamter Körper verfiel in unkontrollierte Zuckungen. Dann spürte ich, wie sein Penis in mir anschwoll und er ebenfalls kam. Das löste einen weiteren Orgasmus bei mir aus. Mein Körper bestand nur noch aus zuckenden Muskeln und mein Gehirn hatte ausgesetzt.

Nach einiger Zeit sackte er, genauso verschwitzt wie ich, auf mir zusammen. Wir keuchten und versuchten, Luft in unsere Lungen zu pumpen. Ich schnaufte wie nach einem Marathon und war vollkommen erledigt. Ich fühlte mich schwerelos und hatte das Gefühl, mich nie wieder bewegen zu können.

David stützte sich auf die Ellenbogen ab und senkte den Mund auf meinen. Seine Lippen waren sanft und voller Zärtlichkeit.

»Nun, war es schlimm, *fick mich* zu sagen?«

Ich öffnete die Augen und sah ihn an. Er blickte voller Hingabe und Zärtlichkeit auf mich herab. Offenbar erwartete er tatsächlich eine Antwort.

Obwohl ich völlig geschafft war, fühlte ich auch Wut in mir aufsteigen. »Nein, es war nicht so schlimm. Ich musste nur meine gesamte Erziehung abwerfen, eine innere Barriere überwinden, mich an den Rand des Wahnsinns bringen lassen und den Mund öffnen. Da kam es ganz einfach raus«, antwortete ich zornig.

»Jetzt bist du wütend auf mich?«

»Ja, jetzt bin ich wütend. David, ich wurde zu Keuschheit erzogen, ich kann das nicht einfach über Bord werfen und plötzlich ein anderer Mensch werden.«

»Aber du willst in fünf Tagen auf einer Erotikmesse stehen?«, fragte er und um seinen Mund zuckte es verräterisch.

Verdammt, er hatte recht. Ich konnte doch auf einer Erotikmesse nicht um den heißen Brei herumreden.

»Aber muss ich da unbedingt das F-Wort benutzen?«

»Nein, du nicht, aber deine Kunden werden es tun. Doch du kannst nicht ständig dabei rot anlaufen, wenn jemand ficken, sagt.« Jetzt schmunzelte er wirklich, fuhr aber dabei unsagbar zärtlich mit seinen Fingern über meine immer noch empfindliche Haut. Seine Berührung und der fast schon liebevolle Ausdruck in seinen Augen, lösten den Groll gegen ihn auf. Er hatte ja recht. Ich konnte doch nicht den ganzen Tag rot wie eine Tomate am Stand stehen. »Was kann ich dagegen tun?«, fragte ich einsichtig.

»Du musst das Wort und auch andere benutzen und sie als etwas Normales verinnerlichen. Was soll eigentlich dieses verklemmte Getue? Es ist bestimmt lästig, ständig rot anzulaufen.«

Wieder musste ich ihm recht geben. »Hast du mich deshalb so wahnsinnig gemacht, damit ich schon mal mit dem Üben anfange?«

»Ja. Ich habe dich an den Rand des Wahnsinns gebracht?«, fragte er nach.

»Ich dachte, ich müsste sterben.«

»Oh Babe. Ich denke das schon die ganze Zeit. Jedes Mal, wenn wir uns lieben, fühle ich mich dem Tod nahe und du bringst mich ständig um den Verstand.«

»Jedes Mal, wenn wir ficken. So jetzt habe ich zu üben angefangen. Bist du zufrieden?«

»Nach der Dusche nehmen wir uns dann das nächste Wort vor.« Er erhob sich vom Sofa, drückte mir wieder einen sanften Kuss auf den Mund und die Hüfte, wendete sich lachend ab und stolzierte wie ein Pfau davon.

Voller Entsetzen sah ich ihm nach. Wie viele Wörter gab es denn? Verdammt, verdammt, verdammt. Dieser überhebliche Arsch. Na ja, sein Arsch war in Wirklichkeit nicht überheblich, sondern eher wohlgeformt. Und die Aussicht auf noch mehr Wortübungen dieser Art war auch nicht ohne. Ich erbebte und wieder fühlte ich, das gerade erloschene Feuer in mir aufglimmen. Ich sprang auf, befreite mich von dem noch immer um meinen Bauch geschlungenen BH und folgte ihm unter die Dusche.

Als ich nackt zu ihm trat, war er sichtlich überrascht. Ich wollte mein verklemmtes Getue, wie er es genannt hatte, ablegen. Er hatte völlig recht – ich konnte nicht in dieser Branche arbeiten und weiterhin so prüde reagieren. Wären meine Eltern etwas offener, würde ich sicherlich nicht so schamhaft auf alles Sexuelle reagieren. Meine Hemmungen wurden mir anerzogen – es war kein angeborener Zustand. Also musste ich eine Art Umerziehung durchlaufen, um der Arbeit, die mir in den letzten Monaten zunehmend mehr Spaß gemacht hatte auch weiterhin nachgehen zu können. Und es lag ganz bestimmt nicht nur an David, dass es mir hier so gut gefiel.

Ich nahm einen Naturschwamm, gab ein wenig von Davids Shampoo darauf und fing an, damit seinen Körper einzuseifen. Ich begann mit seiner Brust und den breiten Schultern, arbeitete mich zu seinem Bauch vor und fuhr mit dem Schwamm weiter nach unten. Ich überwand meine Hemmungen und nahm sein Geschlecht, nein, seinen *Schwanz*, in die Hand. Es fühlte sich komisch an – auf eine gute Art komisch. Samtig weich und warm. Als ich mit dem Schwamm darüberfuhr, fing es in meiner Hand zu zucken und sich langsam aufzurichten an. Wie gebannt sah ich darauf und spürte an meinen Fingern, wie das Blut in Intervallen hineinfloss. Die Adern an den Seiten waren angeschwollen und letztendlich war er hart und groß. Ich war überwältigt von der Schönheit und Zartheit seines Geschlechts.

Ich hatte bisher noch nie die Gelegenheit bekommen einen Mann während des Vorgangs zu halten. Natürlich kannte ich die Anatomie des männlichen Körpers und auch die Funktionsweise, aber das hier war etwas anderes. Ich hatte bisher sowieso nur ein einziges männliches Glied in der Hand und das war am letzten Abend mit Alex, doch davor hatte ich ihn noch nie nackt gesehen, geschweige denn unten angefasst. Mich überkam das dringende Bedürfnis, Davids Härte zu küssen. Es zog mich magisch an. Langsam ließ ich mich auf die Knie sinken.

Als mir bewusst wurde, was ich gerade im Begriff war zu tun, sah ich erschrocken nach oben. David stand ganz ruhig da und sah mir entgeistert zu. Sofort ließ ich los.

Entsetzen und Betroffenheit sowie unsagbare Scham ließen mich regelrecht erstarren. Wie konnte ich nur so ordinär sein? Er wollte das gar nicht! Ich ließ den Schwamm aus meiner Hand gleiten und wollte plötzlich nur noch raus. Mit einem Mal fühlte ich Davids Hände, die meine Schultern fest umklammerten und mich hinderten, die Dusche zu verlassen. David zog mich von hinten an sich. Ich schämte mich furchtbar.

»Es ist alles gut Babe, du hast nichts falsch gemacht. Ich war nur etwas überrascht, doch es ist alles in Ordnung«, flüsterte er mir ins Ohr. Er stand hinter mir und hielt mich fest an sich gedrückt. Ich konnte sein Geschlecht an meinem unteren Rücken spüren.

»Ich war nur überrascht, Babe. Es ist alles okay und es hat mir gefallen. Es hat mir *sehr* gefallen«, flüsterte er an meinem Ohr, schob mit einer Hand meine Haare zur Seite und küsste mich auf den Nacken und die Schulter.

»Du hast gesehen, *wie* es mir gefallen hat«, flüsterte er weiter.

»Ich würde es lieben, wenn du weitermachen würdest.« Weiterhin verteilte er zarte Küsse auf meinen Hals und den Nacken. Mit der anderen Hand streichelte er meine Brust, schob sein Becken hin und her und rieb mit seinem Geschlecht gegen meine Rückseite. Hitze entflammte wieder meinem Körper. Trotz der Befangenheit reagierte ich auf ihn.

Er wollte es, und ich hatte ihn nur überrascht. Er war auch nicht entsetzt, sondern nur überrumpelt, redete ich mir selbst zu.

»Ich dachte, du willst das nicht«, flüsterte ich.

»Oh Babe, und wie ich das will. Merkst du denn nicht, wie sehr ich dich auf jede mögliche Art und Weise will?« Er drehte mich zu sich, sah mir tief in die Augen und die Intensität seines Blicks versicherte mir, dass er es genau so meinte. Dann nahm er meine herabhängende Hand in seine und führte sie zu seinem jetzt aufgerichteten Penis.

»Fühle, wie sehr ich es will. Fasse meinen Schwanz an, streichle und küsse ihn.«

Unsicher umspannte ich seinen Penis und seine Hand führte mich.

»Schieb die Haut vor und zurück«, leitete er mich flüsternd an. Ich folgte seinen Anweisungen – das Schamgefühl war jetzt fast verschwunden.

Er rückte ein wenig von mir ab, doch seine Hand umschloss weiterhin die meine. Mit der anderen Hand drückt er meine Schulter ein wenig nach unten. Währenddessen sah er mir weiterhin tief in die Augen.

»Erforsche und küsse ihn. Bitte Babe, ich will deinen süßen Mund da unten spüren.«

Also ging ich wieder in die Knie und schaute zu, wie ihn meine Hand von seiner umschlossen liebkoste. Sein Penis war hart, und doch fühlte es sich irgendwie samtig weich an. Die Eichel war rot, fast violett und glatt. Ein Tropfen hatte sich an der Spitze gebildet und der Wunsch ihn abzulecken, ihn zu schmecken, wurde übermächtig. Zaghaft fuhr ich mit meiner Zunge darüber und leckte den Tropfen ab. Er stöhnte auf – es gefiel ihm tatsächlich.

»Ja Babe, es fühlt sich herrlich an.«

Seine Worte ließen Mut und auch Glücksgefühle in mir aufsteigen. Ich öffnete weit den Mund und umschloss seine Härte mit den Lippen. Seine Hand auf meiner fuhr immer noch vor und zurück, sein Stöhnen ermutigte mich noch mehr und ich fing an zu saugen. Er ließ meine Hand los und keuchte: »Oh Gott Babe, du bist einzigartig.«

Ich schob mit der Hand immer noch seine Haut vor und zurück, saugte und lecke – es fühlt sich gut und auch irgendwie richtig an.

»Streichle über meine Eier, Babe.« Er spreizte leicht die Beine, damit ich besser rankam und ich griff mit der anderen Hand dazwischen. Seine Hoden waren hart und zogen sich bei meiner Berührung zusammen. Wie weich die Haut ist, dachte ich und fing vorsichtig zu kneten an.

»Ich komme gleich, Babe. Wenn du es nicht schlucken willst, dann lass jetzt los.«

Doch ich wollte alles spüren und schmecken, also intensivierte ich noch mein Saugen und schob ihn noch tiefer in meinen Mund.

»Babe ...«

Dann spürte ich, wie der Samen aus ihm schoss und schluckte. Es schmeckte fast nach nichts und doch irgendwie gut. Ich schluckte, saugte, meine Hand fuhr vor und zurück und ich drückte leicht seine Hoden zusammen.

»Gia, oh mein Gott, Gia.«

Als nichts mehr nachkam, löste ich mich von ihm. Er zog mich hoch und küsste mich auf den Mund. Seine Zunge fuhr immer wieder vor und ich fühlte Dankbarkeit in diesem Kuss. Plötzlich war ich Stolz auf meine Leistung. Er löste sich nach einer Weile von mir, nahm den Schwamm vom Boden auf und fing jetzt seinerseits mich einzuseifen.

Er bedeckte meinen Körper mit Küssen und wusch mich überall. Wirklich überall – am Rücken, Bauch, in der Pofalte, zwischen meinen Beinen und den Zehen. Dann gab er ein wenig Shampoo in seine Hand und wusch mir zum Schluss auch noch die Haare. Währenddessen streichelte ich über seinen harten Körper.

Als er sein Werk beendet hatte, nahm er ein vorgewärmtes Badetuch, hüllte mich darin ein und trug mich zum Bett. Dann legte er sich zu mir. Er zog meinen Kopf auf seine Brust und küsste mich immer wieder auf den Scheitel.

Eine ganze Weile später holte er seufzend Luft und fragte leise: »War es das erste Mal, dass du einen Mann oral befriedigt hast?«

»Nein.« Die Erinnerung an die letzte Nacht mit Alex drängte sich plötzlich wie ein Geschwür zwischen uns und ich versteifte mich unmerklich.

»Wie oft war es?«

»Nur einmal«, antwortete ich kleinlaut.

»War es eine schlechte Erfahrung?«

»Ja.«

»War es diesmal auch schlecht?«, wollte er zaghaft wissen.

Ich stützte mich auf den Ellenbogen auf und sah ihn an – er sah fast schon schuldbewusst aus. »David, das war einer der schönsten Tage meines Lebens. Ich habe nichts gemacht, was ich nicht wollte. Es hat mir Spaß gemacht und es hatte nichts mit dem ersten Mal gemeinsam. Es war damals einfach eine schlechte Erfahrung, weil die Umstände schlecht waren. Ich habe es heute gerne gemacht, denn ich wollte dich spüren und schmecken, ich wollte dich glücklich machen, weil das mich glücklich macht«, erklärte ich heftig. Er sollte sich nicht schuldig fühlen, denn er war für die eine Nacht mit Alexander nicht verantwortlich.

David erwiderte irritiert meinen Blick. »Ich hatte das Gefühl, du hättest noch nie einen Schwanz gesehen, geschweige denn angefasst.«

»David, ich habe bis auf ein einziges Mal in meinem Leben noch nie, außer auf Bildern, einen Mann nackt gesehen. Nur einmal habe ich einen Mann da unten angefasst und sein Geschlecht in meinen Mund genommen. Dein Gefühl ist fast richtig, denn das eine Mal, war der Penis bereits steif. Ich habe noch nie gesehen, wie das Blut den Penis versteift. Das war tatsächlich das erste Mal«, gestand ich.

»Aber du bist verheiratet.«

»Ja, ich war drei Jahre verheiratet, doch wir haben uns immer nur in völliger Dunkelheit geliebt, deshalb habe ich es noch nie wirklich gesehen.«

Fassungslos starrte er mich an. Ich erkannte die Zweifel in seiner Miene. Er glaubte mir nicht. Er dachte tatsächlich, ich würde ihn belügen – genauso wie die anderen hielt er mich für eine Lügnerin.

Wie ein Keulenschlag traf mich die Erkenntnis, meine Augen brannten und ich war unsagbar enttäuscht. Ich merkte, wie ich mich innerlich von ihm distanzierte. Die Nähe zu ihm war plötzlich zu viel. Ich musste weg, ich musste hier raus, bevor ich zu heulen anfing. Er war genauso wie alle anderen. Verurteilte mich und glaubte meinen Worten nicht. Ich sprang vom Bett auf und rannte auf mein Zimmer zu.

Bevor ich es jedoch erreichen konnte, hatte er mich eingeholt. Er packte mich an der Taille und drückte mich an sich. Dann schlang er die Arme um mich und hielt mich fest. Ich konnte die Tränen nicht mehr zurückhalten, also schluchzte ich wie ein verletztes Tier laut auf. Ich trommelte mit meinen Händen gegen seine Brust. Scham, Verzweiflung und unsagbare Qual ließen mich laut aufschluchzen.

»Schschsch ... ist schon gut. Es ist alles gut, Babe. Ich glaube dir – ich glaube dir wirklich. Es war nur so surreal«, flüsterte er, strich mir beruhigend über den Rücken und verteilte Küsse auf meinem Gesicht.

Ich konnte plötzlich nicht mehr. Meine Knie gaben nach und ich versteckte mein Gesicht in den Händen. David ging neben mir in die Knie, hielt mich jedoch weiterhin fest umschlungen und wiegte sich mit mir sanft hin und her. Er hielt mich fest, wie ein Vater sein verletztes Kind und murmelte beruhigend auf mich ein.

Keine Ahnung wie lange wir so auf dem Boden kauerten, doch irgendwann versiegten die Tränen und der innere Schmerz verwandeln sich in Kälte. »Du kannst jetzt loslassen. Ich bin okay.«

»Nein, ich lasse nicht los. Dann gehst du nur wieder weg.« David hörte sich an wie ein störrisches Kleinkind und zog mich nur noch fester an sich.

»Lass mich los, David. Wo soll ich denn hin? Ich gehe nicht weg.« Ich registrierte unbewusst, wie gleichgültig und kalt meine eigene Stimme plötzlich klang.

Langsam nahm er die Hände von mir und ließ sie resigniert herabsinken. »Du bist doch schon weg, nur dein Körper ist noch da. Du hast mich schon verlassen, Gia.« Ich erschrak, als ich die gequält, leise Stimme hörte.

Er hatte recht, ich war innerlich weit weg. Die Verbundenheit von vorhin war nicht mehr da. Die Erinnerungen an Alexanders Schläge und auch an Inge, die mir damals die Tür vor der Nase zugeschlagen hatte, waren vorherrschend – sie überlagerten die Gefühle, die ich für ihn empfand. Sogar meine Eltern hatten mir durch ihre Abwesenheit zu verstehen gegeben, dass sie mir nicht vertrauten und er jetzt auch.

»Bitte, verlass mich nicht, Babe. Bitte, hör mich an.« Ich hatte noch nie soviel Schmerz in einer Stimme gehört, wie bei diesen Worten. Trotzdem hielt er mich für eine Lügnerin.

»Was gibt es da noch zu sagen? Ich habe dir etwas aus meinem Leben erzählt und du denkst, ich lüge. Jedes weitere Wort wäre doch nur eine Verschwendung von Zeit und Atem.« Meine Stimme klang resigniert und emotionslos. Ich konnte mir die Kälte nicht erklären, die mich innerlich ergriffen hatte und sich in meiner Stimme widerspiegelte. Er hatte mich zutiefst verletzt, nur daran konnte ich noch denken. Mir war plötzlich kalt und ich fing zu zittern an. Die Kälte aus meinem Inneren breitete sich nach außen aus.

Dann hörte ich ihn weitersprechen. »Du bist eine wunderschöne junge Frau. Ich bin verrückt nach dir und ich sehe, wie dich die anderen Männer anschauen. Alle wollen sie dich. Du bist begehrenswert, nein, du bist *heiß*, Gia. Jeder Mann, mich eingeschlossen, würde dich mit Handkuss von morgens bis abends ansehen und lieben wollen. Ich kann, meine Hände nicht von dir lassen und du fehlst mir schon, wenn du zum anderen Ende des Zimmers gehst. Wie kann es sein, dass ein Mann drei Jahre mit dir verheiratet ist und dich nicht einmal anschauen will? Nicht das, was du gesagt hast, war unglaubwürdig. Ich konnte nur nicht glauben, dass ein Mann so ein Juwel in seinem Bett hat und es nicht ständig und immerzu ansehen will.«

Ich saß da und hörte die Worte. Seine Stimme war eindringlich und fest. Als ich ihn sah, so wie er auf den Knien kauerte, die Hände resigniert an den Seiten herabhängend und in seinen Augen tiefe Verzweiflung zu erkennen ist, glaubte ich ihm. Ich streckte die Arme nach ihm aus und schmiegte mich an ihn. Wieder umschlang er mich und hielt mich so fest, dass ich kaum noch Luft bekam. Er küsste meine verheulten Augenlider, die Stirn, die Wangen und schließlich auch den Mund. Er drückte meine Lippen auseinander. Der Kuss war nicht zärtlich, sondern eher verzweifelt. Er küsste mich, als ob er in mich reinkriechen wollte.

So war ich noch nie geküsst worden. Hier ging es nicht mehr um Leidenschaft, hier ging es um Besitz.

»David, ich bekomme keine Luft«, flüsterte ich nach einer Weile.

Er fuhr unter meine Knie, hob mich auf seine Arme und trug mich wieder in sein Bett. Dann nahm er mir das Badetuch weg, legte sich neben mich und deckte uns beide zu. Er umfasste mich von hinten und murmelte in meine Haare: »Schlaf jetzt, ich halte dich.«

Ich war so fertig, dass ich tatsächlich sofort einschlief.

Keiner von uns erwähnte den Vorfall, trotzdem hatte es uns irgendwie näher gebracht. Ich fühlte deutlich, dass seither mehr zwischen uns war, ohne es jedoch benennen zu können. Doch meine Verlegenheit, mich ihm nackt zu zeigen, hatte sich gelegt.

Der Boden des Marmorzimmers wurde verlegt und die Badewanne, eine altmodische, cremefarbene mit Klauenfüßen, wurde geliefert und aufgestellt. Wir hatten bei einem Antiquitätenhändler einen großen Toilettentisch mit Spiegel aufgetrieben und im Zimmer aufstellen lassen.

Robert hatte recht: Nachdem er die nächsten vier Schichten, die Maserung und das Finish aufgetragen hatte, sah die Wand täuschend echt aus. Die Wand hatte einen zarten goldenen Schimmer und passte sich dem Boden perfekt an. Auch das Bild des Sees war größtenteils fertig. Es sah so real aus, dass man versucht war hineinzuspringen. Alles passte zusammen. Wir hatten in dem Antiquitätengeschäft auch einen kleinen und einen großen Kandelaber gefunden und perlmuttfarbene Kerzen aufgetrieben. Alles harmonierte miteinander und mit dem Schilf war es perfekt. Nur die Liege und die Bilder fehlten noch. Auch die bestellten Rosen waren noch nicht da, doch der Pflanzenhändler hatte uns versichert, dass sie rechtzeitig geliefert würden.

Am Abend des Dreißigsten stellten wir uns vor den Messestand und schauten uns das Werk an. Viele gefüllte Regale reihten sich aneinander, dazwischen lockerten große Pflanzen, teilweise sogar Bäume, das Ganze auf. Einzelne Ruhezonen mit gemütlichen Sesseln und Sofas luden zum Sitzen ein. Eine Bar, die bereits mit Flaschen bestückt war, konnte so in jedem besseren Hotel stehen. Dann das Herzstück – das grüne Zimmer. Es war mitten in einem der Hauptgänge des Standes aufgestellt und wurde durch große Bäume vom restlichen Stand abgegrenzt. Es war überwältigend – Tiefes, golddurchsetztes Grün mit dem elfenbeinfarbenen Toilettentisch und der Badewanne, bildete eine Oase der Ruhe in diesem für den Trubel und Verkauf bestimmten Ort.

»Wunderschön. In diesem Zimmer würde ich gerne sein wollen«, seufzte ich auf.

»Ja, es ist etwas ganz Besonderes entstanden. Danke Gia, ich hätte das niemals so hinbekommen. Du hattest tolle Ideen und alles passt wunderbar zusammen. Die Liege wird ein Bombenerfolg.« Er umarmte mich und küsste mich auf die Schläfe.

»Wann kommt die Liege?«

»Morgen Vormittag. Doch zuvor wird noch heute Nacht ein Sichtschutz aus mattiertem Plexiglas aufgebaut. Es ist faltbar, sodass wir ihn erst am Nachmittag des ersten Messetages aufmachen werden.«

»Ich dachte, der Messebeginn sei schon um neun Uhr?«

»Ist er auch. Aber ich habe die Fachpresse eingeladen und die Präsentation der Liege wird erst um zwei Uhr nachmittags stattfinden. Ich habe auch einen Fachanwalt für Patentrechte eingeschaltet, wir werden ein weltweites Patent für die Liege anmelden. Das schützt uns zwar nicht vor Raubkopien, doch es dämmt den Nachbau ein. Das wird teuer, aber letztendlich zahlt es sich aus. Der Antrag ist schon vorbereitet und wir können ihn heute Abend unterzeichnen. Dann wird er morgen Früh eingereicht, sodass wir ab morgen jeden verklagen können, der die Liege nachbaut.«

»Ist das denn notwendig?«

»Aber sicher ist das notwendig. Sobald etwas Gutes auf den Markt kommt, kommen die Geier und wollen einen Teil vom Kuchen abhaben. Wenn wir kein Patent anmelden, wird die Liege in spätestens zwei Monaten von einem anderen Produzenten auf den Markt gebracht. Meistens sind diese Nachbauten in der Qualität nicht so hochwertig, doch der Preis ist entsprechend niedriger. Dann verlieren wir einen großen Teil potenzieller Kunden. Doch wenn wir ein Patent auf die Liege besitzen, haben wir dem soweit wie möglich einen Riegel vorgeschoben. Ich lasse mir nicht die Butter vom Brot stehlen und du auch nicht, solange ich ein Wort mitzureden habe.« Die Bestimmtheit und Kraft in seiner Stimme duldete keinen Widerspruch. Da wurde mir klar, wie er in so kurzer Zeit seine Firma aufbauen konnte. Die Stärke und das sichere Auftreten eines Mannes, der es gewohnt war, andere zu führen und das, was er wollte, auch zu bekommen, war deutlich spürbar.

Plötzlich wich die Härte aus seinen Augen – Wärme und Zärtlichkeit kehrten zurück und sie strahlten, als er mich ansah. »So, jetzt gehen wir essen, unterzeichnen den Antrag und dann gehen wir in eine Show des Cirque du Soleil ins Mirage. Ich habe für heute Abend noch zwei Karten für uns auftreiben können, denn wir haben etwas zu feiern. Lass uns gehen.«

Wir bestellten uns Steaks aufs Zimmer und solange wir darauf warteten, liebten wir uns unter der Dusche und machten uns danach für die Show fertig. Ich zog wieder das Kleid an, das ich anhatte, als ich ihm gestand, dass ich ihn haben wollte und er trug einen dunkelgrauen Anzug von Armani, der glänzend schimmerte, wenn er sich bewegte. Er sah darin so heiß aus, dass ich ihn am liebsten gleich noch mal geliebt hätte, aber diesmal hätte ich darauf bestanden, dass er den Anzug anbehielt.

Dann dinierten wir so fein gemacht bei Kerzenschein ganz alleine in unserer Suite. Meine Gefühle für David steigerten sich von Tag zu Tag – ich liebte ihn inzwischen mit einer Intensität, die mir fast schon Angst machte. Er füllte meine Gedanken jede Sekunde des Tages aus und in meiner Brust hatte sich das warme Gefühl eingenistet. Die Schwärmerei für Alexander war nur ein Abklatsch der Emotionen, die David in mir hervorrief. Manchmal spürte ich ein Ziehen in meinem Herzen, das schon fast an Schmerz erinnerte. In diesen Momenten hatte ich das Gefühl, als ob mein Herz nicht groß genug für die Liebe wäre, die ich für David empfand und es überzulaufen drohte.

Zeitweise hatte ich das Gefühl, er empfand für mich das Gleiche. Doch manchmal, wenn er sich unbeobachtet fühlte, taxierte er mich nachdenklich, so, als ob ich ihm insgesamt Rätsel aufgeben würde, und er sich über etwas unsicher wäre. Doch sobald er sich in diesen Momenten ertappt fühlte, nahm er mich sofort in den Arm und gab mir wieder das Gefühl, dass er mich brauchte und auch tiefere Gefühle für mich hegte.

15

Als er meine Schuhe bemerkte, bestellte er für die kurze Fahrt ins Mirage eine Limousine. Ich trug die Highheels, die ich unten in der Boutique gekauft hatte. Nachdem wir uns in der Lobby kurz mit dem Anwalt getroffen und die Anträge unterschrieben hatten, fuhren wir ins andere Hotel. Die Show war unglaublich. Unser Tisch stand nah an der Bühne und ich schaute fasziniert den Artisten zu. Die Farben, die Musik und die artistischen Vorführungen waren unglaublich. Wir tranken Champagner und David hielt die ganze Zeit meine Hand unter dem Tisch. Ich genoss seine Nähe und das sanfte Streichen seines Daumens über meinen Handrücken. Ich vertraute ihm, fühlte mich beschützt und geborgen.

Wieder zurück in unserem Hotel, ich war vom Champagner und der Show ein wenig berauscht und innerlich völlig trunken vor Glück, zogen wir uns langsam und genüsslich gegenseitig aus. Dann liebten wir uns sanft und zärtlich. David war so einfühlsam, dass mein Herz vor Liebe zu zerspringen drohte. Die Harmonie und Verbundenheit zwischen uns ließ mich zufrieden und unsagbar glücklich in seinen Armen einschlafen.

Beim Frühstück teilte mir David mit, dass viele seiner Mitarbeiter heute im Laufe des Tages hier in Las Vegas eintreffen würden.

»Sie kommen aus allen Teilen der Welt und werden mit uns Silvester feiern. Im Hotel findet ein sehr vornehmes Galadinner statt. Abendgarderobe ist Pflicht, deshalb habe ich etwas für dich besorgt.«

Als ich überrascht aufsah, stand er auf und ging in sein Zimmer. Als er zurückkam, hielt er einen großen Kleidersack in der Hand und streckte ihn mir entgegen.

Es befand sich ein wunderschönes Abendkleid darin, champagnerfarben mit unzähligen kleinen aufgestickten Perlen auf der Korsage. Ich nahm ihm den Kleidersack aus der Hand und betrachtete das Kleid begeistert näher. Es war wunderschön: Eng geschnitten und hatte einen sich nach unten weitenden Rock.

Für dieses Kleid könnte man töten. Es war edel und doch zart, ich konnte nicht erwarten, es anzuprobieren.

»Ich habe heute noch einiges zu erledigen, deshalb hast du den ganzen Tag für dich. Ich habe dir einen Termin beim Friseur und der Kosmetikerin gemacht. Lass dich verwöhnen.«

Da ich immer noch sprachlos mit offenem Mund dastand, schloss er ihn mir mit einem Kuss und ging.

Als ich das Kleid aus dem Sack nahm, fiel mir auf, das sich noch zwei Schachteln, unten im Sack verbargen. In der kleinen Schachtel waren wunderschöne Perlenohrstecker von Givenchy und in der anderen die farblich zum Kleid passenden Sandalen von Aquazzura. Er hatte an alles gedacht. Eine riesige Welle aus Dankbarkeit und Liebe umspülte mein Herz.

Ich machte mich auf den Weg zur Kosmetikerin, kam dabei an den Boutiquen im Foyer vorbei. Spontan entschied ich, David auch etwas zu schenken. Er trug keinerlei Schmuck, auch keine Uhr, zumindest nicht in der Zeit, seit ich ihn kannte, doch heute sollte es ein besonderes Galadinner geben. Da würde er sicherlich einen Anzug mit Hemd tragen, deshalb beschloss ich, ihm ein paar Manschettenknöpfe zu schenken. Beim Juwelier entdeckte ich ein Paar schlichte, viereckige aus Weißgold mit einem Anker auf dunkelblauem Untergrund. Da ich wusste, wie wichtig ihm sein Schiff war, entschloss ich, diese zu nehmen, obwohl sie ziemlich teuer waren. Weil ich nicht widerstehen konnte, kaufte ich noch ein wesentlich günstigeres Silberarmband mit Perlen an einer zarten Kette für mich. Das Armband würde gut zu den Perlensteckern passen und da ich in Hamburg meinen gesamten Schmuck verkauft hatte, war dieses Armband neben den neuen Ohrringen der einzige Schmuck, den ich besaß. Die Idee, mit diesen beiden Schmuckstücken eine neue Sammlung zu beginnen, gefiel mir ausnehmend gut.

Ich ließ die Manschettenknöpfe als Geschenk einpacken und machte mich beschwingt zum Kosmetiksalon auf, in dem schon eine ganze Crew auf mich wartete. Nach vier Stunden und einer entspannenden Massage fühlte ich mich wie auf Wolken. Meine Haare wurden eingedreht und fielen in großen Locken fast bis zur Taille. Der Friseur hatte sie mit einer Klammer auf einer Seite zurückgebunden, sodass sie sich nur auf einer Schulter ausbrei-

teten. Smokey Eyes in Brauntönen und zarter Lipgloss sowie ein wenig Rouge ließen mein Gesicht strahlen.
Als ich zurück zur Suite ging, fielen mir die bewundernden Blicke der Männer und auch Frauen auf, an denen ich vorbeikam. Ich war zufrieden. Bevor ich hochfuhr, erstand ich noch ein Paar halterloser Strümpfe in cremeweiß, die mein Outfit für heute Abend perfekt machen würden.

Gegen 19 Uhr, als ich angezogen aus meinem Zimmer trat, saß David hemdsärmelig auf einem der Sofas. Wow, was für ein Anblick. Er trug ein weißes Button-down-Hemd mit einer Fliege und Kummerbund aus Seide, eine wunderschöne mitternachtsblaue Smokinghose und Schnürschuhe aus feinstem Leder. Er sah sehr elegant darin aus und die Aura von Kraft und Eleganz, gepaart mit dem bewundernden Blick auf mich, ließ Wärme in mein Herz aufsteigen. Trotz seines ein wenig zu kantigen Gesichts sah er verdammt gut aus. Ich blieb kurz stehen, um seinen Anblick in mich aufzunehmen. Er war zwar nicht so schön wie Alex, doch für mich war er der schönste Mann auf Erden. Ich konnte gar nicht aufhören, ihn zu betrachten.
Auch er starrte mich bewundernd an. Mein Outfit, beziehungsweise das Kleid, dass er mir zum Geschenk gemacht hatte, schien ihm zu gefallen. Die perlenbestickte Korsage schmiegte sich eng an meinen Körper und ließ meinen Busen gut zur Geltung kommen. Der A-Linien-Schnitt des Kleides unterstrich meine schlanke Figur, und der Carmen-Ausschnitt ließ meinen Hals lang und graziös wirken. Ich fühlte mich wie Aschenputtel, nach der Verwandlung durch die gute Fee.
»Babe, du bist wunderschön.« Er strich zart mit seinen Fingern über meine Wange und ich drückte mein Gesicht gegen seine Handfläche. Seine Augen strahlten vor Bewunderung und etwas warmes, tiefer gehendes hatte sich eingeschlichen. Überwältigt fühlte ich wieder mal die Tränen in meine Augen steigen und blinzelte heftig, um sie zurückzudrängen.
Ergriffen und mit einem Kloß im Hals, flüsterte ich: »Das Kompliment kann ich nur zurückgeben. Ich habe hier etwas für dich und so, wie es aussieht, hatte ich ein glückliches Händchen.«

Ich überreichte ihm die kleine Geschenkschachtel mit den Manschettenknöpfen.

Ganz langsam nahm er mir die kleine Schachtel aus der Hand und schien dabei aufgewühlt zu sein. Beim Auspacken sah er aus wie ein kleiner Junge vor dem Zuckerladenschaufenster. Als er auf die Manschettenknöpfe herabblickte, war er sichtlich ergriffen, denn er räusperte sich umständlich und seine Finger zitterten leicht, als er sie gegen seine einfachen Weißgoldknöpfe tauschte. Dann hob er die Unterarme und betrachtete sein Geschenk.

»Gia, das ist das Schönste, das mir jemals geschenkt wurde. Vielen Dank, doch sie müssen ein Vermögen gekostet haben. Das wäre nicht nötig gewesen.« Er küsste mich auf den Hals, um meinen Lippenstift nicht zu verschmieren und ich war überglücklich, dass sie ihm so gut gefielen. Seine Freude darüber war den Preis, den ich dafür bezahlt hatte, tausendmal wert.

»So, nachdem wir uns so fein gemacht haben, gehen wir feiern. Es sind achtunddreißig Mitarbeiter angereist, wir werden sie unten im Ballsaal treffen. Auch Herr Miller ist da. Da du ihn ja schon kennst, habe ich veranlasst, dass er einen Sitzplatz an deiner Seite bekommt, dann kommst du dir nicht ganz so fremd vor.« Er griff nach der Smokingjacke, nahm meine Hand und wir gingen gemeinsam zum Lift.

Während wir runterfuhren, war ich David dankbar. Für alles. Am meisten für die grandiosen Gefühle, die er in mir geweckt hatte. Für Nächte voller Feuer, in denen er mit seinen Händen und seinem Körper den Himmel für mich herunterholte. Für sein Einfühlungsvermögen und sein Verständnis. Er hatte mich gelehrt, ohne Reue die Leidenschaft auszuleben und sie zu genießen. Er hatte aus einem verklemmten, unerfahrenen Mädchen eine leidenschaftliche, gefühlvolle Frau gemacht. Dafür dankte ich ihm, dafür liebte ich ihn.

Als wir in den Ballsaal eintraten, blieb David kurz stehen, um sich zu orientieren. Ich sah etliche Köpfe, die sich bewundernd zu uns drehten. Stolz ließ meinen Kopf noch ein wenig höher gehen und meinen Gang aufrechter werden. Er gehörte zu mir!

Nachdem sich David umgesehen hatte, nannte er dem befrackten Saalchef seinen Namen und wir wurden zu einem der Tische geführt. Sobald wir an den Tisch traten, erhoben sich alle Männer höflich. David begrüßte Herrn Miller und nickte den anderen zu.

Nacheinander stellte mir David unsere Tischnachbarn vor. Es waren allesamt Geschäftsführer seiner Niederlassungen in verschiedenen Teilen der Welt. Die einzige Frau am Tisch war eine schöne junge Asiatin. Sie hieß Lian Wang und war die Geschäftsführerin der Niederlassung in Hongkong. Dann war da noch Ruben Hellström aus Amsterdam, Huan Pablo Garcia und noch irgendwas aus Mexiko, Philippe aus Frankreich und Zola Babul aus Johannesburg.

»Lian, meine Herren, darf ich euch Miss Gioia Simon aus Deutschland vorstellen. Sie hat die Liebesliege entwickelt und arbeitet seit Kurzem bei uns in der Entwicklungsabteilung als Möbeldesignerin. Bitte heißt sie in unseren Reihen willkommen. Ihr habt bereits vor eurer Abreise ein Memo über die Vorzüge der Liege bekommen, sodass euch sicher klar ist, was für eine wertvolle Bereicherung Miss Simon für unser Unternehmen ist«, stellte mich David den Anwesenden vor.

Nachdem ich von Herrn Miller mit einem Handkuss begrüßt wurde, rückte David den Stuhl für mich zurechtzurücken und setzte sich neben mich. Wir saßen an einem großen, runden Tisch. Auf der anderen Seite neben David, saß Lian. Sie war eine exotische Schönheit mit rabenschwarzen, kinnlangen Haaren und wunderschönen mandelförmigen Augen in einem fein gemeißelten Gesicht.

Auf einmal sprachen alle durcheinander – Fragen über Fragen zu der Liege. Irgendwann hob David die Hand und alle verstummen. »Die Liege ist, wie angekündigt, eine Sensation und ihr werdet eine Stunde vor der offiziellen Präsentation Zeit haben, sie zu besichtigen und eure Fragen zu stellen. Heute sind wir nicht als Geschäftsleute hier. Wir sind hier, um zu feiern und Spaß zu haben, deshalb lasst uns anstoßen und fröhlich sein, denn das Geschäft hat uns spätestens übermorgen wieder.«

Allgemeine Zustimmung folgte seiner Ansprache und alle nahmen ihre Gespräche von zuvor wieder auf. Ich wandte mich Herrn Miller zu: »Ich freue mich, Sie wiederzusehen, Mr. Miller.«

»Auch ich freue mich, Sie wieder zu treffen, Frau Simon. Wie gefällt Ihnen Amerika?«

»Bitte, nennen Sie mich Gia, Frau Simon klingt so förmlich«, lächelte ich. »Amerika gefällt mir überraschend gut. Ich habe einen Job, den ich zunehmend mehr liebe und Arbeitskollegen, mit denen ich mich gut verstehe. Ich habe auch schon Freunde gefunden. Doch erzählen Sie mir ein wenig von Hamburg. Auch wenn es mir hier so gut gefällt und ich nicht nach Hamburg zurückkehren will, will ich doch wissen, was es Neues in meiner Heimatstadt gibt.«

Als wir so plauderten, bemerkte ich aus dem Augenwinkel, dass David sich intensiv mit Lian unterhielt. Sie hatten die Stimmen gesenkt, sodass sie fast flüsterten. Mit einem Ohr hörte ich den Ausführungen von Herrn Miller zu, doch mit dem anderen versuchte ich zu erhaschen, was David und Lian miteinander zu flüstern hatten. Ich konnte zunächst nichts verstehen, doch in einer Gesprächspause, als Herr Miller ein Schluck Wein nahm, hörte ich David sagen: »Es ist nicht wichtig. Es gab nur kein freies Zimmer.« Da wurde mir schlagartig klar: Sie sprachen über mich! Er hatte ihr vermutlich gerade erklärt, dass zwischen uns nichts sei und ich nur in seiner Suite schlief, weil es keine freien Zimmer mehr gab. Ich fühlte augenblicklich den Schmerz, als ob mir ein glühend heißes Messer ins Herz gestoßen wurde. Mein Magen zog sich zusammen und mir wurde übel.

Herr Miller redete weiter von Hamburg, doch ich vermochte seinem Redefluss nicht mehr zu folgen. Ich konnte nur noch daran denken, dass David mich verleugnet hatte. Zu der Enttäuschung gesellte sich nun auch Eifersucht. Mir wurde heiß und dann plötzlich wieder kalt, meine Hände wurden eisig und mein Körper fing zu zittern an. Ich entschuldigte mich schnell bei Herrn Miller, stand auf und ging so normal, wie es mir meine zitternden Beine erlaubten, aus dem Ballsaal.

Gleich über den Flur befanden sich die Waschräume. Ich stürzte hinein, ging in eine der Kabinen und schloss die Tür. Dann setzte ich mich auf den Toilettendeckel und vergrub mein Gesicht in den Händen.

Verdammt, wie konnte er nur. Er hatte seiner Geliebten eine

Erklärung gegeben und unsere Beziehung verleugnet. Meine Augen brannten und am liebsten hätte ich mich irgendwo verkrochen und meinen Schmerz laut hinausgeschrien. Doch das war nicht möglich. Ich konnte mich nicht vor allen so erniedrigen und sang- und klanglos verschwinden. Ich zwang die Tränen zurück. Irgendwann verdrängte ein Taubheitsgefühl den unsagbaren Schmerz und ich fühlte mich innerlich wie tot.

Ich verließ die Kabine und trat an die Waschbecken. Als ich mein Gesicht im Spiegel sah, drückte auch meine äußere Erscheinung Gefühlskälte aus. Meine Augen waren glanzlos und ohne jeden Ausdruck und mein Gesicht wirkte wie in Stein gemeißelt. Dann kehrte ich erhobenen Hauptes in den Ballsaal.

Wieder erhoben sich alle Männer höflich, als ich zum Tisch zurückkehrte. David versuchte wieder, meinen Stuhl zurechtzurücken, doch ich kam ihm zuvor: Als ich saß, wandte ich mich sofort Herrn Miller zu und ignorierte David.

Das Essen schmeckte ich nicht. Ich hatte nicht die geringste Ahnung, was da auf meinem Teller war. Ich rührte mehr darin herum, als dass ich aß. Ich lachte, wenn es von mir erwartet wurde, beantworte die Fragen, wenn ich etwas gefragt wurde und versuchte, einen normalen Eindruck zu machen. Doch innerlich war ich völlig emotionslos. Nur in meiner Brust pumpte ein zerrissenes Herz.

Nachdem Essen fing eine Band zu spielen an und eine junge Afroamerikanerin sang mit einer wunderbaren, einschmeichelnden Stimme alte Lieder. Viele Paare begaben sich zur Tanzfläche. Als ich bemerkte, dass sich David zu mir dreht, bat ich schnell Herrn Miller um einen Tanz. Also führte er mich zur Tanzfläche und als wir an der gegenüberliegenden Seite des Tisches waren, sah ich, wie David mich verärgert und konsterniert anstarrte.

Noch mehrmals rettete ich mich auf diese Weise vor David. Jedes Mal, wenn er sich mir zuwandte, bat ich jemanden um einen Tanz oder unterhielt mich gezwungen angeregt. Irgendwann im Laufe des Abends kapierte er es dann endlich. Ich wollte nicht mit ihm reden, es gab auch nichts mehr zu sagen. Sollte er sich doch mit seiner Geliebten vergnügen, ich stand nicht mehr zur Verfügung.

Um vier Minuten vor Mitternacht entschuldigte ich mich bei Phillipe, dem sympathischen Franzosen mit viel Charme, mit dem ich gerade eine Unterhaltung über die Restaurants in Paris führte, und verschwand mit der Behauptung, meine Nase pudern zu müssen, in die Waschräume. Ich schloss mich wieder in eine Kabine ein und wartete darauf, dass es Mitternacht wurde. Als ich den Tumult und das Feuerwerk hörte, nutzte ich die Gelegenheit und fuhr in die Suite, die ich mit David bewohnte, weil kein Zimmer mehr für mich frei war.

Ich schoss mich in das Schlafzimmer ein und zog das Kleid aus. Ich hängte es auf einen Bügel und seufzte auf vor so viel Schönheit und Verschwendung. Dann entkleidete ich mich und ging unter die Dusche. Ich drehte das Wasser ganz heiß auf, um die innere Kälte loszuwerden, dann knicke ich ein. Ich ließ mich auf den Boden sinken, umschloss meine Knie mit den Armen und weinte endlich die Tränen, die ich den ganzen Abend zurückgehalten hatte.

Wie lange ich da so zusammengekauert saß – Minuten oder gar Stunden, bemerkte ich nicht. Ich fühlte mich so furchtbar leer, wollte die Leere und diese bisher nicht gekannte Kälte loswerden. Mein Gehirn war nur noch Matsch und ich fühlte mich, wie im Fieberwahn. Irgendwann spürte ich mich von starken Armen hochgehoben und getragen. Ich hatte keine Kraft, um mich zu wehren, nicht einmal, um den Kopf zu drehen. Ich wurde mit einem Handtuch abgetrocknet und anschließend mit der Decke zugedeckt. Ich lag in embryonaler Stellung im Bett und zitterte am ganzen Körper. Arme umfassten mich und die Körperwärme, die dieser Mensch ausstrahlte, ließ irgendwann das Zittern aufhören. Dann umhüllte mich die Dunkelheit.

Als ich wieder zu mir kam, war es schon heller Tag und jemand streichelte mir sanft über den Rücken. Ich lag immer noch in der gleichen zusammengekauerten Stellung im Bett. Auch die Leere in meinem Innern war noch da. Ich wollte die Augen nicht öffnen – schlafen und nichts mitbekommen, vergessen, die Kälte nicht mehr spüren. Das wollte ich, doch die Hand strich immer noch über meinen Rücken. Es sollte aufhören. Ich wollte vergessen.

»Gia, Liebes, bitte wach auf.«

Es war Davids Stimme. *Nein, ich will nicht,* schrie ich innerlich auf. Ich wollte wegrücken, doch mein Körper reagierte nicht.

»Bitte wach auf. Bitte Gia, du musst etwas essen. Ich habe eine Suppe bringen lassen. Bitte wach auf.«

Nein, ich wollte in Ruhe gelassen werden. Ich wollte vergessen. Ich wollte einfach alles ausblenden und hier liegen bleiben, doch ich konnte es nicht aussprechen. Die Worte waren zu viel. Seine Hand war zu viel.

»Gia, Liebes, bitte, bitte, wach auf. Es ist schon Nachmittag. Fühlst du dich nicht wohl? Bist du vielleicht krank? Soll ich den Doktor rufen lassen? Bitte Gia, sprich mit mir.«

Er klang immer verzweifelter. Sollte er doch. Er sollte den gleichen Schmerz fühlen, wie ich ihn gefühlt hatte, als er mich verleugnete. Er sollte genauso leiden, wie ich gerade litt.

»Es ist alles in Ordnung David.«

»Doch iss ein wenig Hühnersuppe, sie wird dir guttun. Du hast mir gestern Nacht einen Riesenschreck eingejagt, als du nicht mehr zurückgekommen bist. Der Portier hat mir die Tür aufgemacht und da habe ich dich im Bad gefunden.«

»Mir war so kalt.«

»Du klingst auch ganz heiser, Babe. Ich rufe jetzt einen Arzt.«

»Nein, das wird nicht nötig sein. Morgen geht es mir bestimmt wieder besser«, wehrte ich ab.

»Okay, doch du musst was essen, Liebes. Du hast den ganzen Tag verschlafen. Soll ich nicht doch lieber einen Arzt holen?«

»Nein!«, schrie ich jetzt und als ich seine erschrockene Miene sah, fügte ich friedlicher hinzu: »Lass mich einfach noch ein Weilchen hier liegen, dann geht es mir bestimmt besser. Ich brauche keinen Arzt. Ich brauche nur Ruhe und Schlaf.«

»Aber erst nachdem du ein wenig Suppe gegessen hast. Dann lasse ich dich auch in Ruhe.«

Weil er sonst nicht nachgeben würde, zog ich mich in eine sitzende Position und nahm ihm die Schale mit der Suppe ab, zwang mich, einige Löffel davon runterzuschlucken. Doch schon nach dem dritten Esslöffel wurde mir furchtbar übel, ich rannte ins Bad und übergab mich. David war mir nachgekommen, hielt mir die Haare und legte seine Hand auf meinen Rücken. Verdammt, sogar jetzt noch, in diesem Zustand, fühlte ich die Hitze, die von seiner Hand in Wellen über meinen Rücken floss. Als nichts mehr nachkam und ich nur noch trocken würgte, wurde ich mir meiner Nacktheit bewusst.

Plötzlich schämte ich mich wieder, bedeckte meine Brüste mit den Armen und schnappte nach dem Bademantel, der am Haken hing.

»Gia, ich hole jetzt doch einen Arzt. Du bist krank.«

»Nein!« Die Panik in meiner Stimme hörte sogar ich heraus.

»Nein, ich brauche wirklich keinen Arzt, denn es geht mir schon wieder besser. Ich brauche nur ein wenig Ruhe, mehr nicht. Ich schlucke zwei Aspirin, dann geht es mir wieder gut«, antworte ich leiser und versöhnlicher. Er sollte einfach nur gehen und mich in Ruhe lassen.

»Ich hole dir Wasser und die Tabletten. Bist du sicher, dass es dir wieder besser geht, denn ich muss leider für kurze Zeit weg, doch bis zum Abendessen bin ich wieder da. Ich kann aber auch den Termin absagen und hierbleiben.«

»Ja, ganz sicher. Du kannst ruhig gehen und bis heute Abend bin ich wieder ganz fit. Mach dir keine Sorgen um mich.«

Er brachte mir die Tabletten, küsste meine Stirn und ging.

Als er endlich weg war, wusch ich meinen Mund aus und dann sah ich in den Spiegel. Meine Gesichtshaut war gerötet und fleckig, die Lider geschwollen und meine Augen immer noch tot. Ich sah furchtbar aus. Ich putzte mir die Zähne, um den schlechten Geschmack loszuwerden, und ging unter die Dusche. Ich wusch noch einmal meine Haare, weil sie total verfilzt waren, nachdem ich gestern mit nassen Haaren ins Bett verfrachtet wurde. Danach wandte ich viel Zeit auf, um mich wieder einigermaßen ansehnlich zu machen. Ich föhnte meine Haare und band sie zu einem lockeren Knoten. Dann schminkte ich mein Gesicht und trug Lippenstift und Rouge auf. Meinen Augen hatte die Dusche gutgetan, denn sie waren nicht mehr so geschwollen. Ich tuschte die Wimpern und zog meinen blauen Hausanzug aus dem Schrank.

Sofort erinnerte ich mich. Als ich das letzte Mal die blaue Hose des Hausanzugs anhatte, hatten wir Hamburger gegessen und uns anschließend geliebt. Da war ich glücklich, fühlte mich geliebt und gewollt. Ich hatte Gefühle für ihn entwickelt und mein Wunschdenken auf ihn projiziert, doch für ihn war ich einfach nur ein Zeitvertreib, sonst nichts.

Ich musste endlich aufwachen und diese unsägliche Verbindung aus meinem Kopf und meinem Herzen vertreiben. Wie konnte ich mir nur einbilden, dass er für mich Gefühle entwickelte? Ich war nur ein williger Ersatz für die Zeit, bis seine Geliebte kam. Wie naiv ich doch war. Wieder fühlte ich Tränen in die Augen steigen.

Energisch wischte ich sie weg. Ich wollte nicht mehr weinen und brauchte Ablenkung, also legte ich mir ein Outfit für den Abend zurecht. Ich wählte die enge schwarze Hose, die ich bei unserem Abendessen mit Sam anhatte und legte auch das schwarze Shirt und die Riemchensandalen raus, die ich damals anhatte. Schwarz war gut. Wie bei einer Beerdigung, dachte ich mir. Und für mich war es das auch. Ich begrub meine unsagbar dummen Hoffnungen.

Gegen sechs zog ich mich an und als David zurückkehrte, gingen wir runter ins Restaurant.

»Geht es dir wieder besser?«, fragt er mich, im Aufzug. Er hielt meine Hand heute nicht und das war mir ganz recht. So musste ich ihn nicht spüren, seine Wärme und das Streicheln über meinen Handrücken nicht ertragen.

»Ja, es geht mir gut.«

»Du bist blass und so furchtbar ruhig«, stellte er fest.

»Ich fühle mich immer noch ein wenig krank«, erklärte ich.

Das Essen zog sich in die Länge. Es waren über vierzig Geschäftsführer und Verkaufsleiter angereist. Außer der Begrüßung und der anschließenden Vorstellung, die fast identisch mit der war, die er am Silvesterabend gehalten hatte, war ich für die Mitarbeiter uninteressant und sie ließen mich in Ruhe, was mir ganz recht war. Lian war auch wieder da und noch drei oder vier andere Frauen. Die restlichen Mitarbeiter waren alle männlich. Während des Essens wurde hauptsächlich über Geschäftliches gesprochen und deshalb erklärte ich David danach, ich würde mich gerne früh hinlegen, weil ich mich immer noch ein wenig unwohl fühlte. Nachdem er mir eine gute Nacht und gute Besserung gewünscht hatte, verabschiedete ich mich von der Gesellschaft und ging alleine nach oben. Dann lag ich wach, starrte die Wand an und warte auf den Schlaf.

Die Erinnerung an seine Lippen auf meinen, seine Hände, die über meine Haut entlangfuhren, ließen Begehren wie zähflüssigen Honig meinen Leib durchströmen. Mein verräterischer Körper akzeptierte nicht die Entscheidung meines Verstandes. Mir war heiß und ich sehnte mich nach seinem himmlischen Geruch, der mir die Luft raubte. Nach seiner Wärme, die auf meinem Körper Gänsehaut verursachte. Jede Zelle schrie sehnsüchtig nach ihm.

Am nächsten Morgen, David hatte nicht bei mir übernachtet, sondern hatte in seinem eigenen oder in Lians Bett geschlafen, trafen wir uns fertig angezogen am Frühstückstisch.

»Guten Morgen, wie fühlst du dich?«

»Danke, es geht.«

»Wir haben einen harten Tag vor uns. Fühlst du dich gut genug, um ihn durchzustehen?«

»Mach dir keine Sorgen um mich, ich schaffe das schon.«

Er sah mich zweifelnd an und schob mir eine Tasse mit Kaffee zu. Er hatte den Kaffee bereits mit viel Milch und Zucker gemischt. Als ich ein paar Schluck davon nahm, drehte sich wieder mein Magen um. Ich rannte ins Bad und übergab mich schon wieder. Mein Magen, der seit zwei Tagen fast nichts zu essen bekommen hatte, lehnte den Kaffee ab.

»Gia, du bist krank. Du musst zum Arzt.« Davids Stimme klang besorgt. Er war mir wieder ins Bad gefolgt und rieb mir beruhigend über den Rücken.

»Du musst nicht unbedingt mitkommen. Du kannst auch hier im Hotel bleiben und zum Arzt gehen. Ich habe zwar für halb zehn ein Interview mit einer Fachzeitschrift für dich vereinbart, aber das lässt sich verschieben. Du kannst gerne hierbleiben und dich auskurieren.«

»Nein, das wird nicht nötig sein. Das sind bestimmt nur die Aufregung und eine leichte Erkältung. Es geht mir schon wieder besser. Doch ich würde gerne einen Kamillentee statt dem Kaffee trinken. Das wird meinen Magen beruhigen.«

Sofort wendete er sich ab und ging in den Salon, um den Tee zu bestellen, während ich mir noch einmal die Zähne putzte. Den Tee, den ich in kleinen Schlucken trank, behielt ich dann bei mir, obwohl mir immer noch übel war.

Dann fuhren wir zur Messe. Wie David schon erwähnt hatte, war das grüne Zimmer mit einer Milchglasscheibe verschlossen worden. Das Mobiliar dahinter war nur schemenhaft zu erkennen. Da er schon so früh einen Termin vereinbart hatte, legte ich nur meine Sachen auf dem Messestand ab und machte mich auf in den Pressebereich.

Als ich oben auf der Tribüne ankam, konnte ich erkennen, dass das Zimmer auch von oben mit Tüchern abgedeckt wurde. Warum machte er so ein Geheimnis aus dem Zimmer und der Liege? Der Journalist, der mich bereits erwartete, erklärte mir zunächst, dass er keine Ahnung hatte, was die *Gioia* war. Er hatte zwar eine allgemeine, sehr grobe Beschreibung bekommen, doch er wusste nur, dass es sich um eine spezielle Liege handelte. Um mich auf das Interview und die Fragen vorzubereiten, sprachen wir erst mal alles durch. Das dauerte fast zwei Stunden. Da das Ganze für das Fernsehen aufgenommen werden sollte, musste ich auch noch in die Maske. Als das eigentliche Interview begann, war es schon Mittag. Da ich nicht bereit war, nähere spezifische Angaben über die Liege zu machen, mussten wir die Aufnahme immer wieder stoppen. Deshalb war es bereits halb zwei, als ich aus dem Aufnahmestudio rauskam.

Ich war müde und mir ging es jetzt tatsächlich nicht so gut. Ich fühlte mich schwach und mir war immer noch übel. Irgendwas war nicht in Ordnung, doch dann fiel mir ein, dass ich seit zwei Tagen fast nichts gegessen hatte. Als ich am Messestand eintraf, war ich überrascht, Sam Tyler mit einem Aufnahmeteam zu sehen.

»Gia, ich bin ganz gespannt auf die Show«, teilte er mir aufgeregt mit.

Da ich keine Ahnung von einer Show hatte, hielt ich den Mund und versuchte, David zu entdecken. Vor dem Zimmer hatte man

Stühle aufgestellt und fast jeder Platz war besetzt. Um die Stühle drängten sich noch mehr Leute. Der Platz vor dem Zimmer war vollkommen, bis auf den letzten Zentimeter von Körpern belagert, die auf die Milchglasscheibe starrten. Da die vielen Leute und die verschiedenen Gerüche meinen Magen wieder rebellieren ließen, lief ich zur Bar und verlangte nach einer Cola. Mit kleinen Schlucken trank ich die eiskalte Cola, knabberte an einem Keks und hoffte so, meinen Magen ein wenig zu beruhigen. Auf einmal fühlte ich eine heiße Hand auf meinem Rücken.

»Na, geht es dir gut?«

»Mir ist nur ein wenig übel, die vielen Menschen und die Gerüche machen mir zu schaffen.«

»Die Show dauert nur ungefähr fünfzehn Minuten, danach bin ich frei. Denkst du, du kannst es noch so lange aushalten?«

»Es geht, irgendwie werde ich es durchstehen.«

»Ich fahre dich danach sofort ins Hotel, du musst zum Arzt, doch jetzt musst du dich nur noch ein wenig gedulden. Lass uns die Show sehen, es beginnt gleich.«

Mir war inzwischen so schlecht, dass ich gar nicht nachfragte. Am liebsten wäre ich gleich ins Hotel gefahren, doch ich riss mich zusammen. Er legte seine Hand stützend in meinen Rücken und begleitete mich zu zwei unbesetzten Stühlen direkt vor der Wand. Trotz mehrerer Lagen Kleidung fühlte ich die Hitze, die von seiner Hand ausging, direkt auf meiner Haut. Oh Gott, wie ich diese Hand liebte. Obwohl ich mich nicht gut fühlte, spürte ich, wie meine Brustwarzen sich versteiften und mein Herz schneller schlug.

Sobald wir saßen, wurden die Lichter in unserem Bereich der Halle ausgeschaltet und ein Spot erhellte die sich langsam öffnenden Milchglaslamellen. Ich erhaschte noch einen Blick auf Sam, der mir freudig zulächelte. Er schien ganz aufgeregt. Während die Türen aufgingen, quoll weißer Nebel durch die Öffnung, dann setzte Musik ein. Es wurde das Lied Dancing von Elisa gespielt. Gebannt schaute ich hin, denn das hatten wir nicht besprochen. Der Anblick, der sich mir bot, war faszinierend.

Nachdem sich der Nebel ein wenig verzogen hatte, sah man die Liege in der Mitte des Zimmers stehen. Überall auf dem Boden waren die roten Blätter der von mir bestellten Rosen verstreut. In der Badewanne war Wasser eingelassen und die roten, vollen Rosenblüten schwammen darauf. Auf dem Toilettentisch waren die Kerzen in dem kleinen Kandelaber angezündet worden und daneben stand eine wunderschöne, große Bleikristallvase mit den weißen Rosen. Der hintere Bereich des Zimmers war noch ziemlich dunkel, doch das Bild des Sees war bereits schemenhaft zu erkennen. Plötzlich kam von der Seite ein Paar ins Zimmer gewirbelt und noch mehr Scheinwerfer entflammten. Ein erstauntes Raunen ging durch die Reihen. Die junge Frau und der Mann, die ins Zimmer eingetreten waren, tanzten einen sinnlichen Tanz im Stil des modernen Balletts. Das Zimmer, das Licht und die Tänzer ließen das Ganze äußerst erotisch wirken.

Die Tänzer bewegten sich im Rhythmus der Musik. Sie erweckten den Eindruck von Verliebten, wirbelten mit anmutigen Tanzschritten im Zimmer herum und in die Choreografie wurden verschiedene Stellungen mit der Liege eingebaut. Alles wirkte sehr anmutig und sinnlich. Nach fünf Minuten war der Tanz vorbei und die jungen Tänzer verbeugten sich kurz und sprangen aus dem sichtbaren Bereich. Ich erwachte aus meiner Starre und den vielen Menschen um mich herum ging es genauso. Plötzlich atmeten alle die angehaltene Luft aus. Ich war verblüfft: Einhundert Menschen hatten, wie ich auch, staunend die Luft angehalten.

Ein Mikrofon wurde ins Zimmer gebracht und aufgestellt. Ich spürte, wie David bestärkend meine Hand drückte und aufstand. Er trat vor das Mikro und wartete einen Augenblick ab, bis Ruhe einkehrte. Dann fing er zu sprechen an:

»Damen und Herren der Presse, hiermit präsentiere ich Ihnen unsere neueste Entwicklung im Bereich der Erotikmöbel. Die *Liebesliege Gioia!*

Gioia wurde uns im September als Zeichnung vorgestellt und meine Mitarbeiter und ich waren sofort begeistert. Als die Liege dann im Dezember bei uns im Werk fertiggestellt wurde, war die Begeisterung bis ins Unermessliche gestiegen. Gioia ist ein Möbelstück, das nicht für die BDSM-Szene gedacht ist: Es gibt keine Fesselhalterungen, doch die können individuell angebracht werden. Von unserem Haus wird die Liege so angeboten, wie sie hier ausgestellt ist. Elegant, individuell und in jedem Raum des Hauses aufstellbar. Der kleine eingebaute Elektromotor hat genügend Kraft, um die Liegefläche mit zwei Menschen darauf, zu heben und abzusenken. Ein seitlich angebrachter Knopf ermöglicht das ohne Aufwand; Knopfdruck genügt.

Mein Team und ich sind glücklich darüber, dass die Entwicklung der Liege vertrauensvoll uns überlassen wurde. Wir werden uns bemühen, das uns entgegengebrachte Vertrauen nicht zu enttäuschen. Doch jetzt, meine Damen und Herren, darf ich Ihnen die Entwicklerin der Liege vorstellen: Bitte begrüßen sie mit mir die Frau, die die Liege entworfen hat. Darf ich ihnen die im Moment wichtigste Frau in meinem Leben vorstellen: Frau Gioia Simon.«

Ich war sprachlos. Ich sollte die wichtigste Frau in seinem Leben sein? Wie hatte er das gemeint? Bestimmt im Zusammenhang mit der Liege. Ich starrte ihn an und war unfähig, mich zu rühren.

»Gia, bitte.« Er streckte eine Hand nach mir aus. Er wollte, dass ich zu ihm kam. Automatisch stand ich auf und trat neben ihn. Plötzlich fingen die Leute zu klatschen an. Der Beifall wollte gar nicht aufhören. Sogar Sam klatschte voller Enthusiasmus fanatisch in die Hände. Nach etlichen Minuten verstummte dann der Applaus und alle starrten mich an. Was erwarteten die Leute von mir? Sollte ich jetzt etwas sagen?

»Guten Tag«, rief ich zaghaft aus. Verzweifelt sah ich zu David rüber, was sollte ich sagen? David stand seitlich da und sah mich erwartungsvoll an. Was wollte er, verdammt noch mal? Unbändige Wut stieg aus meinem Inneren an die Oberfläche und am liebsten wäre ich auf ihn losgegangen. Ich begnügte mich jedoch damit, ihm einen bösen Blick zuzuwerfen, und meine Hände zu Fäusten zu ballen.

»Ich freue mich, Sie hier begrüßen zu können«, improvisierte ich. »Die Firma Ling Limited erschien mir der richtige Partner für die Verwirklichung der Liege zu sein, deshalb trat ich an sie heran. Mit Kompetenz und Know-how war die Firma Ling der richtige, um nicht zu sagen, der einzige in Frage kommende

Partner. Wenn es Mister Ling nicht gegeben hätte, wäre dieses Projekt nie verwirklicht worden. Er hat es verstanden, aus einer einfachen Skizze, etwas Lebendiges und Reales entstehen zu lassen. Ich bin glücklich, heute hier neben ihm stehen zu dürfen. Danke.«

Das *Danke* war für David bestimmt. Und genauso, wie ich es gesagt hatte, war es auch gemeint. Ich war dankbar, dass ich ihm begegnet war. Ich war für jeden Augenblick, jede zärtliche Berührung und jeden Kuss dankbar.

»So, der offizielle Teil ist hiermit beendet. Sie haben jetzt noch für dreißig Minuten Zeit, sich die Liege genau anzuschauen. Falls Sie noch Fragen haben, senden Sie diese per Mail an unser Pressebüro in Riochester. Ihre Fragen werden von dort aus beantwortet.« Mit diesen Worten nahm David meinen Arm und zog mich mit sich. Er führte mich hinaus zum Wagen und fuhr zurück ins Hotel, wobei er mich sichtlich besorgt beäugte.

»Ist dir immer noch schlecht?«, erkundigte er sich, als wir in der Suite waren. »Willst du dich hinlegen, solange wir auf den Arzt warten?«

»Mir geht es wieder besser. Ich bin nur ein bisschen müde. Den Arzt brauche ich nicht. Ich lege mich nur ein wenig hin, doch du kannst ruhig wieder zurückgehen. Mir geht es gut.«

»Ich bleibe bei dir.«

»Geh nur. Ich komme schon klar.«

»Nein. Es gibt für mich sowieso nichts mehr zu tun auf der Messe. Der Verkauf geht auch ohne mich. Ich bleibe hier, bei dir. Leg dich schon mal hin und ich bestelle einen Tee.«

Also gab ich nach und ging in mein Schlafzimmer. Ich zog den blauen Hausanzug an, legte mich hin und nach einigen Minuten kam auch David mit dem Tee. Er blieb solange da, bis ich den Tee ausgetrunken hatte, dann schlief ich ein.

Als ich wieder die Augen öffnete, saß er in einem Sessel, den er aus dem Salon rübergetragen hatte, und arbeitete an seinem Tablet.

»Na Babe, geht es schon besser?«, fragte er besorgt und strich mir zart über die Kinnlinie entlang.

»Ja, ich fühle mich besser.«

»Ich bestelle gleich etwas zu essen. Du musst ausgehungert sein.«

»Ja, ich habe Hunger, doch bestelle für mich bitte nur eine Suppe. Ich scheine mir irgendwie den Magen verdorben zu haben.«

»Sofort Liebes. Willst du sonst noch etwas?«

»Nein danke, eine Suppe reicht.«

Er küsste meine Stirn und ging, um die Bestellung aufzugeben. Was tat er noch hier? Lian war bestimmt noch auf dem Messegelände. Wieso war er nicht bei ihr? Wie lange wollte er diese Farce noch aufrecht erhalten? Nachdem ich meine Zähne geputzt und mein Gesicht gewaschen hatte, ging ich zu ihm. Ich musste mich zusammenreißen und durfte jetzt keine Szene provozieren, obwohl ich am liebsten noch heute meine Koffer gepackt hätte.

»Werden dich deine Mitarbeiter nicht vermissen?« Im Speziellen dachte ich da an Lian. Ich setzte mich auf ein Sofa und David nahm neben mir Platz.

»Nein. Das sind alles Profis. Sie wissen, was zu tun ist. Der einzige Bereich, in dem sie sich nicht auskennen, ist die Liege. Um deren Verkauf wollte ich mich selbst kümmern, doch das hat Zeit bis morgen. Wenn jemand interessiert ist, bekommt er morgen die Gelegenheit dazu.«

»Wie kamst du auf die Idee mit den Tänzern?«

»Die Idee kam mir noch am gleichen Abend, als Sam uns die Fotos gebracht hat. Am nächsten Tag habe ich mich mit der Uni von Vegas in Verbindung gesetzt. Sie haben eine ganz gute Modern-Dance-Abteilung. Dann ließ ich ihnen am gleichen Tag eine Liege anliefern und das ist dabei rausgekommen. Die Präsentation sollte dem Produkt entsprechend etwas Besonderes werden. Ich denke, sie haben es gut hinbekommen. Wie hat es dir gefallen?«

»Es war wunderbar. So elegant und sehr sinnlich. Auch die einzelnen Stellungen auf der Liege wurden recht deutlich in den Tanz eingefügt. Du hättest mich aber schon vorwarnen können, zumindest wegen der Rede, die ich halten musste.«

»Es sollte eine Überraschung sein.«

»Für mich?«

»Ja, nur für dich.«

»Hast du die Musik ausgesucht?«

»Ja. Du liebst Elisa und die Musik erschien mir passend.« Er hatte wieder dieses selbstgefällige Grinsen im Gesicht. Weil er so stolz und selbstzufrieden aussah, musste ich schmunzeln.

»Endlich.«

»Endlich, was?«

»Endlich lächelst du wieder. Du sahst so traurig aus, die letzten Tage. Ich habe dein Lächeln vermisst, Babe.« Er schlang seine Arme um mich und hauchte mir Küsse auf die Stirn und die Haare.

»War nicht Sam mit einem Kamerateam auch auf der Messe?«, fragte ich und versuchte mich unauffällig aus seinem Griff zu befreien.

»Ja. Er hat die Eröffnungsshow gefilmt. Wir teilen uns die Rechte an dem Film halbe, halbe. Da nicht fotografiert und gefilmt werden durfte, müssen alle, die den Film sehen wollen, dafür bezahlen. Das war Sams Idee. Wenn wir damit Geld verdienen können, ist mir das recht. Und wenn nicht, dann übernimmt Sam die Kosten für die Aufnahme. Ich fand die Idee ganz gut.«

»Ich finde die Idee auch gut, doch die Ausgabe für die automatische Wand hättest du dir sparen können.«

»Nein. Ich habe vor, die Liege immer nur für eine Stunde am Tag zu zeigen. Das geheimnisvolle Getue wird viel mehr Aufmerksamkeit erregen. Vertraue mir, Babe, wir werden reich durch die Liege. Ich habe es im Gefühl.«

»Warum willst du unbedingt reich werden?«

»Weil ich dann unabhängig bin. Ich habe alles hinter mir gelassen, um meinen Traum zu verwirklichen. Ich will, dass es funktioniert und dass sich der Verzicht auf Familie gelohnt hat.«

»Was meinst du mit Verzicht auf Familie?«

»Meine Familie war gegen die Idee, eine Firma mit Sexmöbeln zu gründen. Sie haben mir deutlich zu verstehen gegeben, dass ich keine Familie mehr habe, wenn ich in diese Branche einsteige. Doch das ist Schnee von gestern, lass uns jetzt über etwas Erfreulicheres reden.«

Obwohl mich die Sache mit seiner Familie interessierte, lenkte ich ein. »Wie geht es mit der Liege jetzt weiter?«

»Wir versuchen, auf der Messe so viele wie möglich zu verkaufen. Dann wird die Liege in Rochester gebaut und über die Zweigstellen ausgeliefert. Ich habe nur Bedenken, dass zu viele verkauft werden, denn dann bekommen wir mit der Fertigung Probleme. Wir sind nicht darauf ausgelegt, große Stückzahlen zu produzieren. Dafür ist die Produktionshalle zu klein und es sind zu wenig Mitarbeiter und Maschinen da.«
»Wie willst du das Problem lösen?«
»Entweder bauen wir eine Fabrik oder wir lassen die Liege von jemandem für uns produzieren. Wir können auch die Einzelteile produzieren lassen und nur die Montage bei uns in der Firma übernehmen. Irgendwas wird mir einfallen, wenn es soweit ist. Jetzt wollen wir erst mal die Messe abwarten. Wenn wir die Verkaufszahlen haben, dann können wir entscheiden, wie wir fortfahren. Doch wie ich höre, kommt unser Essen.« Er hatte recht, es klopfte an der Tür.

16

Es war nicht der Kellner, sondern ein junger, dunkelhaariger Mann. Er war groß, mit einem samtigen, von der Sonne gebräunten Hautton und wunderschönen dunkelbraunen, großen Augen. Er strahlte Eleganz und weltmännische Sicherheit aus. Keine Ahnung warum, doch ich assoziierte mit seiner stolzen Erscheinung einen Tuareg, einen Wüstenkrieger. Ohne ein Wort zu sagen, trat er ins Zimmer und verbeugte sich tief zuerst vor mir, dann vor David.

»Mein Vater, der ehrenwerte jä Sajid Mohamed bin Sarget Al Amin, wäre erfreut, Frau Simon und Herrn Ling morgen um 21 Uhr zu einem bescheidenen Abendessen begrüßen zu dürfen. Darf ich meinem geliebten Vater Ihre Zusage überbringen?« Eigentlich war dies gar keine Frage, unser Kommen wurde nicht infrage gestellt, sondern als selbstverständlich vorausgesetzt.

Deshalb antwortete David: »Es wird uns eine Ehre sein.«

Wieder verbeugte sich der schöne, stolze Mann demütig zuerst vor mir und dann noch einmal vor David, drehte sich um und ging hinaus.

»Was war denn das?«, fragte ich konfus.

»Das war eine Einladung zum Abendessen von einem arabischen Herrn, soviel ich verstanden habe.« David war genauso verdutzt wie ich.

»Wie können wir der Einladung Folge leisten, wenn wir gar nicht wissen, wo wir hinkommen sollen? Er hat nicht erwähnt, wo das Abendessen stattfindet.«

»Ich denke, das wird man uns noch mitteilen. Falls nicht, können wir uns immer noch am Empfang des Hotels erkundigen. Hast du dir den Namen des Herrn merken können?«

»Nur al Amin, der Rest ging unter.« Er setzte sich wieder neben mich. Fast konnte ich seine Nähe nicht ertragen. Sehnsucht und Verlangen ergriffen Besitz von mir. Der Drang ihn zu berühren, war so stark, dass ich schnell meine Hände im Schoß verschränkte. Ich wollte seine Lippen auf meinen spüren, ich wollte wieder glücklich sein. Doch ich war nur da, weil es kein freies Zimmer mehr gab. Ich war der Zeitvertreib, solange seine Geliebte noch nicht da war.

»Gia, geht es dir gut?«

»Ja, ja. Es geht mir gut, der Schlaf hat mir gutgetan. Was will der Herr von uns?«

»Keine Ahnung, vielleicht will er uns nur kennenlernen. Vielleicht will er eine Liege kaufen, oder er hat dich gesehen und will dich mir wegnehmen. Ich habe wirklich keinen blassen Schimmer.«

Da wurde es mir zu viel. Wie konnte er sagen, dass mich ihm jemand wegnehmen wollte? Ich gehörte ihm nicht, denn er wollte mich gar nicht.

»Wie kann mich dir jemand wegnehmen, wenn du gar keinen Besitzanspruch auf mich erhebst?«, fragte ich wütend.

»Was meinst du damit?«

»David, spiele keine dummen Spielchen mit mir. Ich habe gehört, was du zu Lian gesagt hast.«

Er sah mich überrascht an. »Was habe ich denn zu Lian gesagt?«

»Stell dich nicht dümmer, als du bist. Du hast gesagt, dass du nur deshalb mit mir zusammen bist, weil kein anderes Zimmer frei war.« Ich wurde immer wütender.

»Das habe ich ganz bestimmt nicht gesagt! Wie kommst du nur darauf?«

»David, ich habe es selbst gehört. *Es ist nicht wichtig. Es gab nur kein freies Zimmer.* Genau das, wortwörtlich, hast du ihr gesagt, als ihr miteinander geflüstert habt.« Ich war enttäuscht von ihm. Lieber stellte er sich dumm, als dass er es zugab.

Davids Mine erhellte sich plötzlich und seine Mundwinkel zuckten.

»Du bist eifersüchtig«, stellte er ganz ruhig fest und jetzt lächelte er tatsächlich. Das tat weh.

»Nein ich bin nicht eifersüchtig. Ich hätte es nur begrüßt, wenn du mir reinen Wein eingeschenkt hättest. Und zwar, bevor ich mit dir ins Bett gegangen bin.« Ich sprang auf und wollte in mein Zimmer flüchten und meine Wunden lecken, doch David ergriff mich blitzschnell an der Hüfte und zog mich auf seinen Schoß. Meinen Protest erstickte er durch einen leidenschaftlichen Kuss. Hart drückte seine Zunge gegen meine Lippen, forderte Zugang zu meinem Mund. Weil er mir so gefehlt hatte, konnte ich mich nicht mehr gegen ihn wehren. Ich öffnete die Lippen, seine Zunge umspielte die meine und er hielt mich fest an sich gepresst. Nach mehreren Minuten gab er meinen Mund wieder frei.

»Ihr Stellvertreter wollte unbedingt mit zur Messe. Weil sie vor zwei Monaten geheiratet hat und bald ein Kind bekommen will, verlangte er diesmal dabei sein. Doch es waren keine Zimmer mehr frei. Und es ist nicht wichtig, dass er bei dieser Messe nicht dabei sein kann, er kann in drei Monaten bei der Messe in Hongkong dabei sein. Er wollte sich nur ein wenig wichtig machen.« Jetzt lachte er sogar. »Bist du nicht doch ein wenig eifersüchtig?«

»Nein, bin ich nicht. Ich war nur so unsagbar verletzt«, antwortete ich nicht ganz wahrheitsgemäß. Dann gab ich es doch zu. »Ja, ich bin eifersüchtig. Wo hast du die letzte Nacht geschlafen?«

»Ich musste noch einiges auf dem Stand erledigen und kam erst am frühen Morgen wieder. Du hast geschlafen und warst krank. Da wollte ich dich nicht aufwecken. Wie fandest du eigentlich meine Ansprache?«

»Gut.« Mein Geständnis schien ihn kalt zu lassen. Er ging gar nicht darauf ein und redete einfach weiter über Geschäftliches. Dieser Mann machte mich wahnsinnig. In einer Minute dies, in der anderen das. Was war nur mit ihm los?

»Wirklich? Auch den Schluss?«

»Worauf willst du hinaus? Ich fand die Rede gut.«

»Deine Vorstellung auch?«

»Ja. Aber du hättest mich vorwarnen können. Ich wusste gar nicht, was ich sagen soll. Ich bin nicht gut im Improvisieren von Ansprachen. Bitte, tu mir das nicht noch mal an.«

»Es war ja auch ganz spontan. Ich wollte, dass alle wissen, wer die wichtigste Frau in meinem Leben ist. Hast du das nicht gehört?«

»Doch, aber ich habe es auf den geschäftlichen Bereich deines Lebens bezogen.«

»Ich habe es aber sehr persönlich gemeint.«

»Wirklich?«

»Babe, ich habe mich gewehrt, habe zu widerstehen versucht, aber ich meine es genau so, wie ich es gesagt habe. Du bist mir sehr wichtig geworden und ich will nicht mehr ohne dich sein. Ich liebe dich, Babe.«

Wow, das war eine Liebeserklärung! Ich benahm mich wie ein kleines Kind, suhlte mich in meinem Schmerz, wollte keine Erklärungen hören und er gestand mir seine Liebe. Gioia Angelina Minerva Simon, du bist eine dumme Gans. Ich fiel ihm um den Hals. »Es tut mir leid, dass ich an dir gezweifelt habe. Bitte verzeih mir.«

Nach dem Essen lagen wir noch stundenlang eng umschlungen auf dem Bett. Wir streichelten uns gegenseitig, neckten uns und lachten, doch David machte keine Anstalten, mich lieben zu wollen. Er war übervorsichtig und sehr sanft. Mein Körper jedoch sehnte sich nach ihm, mein Blut pulsierte in meinen Venen und meine Brüste waren überempfindlich. Ich brauchte ihn jetzt. Ich streichelte über seine Brust und ließ die Hand nach unten wandern. Er griff danach und hielt sie fest.

»Bist du nicht krank?«, fragte er besorgt.

»Es geht mir schon viel besser, ich will dich.«

»Liebes, du traust dich schon viel mehr als am Anfang. Was habe ich nur mit dir angestellt?«, fragte er und sah mich mit seinen vor Erregung erweiterten Pupillen und glänzenden Augen an. »Nur zu, tob dich aus, ich liebe es, wenn du mutig bist.«

Mit einem Ruck schwang ich mich auf ihn. Ich hatte ihn so vermisst. Als ich auf ihm saß, hob ich die Arme. Er kam meiner Aufforderung sofort nach und zog mir das Shirt über den Kopf. Dann öffnete er den Verschluss meines Büstenhalters und nahm meine aufgerichteten Brustknospen zwischen Daumen und Zeigefinger. Er rieb und zog an ihnen und ich stöhnte laut auf. Ich küsste ihn auf die Lippen und er drehte sich plötzlich, sodass ich unter ihm zu liegen kam.

»Ich will dich verwöhnen, Babe. Ich brauche dich so sehr.« Dann nahm er meine Brustwarze in den Mund, saugte und zog daran. Als er reinbiss, durchzuckt mich kurz der Schmerz. Doch sofort wurde es richtig heiß und es gefiel mir – eine perfekte Mi-

schung aus Schmerz und Lust. Ich stöhnte laut auf und wand mich, war warm und nass. Ich drückte meinen Rücken durch und presste meinen Unterleib gegen seinen. Er war schon hart, denn ich konnte es an meinem Venushügel spüren.
»So heiß, Babe?«
»Ich habe dich vermisst.«
»Dann lass mich dich verwöhnen.«
Er erhob sich und streifte sich die Jeans mitsamt der Boxershorts ab. Dann griff er an den Bund meiner Hose und mit einer einzigen Bewegung zog er sie zusammen mit meinem Höschen runter. »Du bist einzigartig, Babe.«

Er sah mir in die Augen und kam ganz langsam auf Knien auf mich zu. Sein Blick war wild, heiß, sengend. Der Schweiß brach mir aus und ich atmete schneller. Seine Küsse auf meinen Hals und das Knabbern an meinem Ohrläppchen ließen mich glühen. Ich krallte meine Hände in seinen Rücken und kratzte mit meinen Fingernägeln leicht über seine Haut. Zischend stieß er die Luft aus, es gefiel ihm. Mit den Lippen zog er eine Spur von meinem Schlüsselbein über die Brüste und den Bauch. Dann steckte er die Zunge in meinen Bauchnabel. Es kitzelte und ich kicherte los.
»Ach, das gefällt dir.«
Ja, das gefiel mir gut. Ich krallte mich in seinen Haaren fest und zog leicht daran. Dann hörte ich ein raues, heiseres Knurren.
»Ist das gut? Magst du es, wenn ich an deinen Haaren ziehe?«, fragte ich und erkannte dabei fast meine eigene Stimme nicht. Sie war tiefer und hörte sich heiser an.
»Ich liebe alles, was du machst, Babe. Trau dich.«
Er rutschte mit den Lippen weiter nach unten, küsst jeden Zentimeter Haut auf dem Weg und ich zerging vor Ungeduld. Ich wollte, dass er mich da unten küsste. Ich wollte seine Zunge auf meiner Perle spüren. Und genau das machte er. Ein zufriedener Seufzer entfuhr meinem Mund. Es fühlte sich gut an, so verdammt gut.
David umspielte mit seiner Zunge meine Klitoris, teilte meine Schamlippen mit seinen Fingern und saugte vorsichtig. Mein Inneres bebte vor Wollust auf. Als er zwei seiner langen Finger

in mich schob, fingen meine Schenkel zu zittern an. Es war unbeschreiblich. Ich war dem Orgasmus ganz nahe. Ich wollte ihn in mir, deshalb zog ich wieder an seinen Haaren.

»Du bist ungeduldig Babe. Was willst du?«

»Ich will dich.«

Er schaute unter halb geschlossenen Augenlidern durch die dunklen Wimpern auf. »Was soll ich tun, Babe? Sag es!«

Ich war so erregt und heiß, dass ich keinerlei Scham empfand. »Fick mich David. Hart und schnell.« Diesmal war nichts mehr da, worüber ich mich schämen musste, was sich schlecht anfühlte. Im Gegenteil, alles fühlte sich richtig und gut an.

»Gut, das ist sehr gut. Du hast gelernt.«

Dann fickte er mich mit schnellen Stößen. Ich stöhnte und kratze über seinen Rücken, ich saugte an seinen Lippen und drückte mein Becken immer wieder gegen ihn.

»Oh Babe, dass ist gut. Fühlst du, wie hart ich bin?«

Und wie ich ihn fühlen konnte. Er füllte mich komplett aus und ich spürte jeden Millimeter seines unglaublich heißen, harten Schwanzes. Als er die Hüften kreisen ließ und mit seinen Fingern über meine Perle rieb, kam ich.

»Oh Gott, David«, schrie ich laut auf.

»Ja Babe, schreie für mich.«

Er stieß weiter kraftvoll und rhythmisch zu.

»Ist das gut, willst du mehr?«

»Jaaah ...«

Er steigerte das Tempo und rieb wieder gegen meine Perle. Ich zerfloss und zitterte am ganzen Körper. Der zweite Orgasmus kündigte sich an, ich kam gleich noch mal.

»Schau mich an, Babe. Schau mir in die Augen, wenn du kommst.« Ich gehorchte und öffnete die Augen. Sein Kiefer war fest zusammengepresst und seine Augen leuchteten. Die Iris war fast völlig von den Pupillen verdeckt und ein Schweißtropfen lief von seiner Stirn über die Schläfe langsam nach unten. Vor Anstrengung waren seine Lippen fest aufeinandergepresst. Ihn so erregt zu sehen, brachte mich an den Rand des Wahnsinns.

»Du bist so schön und fühlst dich so gut an. Komm Babe, lass los«, knurrte er.

Meine Vaginalmuskeln zogen sich konvulsiv zusammen. Sein Gesicht verschwamm und ich ließ los. Mein Körper bebte und mein Verstand setzte aus. Dann spürte ich, wie in Schüben sein Samen in mich floss, ich warf meinen Kopf zurück und schloss endlich die Augen. Wunderbar, es fühlte sich so wunderbar an, und sein Gesicht zu sehen, wenn er kam, war befriedigend, beseligend.

Kraftlos ließ er sich auf meinen Körper fallen. Ich umfasste seinen Nacken und küsste ihn, als ob es das letzte Mal wäre. Ich verging vor Liebe zu diesem wunderbaren Mann.

»Ich liebe dich, David.«

»Und ich bete dich an, Liebes. Wie konnte ich nur so lange ohne dich sein?«

Seine Worte berauschten mich und ich fühlte mich geliebt und begehrt. Er war die Liebe meines Lebens, wie konnte ich bisher ohne ihn existieren?

Wir lagen eng umschlungen beieinander und er war immer noch in mir. Er streichelte meinen Busen und drückte kleine, zarte Küsse auf meine Brustwarzen. Dann zog er sich zurück und drückte mich fest an seine Brust und ich fühlte seine Brusthaare an meiner Wange kitzeln. Unsere Körper glänzten vor Schweiß. Ich war so glücklich, dass mir alles egal war. Ich leckte an seiner Brustwarze und schmeckte das Salz seines Schweißes. Es schmeckte gut, nach David. Alles war gut an David. So umschlungen schliefen wir ein.

Am nächsten Morgen musste ich mich wieder übergeben, doch ansonsten ging es mir gut. Ich schien mir irgendwie den Magen verdorben zu haben und der Kaffee löste Erbrechen aus. David bestellte für mich wieder Kamillentee und kümmerte sich rührend um mich. Den ganzen Tag über fragte er immer wieder, wie ich mich fühlte. Es war fast schon zu viel Fürsorglichkeit, doch ich fühlte mich gut und behütet dabei. Ich ließ den Tag über einfach den Kaffee weg und trank stattdessen Tee.

Im Laufe des Tages wurden sieben Liegen bestellt. Dafür, dass die Liege bisher nur der Fachpresse vorgestellt wurde, war das ein gutes Ergebnis. David meinte, dass in den nächsten Tagen bestimmt noch mehr Bestellungen kommen würden. Nach der Show um zwei waren vier weitere Bestellungen aufgenommen worden und ich rechnete schnell nach: Elf mal 49.000 waren über einer halben Million Dollar. Das war für den ersten Tag ungeheuer viel. Über eine halbe Million! Das war krass.

Ich hatte auf der Messe nicht viel zu tun; eigentlich gar nichts. Nur für eine Stunde nach der Show stand ich am Messestand und beantwortete die wenigen technischen Fragen, die an mich gerichtet wurden. Sonst schlenderte ich durch die Hallen und sah mich um. Niemand, von der fürsorglichen Besorgnis meines Geliebten abgesehen, beachtete mich. Gegen vier Uhr fuhren David und ich ins Hotel.

»Du musst dich ein wenig hinlegen. Wir haben noch dieses Abendessen mit dem Araber heute Abend und du bist noch nicht ganz fit. Eine Ruhepause wird dir guttun. Ich muss noch ein wenig arbeiten, doch das kann ich vom Hotel aus erledigen. Ich wecke dich dann, wenn es Zeit wird.«

»Weißt du schon, wo wir heute Abend hinmüssen?«

»Nein, aber ich frage beim Empfang nach. Vielleicht können die uns die Adresse geben.«

Als wir im Hotel waren, begab sich David zur Rezeption und ich fuhr alleine mit dem Aufzug in die Suite. Ich wollte ein langes Bad nehmen und anschließend entspannen. Die Einladung von dem arabischen Herrn machte mich ein wenig nervös. Was wollte er von uns? Warum wollte er uns beide kennenlernen?

David kam, während ich das Wasser in die Badewanne einlaufen ließ.

»Na, weißt du jetzt, wo wir hinmüssen?«, fragte ich ihn.

Nachdenklich betrachtete David eine elegant und teuer aussehende Karte in seiner Hand. »Uns wurde eine förmliche Einladung zugestellt. Der arabische Herr, er heißt übrigens, Scheich Sajid Muhammed bin Sarget Al Amin, hat eine ganze Etage im teuersten und luxuriösesten Hotel in Vegas. Wir dinieren in einem privaten Speisesaal auf dem Dach des Hotels. Auf der Karte steht *Black Tie* erwünscht. Das bedeutet: langes Abendkleid und Smoking. Wie sieht es bei dir mit einem Abendkleid aus, Babe?«

»Ich habe das, das du mir zu Silvester geschenkt hast. Das kann ich doch anziehen.«

»Nein, du brauchst ein Neues. Du kannst nicht zweimal in so kurzer Zeit das gleiche Kleid tragen. Du nimmst ein Bad und ich besorge dir ein Kleid und für mich einen schwarzen Smoking. Oder willst du lieber mitgehen?«

»Du hast in dieser Frage bereits guten Geschmack bewiesen, daher würde ich lieber hierbleiben wollen. Mir geht es zwar gut, aber ich will ausgeruht sein heute Abend.« Da ich das Wasser im Bad habe laufenlassen, gehe ich rüber, bevor es überläuft.

David kam mir nach und nahm mich sanft in den Arm. »Am liebsten würde ich hierbleiben und dich in dieser monströsen Badewanne solange ficken, bis du wieder schreist.«

Seine Worte ließen mein Gesicht rot erglühen und in meinem Magen Schmetterlinge flattern. »Ich schreie nicht«, flüsterte ich an seine Brust geschmiegt.

»Und wie du schreist, wenn es dir gefällt. Ich mag es, wenn du schreist und nach mehr bettelst.«

»Ich bettle niemals!«, rief ich entrüstet aus.

»Dann muss ich dich bald wieder dazu bringen, damit deine Erinnerung zurückkehrt, meine Liebste. Du scheinst an Gedächtnisschwund zu leiden«, lachte er auf.

»Aber nicht jetzt, du musst noch einkaufen gehen, mein Prinz«, musste auch ich lachen.

»Prinz? Eigentlich rufst du mich *Gott*. Wie schnell man absteigen kann.« Er küsste mich zärtlich auf den Mund und ließ mich aufgewühlt stehen.

Nach dem Bad legte ich mich aufs Bett und schlief schnell ein. Ich träumte von David, wie er mich küsste und streichelte. Es war ein schöner Traum. Er raunte mir zärtliche Worte ins Ohr und ich wand mich unter seinen warmen und sanften Händen.

»Gia, Liebes, es ist Zeit aufzustehen.« David küsste meinen Busen, der entblößt war, weil ich nackt ins Bett gegangen war. Irgendwie schämte ich mich nicht mehr und fand es ganz natürlich, nackt vor ihm zu liegen.

»Du bist zurück? Wie spät ist es denn?«, fragte ich verschlafen.

»Ja, ich habe das Richtige gefunden und es ist bereits sieben

Uhr. So gerne ich auch zu dir schlüpfen würde, müssen wir uns jetzt fertigmachen. Wir wollen doch beide eine gute Figur machen heute Abend.«

Als ich mich aufrichtete, sah ich direkt auf das Kleid. Es hing an der Schranktür und steckte in einem durchsichtigen Kleidersack. Schnell sprang ich auf und quieke erfreut auf. Es war smaragdgrün und im Meerjungfrauen-Stil, mit einem One-Shoulder-Ausschnitt und einer kurzen Schleppe sah es atemberaubend aus. Der lange Ärmel auf der einen Seite war aus zartem Seiden-Georgette und der Ausschnitt mit goldenen Akzenten umrahmt, ansonsten fiel das Kleid schlicht nach unten.

»Deine Augen haben mich inspiriert. Das Kleid wird ihre Farbe zur Geltung bringen. Mit den sündigen Schuhen, die du zu dem dunkelroten Kleid getragen hast, wird es perfekt aussehen.«

»David, das Kleid ist wunderschön.« Ich fiel ihm um den Hals und küsste ihn stürmisch. Der Kuss brachte mein Blut in Wallung. Auch der mir noch in den Knochen sitzende Traum ließ mich sehnsüchtig aufstöhnen. Ich drückte mein Becken gegen ihn.

»Wenn ich gewusst hätte, dass dich ein Kleid so heiß werden lässt, hätte ich mir die Arbeit bisher sparen können und einfach jeden Tag ein Kleid kaufen«, neckte er mich.

»Nicht das Kleid lässt mich heiß werden, sondern du. Ich habe von dir geträumt.«

»So, was hast du denn geträumt?«

»Wie du mich streichelst und küsst.« Während des Geplänkels küssten wir uns und er drückte sein hartes Geschlecht gegen meinen Bauch.

»Wenn wir nicht aufhören, werden wir nicht mehr aus diesem Zimmer kommen, Babe. Du machst mich verrückt und ich kann die Finger nicht von dir lassen. Wir müssen uns aber leider beeilen.« Sanft schob er mich von sich, drückte mir noch ein Küsschen auf die Nase und ging.

Ich drehte mein Haar in große Locken und steckte sie locker hoch. Doch einzelne Strähnen ließ ich an der Seite hängen. Ich benutzte nur wenig Schminke für mein Gesicht – es wirkte ziemlich natürlich. Dann zog ich zarte Spitzenunterwäsche, schwarze halterlose Strümpfe und das Kleid an. Es saßt ganz eng an meinen Körper geschmiegt und passte perfekt. Als ich in die Schuhe schlüpfte, passte sogar die Länge genau. David hatte einen wirklich exzellenten Geschmack, es sah sensationell aus. Meine kleine schwarze Clutch passte auch gut dazu.

David saß bereits angezogen wartend auf dem Sofa und arbeitete an seinem Tablet irgendwelche Tabellen durch. Als er spürte, dass ich reinkam, sah er auf. Seine Augen weiteten sich und sein Mund blieb offen stehen.

»Du bist wunderschön und das Kleid ist perfekt«, bestätigte er meine Annahme. Stolz drehte ich mich um meine Achse. Er sprang auf und streckte mir seine Hand hin.

Er selbst trug einen überaus eleganten schwarzen Smoking mit Kummerbund und feine schwarze Schnürschuhe. Er sah heiß aus, elegant wie ein Männermodel.

Ich griff nach seiner Hand und er dreht mich um. Ich spürte, wie mir eine Kette um den Hals gelegt wurde. Als er fertig war, drückte er einen Kuss auf meinen Nacken und drehte mich an der Schulter wieder zu sich. Ein ziemlich großer Smaragd in Tropfenform an einer zarten goldenen Kette baumelte jetzt an meinem Hals. Und er hatte in einer kleinen Schachtel die passenden Ohrringe dabei.

»Mit den Ohrringen wird es perfekt.«

Ich steckte die Ohrringe an und drehte mich wieder vor ihm.

»Ich kann es nicht erwarten, dich nur mit Kette und Ohrringen bekleidet in meinem Bett zu sehen, Babe. Komm, lass uns schnell gehen, sonst zerre ich dir das Kleid jetzt schon vom Körper.«

»Dieses Mal soll ich die Schuhe und Strümpfe ausziehen?«, lachte ich ihn neckisch an.

»Du trägst wieder die heißen Strümpfe unter dem Kleid?«

»Ja, aber du willst mich nur in Kette und Ohrringen sehen.«

»Babe, lass uns sofort gehen. Wenn ich mir vorstelle, wie du in Schuhen und Strümpfen unter mir liegst, komme ich, und dann ist der Smoking ruiniert.«

David hatte wieder eine Limousine bestellt und der Fahrer brachte uns zum Wynn. Der arabische Herr und sein Sohn begrüßten uns äußerst höflich und man bat uns zu Tisch. Ich schätzte den Vater auf Mitte sechzig. Er hatte eine charismatische Ausstrahlung und wirkte durchaus sympathisch. Wir speisten zu viert in einem großen Raum, in dem gut zwanzig Leute Platz gefunden hätten. Der Tisch war mit feinstem Damast, mehreren Kristallgläsern, schwerem Silberbesteck und einem Blumengesteck eingedeckt. Während des Essens, das uns von vier Dienern serviert wurde, waren die Gespräche unverbindlich und allgemein. Der Vater erzählt Anekdoten aus seiner Heimat und von seinen Kamelen und Jagdfalken.

Nach dem Dessert bat man uns in den Salon und der Ältere hakte sich bei mir unter. Als wir alle in großen, bequemen Sesseln Platz genommen hatten, französischer Kognak für die Herren und getrocknete Datteln für mich serviert wurden, kam der Vater auf den Grund der Einladung zu sprechen.

»Mister David, wir haben von der Liege gehört und man hat uns freundlicherweise den Einführungsfilm gezeigt. Wir haben großes, nein, sehr großes Interesse an dieser Liege. Deshalb würden wir das Stück gerne sehen wollen. Wäre es sehr vermessen, Sie zu bitten, uns eine private Vorführung zu gewähren?«

»Mich und sicherlich auch Miss Simon, ehrt Ihr Interesse. Gerne können Sie die Liege besichtigen. Wann würde es Ihnen denn passen?«

»Sicherlich werden Sie Verständnis dafür aufbringen, dass wir nicht während der üblichen Messezeiten zum Stand kommen können. Deshalb wäre *jetzt* der richtige Zeitpunkt, falls Sie nichts Anderes vorhaben.«

»Jetzt gleich?« David war sichtlich überrascht.

»Ja. Wir haben schon mit der Messeleitung gesprochen. Und Ihr Einverständnis vorausgesetzt, können wir sofort hinfahren.«

»Selbstverständlich.«

»Gut. Der Direktor der Messe wartet, um uns die Tür zu öffnen. Mein Sohn wird Sie, Miss Simon, solange unterhalten. Falls er Sie nicht amüsiert, teilen Sie es mir nachher mit und ich lasse ihn öffentlich auspeitschen«, wendet sich der Vater mit einem Schmunzeln an mich. Er steht auf, küsst mir die Hand und zusammen mit David verlässt er den Salon.

»Miss Simon, mein Name ist Hamad bin Mohamed Al Amin,

doch bitte nennen Sie mich Hamad. Ich bin erfreut, Sie für diese kurze Zeit unterhalten zu dürfen.«

»Bitte nennen Sie mich Gia. Auch ich freue mich, hier mit Ihnen zu sitzen.«

»Gia, was für ein origineller Name. Wie kamen Sie dazu?«

Ich erklärte ihm die Sache mit meinen drei Vornamen. Er hatte in England studiert und sprach sogar ein wenig Deutsch, weil er zwei Semester Psychologie an Tübinger Universität belegt hatte. Er war ein angenehmer Gesprächspartner und die Zeit verging schnell. Hamad hatte viele Interessen. Außerdem war er ein wirklich sehr attraktiver Mann und ein guter Unterhalter. Ich fühlte mich in seiner Gesellschaft wohl. Als der Vater mit David zurückkehrte, war ich mehr als drei Stunden mit Hamad zusammen und hatte, dank der guten Unterhaltung, gar nicht gemerkt, wie die Zeit verging.

Nachdem alle wieder Platz genommen hatten, ergriff wieder der Ältere das Wort: »Mister David, wir wollen eintausend Liegen bestellen.«

Ich war sprachlos. David ebenfalls. Nachdem sich der Schock ein wenig gelegt hatte, erwiderte David: »Eintausend Liegen können wir leider zum jetzigen Zeitpunkt nicht liefern.«

»Damit haben wir gerechnet. Wir haben ihre Firma in Rochester überprüft. Sie können im Monat maximal fünf bis zehn der Stücke fertigen, für mehr ist Ihre Produktionshalle nicht ausgelegt und Sie haben noch andere Möbel, die dort gefertigt werden müssen.«

»Ihre Schätzung trifft zu. Wir beabsichtigen, demnächst eine weitere Produktionshalle einzurichten, aber im Moment stimmen Ihre Recherchen. Doch auch, wenn wir die neue Produktionshalle bald eröffnen, würden wir für diese Menge Jahre brauchen.«

»Auch damit haben wir gerechnet und wir haben einen Vorschlag für Sie. Wir werden eine Fabrik in Dubai errichten und Sie überlassen uns die Lizenz für die Liege.«

»Mister Al Amin, das kommt leider nicht in Frage.« David war immer noch ruhig und höflich.

»Auch damit überraschen Sie uns nicht. Doch wir haben noch

einen anderen Vorschlag. Wie wäre es, wenn wir die Fabrik in Dubai errichten und dort für Sie die Produktion gegen eine Beteiligung in Höhe von dreißig Prozent übernehmen. Mein Sohn würde auch den kompletten Vertrieb im arabischen Raum für Sie übernehmen. Das ist ein gutes Angebot, Mister Ling. Sie könnten niemals ohne einen von uns auf dem arabischen Markt Fuß fassen, niemand würde mit Ihnen Geschäfte machen. Mit einem von uns schon.«

Ich sah, wie David wieder diesen entrückten Blick bekam. Sein Gehirn arbeitete nun auf Hochtouren. Nach einigen Minuten hatte er es durchdacht und antwortete: »Ich bezahle ihnen zehn Prozent vom Verkaufserlös für die Liege und Sie produzieren sie für mich. Ferner gebe ich Ihnen die Lizenz für eine Zweigstelle meines Unternehmens. Das wären dann nochmals zehn Prozent auf das gesamte Sortiment einschließlich der Liege. Ihr geschätzter Sohn soll autonom die Produktion, den Verkauf und die Vermarktung für den kompletten arabischen Raum übernehmen. Sie verpflichten sich im Gegenzug, das gesamte Sortiment an Sextoys exklusiv von mir zu beziehen. Die Transportkosten übernehmen Sie. Auch ich habe mich ein wenig erkundigt. Sie besitzen unter anderem ein weltweit agierendes Transportunternehmen und einige Schiffe. Wie gefällt Ihnen mein Vorschlag?«

Der Ältere überlegte kurz, dann erhob er sich und reichte David die Hand. David stand auf, nahm sie und schüttelt sie höflich.

»Mister Ling, wir verstehen uns. Jetzt sind wir Partner. Meine Rechtsberater werden den Vertrag aufsetzen und sobald Sie in Rochester sind, wird der Vertrag auf Ihrem Schreibtisch liegen. Mein geliebter Sohn wird sich um alles kümmern und wenn noch Fragen offen sein sollten, diese beantworten. Wir können bereits in drei Monaten mit der Produktion beginnen. Doch nun entschuldigen Sie mich bitte. Ich bin ein alter Mann und brauche meinen Schlaf.« Er verbeugte sich vor David und küsste mir wieder die Hand, dann ging er aus dem Zimmer.

Wir verabschiedeten uns noch von Hamad und fuhren zurück in unser Hotel. David war in Gedanken und sehr still während der Fahrt. Er hielt meine Hand und fuhr mit dem Daumen gedankenverloren über meinen Handrücken. In der Suite setzte er sich auf ein Sofa und zog mich auf seinen Schoß. Fragend sah ich zu ihm auf.

»Babe, wir haben einen Sechser im Lotto erwischt. Die Produktion der Liege ist kein Problem mehr und wir gewinnen zusätzlich den gesamten arabischen Raum als Kunden. Das sind 370 Millionen Menschen. Den kostspieligen Transport, Werbung, Lager- und Büroräume übernimmt Hamad. Wir gewähren ihm zwar einen Bonus in Höhe von fast zehntausend Dollar für jede von ihm verkaufte Liege, doch ohne ihn würden wir dort gar keine verkaufen. Das ist ein guter Deal. Außerdem produziert er für uns. Das kostet uns zwar auch fünftausend Dollar, doch wir lösen das Problem der zusätzlichen Produktionshallen und der Mitarbeitersuche, das ist den Preis wert. Wir könnten die Herstellung in eigener Regie nicht viel günstiger ausführen.«

»Ich vertraue dir David. Damit kenne ich mich nicht aus. Ich bin mit allem einverstanden, was du entscheidest.«

Er vergrub sein Gesicht in meinen Haaren und atmete tief ein. »Du riechst so gut. Und jetzt lass uns diese feinen Klamotten ausziehen. Ich brenne darauf, dich nur in Schuhen, Strümpfen und diesem Schmuck zu sehen. Fühle, wie scharf ich auf dich bin. Der ältere Herr wollte alles ausprobieren und ich konnte mich fast nicht mehr beherrschen. Ich habe mir uns auf der Liege vorgestellt und seither leide ich. Stell dir mal vor, auf der Messe musste ich mich setzen und meine Beine kreuzen, damit er die Beule in meiner Hose nicht sieht.« Er drückte meine Hand gegen seinen Schritt, dann verloren wir uns ineinander.

Am Montag flogen wir nach Rochester zurück. Die Messe war überaus erfolgreich verlaufen und wir beide waren erschöpft, aber auch zufrieden. Während des Fluges waren wir recht still und hingen unseren Gedanken nach. Ich war schon seit Tagen völlig durch den Wind. Es wurden 180 Liegen in nur sieben Tagen verkauft. Der Verkaufserlös der Liegen lag bei annähernd neun Millionen Dollar und mein Anteil betrug fast eine Million. Das war der pure Wahnsinn. David hatte recht: Wir würden reich werden.

Was sollte ich mit so viel Geld anfangen? Eigentlich reichte mir mein Gehalt, das ich bei David verdiente, völlig aus. Dann hatte ich noch das Polster, das nach all den Ausgaben in Las Vegas zwar geschrumpft, aber immer noch völlig ausreichend war. Wenn noch die eintausend Liegen vom Scheich dazukamen, war ich mehrfache Millionärin. Schon der Gedanke daran machte mir eher Angst als Freude.

»Du bist so still, Babe. Woran denkst du?«

»Ich muss immerzu an das viele Geld denken. Wie wird es uns beeinflussen? Können wir überhaupt noch so bleiben, wie wir sind, oder werden wir uns verändern?«

»Geld kann unsere Lebensweise, aber nicht unseren Charakter verändern, Babe. Wenn sich Menschen durch Geld verändern, dann waren die Charaktereigenschaften schon vorher in ihnen. Sie haben sie vor dem Reichtum nur nicht zeigen oder ausleben können.«

»Bei dir klingt es so einfach, doch mir macht es Angst.«

»Hast du nie davon geträumt, reich zu sein? Alles haben zu können, was du dir wünschst, Reisen, Designerklamotten, Partys oder Ähnliches. Bald kannst du dir das alles leisten.«

»Nein. Solche Träume sind mir unbekannt. Meine Eltern hatten beide ein gutes Einkommen und haben mir alle Wünsche erfüllt. Ich kenne, Gott sei Dank, keine Not. Wir sind jedes Jahr in den Urlaub gefahren, mein Kleiderschrank ist gut gefüllt und ich gehe nicht gerne auf Partys. Ich habe schon alles, was ich brauche.«

»Die Notwendigkeit zu arbeiten besteht nun nicht mehr und du kannst dir eine eigene Wohnung leisten.«

»Aber ich liebe meine Arbeit und wohne gerne mit Marty zusammen.«

»Hast du denn gar keine unerfüllten Wünsche?«

»Keine in materieller Hinsicht. Meine Wünsche liegen eher im emotionalen Bereich. Das kann man mit Geld nicht kaufen. Was wirst du mit dem Geld anfangen?«

»Für mich ist Reichtum gleichbedeutend mit Sicherheit und Unabhängigkeit. Wirklich kaufen will ich gar nichts. Ich besitze schon ein Schiff und eine Firma. Damit habe ich mir die Wünsche, die ich mal hatte, erfüllt. Bei mir wird sich durch das Geld nicht viel ändern.«

»Keine teuren Reisen, Designerklamotten und Partys?«

»Fürs Reisen habe ich keine Zeit, Designerklamotten besitze ich schon und ich bin kein Partylöwe.«

»Apropos Designerklamotten: Du trägst immer diese Jeans im Distressed-Look. Sind das deine Lieblingsjeans?«
Plötzlich lachte er lauthals auf. »Ich habe zehn davon. Die Frage haben mir schon einige Leute gestellt, und ich sage immer, das sei mein persönlicher Stil. Doch das entspricht nicht ganz der Wahrheit. Ich habe schon erwähnt, dass in Amerika mehr der Schein zählt. Als ich die Firma gegründet habe, hatte ich einfach kein Geld, um mir teure Anzüge zu kaufen. Eine Firma mit Markenjeans musste schließen und da bin ich einfach hin und habe mir für wenig Geld zehn schwarze und zehn von diesen zerrissenen Jeans gekauft. Weiße Hemden von Armani und Krawatten hatten sie auch. Da habe ich einfach alles genommen, was sie da hatten. Das Ganze hat nur einen Bruchteil vom regulären Preis gekostet und so ist mein persönlicher Stil entstanden. Später konnte ich mir zwar andere Klamotten leisten, aber ich habe mich daran gewöhnt und inzwischen gefällt es mir so. Dir etwa nicht?«
»Ich finde es heiß. Es steht dir.«
»Also liebst du mich nur wegen meiner heißen Klamotten?«
»Wenn der richtige Körper drinsteckt, dann ja.«

Es war schön, so ausgelassen zu sein und miteinander lachen zu können. David hatte meine Angst beschwichtigen können. Ich war froh, dass er sein Leben unverändert weiterführen wollte und vom künftigen Reichtum nur Sicherheit und Unabhängigkeit erwartete. Das gab mir die Zuversicht, dass unsere gemeinsame Zukunft durch das viele Geld nicht beeinflusst würde. Ich fühlte mich wie von einer schweren Last befreit und meine Sorgen lösten sich in nichts auf.
Marty war ganz aus dem Häuschen, als sie mich am Abend zuhause antraf. David hatte mich vom Flughafen direkt in die Elm Street gefahren. Als ich meine Sachen ausgepackt und verstaut hatte, wollte ich Marty mit einem Essen überraschen, also stand ich in der Küche und als Marty zur Tür hereinkam, musste ich nur noch das Dressing über den Salat gießen. Perfektes Timing.
Sie umarmte mich herzlich. Die Gespräche mit ihr und das ausgelassene Rumalbern hatten mir gefehlt. Es war erstaunlich, wie nahe wir uns in der kurzen Zeit gekommen waren. Als wir uns

an den Tisch setzten, konnte sie sich nicht mehr zurückhalten.
»Ich will jedes einzelne Detail wissen, lasse ja nichts aus.«
»Was willst du wissen?«, fragte ich lachend.
»Wie war die Messe? Was ist mit David und dir? Ist er ein guter Liebhaber? Ich will *alles* wissen.«
Es war bereits nach Mitternacht, als ich mit dem Berichten fertig wurde.
»Also liebst du ihn wirklich?«, fragte Marty gähnend.
»Ich habe noch nie jemanden so geliebt wie ihn. Mir ist klar geworden, dass das mit Alex nur eine Schwärmerei war. Er war einfach nur so schön, dass ich mir einbildete, ihn zu lieben. Das mit David ist etwas völlig anderes. Er gibt mir das Gefühl von Sicherheit und Geborgenheit. Jede Minute, die ich von ihm getrennt bin, ist schon zu viel und ich vermisse ihn. Wenn ich in seine Augen schaue, zieht sich mein Herz vor lauter Liebe zusammen und schlägt wie wild. Seine Berührung, seine Stimme und sein Duft berauschen mich. Am liebsten würde ich ihn an mir festbinden, nur um ständig in seiner Nähe sein zu können. Und die Zärtlichkeit und Leidenschaft, die er in mir entfesselt, sind unglaublich. Fast so, als ob er ein inneres Feuer in mir entfacht hat. Ich liebe ihn mit jeder Faser meines Körpers und das macht mir sogar ein wenig Angst. Schon der Gedanke, er könnte meine Liebe nicht erwidern, versetzt mich in Panik. Das hat mir das Missverständnis mit Lian bewusst gemacht.«
»Gia, er liebt dich doch auch, das hat er dir gesagt. Also genieße dein Glück. Ich freue mich für dich. Und dass die Liege so ein Bombenerfolg ist, ist einfach super.«
»Erzähl du mir jetzt, wie es mit John war.«
»Mein kleiner Bruder ist einfach genial. Ich habe ihn sehr vermisst und die Zeit mit ihm wirklich genossen. Er hat für uns gekocht und wir waren viel spazieren. Er hat auf der Uni jemanden kennengelernt, wollte mir aber nichts Genaueres darüber erzählen, aber im Februar kommt er für ein paar Tage wieder her, da kannst du ihn dann kennenlernen. Er freut sich schon, dich zu sehen. Doch jetzt müssen wir ins Bett, sonst schlafe ich hier am Tisch ein.«

Am nächsten Morgen wurde ich gegen elf zu David zitiert. Als ich in sein Büro komme, saß er am Schreibtisch und telefonierte. Er hob seinen schlanken, langen Zeigefinger, um zu signalisieren, dass er noch eine Minute brauchte. Also nahm ich auf dem Sofa Platz und beobachtete ihn. Er hatte wieder diesen Dreitagebart und sah scharf aus. Seine Augenbrauen waren konzentriert zusammengezogen und er sprach mit sicherer und kraftvoller Stimme. Ein Mann in seinem Element. Gelassen doch kraftvoll, dominant und selbstsicher, aufmerksam und kühl, aber sachlich und kompetent sprach er mit einem tiefen Timbre auf seinen Telefonpartner ein und gab Anweisungen. Mein Herz machte einen Hüpfer und in meinem Magen flatterten ganze Schmetterlingsschwärme hin und her. Unwillkürlich musste ich lächeln. Dieser schöne, mächtige, selbstsichere Mann liebte mich. Wärme breitete sich in meinem Körper aus und mein Puls beschleunigte sich.

Als er sich verabschiedet hatte, hob er den Blick. Seine Miene erhellte sich sichtlich und seine Lippen verzogen sich zu einem breiten Lächeln. Herrgott, war der Mann heiß. Die Härchen auf meinem Körper stellten sich auf. Mit langen Schritten kam er auf mich zu, griff nach meinen Händen und zog mich hoch. Dann küsste er mich leidenschaftlich. Ich presste mich an ihn, an diesen unglaublich heißen und harten Körper.

»Ich habe dich vermisst heute Nacht«, flüsterte er gegen meinen Hals und verteilte Küsse unter mein Ohr.

Prompt wurde mir heiß und das Blut pulsierte in meinem Unterleib. Schauer der Wonne breiteten sich vom Hals über meinen Rücken aus. Dieser Mann brachte mit einem einzigen Kuss meinen Körper zum Kochen.

»Ich habe dich auch vermisst, Mo.«

Überrascht machte er einen Schritt nach hinten und sah mich fragend an. »Mo?«

»Ja, Mo. Von Mohan, dem Bezaubernden. Von Mohamed, dem Gepriesenen. Von Modesto, dem Bescheidenen. Von Morogh, dem Mann des Meeres. Von Mohit, dem Umgarnten der Schönheit. Von Montes, dem Berg und von Mourice, dem König des Himmels.«

»Dem König des Himmels?«

»Ja. Dem König *meines* Himmels.«

Plötzlich lachte er laut auf: »Okay. Mo.«

Er ließ mich los, ging zum Schreibtisch und holte ein Dokument. Dann setzte er sich zu mir aufs Sofa.

»Der Vertrag von Mister Al Amin ist gekommen. Ich soll ihn unterschreiben, aber ich wollte ihn vorher noch mit dir durchsprechen.«

»Ist der Vertrag so, wie besprochen?«

»Ja. Er wird sogar innerhalb von zwei Monaten mit der Produktion der Liege beginnen können und einen Büro- und Lagerkomplex für den Vertrieb hat er auch schon gefunden.«

»David, ich vertraue dir. Wenn du denkst, dass der Vertrag gut ist, dann unterschreibe. Ich bin mit allem einverstanden.«

»Okay, das mache ich. Ich habe aber ehrlich gesagt noch etwas auf dem Herzen.« Etwas unsicher blickte er mich an und sprach weiter: »Bisher war es für mich nicht wichtig, wo oder wie ich wohne. Ich habe in einer Kammer der Werkstatt geschlafen und jetzt wohne ich auf dem Schiff. Da ich die komplette Inneneinrichtung des Schiffes austauschen musste und alle Möbel selbst bauen will, ist alles außer dem Salon und dem Oberdeck eine Baustelle. Ich kann dir nicht zumuten, mit mir auf einer Baustelle zu schlafen, aber ich kann auch nicht zu einer von meinen Angestellten ins Haus kommen. Deshalb dachte ich darüber nach, mir vorübergehend eine Wohnung zu mieten. Ich will mit dir zusammen sein und ich will dich bei mir haben. Doch es wird eine Weile dauern, bis ich etwas Passendes gefunden habe. Wir könnten uns in der Zwischenzeit in einem Hotel treffen, aber das hat einen komischen Beigeschmack für mich. Also haben wir momentan ein kleines Problem. Leider habe ich noch keine Lösung dafür gefunden, aber ich kann auch nicht ohne dich sein. Das ist mir gestern Nacht klar geworden. Ich hatte die halbe Nacht einen Ständer und konnte einfach nicht einschlafen.«

»David, ich bin keine Prinzessin auf der Erbse. Wenn du auf dem Schiff schlafen kannst, kann ich das auch. Die Baustelle macht mir nichts aus. Vielleicht kann ich dir sogar bei der Einrichtung helfen. Immerhin habe ich Maschinenbau studiert. Ich kann mit Säge und Feile umgehen. Statt mit Metall mit Holz zu arbeiten wird nicht so viel Unterschied machen. Ich kann zupacken, das bin ich gewohnt. Ich bin kein verwöhntes Modepüppchen, das Angst vor abgesplitterten Nägeln hat.«

»Das ist mein Mädchen!« Er stürzte sich auf mich und küsste mich ungestüm.

Als er mich losließ, atmen wir beide heftig. »So gerne ich dir jetzt die Kleider vom Leib reißen und dich auf diesem Sofa bis zur Besinnungslosigkeit durchvögeln würde, muss ich leider noch einiges aufarbeiten. In den letzten drei Wochen ist viel liegengeblieben, um das ich mich kümmern muss. Ich rufe dich später an.«

Ich erhob mich und wollte wieder in meine Abteilung zurück, als er mich erneut packte und an sich zog.

»Verdammt Gia, was machst du nur mit mir? Du bist noch gar nicht weg und ich vermisse dich schon«, flüsterte er in meine Haare und atmete tief meinen Duft ein. Dann ließ er mich los und ich ging mit zerzausten Haaren und flatterndem Herzen wieder an meinen Arbeitsplatz. Meine Konzentration war jedoch komplett hinüber und ich ertappte mich immer wieder, wie ich aus dem Fenster starrte und von David träumte. Seine starken Handwerkerhände auf meinen Brüsten, wie sie mich streichelten und meine Brustwarzen kneteten, mich erschauern ließen. Die Vorstellung von seinem nackten Körper, der sich gegen meinen drückte, brachte mein Blut in Wallung.

Um fünf ging ich runter zu Marty und wir fuhren nach Hause. Als wir beim Abendessen saßen, summte mein Handy. Davids Name erschien auf dem Display. »Ich schaffe es heute leider nicht, vor zehn hier wegzukommen, Babe. Wäre es möglich, dass wir uns danach noch auf dem Schiff treffen?«, fragte er mich, als ich ranging. Ich versicherte ihm, da zu sein und legte auf.

David hatte nicht übertrieben. Die Insurrection war wirklich eine Baustelle. Der Salon war allerdings schon ausgebaut, gemütlich und stilvoll eingerichtet. David hatte jeden Schrank und jedes Regal einzeln nach Maß angefertigt und hier eingebaut.

Als er mich etwas zaghaft ins angrenzende Schlafzimmer führte, verstand ich seine Bedenken. Die Wandverkleidung wurde rausgerissen und die Stützkonstruktion an den Wänden war aus unbehandelten, rohen Balken. An einer Seite war die neue Holzverkleidung aus rötlichem Kirschholz schon angebracht worden, und davor stand ein neues, riesiges Bett aus dem gleichen Holz. Der Boden war mit Kirschholzparkett bezogen, doch es gab noch keine Schränke. Davids Klamotten hingen auf offenen Ständern und das angrenzende Bad war alt und abgenutzt. Doch es besaß eine funktionierende Dusche, eine Toilette und ein einzelnes Waschbecken. David erklärte mir, dass er im angrenzenden großen Raum ein neues Bad mit einem Whirlpool einbauen wollte und das jetzige Bad später als begehbarer Kleiderschrank fungieren sollte. Bereits jetzt war die zukünftige Noblesse des Zimmers zu erkennen. Es roch intensiv nach Holz, Lack und Davids Rasierwasser. Ich fand es herrlich.

»Wir können im Salon bleiben oder doch in ein Hotel gehen, falls es dir hier nicht gefällt«, versicherte er.

»David, hier ist es wunderschön und jetzt halt den Mund und küss mich.«

Als ob er nur darauf gewartet hätte, schmiss er meine Tasche auf den Boden und stürzte sich auf mich. Wir fielen auf das Bett und er küsste mich voller Leidenschaft.

»Ich bin froh, dass du kein Modepüppchen bist«, flüsterte er mit rauer, heiserer Stimme und riss mir die Bluse auf. Nachdem wir uns stürmisch und leidenschaftlich geliebt hatten, lagen wir eng umschlungen nebeneinander.

»Hier gibt es noch einiges zu tun. Ich habe in den letzten zwei Jahren schon viel gemacht, aber mir fehlte bisher die Zeit und natürlich auch das Geld, um es fertigzumachen. Doch mit dem Schiff habe ich mir einen Traum erfüllt. Irgendwann will ich damit in See stechen und die Welt umfahren.«

»Der Salon ist wunderschön, Mo.«

»So langsam gewöhne ich mich daran, der König deines Himmels zu sein.«

»Gefällt dir der Spitzname nicht?«

»Doch, ich finde ihn originell. Er passt zu dir, du bist die Einzigartige. Eigentlich sollte ich Mo zu dir sagen, es wäre passender. Doch ich bin egoistisch und der König deines Himmels zu sein, imponiert meinem Ego.«

Dann schliefen wir Arm in Arm ein.

17

Die nächsten Wochen vergingen wie im Flug. Ich befand mich in einem Taumel des Glücks. Zum ersten Mal in meinem Leben war ich wirklich glücklich. Am Wochenende arbeiteten David und ich am Ausbau des Schiffes. Das Schlafzimmer war schon fast fertig, nur noch einige Regale und die Nachttischchen fehlten. Meistens schlief ich auf der Insurrection. Marty war anfangs ein wenig sauer darüber, dass sie mich kaum noch sah, doch sie hatte sich inzwischen mit Rolf, einem neuen Mitarbeiter, angefreundet. Rolf kam auch aus Deutschland und war ein mehrfach ausgezeichneter Objektdesigner.

Er hatte für bekannte Möbeldesigner in Stuttgart gearbeitet und wollte sich jetzt an Erotikmöbel heranwagen. Aufgrund der Medienberichterstattung im Zusammenhang mit der Liebesliege, war er auf Davids Firma aufmerksam geworden und hatte am ersten Februar in der Firma angefangen. Er war siebenundzwanzig, hatte ein angenehmes Äußeres und ausgezeichnete Manieren. Marty schwärmte in höchsten Tönen von ihm. Ich war auch schon ein paar Mal mit den beiden zum Mittagessen aus. Er war sehr gebildet und ein amüsanter Gesprächspartner. Etwas Geheimnisvolles und Melancholisches haftete ihm an, doch Marty meinte, ich sah Gespenster.

Mitte Februar teilte mir David mit, dass wir Ende des Monats zur Eröffnung der Fabrik und des neuen Vertriebsbüros nach Dubai fliegen müssten. Hamad bestand darauf, dass wir bei der Eröffnung dabei waren.

Am Vierundzwanzigsten rief er mich in sein Büro.

»Babe, Hamad hat heute angerufen. Die Fabrik für die Liege ist fertiggestellt und die Lager- und Büroräume sind fast bezugsbereit. Wir werden die Container mit den Waren morgen verschiffen und die Eröffnung soll am zweiten März stattfinden. Hamad will, dass wir schon am Achtundzwanzigsten in Dubai anreisen, damit wir uns vor der feierlichen Eröffnung ein wenig umschauen können. Ist es dir recht, wenn ich für den achtundzwanzigsten die Flüge buche?«

»David, kann ich nicht hierbleiben? Ihr braucht mich in Dubai nicht unbedingt und ich fühle mich nicht so gut.«

»Bist du krank, Liebes?«, fragte er erschrocken und zog mich auf seinen Schoß.

»Nein, eigentlich nicht. Doch ich fühle mich immer noch nicht ganz wohl. Ich bin ständig müde und Kaffee vertrage ich seit der Messe nicht mehr. Ich muss mir in Las Vegas fies den Magen verdorben haben.«

»Vielleicht ist dir die Arbeit auf dem Schiff zu viel und du brauchst nur ein paar Tage Pause.«

»Ja, das wird es sein. Flieg du doch alleine zu Hamad und ich nutze die Tage zur Erholung. Ich werde ausschlafen und lange Spaziergänge an der frischen Luft mit Marty werden mir sicherlich guttun.«

»Ich muss nicht nach Dubai. Ich kann auch bei dir bleiben und mich um dich kümmern.«

»David, du musst dahin. Es ist ein äußerst wichtiger Schritt für deine Firma. Mir geht's gut, ich bin nur ein wenig erschöpft und du brauchst mich dort wirklich nicht. Was soll ich dort überhaupt machen? Mit der Produktion der Liege habe ich nichts zu tun und die Sextoys sind ganz alleine dein Ding. Ich kann da doch gar nicht mitreden.

»Du hast recht, doch ich würde mich gerne um dich kümmern.«

»Nein. Marty wird schon wie eine Glucke um mich schwirren. Ich brauche keine zwei überfürsorgliche Übermütter, die um mich herum scharwenzeln. Ich brauche nur ein wenig Ruhe. Mach dir um mich keine Gedanken. Flieg nach Dubai und kümmere dich um dein Geschäft. Es ist wichtig.«

»Gut. Dann gehe ich alleine und wir sehen uns spätestens am vierten zu deinem Geburtstag wieder. Ich bestehe aber darauf, dass du einen Termin beim Arzt vereinbarst. Er soll dich mal durchchecken, nur zur Sicherheit.«

»Ja, das mache ich. Versprochen.«

Am Morgen des Achtundzwanzigsten flog er ab. Ich brachte ihn zum Flughafen und da es Freitag war, nahm ich mir den restlichen Tag und die kommende Woche frei. Am Montagvormittag würde John aus Detroit kommen und am Nachmittag hatte ich einen Termin beim Arzt im Krankenhaus. David würde am Dienstag zurückerwartet und am Abend war eine kleine Geburtstagsfeier geplant. Den Rest der Woche wollte ich ein wenig ausruhen und am Mittwoch mit David ausgiebig nachfeiern. Marty hatte sich die Woche auch freigenommen und freute sich schon sehr auf ihren Bruder.

John war ein echter Sonnyboy, schlank, sehr attraktiv und mit seinem durchtrainierten Körper eines Adonis würdig. Die lockigen, von der Sonne ausgebleichten braunen Haare fielen ihm in Strähnen in die Stirn und ließen ihn noch attraktiver wirken. Ich war sicher, dass er sich vor Frauen kaum retten konnte. Auch hier in der Flughafenhalle drehten sich etliche nach ihm um. Seine dunklen Augen, der fein geschwungene Mund und der leichte Bartflaum ließen jedes Männermodel verblassen.

Nachdem er Marty herzlich umarmt hatte, wendete er sich mir zu. »Du musst Gia sein. Marty hat nicht übertrieben, du bist wirklich eine nordische Schönheit.« Dann drückte er mir zwei Küsse auf die Wangen und umarmte mich genauso herzlich wie schon zuvor seine Schwester.

»Ich freue mich auch, dich endlich kennenzulernen. Allerdings hat mir deine Schwester verschwiegen, dass du der bestaussehende junge Mann auf diesem Planeten bist.« Er lächelte verlegen und streichelte Marty liebevoll über die Wange. Sie hatten eine starke Verbindung zueinander, das fiel einem sofort auf, sobald man sie miteinander sah.

Wir fuhren nach Hause und aßen eine Kleinigkeit. John war wirklich ein sympathischer und lustiger junger Mann. Er erzählte Begebenheiten von der Uni und Marty und ich lachten Tränen. Die Zeit verging schnell in ihrer Gesellschaft und ich fühlte mich gut aufgenommen von dem Geschwisterpaar. Fast schon so, als ob ich ein Teil ihrer kleinen Familie wäre. Gegen vier fuhr ich zu meinem Termin ins Krankenhaus.

»Miss Simon, seit wann leiden Sie unter diesen Übelkeitsattacken?«, fragte mich der Arzt, nachdem er mich untersucht hatte.

»Angefangen hat es gegen Neujahr in Las Vegas. Ich denke, ich habe mir dort irgendwie den Magen verdorben. Vor allen Dingen kann ich seither keinen Kaffee mehr riechen, geschweige denn trinken. Da wird mir sofort übel.«

»Sind ihre Brüste in letzter Zeit empfindlicher geworden?«

»Ja. Eigentlich fast zur selben Zeit. Denken Sie, es ist was Ernstes?«

»Wann hatten Sie Ihre letzte Periode?«

Jetzt, wo er es ansprach, fiel mir auf, dass meine letzte Periode gleich nach unserer Rückkehr aus Las Vegas war und seither hatte ich keine mehr.

»Am achten Januar. Aber nur ganz wenig und nur kurz.«

»Miss Simon, hatten Sie Ende Dezember einen Lebenspartner?«

»Ja. Seit Dezember bin ich mit jemandem zusammen.«

Die Miene des Arztes hellte sich auf und er bedachte mich mit einem Lächeln.

»Also ist es doch nichts Schlimmes. Habe ich etwas Falsches gegessen oder habe ich eine Allergie gegen Kaffee entwickelt?«, fragte ich, angesichts seines Lächelns etwas beruhigter.

»Keine Allergie und auch nichts Falsches. Sie sind schwanger, Miss Simon.«

Vor Überraschung blieb mir der Mund offen stehen. Dieser Arzt irrte sich, ich konnte doch keine Kinder bekommen, ich konnte unmöglich schwanger sein.

»Sie irren sich. Nach der Fehlgeburt vor zweieinhalb Jahren haben mir die Ärzte in Deutschland erklärt, ich könne keine Kinder mehr bekommen. Das ist also nicht möglich, Sie müssen nach einer anderen Lösung suchen.«

»Miss Simon, wir können den Test in wenigen Minuten durchführen. Falls es sich herausstellen sollte, dass ich mich irre, können wir nach anderen Ursachen für die Übelkeit und Müdigkeit suchen.« Er reichte mir einen kleinen Becher und schob mich in Richtung Toilette.

Als ich ihm den halb vollen Becher zurückgab, ging er hinaus und ließ mich allein im Untersuchungszimmer. Er musste sich irren, es gab keine andere Erklärung. Ich konnte nicht schwanger werden, das haben mir die Ärzte in Hamburg doch gesagt. Angestrengt überlegte ich, was sie damals genau gesagt hatten.

Ich war von den Medikamenten benommen, so traurig und verzweifelt, als ich das Baby verloren hatte, da hatte ich nicht immer genau mitbekommen, was sie alles gesagt hatten. Sie hatten auf jeden Fall davon gesprochen, dass eine erneute Schwangerschaft unwahrscheinlich wäre. Doch Alex hatte auch kurz vor unserer Trennung erwähnt, ich könnte noch Kinder bekommen. Ich dachte, er wollte mich damals nur beruhigen und hatte es nicht ernst genommen. Nein, es konnte nicht sein! Ich war nicht schwanger! Der Arzt irrte sich bestimmt. Außerdem hatte ich noch im Januar meine Periode gehabt.

Nach gefühlten Stunden, doch vermutlich nach nur wenigen Minuten, kam der Arzt wieder zurück.
»Miss Simon, der Test ist positiv. Sie sind definitiv schwanger. Ich vermute, seit Ende Dezember. Am besten machen wir gleich einen Ultraschall.«
»Sie müssen sich irren. Ich kann nicht schwanger sein, ich hatte doch im Januar meine Periode«, antwortete ich hysterisch.
»Miss Simon, kurz nach der Empfängnis kann es schon mal passieren, dass Sie ein wenig Blut verlieren. Aber die Blutung ist sehr schwach und dauert nur kurz. Der Test ist eindeutig positiv. Sie sind schwanger. Auf dem Ultraschall müsste eigentlich auch schon was zu erkennen sein.«
Und tatsächlich, auf dem Bildschirm zeigte mir der Arzt eine helle, kleine Blase. Ich war schwanger mit Davids Baby. Wie betäubt verabschiedete ich mich von dem Arzt und fuhr nach Hause. Was sollte ich jetzt machen? Wie würde David reagieren, wenn er von der Schwangerschaft erfuhr? Mein Gott, ich war immer noch mit Alexander verheiratet. In den Papieren würde Alex als Vater aufgeführt werden. Das Baby sollte im September auf die Welt kommen. Konnte ich überhaut so schnell die Scheidung von Alex bekommen? Wie sollte ich das alles David erklären? Wollte er überhaupt ein Kind haben? Er wollte verhüten, doch ich hatte ihm erklärt, es sei überflüssig. Oh mein Gott, würde er mich wegen dem Kind verlassen?
Ich war völlig verzweifelt und keines klaren Gedankens fähig, als ich zuhause ankam. Ich ging wortlos in mein Zimmer, saß verzweifelt einige Zeit auf meinem Bett und überlegte, wie ich es

David beibringen sollte. Ich zog mich wie in Trance aus und legte mich hin. Tränen der Verzweiflung rannen über meine Wangen und meine Gedanken überschlugen sich, als die Tür aufging und John den Kopf ins Zimmer steckte.

»Gia, du bist einfach hochgelaufen. Was ist im Krankenhaus rausgekommen? Bist du krank?«

Als ich seine besorgte Stimme hörte, entfuhr mir ein lautes Schluchzen. John kam sofort zu mir. »Mein Gott, Gia. Ist es was Schlimmes?«

Da sprudelten die Worte nur so aus mir raus. Ich erzählte ihm alles. Von Alex, von der Fehlgeburt, von den Träumen und den Schlägen. Von meiner Angst, David zu verlieren und von der ungeplanten Schwangerschaft. Irgendwann legte er sich zu mir und tröstete mich. Ich krallte mich an ihm fest und weinte. John hielt mich in seinen Armen fest und ließ mich weinen. Er streichelte nur tröstend über meine Haare. Irgendwann hatte ich keine Tränen mehr und John versicherte mir, dass alles gut würde. David würde sich bestimmt über das Kind freuen, erklärte er. Er würde mir beistehen und mich ganz sicher nicht verlassen. Irgendwann erreichten mich seine tröstenden Worte und ich schaute voller Dankbarkeit lächelnd zu ihm auf. Er küsste mich noch einmal auf den Haaransatz und in diesem Moment ging die Tür auf.

David stürmte breit lächelnd herein und stoppte plötzlich in seiner Bewegung, als er John mit nacktem Oberkörper in meinem Bett sah. Ich schreckte hoch und John sprang erschrocken aus dem Bett. Davids Miene veränderte sich in Sekundenbruchteilen, von freudig zu überrascht und schließlich zu wütend.

»Man hat mich gewarnt, aber ich wollte es nicht glauben. Vor allen Dingen, als du in der Dusche so gut geschauspielert hast, dachte ich, es müsste ein Irrtum vorliegen. Doch du bist genau das, was man mir gesagt hat. Einfach nur eine verfickte Hure!« Seine Stimme war leise vor unterdrückter Wut und sein Gesicht drückte Ekel aus, als er mich noch einmal ansah, sich umdrehte und aus dem Zimmer ging.

Die Tür fiel zu und polternde Schritte ertönten von der Treppe. Noch völlig benommen, vernehme ich einen lauten Knall, als die Haustür gegen den Rahmen schlug, weil sie mit aller Kraft zugeworfen wurde. Starr, mit weit aufgerissenen Augen, blickte ich auf die nun geschlossene Tür meines Zimmers.

Er hatte mich verlassen! Wenn es nicht so furchtbar wäre, müsste ich eigentlich darüber lachen, dass die einzigen Männer in meinem Leben, mich beide als Hure beschimpft hatten, bevor sie sich von mir trennten. Obwohl ich bisher nur mit zwei Männern geschlafen hatte, hielten mich beide für ein Flittchen. Unfähig mich zu rühren, überlegte ich, wie es überhaupt soweit kommen konnte.

»Gia, was war denn das?«, fragte John entsetzt, nach einigen Minuten. Auch er schien nicht nachvollziehen zu können, was soeben passiert war. Was sollte ich ihm antworten? Ich verstand es ja selbst nicht. Wie konnte ich ihm etwas erklären, dass ich selbst nicht begriff?

»Das kann nicht sein Ernst gewesen sein. Es war doch nur ein Missverständnis.« John versuchte, eine Erklärung für das Geschehene zu finden.

Es war ihm vollkommen Ernst, ich hatte es deutlich in seinen Augen gesehen. Sein vor Ekel verzogenes Gesicht war nicht zu übersehen und er hatte jedes Wort genauso gemeint, wie er es gesagt hatte.

»John, kannst du mich jetzt bitte allein lassen«, es war keine Frage. Meine Stimme war leise und vollkommen ruhig. Ich konnte jetzt nicht über David und das was passiert war reden. Ich wollte allein sein. Einfach nur allein, um das Loch, wo noch vor Kurzem mein Herz saß, irgendwie wieder zu füllen.

John war unschlüssig und sah unsicher noch mal zu mir, bevor er widerwillig die Tür hinter sich schloss.

Mein Gehirn war vollkommen leer. Keine Gedanken, keine Erinnerungen, keine Geistesblitze, nur Leere. Ich brach nicht in Tränen aus und ich schlug nicht um mich. Nein, ich saß im Bett und fühlte, wie ich Stück für Stück starb. Spürte, wie mein Körper von innen heraus kalt wurde und die Empfindungen abflauten. Ich löschte das Licht und schloss die Augen.

»Gia, geht es dir gut? John hat mir erzählt, was David gesagt hat. Es ist doch nur ein Missverständnis.« Marty kam völlig aufgelöst zu mir und setzte sich neben mich auf die Bettkante.

»Bitte Liebes, er hat es bestimmt nicht so gemeint. Es wird sich spätestens morgen alles aufklären und er wird merken, dass er einen Fehler begangen hat«, versuchte sie, mich zu trösten.

Ich könnte ihr jetzt erklären, dass sie sich irrte, doch ich ließ meine Augen geschlossen. Ich wollte jetzt nicht darüber reden. Ich wollte überhaupt nicht reden und auf keinen Fall nachdenken und blendete Martys Stimme einfach aus. Irgendwann merkte sie, dass ich nicht reagierte, und ließ mich allein.

Die ganze Nacht lag ich wach. Empfand keine Trauer oder Wut, nur Schmerz, der mein Herz in Stücke riss. Ich war wie tot, nur mein Körper atmete und der Muskel in meiner Brust pumpte Blut durch meinen Kreislauf.

Schon sehr früh am nächsten Morgen ging ich in Martys Zimmer und weckte sie. Ich hatte irgendwann, als mein Gehirn wieder seine Funktion aufgenommen hatte, eine Entscheidung getroffen.

»Marty, ich bitte dich um ein Versprechen. Gib mir dein Ehrenwort, dass du David nichts von der Schwangerschaft und von John erzählen wirst.«

»Aber Gia, es war doch nur ein Missverständnis und du kannst es ihm erklären. John wollte dich nur beruhigen, weil du so verzweifelt warst, weil du nicht wusstest, wie David auf die Schwangerschaft reagieren wird. Wenn er erfährt, dass John schwul ist und das er dich nur getröstet hat, dann wird er seine Worte zurücknehmen.«

»Nein Marty, er muss schon vorher von Alexander und den Männern in meinem Heft gewusst haben. Er hat schon, bevor er mit mir zusammenkam, an mir gezweifelt. Die Situation gestern hat ihm nur die letzte Bestätigung gegeben.«

»Warum klärst du ihn dann nicht auf? Erzähl ihm, wie alles zustande kam.«

»Nein, auch wenn ich ihm alles erkläre, wird ein Rest Zweifel bleiben. Er wird mir nicht wirklich glauben und ich kann so nicht mit ihm zusammenbleiben. Nein, *wir* können so nicht zusammenbleiben. Solange er mir nicht wirklich vertraut, ist keine ernsthafte Beziehung zwischen uns möglich. Ich würde mich immer fragen, ob er mir vertraut und er wird sich bei jeder zweifelhaften Situation fragen, ob da nicht doch etwas war. Das würde uns auf Dauer beide vergiften. Es wäre nur eine Frage der Zeit, bis wir uns gegenseitig hassen würden. Deshalb bitte ich dich noch einmal, versprich mir, ihm nichts zu erzählen.«

»Oh mein Gott! Natürlich verspreche ich es dir, aber was willst du jetzt tun?«

»Ich werde noch heute zu ihm gehen. Meine Stellung in der Firma werde ich kündigen und da ich nicht nach Deutschland zurückwill, muss ich wissen, wie weit die Angelegenheit mit der Greencard ist.«

»Du willst ihm wirklich nichts von dem Baby erzählen?«, fragte sie ungläubig.

»Nein, wenn ich es ihm sage, wird er sich verpflichtet fühlen bei mir zu bleiben. Das will ich nicht. Ich will nicht, dass er nur aus einem Pflichtgefühl heraus die Beziehung aufrechterhält. Er soll sein Leben unbelastet weiterführen können, so als ob es mich gar nicht gegeben hätte. Wenn ich ihm sage, dass ich schwanger bin, wird er das nicht tun können. Ich will ihm keine Steine für sein zukünftiges Leben in den Weg legen. Er soll sich frei und ungebunden fühlen und mich einfach vergessen können.«

»Aber du liebst ihn doch«, widersprach Marty unter Tränen.

»Ja, tue ich. Ich liebe ihn mehr als irgendjemanden sonst, sogar mehr als mich selbst, Marty. Deshalb will ich ihm die Zukunft nicht mit einem Kind und einer ungewollten Beziehung verbauen. Er soll glücklich werden können und das kann er nur, wenn er von der Schwangerschaft nichts erfährt. Du und John seid die einzigen, die außer mir davon wissen. John wird ihm bestimmt nichts erzählen und du sollst es auch nicht tun.«

»Mache ich nicht, doch es tut mir in der Seele weh, wenn ich sehe, wie die Männer in deinem Leben dich zerstören. Zuerst Alexander und jetzt auch David und beide nur weil du einige erotische Träume hattest. Du hättest ein glückerfülltes Leben mit einem Mann, den du liebst, verdient.«

»Marty, so wie es aussieht, musste es so kommen, denn David hat mir von Anfang an nicht vertraut. Irgendwann wäre es sowieso zum Bruch gekommen, dann besser jetzt, bevor er das mit der Schwangerschaft erfahren hat. Jetzt kann er sich unvoreingenommen jemanden anderen suchen.«

Ich umarmte Marty, die herzergreifend um meine verlorene Liebe weinte. Sie war mir eine gute Freundin geworden und ich konnte mich auf sie verlassen. Sie würde ihr Versprechen nicht brechen – sie würde nichts verraten. Ich löste mich von ihr und ging in mein Zimmer um mich für das Treffen mit David vorzubereiten.

Ich stand lange unter der Dusche und versuchte, das taube Gefühl aus meinen Gliedern und die Kälte aus meiner Seele auszuwaschen. Natürlich gelang mir das nicht wirklich. Nachdem David die Tür hinter sich geschlossen hatte, hatte er auch mein Herz mitgenommen. Jetzt war nur noch die leere Hülle geblieben. Der Körper, in dem ein neues Leben entstand und für dieses Baby musste ich stark bleiben und weitermachen. Wenn ich nicht den Mann, den ich über alles liebte haben konnte, dann würde ich sein Kind lieben. Es wird mich immer an ihn erinnern und dadurch wird mir ein Teil von ihm bleiben. Damit konnte und musste ich leben können.

Ich machte mich sorgfältig zurecht, zog ein dunkelblaues Etuikleid und passende Pumps dazu an. Tuschte meine Wimpern, legte Rouge auf und fuhr mit Lipgloss über meine Lippen. Ich nahm noch meinen Mantel und machte mich auf den schwersten Weg meines bisherigen Lebens.

Als ich beim Anlegesteg der Insurrection ankam, stand sein Mercedes auf dem Parkplatz. Also, würde er da sein und ich zögerte kurz, weil meine Beine unter mir nachzugeben drohten. Jetzt war es soweit, jetzt kam der letzte vernichtende Schlag. Mein Herz schien für einen Moment auszusetzen und ich wappnete mich innerlich für die Worte, die allem ein Ende setzen würden. Langsam, einen Fuß vor den anderen setzend, stieg ich die Reling hoch, um meiner Liebe Lebewohl zu sagen. Obwohl es mich innerlich zerriss, blieb mir keine andere Wahl.

»Hallo David«, begrüßte ich ihn mit leiser Stimme.

Er saß auf dem cremefarbenen Sofa und starrte auf ein Glas, das er mit beiden Händen umklammert hielt. Er trug noch immer die gleichen Sachen, wie schon gestern Abend und so wie es aussah, hatte er heute Nacht nicht geschlafen, denn er sah furchtbar müde aus. Seine zusammengesunkene Gestalt wirkte resigniert und mir wurde wieder klar: Er hatte mich aufgegeben. Er hatte uns aufgegeben. Obwohl ich dachte, es sei keine Steigerung des Schmerzes in meiner Brust mehr möglich, traf mich seine resignierte Haltung tief. Heiße Tränen stiegen mir in die Augen und ich zwang sie zurück. Ich musste stark sein und das hier irgendwie durchstehen.

»Was kann ich für dich tun?«, fragte er leise und emotionslos, ohne aufzublicken.

»Ich wollte dir nur sagen, dass ich unter diesen Umständen nicht weiter für dich arbeiten kann. Es wird einfacher sein, wenn wir uns nicht mehr begegnen müssen, deshalb kündige ich hiermit meinen Arbeitsvertrag. Weil ich aber hier in Amerika bleiben will, hätte ich noch die Bitte, das du den Antrag für die Greencard nicht zurückziehst.«

»Ja, es ist besser, wenn wir uns nicht mehr sehen.« Jetzt sah er mich doch noch an. Seine wunderschönen Augen waren blutunterlaufen und ein trauriger, gequälter Ausdruck lag darin. Es waren die Augen eines verwundeten Tieres, das sein Ende kommen sah und sich schon damit abgefunden hatte. Es war offensichtlich – er litt.

»Ich werde veranlassen, dass in der Rechtsabteilung deine Greencard vorangetrieben wird. Sobald sie ausgestellt ist, wird man sie dir zukommen lassen. Gibt es sonst noch etwas, das ich für dich tun kann?« Sogar seine Stimme drückte Schmerz aus, auch wenn er versuchte sie emotionslos klingen zu lassen. Sie war tiefer, gleichgültiger. Doch ich hörte den Schmerz heraus, denn ich kannte inzwischen die Tonlagen seiner Stimme gut. Bereits einmal klang sie so wie heute.

»Nein. Vielen Dank.« Ich wollte mich schon abwenden, als er nachfragte: »Was soll mit der Liege werden?«

»Ich schenke sie dir. Du kannst eine Verzichtserklärung ausstellen lassen und sie Marty geben. Ich werde alles unterschreiben.« Meine Stimme war immer noch ruhig und gefasst, obwohl ich innerlich in tausend Stücke gerissen wurde. Mein Herz pumpte wie wild und meine Hände zitterten. Ich zwang mich, ruhiger zu werden, obwohl ich eigentlich laut schreien wollte.

»Du willst mir die Rechte an der Liege schenken?«, fragte er ungläubig.

»Ja«, antwortete ich mit Bestimmtheit. Diese verdammte Liege war das Ergebnis eines meiner verrückten Träume und diese Träume waren letztendlich dafür verantwortlich, dass ich jetzt hier stand und dem Mann, den ich liebte, für immer Lebewohl sagen musste. Ich wollte nichts mehr damit zu tun haben. Ich wollte wieder ein normales Leben führen. Ich wollte vergessen. Ich wollte ...

Natürlich konnte ich nicht vergessen, wie könnte ich auch? Alles in mir sehnte sich nach ihm. Jede Zelle meines Körpers schrie nach einer Berührung, mochte sie auch noch so unbedeutend sein. Seinen heißen Lippen, die mein Innerstes in Flammen aufgehen ließen, seiner Begierde, die mir das Gefühl gab begehrenswert zu sein, seinen intensiven und vor Bewunderung erfüllten Blicken, die mir signalisierten einzigartig und wichtig zu sein.

»Das ist nicht dein Ernst.«

»Doch, es ist mir vollkommen ernst damit. Ich verzichte auf alle Rechte und schenke dir die Liege.«

»Aber durch die Liege kannst du reich werden.«

»David, Geld bedeutet mir nichts. Ich habe mir immer nur Liebe gewünscht und einen Partner, der mich respektiert. Du wolltest reich werden, deshalb schenke ich dir die Liege und hoffe, dass du dein Ziel erreichst.«

»Aber dir steht ein Anteil zu, du hast sie entwickelt und du hattest die Idee. Ich will dein Geschenk nicht.« Er hatte recht, ich hatte die Idee infolge eines äußerst erotischen Traumes, fiel mir ein und bin versucht höhnisch aufzukichern.

»David, ich brauche das Geld nicht und ich werde darüber jetzt auch nicht streiten. Du kannst meinen Anteil auch einer gemeinnützigen Organisation spenden. Mach einfach das, was du für richtig hältst. Ich will raus aus dem Projekt«, bekräftigte ich noch einmal.

»So sehr hasst du mich?« Er sank noch weiter in sich zusammen und die Qual in seinen Augen würde mich für den Rest meines Lebens verfolgen. Ich hörte förmlich sein Herz in Stücke brechen. Reglos blickte ich auf ihn, obwohl ich alle Kraft gegen mein Verlangen ihn zu berühren, aufwenden musste.

»Ich soll dich hassen? Nach deiner Reaktion ist es wohl offensichtlich, dass du mich abgrundtief hasst. Ich hasse dich nicht, ich will nur raus aus dem Vertrag und mein Leben fortführen, als ob es die Liege niemals gegeben hätte. Sie hat mir kein Glück gebracht.«

Nein, sie war das Resultat meines Unglücks. Die verdammten Träume hatten meine Ehe und jetzt auch meine Zukunft zerstört.

»Was meinst du damit, sie hätte dir kein Glück gebracht? Die Liege ist eine Sensation und sie ist überaus erfolgreich.«

»Spielt keine Rolle mehr, denn ich will nichts mehr mit ihr zu tun haben. Sie gehört dir. Ich will nur die Greencard.«

»Wenn es das ist, was du willst, lasse ich dir die Greencard zukommen, sobald sie ausgestellt ist.« Er hatte wieder zugemacht. Seine Stimme war kalt und seine Miene ausdruckslos.

Wieder wollte ich rausgehen, als mir noch etwas einfiel: »Wer hat dich vor mir gewarnt?«

»Was?«

»Du hast gestern gesagt, man hätte dich vor mir gewarnt. Wer hat dich gewarnt?«

»Gia, kennst du meinen Namen?«

Ich sah vollkommen verwirrt zu ihm hin. Was sollte jetzt diese blöde und triviale Frage? Mein Leben ging in Trümmern auf und er fragte mich nach seinem Namen. »Wieso?«

»Kennst du meinen vollen Namen?«

»Ja, natürlich kenne ich deinen Namen. Du heißt David Ling. Was soll das jetzt? Ich will nur wissen, wer dich vor mir gewarnt hat.«

»Ich heiße nicht David Ling. Mein voller Name ist David Simon Ling. Ich stamme aus Hamburg und Simon ist nicht mein zweiter Vorname. Ling ist der Mädchenname meiner Mutter. Ich heiße David Simon und Alexander, dein Ehemann, ist mein Bruder.«

In Kürze erscheint der zweite Teil von Gia's Dreams:

Bedrohung und Begehren

Besuchen Sie die Autorin auf

https://www.facebook.com/DM-Cetera-251548991867100/ – Facebook

https://www.instagram.com/d.m.cetera/ – Instagram

https://twitter.com/D_M_Cetera – Twitter